시선의 고현학

김홍진
문학비평집

박문사

저자약력

김홍진 1966년 충남 홍성에서 태어나 자랐다. 한남대학교 국어국문학과를 졸업하고 같은 대학원에서 문학박사 학위를 받았다. 2004년 『시와 정신』으로 등단해 문학비평 활동을 시작했으며, 현재 한남대학교 국어국문·창작학과에서 현대문학과 비평을 가르치고 있다. 저서로 『장편 서술시의 서사시학』, 『부정과 전복의 시학』, 『오르페우스의 시선』, 『현대시와 도시 체험의 미적 근대성』, 『풍경의 감각』 등을 펴낸 바 있다.

시선의 고현학

초판인쇄 2017년 6월 27일
초판발행 2017년 7월 3일

저 자 김홍진
발 행 인 윤석현
책임편집 차수연
발 행 처 박문사
　　　　　Address: 서울시 도봉구 우이천로 353 성주빌딩 3F
　　　　　Tel: (02) 992-3253(대)　　　　Fax: (02) 991-1285
　　　　　Email: bakmunsa@daum.net
　　　　　Web: http://jnc.jncbms.co.kr
등록번호 제2009-11호

ⓒ 김홍진, 2017. Printed in KOREA.

ISBN 979-11-87425-38-0 93800　　　　　정가 22,000원

시선의 고현학을 위하여

근대의 인간인 우리는 기술과 매체, 사건과 감각, 모든 교환행위의 가속화로 인해 엄청난 속도 속에 내던져진 형국이다. 가히 파시스트적인 속도전 속에 매몰차게 떠밀린 우리는 우리의 내면이나 우리를 둘러싼 주위를 주의 깊게 관조하며 사색할 여유를 빼앗기고 말았다. 우리는 스스로에게 어떤 머뭇거림도, 빈둥거림도, 머무름도 허락하지 않는다. 삶과 세계에 대한 주의 깊은 관조나 사색, 촛불 아래 내면으로의 고요한 침잠은 더 이상 우리의 것이 아닌 것처럼 보인다. 앞을 향해 빠르게 질주하는 속도는 우리의 시선과 사유를 우리의 삶과 세계로부터 송두리째 소외시킨 것이다. 가속의 시간은 세계 상실과 자기 상실을 야기한다. 그리하여 모든 의미와 가치들은 삶과 세계의 준거를 밖으로 내동댕이쳐지고 말았다. 영속성의 부재와 결핍으로 인해 우리는 의미와 가치의 중력을 잃고 소실점도 없이 떠돌다 사라지고 마는 꼴이 되어버린 셈이다.

일찍이 보드리야르가 이야기했듯이 가속화야말로 역사의 종언을 불러올 것이다. 가속화는 의미 상실, 세계 상실, 자기 상실의 원인이며 영속성의 결핍과 부재를 불러온 동인이다. 이 경청할 만한 가설에 따르면 가속화의 영향 속에서 사물들은, 우리의 삶은, 우리가 몸 들어 사는 세계는 존재의 의미 가치를 부여하는 준거를 밖으로 매몰차게 내동댕이쳐졌다. 그 결과 우리의 삶과 세계와 사물들은 파편들로 흩어져버린다. 각자 고립되고 단절된 조각들로 해체된 뒤 일정한 존재 가치의 의미가 사라진 진공 속에서 중력을 잃고 어지럽게 부유할 뿐이다. 이러한 상황에서 우리의 삶과 세계가 하나의 의미로 응고되려면, 하나의 가치로 응축되려면, 존재의 영속성을 획득하려면 무엇보다 느리게 거닐며 나와 세계의 참다운 관계성을 오래도록 응시하고 사색할 수 있는 주의 깊은 시선이 필요하리라.

근대적 시간에서 시인은 사막 같은 세계를 헤매며 떠도는 순례자에 다름 아니다. 이 박제된 신화 속의 고독한 순례자는 고립된 것에 연속성을 부여하고, 파편적인 것에 통일성을 부여하며, 사물에 깃든 수줍음을 발견하려 부단히 애쓰는 자이다. 근대의 시간은 목적 지향적이다. 목표를 향해 쾌속으로 질주한다. 유유자적한 태도, 게으름을 피우며 머뭇거리거나 떠도는 일은 근대의 미덕과 어울리지 않는다. 따라서 오늘날 일상적인 삶은 산책의 유유함도, 방랑의 경쾌한 리듬도, 슬슬 거닐며 머뭇머뭇 돌아다니는 소요(逍遙) 속 사색의 자유로움도 찾아보기 힘들다. 조급함과 부산함, 막연한 불안과 두려움, 과민한 신경과 부산한 활동 등이 오늘의 삶을 규정한다. 속도가 강제하는 근대적 시간의 규율은 결코 나의 내면이나 주위에 주의 깊은 눈길을 주는 것을 허락하지 않는다. 그저 여기에서 저기로, 이 일에서 저 일로, 이 이미지에서 저 이미지로 산만하고 부산스럽게 강박적으로, 습관적으로, 자동 기계적으로 옮겨 다니기 바쁘다. 그러나 현실원칙이 강제하는 가속의 강박을 거부한 산책과 유랑과 소요는 시인 본연의 태도이다. 시인은 속도에 저항하며 천천히 걷고, 수줍은 듯 머뭇거린다. 천천히 걸으며 현실이 감춘 이면을, 속도가 지나쳐버린 수줍은 세계의 표정을, 신경증적 강박이 억압한 심연의 내면적 본질을 응시하고 오래도록 머무르며 사유한다.

근대적 시간에서 삶의 과정은 빠르게 전개된다. 때문에 이질적 형식이 발생하거나 다양한 분화가 일어나 저마다 독자적인 형식의 아름다움을 향유할 수 있는 가능성을 폭력적으로 삭제한다. 이 존재가능성의 균등화, 비개성적 존재방식은 모든 삶의 형식을 균질적으로 획일화시킨다. 니체가 말하는 최후의 인간은 모두가 같은 것을 원하고, 같은 생각을 하고, 똑같이 행동한다. 자동 강박적으로 동일하다. 이런 상황에서 의미와 동경은 쾌락과 유흥에 자리를 내주고 물러났다. 그러나 조급하고 불안하며 부산한 태도는 산책자나 방랑자, 한가롭게 거닐다 머뭇거리며 깊이 바라보고 사유하는 자로서의 시인의 덕목이 아니다. 시인은 오래도록 느리고 길게 머물며 수줍은 듯 바라보고, 느끼고, 지각하는 사람이다.

현실의 비밀을 탐문하고, 사물이 수줍게 숨기고 있는 비의를 깨 묻는 탐정으로서의 시인의 시선으로 인해 시의 세계는 의미들로 충만하다. 시는 수줍은 표정들로 일렁인다. 시적 울림의 향기로 파문을 일으킨다. 시는 시인이 깊은 사색과 상상력 끝에 얻어낸 영속적인 것들을 담지하고 있기 때문이다. 시인은 세계를 의미 있게 한다. 주의 깊은 고현학(考現學)의 느리고, 길고, 오랜 기다림의 시선으로 바라보고 발견한 것들로 인해 시는 충만하다. 의미들로 들끓는다. 울림으로 가득하다. 시인은 이성의 독재가 부산스럽게 강제하는 근면성, 확실성, 목적성, 효용성 등의 근대적 가치에 의해 억압되고 소거된 타자의 현존을 우리 앞에 소환하고, 고독하고 조용하게 타오르는 촛불 앞에 무릎 꿇을 것을 권유한다. 무릎 꿇고 근원의 세계를 감각하고 사유하도록 이끈다.

나날이 감각의 직접성과 현란한 이미지를 생산해내는 문화산업은 시의 존재 위기를 부추기기도 하지만, 역설적으로 생각하면 문학의 존재이유, 그 존재의 당위성을 더욱 분명하고도 강력하게 웅변하는 현상이기도 하다. 느긋함도, 머뭇거림도, 기다림도 없는 가속의 현실에서 문학은 쓸모없어 보이지만, 문학이 애물단지처럼 여겨지기도 하지만 현실이 그러하므로 문학의 존재이유는 더욱 절실해 보인다. 왜냐하면 여기가 아닌 저기, 알려진 것이 아닌 미지의 것, 익숙한 것이 아닌 낯선 것을 끊임없이 호명하고, 소환하고, 환기하여 생명의 숨을 불어넣기 때문이다. 빠르게 소비하고 소진해버리는 감각의 현란한 직접성은 그 자체 안에 파괴를 구성적 지배소로 품고 있다. 생산과 소비의 주기는 점점 짧아진다. 성장과 진보의 패러다임이라는 자본주의 문명의 지상명령에 따라 모든 사물은 빠른 속도로 생산되고, 소비되고, 소진된다. 이러한 현실의 논리에서 문학을 한다는 것은 어리석어 보일 수도 있다. 하지만 그러하기에 더욱 문학의 존재이유는 절실하고 생생해지는 것이다.

감각의 직접성과 현란함을 전면적으로 내세우는 가속의 시대에 문학의 존재이유를 절실하게 믿으며 여기저기 흩어져 있던 글들을 모아 다시 평론집을 낸다. 가속의 시간을 느릿느릿 역행하며, 오래도록 머무르고 기다리며 바라본 견자(見者)로서 시인들의 시선 속에서 문학의 가치를 다시금 발견하고 싶었다. 산책의 유유함, 방랑의 경쾌한 리듬, 슬슬 거닐며 머뭇머뭇 돌아다니는 소요(逍遙)의 자유로움 속에서 삶과 세계의 진정한 관계성을 엿보고자 했다. 그러나 언젠가 첫번째 비평집을 내며 토로했듯이 발효되지 않은 언어들로 인해 악취가 나지 않을까 다시금 두렵고 부끄럽다.

내 글쓰기의 욕망은 나만의 시선으로, 나만의 언어로 텍스트를 순도 높게 발효시키고자 했으나 텍스트의 성벽은 내가 넘기에 너무 견고하다. 의미에 접근하기에 텍스트의 처녀성은 너무 완강하다. 굳게 닫힌 텍스트의 성벽, 그 안으로 들어가려는 나의 주문은 어설프고 설익은 것이다. 내 눈은 어둡고, 감각은 무디고, 정신은 우둔하여 텍스트의 완고한 성채, 무지개처럼 찬연한 의미의 침실에 들지 못했다. 하여 설익은 내 비평의 언어가 시인들의 작품에 욕을 보이지는 않았을까 또 다시 두렵다. 그러나 근시의 눈, 무딘 감각, 태만한 정신에도 불구하고 나는 시인들의 시선이 펼쳐 보여주는 깊고 광활한 세계를 조금이라도 엿보고 싶었다. 내 비평의 욕망은 시인들의 시선과 목소리 속에서 한국 문학의 미적 치열성과 진정성을 발견하고 싶었다. 미숙함과 치졸함, 오독과 편견은 오롯이 나의 몫이다.

　다시 강을 건너며 많은 이들의 얼굴이 떠오른다. 고마운 분들의 사랑에 비하면 이 책은 보잘 것 없이 궁색하고 비루하며 민망한 수준이다. 주제 넘게도 순간인 동시에 영원이고, 처음이자 마지막인 언어를 꿈꾸었지만, 그것은 다만 좌절과 패배의 처절한 잔해물일 뿐이기 때문이다. 하지만 어쩌나. 이쁜 …. 다시 부끄러움을 무릅쓰고 오독과 편견의 잔해물을 무(無)로 돌린다. 강 건너로 시선을 돌린다.

2017년 봄, 정든 오정골에서
김 홍 진

차례

제 1부
시선의 고현학

제 2부
그립고 낮고 비릿한

제 3부
순연한 정신

제 1부

시선의 고현학

대지의 상상력과 생태공동체 의식

1. 대지와 생태공동체

인간은 필연적으로 자연과 공존해야 한다. 자연 생태계에서 인간은 주인이 아닌 생태계의 한 구성 인자일 뿐이다. 그러나 인간은 이러한 당위론적 명제를 망각한 채 도구적 이성과 기계론적 세계관, 물신적 가치관을 앞세워 자연의 주인으로 행세해 왔다. 물신의 욕망은 무자비한 태도로 자연을 파괴하고 자연 사물에 깃든 영성의 신성한 가치를 훼손해 왔다. 이로부터 생태계 및 문명의 위기는 가속화되었다. 생태계의 파괴는 결국 전 지구적 생명의 파멸과 종말로 연결될 수밖에 없다. 일련의 생태학적 통찰에 따르면 생태계는 유기적 관계망을 형성하며 상호의존적이고 상호공생적인 인과관계를 구축하고 있기 때문이다.

한국 현대시는 생태위기에 대한 문제의식을 첨예하게 보여준 문학적 단층을 풍성하게 축적하고 있다. 문학의 생태학적 담론은 생태계의 상호의존성을 모델로 자연과 인간의 조화와 공존, 지속가능한 상생과 공생을 모색한다. 생태학에 기반을 둔 생태공동체론은 자연을 유기적 전체성의 생명 공동체로 이해한다. 자연이라는 타자는 이성의 독재에 의한 인간의 지배 대상이거나 위계를 설정할 수 있는 개념이 아니다. 생태계는 자연과 인간, 동물과 식물, 생물과 무생물 등이 모두 유기적으로 긴밀하게 생명의 그물망으로 연결된 우주의 살림집이다. 여기에서 존재의 우열을 가르는 척도, 주인과 노예, 지배와 피

지배의 위계적 질서는 존재하지 않는다. 생태학적 사유를 기반으로
한 생태공동체주의는 협동 상생하고 공존하면서 조화를 이루는 삶과
노동모델을 추구한다.

우리 사회는 근대성의 핵심 가치인 기계론적 세계관, 진보적 시간
관, 물질만능주의, 도구적 이성의 지배가 팽배한 근대 자본주의의 정
점에 와 있다. 따라서 급진화한 자본주의의 견고한 기율과 이성 중심
의 세계관에 대하여 일정한 반성적 움직임과 항체를 형성하는 일은
인간의 근원과 실존의 의미를 이해하고 평화와 공존의 가치를 구현
하는 데 불가결한 것이다. 근대 문명의 정점에서 대안적 사유로서의
생태공동체주의는 이성과 과학기술의 타자로 여겨온 자연 생명의 근
본을 재사유한다. 이를테면 영원에 대한 추구, 신성한 가치의 지상적
복원, 종교적 영성과 감각의 재생, 사랑과 생명의 구현, 공존과 상생,
공생과 조화 등 근대의 전개 과정에서 밀려난 이성의 타자들을 호명
복원하려는 담론은 근대 극복의 대안적 기획이라 할 수 있다.

이 평문은 한국 현대시에 나타나는 근대 극복의 실천적 대안 사유
로서 대지 혹은 흙의 상상력에 기초한 생태공동체적 세계관을 거칠
게나마 살펴보고자 기획되었다. 그럼으로써 근대 극복의 대안으로서
대지(흙)의 상상력과 생태공동체주의가 함유하고 있는 미적 형질이
문명사적 층위에서 차지하는 의미를 점검한다. 이러한 논의는 자연
혹은 생명의 근원으로서 흙, 농촌, 고향 등에 대한 사유와 상상력에
의한 수사학이 현대시가 추구하는 방법과 내용에 시사하는 바가 무
엇인지 조명하는 작업을 자연스럽게 동반할 수밖에 없다. 따라서 도
구적 이성과 과학적 합리주의의 근대적 질서 체계 속에서 생태공동
체주의적 사유나 생명의 근원에 천착한 대지적 상상력이 근대 극복
의 대안적 세계관으로서 어떤 의미를 지니고 있는지 조명하는 작업

으로 이어질 것이다.

2. 대지, 함께 있음의 외부 공동체 : 신동엽

근대의 공동체는 구성원들 사이의 공유된 정체성을 기반으로 설명하는 반면 탈근대의 공동체는 존재론적 층위에서 공동체와 공동성을 다시 사유한다. 이러한 사유는 인간 존재를 근본적으로 타자 지향적으로 재정의하고, 타자와 '함께 있음'[1]으로 설정한다. 낭시에 따르면 우리는 함께 있기 때문에 함께 있는 것이지 무엇 때문에, 무엇을 나누기 위해 함께 있는 것이 아니다. 존재는 공동 내에 있다. 이를테면 우리는 '공동 내 존재'이다. 이러한 사유는 비단 낭시뿐만 아니라 레비나스, 블랑쇼 등 일군의 철학자들이 공유하는 문제의식이기도 하다. 근대의 관점이 동일성을 기초로 하는 '내부성의 공동체'라면, 탈근대의 시각은 '외부성의 공동체'이다. 외부성의 공동체는 외부 혹은 타자의 임의적인 차이와 특성을 받아들인다. 이것은 포용의 전략과는 다른 차원에서 어떤 마주침(만남)이다. 무엇을 만나게 될지 모르지만, 그 무엇을 만날 때마다 '나' 바깥의 마주침(만남)에 따라 끊임없이 매번 재구성되는 '우리'가 '외부성의 공동체'이다.

한국 현대시에서 대지의 상상력에 기반한 공동체 의식을 가장 첨예하게 선취해 보여주는 시인 가운데 하나는 아무래도 신동엽 시인일 것이다. 그의 시세계에서 대지(흙)는 중요한 시적 의미를 갖는다. 왜냐하면 그의 시에서 대지는 공동체를 형성하는 근원을 이루고 있기 때문이다. 「이야기하는 쟁기꾼의 대지」를 비롯한 그의 많은 시편

---

1) 장 뤽 낭시, 박준상 옮김, 『무위의 공동체』, 인간사랑, 2010. 278쪽.

들에는 대지와 관련한 상상력에서 발원하는 이미지와 공동체에 대한
사유가 시적 발상을 규율하는 밑변을 이루고 있다. 신동엽의 시에서
대지는 우리가 살고 있는 세계, 즉 '나' 바깥의 존재자와 공존하며 조
화를 이루는 생명 공동체를 표상한다.

> 죽지 않고 살아 있었구나
> 우리들의 피는 대지와 함께 숨쉬고
> 우리들의 눈동자는 강물과 함께 빛나 있었구나.
>
> 「아사녀」 중에서

> 후두둑 대지를 두드리는 여우비.
> 한 무더기의 사람들은 냇가로 몰려 갔다.
> 그들 떠난 자리엔 펄 펄 펄 심장이 흘리워 뛰솟고.
>
> 「이곳은」 중에서

대지는 "우리들의 피"가 "함께 숨쉬고" "눈동자는 강물과 함께 빛
나"는 공간이다. 우리들의 피가 대지와 함께 숨 쉬고 있으므로, 그것
은 우리들이 자리 잡은 세계, 하이데거의 '세계 내 존재'를 고쳐 '공동
내 존재'가 자리 잡은 공동체이다. 대개의 해석이 그랬듯 강물은 '금
강'이 그런 것처럼 역사를 은유한다. 그 역사는 최초의 기원인 '그날'
로부터 "삼한으로 백제로 고려로" 흘러, 3.1을 거쳐 4.19에 솟구쳐 오
른 우리들의 역사이다. 피를 만드는 심장이 대지 위에서 "흘리워 뛰
솟"는다는 진술은 도도한 강물처럼 면면히 흐르는 '우리들의 역사'를
환기하기 때문이다. 피와 심장은 생명의 근원으로서 본질적인 것을
의미할 것이다. 그 피와 심장은 '우리들의 피', '한 무더기의 사람들의
심장'이다. 그렇다면 역사의 주체인 '우리들'과 한 무더기의 사람들은
평자들의 견해에 따라 공동체를 형성하는 민족 내지는 민중으로 부
를 수 있을 것이다.

김수영이 오래 전에 우려했던 것처럼 민족이라는 내부성의 공동체
는 언제든지 쇼비니즘으로 전락할 가능성을 내포하고 있다. 내부성
의 공동체는 동일성의 원칙이 지배한다. 내부성의 공동체는 동일성
을 바탕으로 뿌리, 대지, 민족, 국가, 역사, 이념 등과 같은 개념으로
주체를 호명(interpellation)하는 공동체의 구심점으로 작용한다. 구성
원들은 동일성의 중심을 형성하는 이 구심점을 바탕으로 내부로 결
집 결속한다. 외부 혹은 타자는 자기화 내지는 동일화의 대상일 뿐이
며, 동일화가 실패할 경우 외부는 배제와 차별, 적대와 소외의 대상
으로 전락한다. 따라서 동일성에 기초한 내부성의 공동체는 폐쇄적
이고 폭력적이며, 적대적이고 배타적이다. 그러나 김수영이 갈파했듯
이 다음과 같은 세계적 발언의 시편에 주목하면 신동엽의 공동체는
동일성의 편협하고 배타적인 민족주의를 뛰어넘는 종류의 것이다.

> 가리워진 안개를 걷게 하라
> 국경이며 탑이며 어용학(御用學)의 울타리며
> 죽가래 밀어 바다로 몰아넣어라.
>   … 중략 …
> 조직은 형식을 강요하고
> 형식은 위조품을 모집한다
>
> 하여, 전통은 궁궐 안의 상전이 되고
> 조작된 권위는 주위를 침식한다.
> 국경이며 탑이며 일만년 울타리며
> 죽가래 밀어 바다로 밀어넣어라
>   「이야기 하는 쟁기꾼의 대지」 중에서
>
> 예수 그리스도를 길러낸 토양이여
> 넌, 여자.
> 석가모니를 길러낸 우주여

넌, 여자
모든 신의 뿌리 늘임을
너그러이 기다리는 대지여
넌, 여성

「여자의 삶」 중에서

시인은 대지에 "가리워진 안개"를 걷어내자고 말한다. "국경이며 탑이며 어용학"의 "일만년 울타리"와 같은 우리의 의식적 시야를 가리고 편협하게 가두는 장애물을 모두 제거하고 맑은 눈동자로 대지의 본 모습을 보자고 제안한다. 동일성에 기초한 내부성의 공동체라 할 수 있는 집단과 조직, 체계와 형식, 전통과 권위 등은 안과 밖, 나와 너, 주체와 타자로 양분하여 경계를 설정하고 주인과 노예, 지배와 피지배, 권력과 억압의 관계를 설정한다. 이에 대해 화자는 "국경이며 탑이며 일만년의 울타리"로 은유된 주체와 타자, 권위와 억압의 경계를 제거하자고 역설한다. 김수영의 전언처럼 이러한 신동엽의 역설은 민족이나 국가, 이념이나 지역의 개념을 넘어선 '세계적 발언'으로서 외부성의 공동체를 환기한다.

존재론적으로 대지는 여성성이다. 모성의 품과 같은 외부성의 공동체는 모든 생명을 품어 안는다. 생태학에서 자연은 모성의 원리에 기대고 있는 가이아(Gaia)에 그 정체성을 두고 있다. 대지의 생명은 근원적으로 다양성을 전제로 한 관계성, 그리고 순환성을 기초로 성립하는 세계이다. 획일성이나 고립성, 그리고 비순환성은 생명의 고립과 단절을 뜻하기 때문이다. 신동엽의 시에서 존재자들의 '함께 있음'은 생명의 원천을 이루는 대지의 여성성으로 인해 가능해진다. 레비나스는 여성성을 '수줍음'으로 이해하는데, 여성적인 것의 존재방식은 수줍게 스스로 숨는 것이다.[2] 그것은 소중한 사랑과 생명을 안고 숨는다. 여성은 수줍은 신 그 자체, 그래서 그 신은 "전쟁을 장사하는 미치광이"나 "구도하는 성자"까지도 모두 품에 안는다. 대지 곧 여성은 "예수 그리스도"와 "석가모니"도 길러내는 너그러운 생명의 모성적 존재이다. 여성적 대지의 신성은 존재자들의 공존, 그저 자유롭고 평등한 '함께 있음'을 실현한다.

> 맨발로 디디고
> 대지에 나서라
> 하품과 질식 탐욕과 횡포
>
> 비둘기는 동해 높이 은가루 흩고
> 고요한 새벽 구릉 이룬 처녀지에
> 쟁기를 차비하라
> > 「싱싱한 동자(瞳子)를 위하여」 중에서

신동엽은 존재자가 공동체와 관계를 맺는 방식을 항상 '맨발'의 상태에서 생명의 대지를 맞이해야 한다고 말한다. 하이데거에 따르면 대지는 자기 품 안에 모든 것을 간직하며 감춘다. 모든 생명이 겨울이 되면 다시 대지의 품속에 안식하듯이 대지는 내놓은 모든 것을 보호하기 위해 감춘다. 이러한 자기 은폐성으로 말미암아 대지는 '이루 다 말할 수 없는 충만함'3)을 보존할 수 있는 것이다. 신동엽은 대지의 여성적 자기 은폐성을 인정하고 인간의 인위적 조작을 경계하면서 대지와 접촉하는 원초적 상태인 '맨발'을 제시한다. 대지에 맨발을 내딛는다는 것은 곧 존재자가 전경인(全耕人)으로서 어떤 동일성의 원리에 따르는 것이 아니라 그저 '함께 있음'으로서 생명이 발현되고, 또한 생명이 충만한 상태로 타자들과 관계를 맺는 외부성의 공동체를 의미한다. 따라서 신동엽의 시에서 외부성의 공동체는 특정한 국

---

2) 강영안, 『타인의 얼굴』, 문학과지성사, 2005, 112~116쪽.
3) 김동규, 『하이데거의 사이─예술론』, 그린비, 2009, 84~86쪽.

가, 민족, 지역, 이념을 초월하는 개념이다.

자연이라는 타자는 주체의 인식이 완전히 자기화하거나 동일화할 수 없는 미지의 대상이다. 그것은 레비나스의 통찰처럼 '낯선 이'로 남아 있고, 타자는 나에 대해 완전한 초월과 외재성이며, 완전히 파악할 수 없는 무한성[4]이기 때문이다. 또한 타자는 다른 어떤 개념 체계의 도움 없이 오로지 나와 다르다는 이타성 때문에 나와 분리되는 존재자이다. 타자성은 그 본성상 타자이기에 가능한 것이다.[5] 외부성의 공동체는 '나' 바깥의 타자성을 오롯이 존중하는 '함께 있음'의 공동체를 추구한다. 신동엽은 이러한 '함께 있음'의 일상적 망각 상태를 차수성으로 규정하고 이를 비전경인의 존재 양상으로 파악했다. 이에 반해 전경인은 연민과 외경을 바탕으로 원수성의 기억을 유지하는 존재 양태이다. 우리가 '공동 내 존재'임을 직시하고 대지의 외부성, '나'의 바깥, 타자의 이타성을 있는 그대로 드러내는 것이다. 이런 양태는 그의 시 안에서 '대지에 맨발을 디디고 있는 전경인의 모습'으로 형상화되어 나타난다.

전경인은 '맨발 벗은 육혼'으로서 대지와 완벽하게 조화를 이룬 존재이다. '흙에서 나와 흙으로 돌아가고, 햇빛을 사이좋게 나누며 서로를 침범하지 않는 모습은 마치 버섯들'(「이야기하는 쟁기꾼의 대지」)처럼 그냥 있는 존재로 살아가기 때문에 대지 역시 있는 그대로 자신을 드러낼 수 있다. 대지에 뿌리 내린 버섯처럼 자기 바깥에 외존(外存)하는 존재자는 공동체를 공동체로 드러낸다. 레비나스는 "나의 실존은 나의 바깥, 나와 너 사이에 있다. 다시 말해 외존(外存, ex-position) 한다."고 말하며, 같은 맥락에서 블랑쇼는 "전체의 고정된 계획을 갖

---

4) 강영안, 『타인의 얼굴 : 레비나스의 철학』, 문학과지성사, 2005, 36쪽.
5) 서동욱, 『차이와 타자』, 문학과지성사, 2000, 177쪽.

고 있지 않는, 내재주의와 전체주의를 넘어선 공동체는 모든 목적 너머에, 내가 지배할 수 있는 사물화된 모든 관계 너머에 있다"[6]고 말한다. 이는 하이데거의 전언처럼 인간이 대지를 합리성의 잣대로 설명하려 할수록 오히려 대지는 제대로 현상되지 않는 것과 같은 논리이다. 같은 맥락에서 '맨발' 역시 대지에 대해 합리적으로 설명하려는 욕구의 단념이며, 이것이 곧 공동체를 '함께 있음' 자체로 인식하는 방식이다. 화자는 강한 어조로 대지 앞에 맨발로 나서서 대지와 직접 마주칠 것을 요구하고 있다. 이는 곧 '주체'의 바깥에 존재하는 타자와의 마주침을 의미한다. 이러한 마주침, 즉 임의적이며 우연적 만남이란 일종의 누군가에게로, 타자에게로의 기울어짐이다. 기울어져 빗겨감 혹은 벗어남을 뜻하는 편위(偏位, clinamen)라는 뜻이 포함하는 기울어짐은 수많은 마주침과 만남을 만들어내고, 이로써 생명 공동체로서의 세계와 우주를 생성시킨다.

신동엽의 「시인정신론」에는 국가, 원수, 정의, 진리 같은 절대자적 이름 아래 강요되는 조형적 언어 내지 언어적 건축을 적극적으로 거부하는 의식이 잘 나타나 있다. 이와 같은 모든 동일성의 원리에 대한 반감과 거부의식은 신동엽의 공동체라 알려진 민족이나 민중 역시 여기에 포함되는 동시에 그러한 한계를 뛰어넘는 종류의 것이다. 그것은 '미개지'나 '처녀지'의 대지처럼 모든 존재자를 포용하는 신비롭고 풍요로운 생명을 담지하고 있기 때문이다. '우리'라는 공동체는 그의 시에서 '한울'과 마찬가지로 어떤 공동의 근거로 구성된 공동체가 아니다. 그것은 차라리 공동(共同)의 것이 부재하는 공동체, 생명의 이름으로 평등하며, 공동의 것으로 보이는, 그렇지만 누구의 소유

---

6) 블랑쇼/낭시, 박준상 옮김, 『밝힐 수 없는 공동체/마주한 공동체』, 문학과지성사, 2005, 97쪽.

도 아닌, 그래서 존재자 모두가 평등하게 참여하여 공존하고 상생하는 외부성의 공동체이다.

3. 흙, 공존 상생으로서의 생명공동체 : 정현종

인간이 세계의 중심이라는 오만을 단념하지 못하고, 또 타자로서의 자기 자신을 성찰하지 못하면 주체는 리쾨르가 말하는 자아학적 표류와 낭시가 지적한 절대적 내재성의 독재 상태에서 벗어나지 못한다. 생태계라는 생명공동체 안에서의 존재자의 자기실현은 개별적 존재가 이루는 자아실현을 의미하지 않는다. 존재의 자아실현은 우주적 차원에서 뭇 생명과 조화를 이루는 자아실현을 의미한다. 이를테면 존재의 자아실현은 모든 타자의 차이와 특성, 존재의 이유, 이들의 상생과 공존을 통해 모든 만물이 하나가 되는 것을 의미하는 것이다. 정현종의 시는 "자아가 자아이기 위해 필요한 열쇠는 타자를 타자로 놓아"[7]줌으로써 자기를 구현하고 현상하는 공존의 조화로운 생명공동체를 지향한다.

정현종은 동양적 직관과 생태적 세계관에 대한 관심을 폭넓게 구현하고 있는 시인이다. 그의 시는 자연 사물에 깃든 생명에 대한 지향과 애착을 남다르게 구현한다. 그의 생명에 대한 애착은 현실에 대한 부정적 인식으로부터 출발한다. 그는 인간과 생명 현상으로서의 공동체를 마비시키고 왜곡하는 근대 문명의 타락한 권력에 대한 부정으로부터 자신의 시적 사유를 펼친다. 이와 같은 점은 "인간의 문명과 제도와 이데올로기에 의해 왜곡되고 쭈그러든 원초적 자아"의

---

7) 리처드 커니, 『이방인, 신, 괴물』, 개마고원, 2004, 22쪽.

"자기동일성"을 회복하려는 시적 인식론에 잘 나타나며, 그것은 "우리를 마비시키는 모든 것에 대한 저항"[8]이라는 실천적 의미를 지닌다.

아, 들판이 적막하다 −
메뚜기가 없다

오 이 불길한 고요 −
생명의 황금 고리가 끊어졌느니

「들판이 적막하다」 중에서

화자는 유기체적인 "생명의 황금 고리가 끊"긴 묵시록적 상황을 바라보고 있다. 들판은 "가을 햇볕에 공기에" "눈부신 것 천지"이다. 그런데 아이러니하게도 화자는 거기에서 적막한 죽음의 공포를 느낀다. 이러한 불길한 죽음의 묵시록적 공포는 생명의 유기적 관계성이 끊긴 데서 연유한다. 모든 생명체들의 유기적 연결이 "생명의 황금 고리"이며, 때문에 생명의 존속은 결국 상호의존적이며 연대를 통해 이루어져야 한다. 그러나 화자는 생명의 관계성이 단절된 죽음의 "불길한 고요"를 보는 것이다. 이와 같은 문명 현실의 위기 상황은 정현종의 시를 자유로운 비상과 초월을 꿈꾸는, 이를테면 "神聖感"에 "찰랑대는" (「새로 낳은 달걀」) 생명의 황홀경을 외경적으로 탐색하며, 모든 존재자가 평등하게 공존 상생하는 전일적 생명공동체를 지향하도록 한다.

정현종의 시가 자연 생명의 거룩한 경이와 외경, 황홀과 숭고함을 노래하는 이유는 반자연적인 문명 현실이 점점 더 악화되고 있기 때문이라는 비판적인 의식에서 비롯한다. 이것은 우주적 생명의 원리를 역행하는 자본주의적 문명과 물질의 폭력성, 인간중심주의적 사유에 대한 부정과 비판의식의 소산이기도 하다. 따라서 자연 생명의

8) 정현종, 「시의 자기동일성」, 『거지와 광인』, 나남, 1985, 11~15쪽 참조.

신비에 대한 시적 탐색은 생명의 위기에 반응한 결과로 볼 수 있다. 왜냐하면 한국 현대사에서 압도적으로 진행된 근대화의 과정은 필연적으로 공업화와 산업화를 수반하고, 그에 따른 문명의 모순과 부조리는 서정시의 무의식을 강력하게 규정하기 때문이다. 이러한 상황에서 시적 주체는 상실한 자연과의 일체감과 동일성, "생명의 황금고리"가 오롯이 연결된 근원에 대한 그리움에 사로잡힐 수밖에 없다. 여기에는 현재의 혐오스런 나라에서 벗어나고픈 또는 멀리 떨어져 있고 싶은 반항심과 지금 이곳과는 대비되는 피안의 공간에 대한 유토피아적 열망이 잠복해 있다. 그러한 열망이 모든 생명이 존재 그 자체로 오롯이 빛나며, "맑은 공기 / 맑은 물 / 산 흙 그 큰 품속에 / 모든 생명 흥청대는"(「급한 일」) 충만한 생명공동체의 세계를 지향하게 한다.

정현종은 근대 문명의 반생명적인 현실에서 생명의 신비와 황홀을 탐색한다. 그의 자연생명의 탐색은 궁극적으로 생명의 구경(究竟)에 이르려는 시적 욕망에서 비롯하며, "생명에 대한 감각이 날로 민감해지는" 까닭은 문명사적 "세상의 거칠음과 비례"[9]한다는 인식에서 기원하는 것이다. 이러한 시적 욕망과 근대 문명에 대한 반감은 시인으로 하여금 원초적 근원으로서 흙, 나무, 물, 바람 등의 자연 사물에 깃든 생명성에 깊이 천착하도록 이끈다. 흙은 모든 생명의 원천이며 본원적 귀의처이다. 정현종 시에서 흙은 삶의 근원을 지탱해주는 생명의 순환성과 전체성으로 형상화된다. 생명의 본원적 처소로서 흙은 무수한 생명을 낳고 기른다. 그의 시에서 흙의 정기와 기운은 생명에 숨을 불어넣는 원천의 에너지이다.

---

9) 정현종, 「구체적인 생명에로」, 『생명의 황홀』, 세계사, 1989, 156쪽.

　흙냄새 맡으면
　세상에 외롭지 않다.

　뒷산에 올라가 삭정이로 흙을 파헤치고 거기 코를 박는다. 아아,
이 흙냄새! 이 깊은 향기는 어디 가서 닿는가. 머나멀다. 생명이다.
그 원천. 크나큰 품. 깊은 숨.

　생명이 다아 여기 모인다. 이 향기 속에 붐빈다. 감자처럼 주렁주렁
딸려 올라온다
　흙냄새여.
　생명의 한통속이여.

　　　　　　　　　　　　　　　　　　　「흙냄새」 전문

　문명의 현실에서 정현종이 추구하는 근대 극복의 대안적 꿈은 자
연 생명의 내적 연관성과 상호 호혜적 평등, 생명존중과 상생을 바탕
으로 하는 우주적이며 전일적인 유기체적 생명공동체의 세계관이다.
이러한 관점은 존재와 존재 사이의 절대적 평등들 강조하는 관계론
이라는 불교의 연기론과 자비사상에도 연관되어 있다. 유기체적 세
계관에 의하면 자연은 상호 관련된 관계의 망으로 조직되어 있다. 생
명에 대한 외경과 황홀감을 노래하는 정현종 시인에게 여러 자연 사
물 가운데 하나인 흙은 그의 시적 소재와 주제를 규제하고 기율하는
중심적인 이미지이다. 그는 지속적으로 흙에 대한 관심을 표명하는
데, 흙과 생명에 대한 그의 상상력은 생명의 탄생과 지속이 자연의
산물이고, 그것은 상호의존적으로 연결되어 있으며, 대지의 품이 바
로 우리 어머니의 가슴이라는 의식에서 비롯한다.
　인용 시에서 보듯 흙은 생명이며, 생명은 황홀이다. 화자는 흙냄새
－향기－숨으로 변주 확장하는 이미지의 변화 과정을 통해서 흙냄새
는 곧 생명의 향기, 생명의 향기는 곧 흙냄새임을 환기한다. 모든 흙

냄새는 생명의 숨이며, 이 생명의 숨을 통해서 모든 생명은 전일적으로 '한통속'이 되는 것이다. 그에게 흙은 모든 존재자를 형상하는 생명의 원천이며 원동력이다. 흙으로부터 출발하는 이러한 육화된 생명의 체험과 의식은 우주에 존재하는 뭇 생명에 대한 사랑과 외경, 존중과 평등의 세계를 구현해낸다.

> 한 숟가락 흙 속에
> 미생물이 1억5천만 마리래!
> 왜 아니겠는가, 흙 한술,
> 삼천대천세계가 거기인 것을!
> 알겠네 내가 더러 개미도 밟으며 흙길을 갈 때
> 발바닥에 기막히게 오는 그 탄력이 실은
> 수십억 마리 미생물이 밀어올리는
> 바로 그 힘이었다는 걸!
>
> 「한 숟가락 흙 속에」 전문

화자는 "한 숟가락"의 작은 "흙 속에"서 "삼천대천세계"로서의 큰 우주를 직관한다. 이를테면 지구 생태계의 각 개체는 고립 단절된 부분으로 존재하는 것이 아니다. 생태계는 인간과 자연, 동물과 식물, 유기물과 무기물 등이 유기적으로 연결된 관계망 속에서 상호의존적이며 상호 삼투하는 공생의 원리가 곧 우주이다. 만물과 우주는 그물처럼 얽혀 있는 관계성의 생명공동체 안에서 대등한 가치를 지니는 하나의 공생체이다. 이 같은 전언은 어떤 존재도 다른 존재와 비교대상이 될 수 없으며, 수직적 위계로 가늠해 존재가치를 세울 수 없다는 의미를 표상한다. '흙냄새'에서 느끼는 생명의 기운, 그리고 그 생명의 기운이 발산하는 황홀과 외경은 자연의 사물과 인간이 생명의 연합으로 긴밀히 연결되어 있음을 적절히 환기한다. 이러한 공생, 공존, 상생의 유기적 관계로 인해, 그저 '함께 있음'으로 인해 '한통속'으로 서로의 생명을 빛나게 하고 풍요롭게 한다.

> 강물을 보세요 우리들의 피를
> 바람을 보세요 우리들의 숨결을
> 흙을 보세요 우리들의 살을
>   … 중략 …
> 나무는 구름을 낳고 구름은
> 강물을 낳고 강물은 새들을 낳고
> 새들은 바람을 낳고 바람은
> 나무를 낳고…

「이슬」 중에서

모든 존재를 수평적으로 평등하고 상호 유기적 관계로 바라보는 윤리관이 드러나는 인용 시는 우주의 모든 존재가 서로 독립된 개체가 아니라 상호의존적인 유기적 관계를 맺고 있다는 전일적 세계관을 담고 있다. 즉 '강물을 우리들의 피, 바람을 우리들의 숨결, 흙을 우리들의 살'로 인식하는 것과 같이 모든 대립과 분리가 무화되어 근원적 통일이 이룩된 일체감의 세계나, '나무 – 구름 – 강물 – 새 – 나무'로 연쇄되는 존재의 순환 생성은 곧 생명의 원리에 맞닿아 있다. 존재하는 모든 것은 모든 것과 연결되어 있다. 우주에 존재하는 사물들의 유기체적 연관성, 상호의존성, 순환성이 조화롭게 형상화된 위의 시는 모든 존재자가 더불어 공존, 상생하는 생명공동체주의를 가장 극명하게 보여주는 사례이다. 정현종의 시에서 자연이 순환 생성한다는 관계론은 생명의 유기적 전체성과 일체감을 보여주는 세계관의 표현이다. 이와 같은 유기적인 존재론적 순환의 세계는 우주적 질서의 현현이며 생명의 영원함이 우주의 뭇 존재들에 내재해 있다는 것을 상징적으로 지시한다.

서구의 진보적 사관은 인간과 자연, 자아와 세계의 경계를 뚜렷이 분리하고 자연을 끊임없이 개발하고 극복해야 할 투쟁의 대상으로 인식한다. 정현종의 시가 보여주는 순환상생의 생명공동체적 세계관은 역사가 진보한다는 직선적 시간관으로는 불가능한 통찰이다. 시간은 주기적 리듬을 타고 죽음과 재생을 반복하며 변화하고 갱신한다. 정현종의 시는 세계를 분리된 개념의 집합체로 인식하는 것이 아니라 총체적으로 통합된 전체로 보는 전일적 세계관을 지향한다. 따라서 이러한 의식은 근대문명의 질서를 부정 극복하고 대안으로서 상생의 공동체적 생명관을 제시하는 것이다.

4. 농업, '땅'의 생태공동체 : 이문재

이문재 시인은 훼손된 생태 현실을 구체적으로 형상화하면서 생태학적 전체성의 훼손과 복원, 상실과 회복 사이의 긴장 관계를 주목하는 시인이다. 남진우의 견해에 따르면 도시의 시인들은 "왜곡된 도시적 삶의 비인간적 양상을 있는 그대로 드러내고자 하는 의지"와 함께 "그러한 도시적 일상을 넘어선 곳에 열리는 훼손되지 않은 원초적=자연적 삶에 대한 열망"[10]을 동시에 가지고 있다. 이 둘은 동전의 양면과 같은 것이어서 도시문명의 묵시록적 상황이나 도시적 삶의 불모성을 드러냄과 동시에 그런 상황을 넘어선 차원, 다시 말해 결핍으로 가득 찬 현재의 상황과 대비되는 공간으로서 시원의 시간과 공간에 대한 그리움을 노래한다.

이문재의 시편들은 "우리가 별이라고 믿었던 / 빛들이 붉은 피"(「오존 묵시록」)를 떨구며, "쓰레기 소각장 굴뚝에서" "다이옥신이 배

---

10) 남진우, 『신성한 숲』, 민음사, 1995, 61쪽.

출"(「사슴 4단지」)되는 묵시록적 상황이 압도한다. 다시 남진우에 따르면 도시문명은 "묵시록적 상황의 집약적 상징"이며, 자연의 원형은 "그러한 부정적 현실의 지평 너머에 떠오른 새로운 구원의 자리로 인식"[11]된다. 또한 문명의 병폐가 극도로 심화되는 탈근대의 현대사회에서 소외는 인간존재의 보편적 특징이다. 이러한 인간 생명의 소외와 묵시록적 상황은 시인으로 하여금 세계와의 갈등을 극복하기 위해 동일성의 세계를 추구하게 한다. 동일성의 훼손은 동일성 회복의 인자이기도 하다. 이문재의 시에서 생명으로부터 소외되고 종말론적 상황에 처한 시적 자아는 상실한 본래적 원형의 몸과 땅, 시원으로서의 농업과 고향을 회복하기 위해 고군분투한다. 그는 물질문명으로 인해 척박해지고 탐욕으로 인해 훼손된 자연의 생명을 몸과 땅, 그리고 농업의 은유를 통해 회복하려 한다. 그의 시에서 몸, 땅, 농업, 고향은 생명의 근원을 지시하는 동일지정의 등가적 관계이다.

> 빼앗긴 것을 찾을 수
> 있을까 도시에서 밀려나오는 길
> 길어질수록 치욕만 는다
> 눈 감으면 더욱 새파랗게 빛나는 길
>
> 「길」 중에서

시원으로부터 분리된 인간의 욕망은 도시적 문명의 삶이 불만족스러워지는 것과 비례해서 시원으로 돌아가고자 하는 열망 또한 커진다. 이때 시원으로서의 자연은 우리의 삶이 다시금 회복해야 할 영역이라는 적극적 의미를 갖는다. 화자는 문명으로부터 탈주하여 "빼앗긴 것"으로 대변되는 잃어버린 '길 찾기'를 시도하고 있다. "찾을 수 / 있을까"라는 의문형의 어조로 부정적인 인식이 자리 잡고 있기는

---

11) 남진우, 앞의 책, 61쪽.

하지만, 그 부정적 의문은 그만큼 시원의 세계로 복원해야 한다는 당
위성과 강렬한 열망의 표현이기도 하다. 화자가 찾으려고 하는 길 찾
기의 의미는 원형적 삶의 길 찾기라 할 수 있다. 상실한 자연의 생명
을 재신화화하여 원초적 세계를 복원하려는 길 찾기는 부조리하고
모순에 찬 현실, 현대의 파편화된 시간, 도시적 문명 공간에서 벗어
나고자 하는 욕구와 관련되어 있다. 화자는 도시문명에 의해 상실하
고 빼앗긴 그 무엇, 즉 "눈 감으면 더욱 새파랗게 빛나는 길"로 상징
되는 원형의 회복을 꿈꾼다. 이문재의 이러한 원형 상실과 회복의 의
지는 생태학적 상상력과 깊이 연관되어 있다. 미래에 대한 전망 부재
의 비극적 세계관은 더욱 강렬하게 생태학적 사유를 촉발시킨다. 현
재 상태와는 근본적으로 다른 세계에 대한 지향은 비극적 세계관에
서 탄생하는 것이다. 자연을 재신화화하며 자연을 배반한 문명의 이
데올로기를 탈신화화하려는 전략적 기획은 모두 현재 주어진 현실에
대한 불만과 고통으로부터 출발하는 것이기 때문이다.

　이문재는 상실한 세계의 원형적 질서회복을 위해 느림으로 대응하
면서, 이성에 의해 상실한 '몸, 땅'의 원형적 생태성과 상실한 세계에
대한 그리움, 그리고 생명의 원천인 땅에 기반 한 '농업'의 회복을 꿈
꾼다. 그 꿈은 문명에 대한 비극적 세계관에 기초를 두고 있으며, "몸
이 가지는 본유의 자연성을 회복하려는 열망"이면서 "몸의 존재성 회
복"[12]을 의미한다. 몸과 농업에 대한 사유는 이문재 시의 주제를 규
제하는 정신적이며 전략적인 국면이다. 이 때 몸은 자연으로서의 몸
을 상징하는 무위(無爲)의 몸을 의미한다. 같은 의미에서 시인이 꿈
꾸는 미래의 문명은 농업에 토대를 둔 것이다. 미래의 문명이 농업에
토대를 둔 것이라면, 그 문명은 흙의 생명성을 바탕으로 한 문명의

---

12) 이재복, 「몸과 느림의 언어」, 『현대시학』, 현대시학사, 1999, 9월호, 250쪽.

세계를 의미한다.

　이문재는 자신의 평문 「미래와의 불화」에서 자신의 시의 최근은 농업이며 오래된 미래로서의 농업에 도달하고자 한다고 피력한다. 이 같은 전언의 문맥에는 말하자면 농업은 은유로서 문명의 유토피아적 미래를 선동하는 보이지 않는 손과 인간 중심주의에 대한 야유가 숨겨 있다. 시인은 농업을 지향하면서 문명사적 대전환기 속에서 농업과 흡사한 그 무엇, 그러니까 자연의 한 일부로 돌아가 온전한 몸의 존재로 살아가기를 꿈꾸며, 자신의 시와 삶이 마침내 가 닿아야 할 '고향은 흙에 바탕을 둔 그 무엇, 농업에 가까운 그 무엇임을 지시하는 것이다. 이것은 시인이 지속적으로 역설하는 '오래된 미래'이며 '지나간 미래'이다. 그러나 시인이 꿈꾸는 '오래된 미래' 혹은 '지나간 미래'에 대한 지향은 문명사적 차원에서 희망적이지만은 않다. 땅과 농업에 기반한 옛날에 대한 시인의 집착과 미래에 대한 불신은 지금 이곳의 문명에 대한 비관적 인식에서 비롯하는 것이다. 그런 점에서 '미래는 오지 않을 것'(「각성제 - 고독한 산책자의 몽상」)이라는 고독한 산책자로서의 비극적 세계관은 전망 부재에 대한 강력한 경고로 읽힌다.

　　옷 벗어 알몸이고 싶어
　　몸 벗어 알이고만 싶어서
　　활짝 몸을 여는데 열어놓는데
　　不感보다 더 큰 고문은 없었구나

　　　　　　　　　　　　　　　　　　　　　　「간지럼」 중에서

　이문재의 시에서 몸은 원형적 생명력이다. 그러나 "不感의 시대"에 몸과 마음은 이원화되어 있다. 내 몸을 껴안지 못하는 마음과 내 몸 안에 들지 못하는 마음으로서 서로 대립적이면서 불일치한다. 몸이 하나의 신전임에도 불구하고 마음과 불일치하는 것은 이 시대가 "不

感의 시대"이기 때문이다. 그는 상실된 세계에 놓여 있기 때문에 원형적 삶에 대한 그리움을 노래할 수밖에 없다. 상실한 몸의 원형적 생태성과 그리움의 본질은 원형적 세계의 상실에 의한 것이고, 마땅히 회복해야 할 영역이며 가치이다. 삶의 원형적 모습을 회복하는 대안을 시인은 상실한 땅으로부터 찾는다. "땅에 넘어진 자는" "그 땅을 짚고 일어서야" 하며 "온몸이 진흙투성이가 되지 않고서는 / 일어설 수 없다"(「땅에 넘어진 자, 그 땅을 짚고 일어서야 한다」)는 인식은 현재 상실해버린 땅으로부터 미래를 새롭게 다시금 전망해야 한다는 의미이다. 상실한 땅의 회복은 상실한 땅으로부터 시작해야 하며, 진흙투성이로 은유된 태허(太虛)의 시원, 그 탄생의 본원을 이루는 땅에서 출발해야 한다. 그곳은 바로 원형성이 오롯이 갖추어진 오지 내지는 극지의 땅이다. 그러므로 '진흙투성이'의 땅으로 표현된 오지는 생명의 모태가 되는 땅이다.

이문재는 자신을 "도시 - 자본주의 - 근대의 사생아"라 말하면서 "내 시와 삶이 마침내 닿아야 할 고향은 흙에 바탕을 둔 그 무엇, 농업에 가까운 그 무엇이다"라고 천명한 바 있다. 이러한 시인의 말에는 "과학과 합리의 잣대로, 이성과 효율의 이름으로 이 문명이 인간에게 가한 폭력"13)을 비판하고 삶의 원형으로서 흙의 생명력에 대한 관심을 포함하는 것이다. 시인은 삶의 원형성을 고향에 바탕을 둔 흙에서 찾는다. 흙은 생명의 모태를 상징한다. 이러한 흙의 생명력은 농업이기도 하다. 그가 지향하는 흙에 대한 그리움은 원초적 생명력의 회복이며, 미래 사회가 추구해야 할 가장 중요한 윤리적 관점이다. 이와 같이 그의 시편이 지향하는 세계는 원초적 생명력을 간직한 흙의 세계이다. 그의 시편에서 원초성이 훼손되지 않은 오지나 극지는

---

13) 이문재, 「미래와의 불화」, 『마음의 오지』, 문학동네, 1999, 100쪽.

바로 그러한 생명의 땅을 상징한다. 그의 시에서 오지나 극지는 따라서 삶의 진정성을 회복하기 위한 새로운 출발점인 것이다. 현재가 막힘의 상황이라면 새로운 대안은 이 막힘의 상황으로부터 시작해야 하는 것이다.

> 농업박물관에 전시된 우리 밀
> 우리 밀, 내가 지나온 시절
> 똥짐 지던 그 시절이
> 미래가 되고 말았다
> 우리 밀, 아 오래된 미래
> 　　　　「농업박물관 소식 - 우리 밀 어린 싹」 중에서

이문재의 생태학적 사유는 문명이 지향해야 할 전망과 잃어버린 생명의 호흡을 느끼게 해준다. 인용 시는 도시의 산책자인 시인이 세속도시의 한복판을 어슬렁거리며 산책하다가 농업박물관을 발견했을 때의 충격을 연작으로 시화한 작품 가운데 한 편이다. 여기에서 화자는 농업사회에서 산업사회로 전환되면서 농업이 이제 박물관 신세가 된 상황을 주시한다. 이러한 화자의 주시에는 농업의 상실뿐만 아니라 인간성과 생명의 상실, 본래적 삶의 본질을 상실하고 말았다는 뼈아픈 각성이 자리한다. 이와 같은 시인의 각성된 의식은 본원적 생명으로서의 흙(땅)과 몸, 농업과 고향의 세계를 추구하도록 하는 것이다.

이문재의 생태학적 사유는 과학기술주의적 사유방식을 생명의 근원인 땅과 농업을 통한 전일적 세계관으로 극복하고자 하는 태도를 지향한다. 이러한 세계관은 「이 땅이 부처다」 등과 같은 작품에도 잘 반영되어 나타난다. 이를테면 "몸 속으로 땅이 들어"설 뿐만 아니라 "이 땅이 부처"라는 인식은 생명에 대한 전일적 세계관과 생태공동체

적인 사유의 극점을 보여준다. 그런데 그러한 삶의 태도를 실천하기
위해서는 사물화되고 대상화된 인간과 자연을 다시 생명의 본원적
존재로 되살아나게 해야 한다. 이 같은 맥락에서 시인은 몸과 땅, 부
처가 하나가 되는 불일불이(不一不二)의 합일의 정신은 곧 생명과
인간을 사랑하는 길로써 생명의 공동체 의식을 갈망한다. 또한 문명
의 쾌속적 질주에서 우리가 상실한 것은 다름 아닌 "연민과 배려의
네트워크"(「티벳버섯 이메일」), 즉 인간다운 감수성과 생명, 인간과
세계가 맺고 있는 유기체적 관계성의 가치에 대한 새롭게 각성된 인
식이다. 시인은 단순히 시원으로의 회귀나 문명의 각성을 주장하는
하는 것만이 아니라 생명에 대한 배려에서 진정한 삶의 가치가 나온
다는 것을 보여준다.

이문재의 생태공동체적 사유는 문명과의 긴장 위에서 생명에 대한
가치라는 매개항이 설정되면서 촉발된다. 그의 시는 문명과 자연, 유
기체와 무기체, 속도와 느림, 욕망과 탈욕망이라는 대립적인 가치 사
이에서 갈등하면서 생태공동체의 의미를 획득한다. 이문재의 대항적
사유는 인간다운 삶의 가치와 생명의 힘을 문명의 폭력에 대한 반대
항으로 설정하는데, '지나간 미래' 혹은 '오래된 미래'로서의 몸, 땅,
농업의 생명성은 새로운 문명의 대안 명제이다. 이러한 대안 명제는
"우리는 저마다 우주의 중심"(「티벳버섯 이메일」)으로 존재해야 한다
는 것과 같이 총체적으로 얽혀 있는 문명과 생명의 갈등을 보듬으면
서 미래를 보고자 하는 전망을 내포하고 있다. 우리는 여기에서 문명
과 생태공동체라는 주제에 대해 고민하는 고독한 산책자로서의 시인
이 지향하는 세계, 그리고 대항적 사유가 설정하는 새로운 문명의 대
안 명제를 확인할 수 있다.

5. 타자와 환대의 윤리

우리는 인간이 가치의 중심인 인본주의에서 물신이 가치의 중심인 물본주의 세계로 옮겨와 살고 있다. 가치의 중심 이동은 말하자면 인간과 세계 사이의 심각한 분열을 의미한다. 또한 이러한 분열과 모순의 상황에서 이를 부정 비판하면서 새로운 대안을 숙고 모색하려는 작업의 일환이 생태공동체이다. 한국 현대시도 이와 같은 문명사적 상황 변화에 민감하게 반응하면서 근대 극복으로서의 대안적 사유의 모색을 적극적으로 꾀하고 있는 상황이다. 이러한 작업은 근대 서구의 이원론적 철학과 기계론적 세계관을 극복하고자 하는 전환적 사유의 하나가 바로 타자를 존중하고 자연 생명의 유기체적 전일성과 가치를 중시하는 생태적 세계관에 토대를 둔 대안적 사유임을 확인하는 것으로 집약된다.

생태적 담론은 예측된 상(像)으로서 디스토피아적인 세계상을 통해 파괴의 실상에 대한 반성적 성찰을 요구한다. 이러한 양상은 근본적으로 우리의 삶이 생태론적 위기에 처해 있다는 것과 인간과 자연, 자아와 세계가 참된 관계를 다시금 회복해야 한다는 전언을 내포한다. 여기에는 보다 바람직한 공동체적 삶에 대한 꿈과 희망, 그리고 이상적이자 긍정적인 사회상에 대한 유토피아적 열망이 내포되어 있다. 생태공동체주의는 생태적 가치관의 구현을 위해 공동체 구성의 필요성을 역설한다. 생태계의 존립방식을 인간 사회에 적용하여 공존을 추구하는 것이다. 그렇다면 왜 우리는 지금 생태공동체에 대한 물음을 던져야 하는가.

하이데거는 그의 저서 『존재와 시간』에서 사람들은 존재에 보편적이고 자명한 개념이어서 논의할 필요가 없다고 생각한다는 것이다.

그러나 하이데거는 존재 개념의 보편성에는 다양한 차이들을 포함하는 것이어서 가장 큰 수수께끼를 담고 있으며, 따라서 가장 불명료한 개념이라고 말한다. 존재의 자명성과 보편성이 촉발하는 불명료성은 오히려 존재의 의미에 대한 물음을 제기해야 할 이유이기도 하다. 이와 같은 맥락에서 우리가 더불어 몸 들어 사는 공동체, 자연, 생명, 사물 등에 대한 물음도 마찬가지일 것이다. 이런 것들은 공기처럼 너무나 보편적이고 자명해서 정의가 필요 없는 대상이 아니었을까. 그렇지만 오히려 그렇기 때문에 물음은 분명하게 제기되어야 한다. 그리고 그 공동체는 무엇보다도 이성이 독재한 근대성의 가치에서 배제되고 소외된 타자의 존재성과 생명성을 절대적으로 존중하고 환대하는 방향으로 개진되어야 할 것이다.

도시 산책자와 시선의 고현학

1. 관음적 시선의 고현학

도시는 현대인의 보편적인 삶의 공간이다. 현대인의 삶의 양식과 의식을 결정하는 물질적 토대로서 도시는 중요한 문학적 관심사의 하나이다. 한국문학은 도시공간과 삶에 대해 고민한 문학적 적층을 갖고 있으며, 지금도 주요한 시적 사유 대상 가운데 하나로 쓰이고 있다. 이와 관련하여 발터 벤야민은 현대사회에서 시인의 운명을 이해하는 데 유용한 관점으로 '산책자'(flaneur)라는 개념을 제시한다. 도시의 거리를 근대적 삶의 상징으로 간주한 벤야민은 대도시의 군중이라는 현상과 거리의 다양한 자극을 자신의 것으로 수용하는 산책자의 양가적 시선에 주목한다. 도시공간의 관찰자이자 탐정으로서 산책자는 거리의 기호와 욕망, 이미지와 풍경에 도취되는 자이면서 동시에 이로부터 세속적 깨달음을 얻는 반성적 자아이다. 이를테면 산책자는 기호가치의 상징적 교환이라는 메커니즘의 내적 논리를 반성적으로 깨닫고 도시적 풍경의 매혹과 도취에서 깨어나는 양가적인 존재이다.

이 평문은 이문재·유하·고진하의 시를 중심으로 산책자의 도시 표상화가 어떤 시선체계를 통해 구축되며, 그것이 어떤 의미를 함축하고 있는지를 조명하고자 한다. 이들 세 시인은 뚜렷하게 도시 내지는 도시체험을 지속적으로 다루었으며, 공히 도시 산책자의 시선의 고현학(考現學)적 태도가 시적 발상을 규율한다. 도시의 "산책자는 무엇보다 시각적 패러다임 속에서 사유하는 〈보는 자〉"1)이다. 세 시인의 시에서 시적 자아에게 견자(見者)로서의 '본다'는 행위는 그들이 세상에 참여하고 세계를 해석하며 타자와 소통하는 방식이다. 견자로서 시선의 동력이 발생하는 장소는 물론 도시의 거리이다. 이들 거리의 산책자는 단순히 풍경을 바라보는 자가 아니라 그 시선의 프레임 안에서 세계와 자신을 재인식하는 존재가 된다. 이들의 시에서 산책의 모티프와 시선의 발생은 그들의 시세계를 관통하는 중요한 미학적 지점을 이룬다. 그러므로 여기에서 다루는 세 시인은 도시 산책자의 시선 표상의 의미양상을 살피려는 이 평문의 기본적인 목적에 부합한다.

이 글이 채택한 관점은 도시공간을 루돌프 아른하임이 말하는 '시각적 패러다임' 속에서 사유하는 산책자의 투시적 상상력을 주목하는 방법이기도 하다. 세 시인은 시각적 패러다임 속에서 거리를 산책하면서 도시공간을 투시하고 관찰한다. 투시와 관찰의 산책자는 이를테면 도시가 숨긴 비밀을 탐색하는 탐정으로서의 기능적 성격을 지니고 있기도 하다. 이문재는 고도로 발달한 문명의 도시 산책자임을 자임하면서 탈근대적 자본주의의 모순을 뼈아프게 각성하는 시인이며, 유하는 "거대한 문화적 텍스트"이며 "풍속사적 상징"2)인 거리의 관능을 훔쳐보는 산책자이고, 고진하는 "묵시록적 미학을 밀고 나가면서 도시 체험을 시화"3)하는 전형적인 산책자의 시선을 보여준다. 이들은 도시적 삶과 정치·경제·문화적 논리를 고현학의 시선으로 응시하고 관찰함으로써 현대성을 새로운 차원으로 인식하고 표상한

---

1) 이광호, 「세속 세계의 산책」, 『환멸의 신화』, 민음사, 1995, 144쪽.
2) 권성우, 「압구정동의 유하 형께 보내는 서신」, 『비평의 매혹』, 문학과지성사, 1993, 217쪽.
3) 이광호, 「세속 세계의 산책」, 위의 책, 149쪽.

다. 도시의 표상화는 도시적 시선의 고현학이 품은 정치성과 윤리성
이 내재한다. 이를테면 도시는 단지 소재적 공간의 문제가 아니라 도
시적 시선의 감각과 고현학이 지닌 정치성 내지는 윤리성을 드러내
는 문제적인 지점을 형성한다.

　도시적 삶의 문제를 이해한다는 것은 단순히 공간과 풍속사적 상
징에만 한정되는 것은 아니다. 즉 도시는 단지 장소나 공간을 구성하
는 스펙터클한 풍경의 문제만이 아니다. 그것은 하나의 사건이며, 여
기에는 도시적인 삶의 형성과 "이미지, 스타일, 취향, 아비투스(Habitus)
등의 삶의 실천적·미학적 문제"4)들이 두루 포함되어 있다. 따라서
현대시에서 도시 산책자의 도시 표상화가 어떤 시선 체계를 통해 구
축되는가를 분석하는 작업은 흥미로운 일이다. 현대성의 문제를 태
도, 시선체계, 혹은 표상공간의 문제로 집중할 때 '태도란 동시대의
현실에 관계되어 있는 어떤 양식, 감각하는 방식을 의미'5)한다. 현대
성의 문제가 태도와 관련된 문제라면, 이것은 현대적인 공간에 대한
현대적인 시선체계의 문제와 연관된다. 따라서 산책자의 "도시에 대
한 표상과 시선의 문제"는 "프레임 혹은 전시방식의 체계와 그 안에
작동하는 권력과 사회 역사적 관계를 분석하는 시선의 정치학"6)과
윤리학을 요구한다.

　결국 도시를 일종의 표상체계로 본다면 중요한 것은 도시의 이미
지 내지는 표상을 구축하는 시선의 문제로 귀결된다. 이 글은 세 시

---

4) 이광호, 「김수영 시에 나타난 도시적 시선의 문제」, 『어문논집』 제60집,
　민족어문학회, 2009. 10, 379쪽.
5) 미셸 푸코, 「계몽이란 무엇인가」, 김성기 편, 『모더니티란 무엇인가』, 민
　음사, 1994, 35쪽.
6) 이광호, 「시선과 관음증의 정치학」, 『이토록 사소한 정치성』, 문학과지
　성사, 2006, 31쪽.

인의 사례를 통해서 도시라는 공간을 탐구하는 고현학적 시선의 표
상화가 지닌 정치성과 윤리성의 일부를 드러내려는 작업의 일환이다.
여기에서 미학적 문제의 핵심은 도시공간에서 다른 감각의 발견, 다
른 삶의 가능성을 문학적으로 전유하는 것이다. 이 평문이 선택한 시
인들의 시가 문제적인 것은 도시 산책자의 감각을 극명하게 보여준
다는 것이며, 그것은 현대시가 보여주는 정치성과 윤리성의 의미 있
는 한 국면을 형성한다는 것이다. 따라서 이 글은 도시 산책자의 시
선이 보여주는 정치성과 윤리성을 분석함으로써 그 의미양상을 조명
한다. 그럼으로써 이들의 시가 보여주는 문학적 증상이 어떠한 사
회·문화·문명사적 의미를 지니는지 규명하고자 한다.

2. 문명의 속도와 저항적 성찰의 시선 : 이문재

이문재의 시에서 도시의 거리는 산책자의 시선의 동력이 발생하는
장소이다. 그는 도시적 풍경을 단순히 바라보는 자가 아니라 시선의
프레임 안에서 도시라는 세속세계와 거기에 위치한 자신의 실존을
재인식하고 대안적 미래를 꿈꾸는 저항적이며 반성적인 존재이다.
그의 시에서 도시는 매혹과 환멸, 풍요와 죽음이 뒤섞인 공간으로 속
도와 기호 이미지가 지배하는 '제국호텔'로 상징된다. 이때 흥미로운
점은 도시의 표상과 이미지를 바라보는 산책자로서 화자의 시선이다.
도시 거리의 익명의 군중은 도시적 제도와 물질적 풍요를 만끽하며
기계적으로 걸어 다니는 자기 소외적인 존재이다. 이와는 반대로 반
성적 사유가 가능한 이문재의 산책자는 도시적 일상의 생활에 얽매
이지 않고 도시공간을 목적 없이 느리게 배회함으로써 대중의 모순

과 소외, '제국호텔'로 은유된 자본과 문명의 논리가 지배하는 도시를 저항적 시선으로 성찰하는 각성된 주체로서의 성격을 지닌다.

이문재의 시에서 산책자의 시선의 동력이 발생하는 도시의 거리는 속도가 지배하며, 속도는 도시의 운명이자 도시인이 갖추어야 할 중요한 미덕이다. 때문에 속도에 저항하거나 적응하지 못하는 사람은 부도덕하며 "가장 큰 죄인"(「마지막 느림보 – 散策詩 3」)으로 몰린다. 이러한 문명의 도시적 현실에서 이문재는 '빠름'이 아닌 '느림의 미학', 말하자면 "사나흘을 혼자서 걸어가곤" 하는 "발효의 시간"(「푸른 곰팡이 – 散策詩」)처럼 느릿한 속도로 도시의 속도에 저항한다. 그의 시에서 도시의 거리를 어슬렁거리며 거니는 게으른 산책은 도시의 속도와 문명의 논리에 저항하는 방식이다. 「산책시」 연작은 도시 산책자의 시선이 응시하는 지점을 선명하게 보여준다.

> 이 도시는 느슨한 산책을 아주
> 싫어하는 모양입니다 산책은 아니
> 산책만이 두 눈과 귀를 열어준다는 비밀을
> 이 도시는 알고 있는 것이겠지요
> 도시는 사람들에게 들키고 싶어하지
> 않는다고 하더군요 저 반짝이는
> 유토피아에의 초대장들로 길 안팎에서
> 산책을 훼방하는 것이지요
>
> 도시는 단 한 사람의 산책자도
> 인정하지 않으려 합니다 느림보는
> 가장 큰 죄인으로 몰립니다
> 게으름을 피우거나 혼자 있으려 하다간
> 도시에게 당하고 말지요
> 이 도시는 산책의 거대한 묘지입니다
> 　　　　　　　　「마지막 느림보 – 散策詩 3」 중에서

이문재의 시에서 산책은 빠른 속도의 도회지 거리에서 이루어지며, 그곳은 화자가 처해 있는 실존적 상황을 규정한다. 도시는 효율적 생산성의 가치와 속도의 신화가 지배하는 공간으로 "느슨한 산책을 싫어"한다. 해찰을 떨거나 게으름을 피우는 "느슨한 산책"은 도시의 생태를 위반하는 것이다. 그러나 화자에게 산책은 이러한 도시의 신화를 거부하고 "두 눈과 귀를 열어"주는 행위로서 이문재 시의 저항적 시선의 정치성이 탄생하는 자리이다. 말하자면 도시문명과 자본의 권력에 대한 사적인 영역에서의 각성과 비판적 고현학의 시선이 자연, 생명, 생태, 느림의 문화 따위의 공적인 담론으로 확대하면서 이문재의 시는 생태학적 생명과 느림의 문화를 욕망하는 저항적 시선의 주체가 된다.

산책은 도시적 삶이 제시하는 속도와 "유토피아에의 초대장"이라는 물질적 풍요의 환상에 대해 뚜렷한 대립적 의미를 지닌다. "산책의 거대한 묘지"라는 진술에서처럼 도시적 삶에 대한 산책자의 시선은 우호적이지 않다. 「미래와의 불화」에서 밝히고 있듯이 그는 자신을 도시-자본주의-근대의 사생아로 규정하는 것은 도시와 심각한 불화의 관계에 있다는 것을 표명하는 것이다. 이러한 태도는 도시에서 산책의 느림만이 속도에 대한 대항적 사유의 형식을 확보해낼 수 있음을 환기한다. 인용 시를 비롯한 「산책시」 연작과 여타의 많은 작품에서 화자는 문명의 속도를 거스르는 산책자로서 냉소적이고 비판적인 시선과 어법으로 산책의 의미를 진술하면서 도시가 감추고 있는 권력에 대한 우회적인 비판을 수행한다. 산책자는 도시의 "마지막 느림보"임을 자처하면서 "빠른 것은 부도덕"(「타클라마칸-부사성 5」)하다는 시적 명제를 사유의 중심에 두고 끊임없이 걷는다.

깜빡이는 것들은, 위험하다
엘리베이터 표시등, 병원 약국의 번호판
횡단보도 신호등, 카드공중전화의
액정화편, 컴퓨터의 커서……
이것들은 무시로 깜빡거리며
기다림, 기다림인 것을 변질시켜 버린다
그 짧은 순간들을 참을 수 없는
무거움, 강박으로 바꾸어버린다

「저 깜빡이는 것들 - 散策詩 5」 중에서

이문재의 시에서 산책자의 '걷는다'는 행위는 시적 사유의 근간을 이루는 주요한 테마이다. '도보고행승'이나 '방랑자', 그리고 '산책'의 걷는 행위가 그렇다. 이때 산책은 도시문명의 이면을 비판적으로 바라보려는 시선과 인식 태도를 반영하며, 동시에 생명과의 길을 트기 위한 모색이고, 인간의 감성적 인식을 복원하기 위한 행위를 의미한다. 산책이라는 가볍게 걷는 행위가 절박한 저항적 사유로 전환되는 요인은 도시의 속도 때문이다. 화자의 시선에는 도시문명의 속도에 대한 깊은 위기감과 절망감이 내재해 있다. 산책의 화자가 도시의 거리에서 목격하는 것은 "무시로 깜빡거리"는 현란하고 풍요로운 기호들과 이미지들이다. 그러나 도시의 산책자는 여기에서 문명의 풍요와 편리가 아니라 그 안에 깃든 폭력과 죽음의 징후를 본다. 도시공간에 편재하면서 "무시로 깜빡거리"는 것들은 '기다림'을 "무거움, 강박으로 바꾸어" 놓는다. 그래서 안락과 풍요, 편리와 질서의 기호들인 "깜빡이는 것들은, 위험"하며, 그것은 보이지 않는 권력으로 도시의 삶을 관리하고 통제하는 기제로 인식된다. 이 '고독한 산책자'는 깜빡거리는 것들에 의해 관리되고 통제되며, 조작되고 왜곡되는 도시적 일상의 본질에 대해 세밀하게 관찰하는 고현학의 시선을 갖는다.

이문재의 시에서 저항적 주체로서의 산책자는 생명이라는 큰 이름으로 세계를 주시하는 단계에 진입함으로써 시선의 정치성과 윤리성을 결성한다. 이 저항적 시선의 산책자는 도시의 내부에 속해 있지만 거리의 속도에 휩쓸리지 않고, 또 거리의 군중으로부터 스스로를 격리시킨 소외된 관찰자의 시선을 통해 도시의 내부를 탐색한다. 도시의 '빠름'에 산책의 '느림'이라는 프레임으로 도시공간을 응시하는 시적 자아는 도시 내부에 속해 있으면서 그 내부의 외관이 감추고 있는 본질을 응시한다. 속도에 저항하고 위반하는 이러한 산책자의 의식화된 시선은 도시가 감추고 싶은 환부를 냉정한 투시를 통해 관찰한다. 산책자의 시선은 도시의 물질적 풍요와 현란한 이미지가 감추고 있는 미시권력의 은밀한 작동을 엿보고 비판적이며 저항적인 태도를 보이는 각성된 화자이다.

>   광고의 아우성과 매체의 잡음 속에서 광고의 잡음과 매체의 아우성으로 나온다, 저, 아니, 이 길뿐, 빈틈은 없다, 내 시야와 시력은 이제 나의 것이 아니다, 그러하니
>   내 눈이 보고 싶던 것이 무엇인지, 보고 싶은 것이 무엇인지를 알 수 없게 되어버렸다, … 중략 … 시선이 떠나가 돌아오질 않는다, 서울은 캄캄할 만큼 현란하고 현기증으로 증발할 만큼 무섭게 돌아간다, 즐겁다고, 쫓아가고 싶다고, 누릴 수 있다고, 견딜 수 있을 것이라고……
>   「타워 크레인 - 고독한 산책자의 몽상」 중에서

이문재의 시편을 관통하는 주된 시적 발상법은 도시가 인간에게 가하는 보이지 않는 억압과 폭력을 주시하는 것이다. 각종 '매체'와 '광고', '전광판'과 '네트워크'들은 보이지 않는 권력으로 도시의 삶과 일상의 욕망을 관리하고 지배한다. 그것들은 인간의 "신체뿐만 아니라 정신과 영혼까지 교묘하게 조종"[7]한다. 깜빡거리는 도시의 '전광판'은 하나의 권력으로 도시의 정보와 이데올로기를 우리에게 주입시

키며 "도시인 것을 조종"(「저 깜빡이는 것들」)한다. 말하자면 전광판이나 기호가 지시하는 길을 따라 일상의 군중들은 움직인다. 도시의 불빛은 "캄캄할 만큼 현란하고 현기증으로 증발할 만큼 무섭게 돌아"가는 것이어서 "즐겁다고, 쫓아가고 싶다고, 누릴 수 있다고, 견딜 수 있을 것이라"는 환상을 심어줄 만큼 매혹적이다. 그 결과 "광고의 아우성과 매체의 잡음"으로 인해 화자의 "시야와 시력은 이제 나의 것이 아니"며, "내 눈이 보고 싶던 것이 무엇인지, 보고 싶은 것이 무엇인지를 알 수 없게 되어버"린 형국이다. "광고의 아우성과 매체의 잡음"으로부터 자유롭지 못한, "시선이 떠나가 돌아오질 않"는 화자의 모습이야말로 도시 군중의 극단적인 초상을 환기한다. 산책자의 시선은 조작되고 왜곡된 욕망에 의해 인간이 몰주체적 존재로 전락하게 된 상황을 고통스럽게 투시하는 것이다.

도시의 산책은 물론 진정한 산책은 아니다. 산책자의 진정한 꿈은 "도처의 전원을 끊고"(「도보순례」) "언제나 맨 처음의 문으로 열리는" 곳, "숲길 저마다의 굽이들이 나를 기다"리는 곳으로의 산책이다. 그러나 "산책의 묘지"에서 "산책로 밖으로 나아가려는"(「산책로 밖의 산책−散策詩 8」) "고독한 산책자의 몽상"은 이루어질 수 없는 꿈이다. 하지만 그것은 그 자체로 산책의 진정한 의미이면서 동시에 도시문명의 속도에 저항하면서 본래적인 자아를 찾으려는 눈물겨운 싸움이기도 하다. 따라서 도시 산책자는 지금 이곳으로부터의 탈주를 욕망할 수밖에 없다. 탈주의 욕망은 도시적 실존의 부정성에서 비롯하는 것이며, 도시적 삶의 내부는 물론 자기 자신의 황폐성과 불모성을 치유하기 위한 탐색으로 이어진다. 그리하여 산책의 화자가 마침내 도달한 곳은 도시의 군중과 자신을 격리시키는 성찰과 각성을 통과해

---

7) H. 마르쿠제, 『일차원적 인간』, 한마음사, 2006, 19~76쪽 참조.

대안적 세계를 발견하는 윤리적 지점이다.

산책자의 시선이 도시의 거리에서 흡수하는 것은 현란한 기호와 이미지들이다. 현란한 기호와 이미지는 산책자로 하여금 다른 공간과 시간을 상상하게 만든다. 속도가 지배하며 스펙터클한 이미지가 출렁이는 도회의 한복판에서 지금 이곳과는 다른 시간과 공간을 상상적으로 응시하는 시선의 움직임은 이문재 시의 전형적인 양상이다. 이를테면 대도시의 거리를 거닐며 과거와 현재를 응시하고 대조하며, 그 대안적 지점을 도시문명과 '제국호텔'의 대척점에 위치한 '농업'에 바탕을 둔 '오래된 미래'를 설정하는 방식이나, '오지'나 '극지'의 원형적 생명을 지향하는 태도가 그러하다. 이러한 시적 발상과 태도는 특히 시집 『마음의 오지』에 잘 나타나 있으며, 시집의 후기 「미래와의 불화」에는 '농업'(흙)에 바탕을 둔 '오래된 미래', '지나간 미래'에 대한 시적 사유의 극단을 확인할 수 있다. 그런데 산책자의 상상적 시선이 응축하는 과거의 농업에 토대를 둔 '오래된 미래'가 문제적인 것은 도시의 피안을 은유하는 것이라기보다는 인류문명이 지향해야 할 대안적 전망을 제시하는 데 있다. 이 지점이 이문재의 시에서 산책자가 도시의 군중과 자신을 분리하는 성찰적 시선이 탄생하는 자리이며, 산책의 저항적 정치성과 윤리성을 획득하는 자리이다. 말하자면 도시 내에 속해 있지만 중심에서 벗어난 이방의 국외자로서 도시에 대한 고현학의 비판적 관찰의 자세를 취하던 산책자의 시선은 도시 밖에서 혹은 지금이 아닌 과거의 시간과 공간에서 미래적 대안을 찾는 발견의 시선으로 이동한다.

이문재의 시에서 산책자는 도시공간 속에서 자신의 시선의 위치를 거리의 속도에 비켜선 소외된 국외자로 설정한다. 그럼으로써 도시문명을 부정적으로 인식하는 저항적 시선의 주체가 된다. 도시의 중심에서 비켜서서 도시의 본질을 고현학의 관찰자적 태도로 탐구하면서 도시의 외부를 응시하는 시선의 체계를 만들어내는 것이다. 이 국외자로서의 시선은 도시의 외부에서 새로운 생명의 윤리를 찾아내는 발견의 시선으로 움직인다. 이 시선의 윤리는 도시 내부에서 현대의 시간과 과거의 시간을 동시에 포착하는 '겹시선'의 지점에 도달한다. 이를테면 도시 내부에서 도시문명과 자본권력을 비판적으로 관찰하면서 도시 외부에서 새로운 생명을 발견하는 이중적 시선의 지점에 도달한다. 이는 곧 도시적 표상에 대해 비판적인 고현학의 관찰과 탐구의 시선으로부터 도시 밖을 응시하며 대안을 꿈꾸는 상상적 시선으로의 이동을 의미한다.

> 빼앗긴 것을 찾을 수
> 있을까 도시에서 밀려나오는 길
> 길어질수록 치욕만 는다
> 눈 감으면 더욱 새파랗게 빛나는 길
>
> 「길」 중에서

> 농업박물관에 전시된 우리 밀
> 우리 밀, 내가 지나온 시절
> 똥짐 지던 그 시절이
> 미래가 되고 말았다
> 우리 밀, 아 오래된 미래
> 「농업박물관 소식 – 우리 밀 어린 싹」 중에서

　번잡한 거리에서 산책자의 상상적 시선의 동력은 도시 밖 자연의 생명을 감각하는 지점에 이른다. 이 지점이 바로 이문재의 시에서 도시 산책자 혹은 도시 고현학의 윤리가 발견되는 지점이다. 말하자면 비판적 관찰의 대상으로서 거리와 군중을 파악하는 시선은 도시 밖에서 생명을 찾아가는 과정으로 변용되면서 산책의 궁극적 윤리가 발현한다. 산책자는 훼손된 생명성을 '몸'과 '땅', 그리고 '농업'의 은유를 통해 회복하려 한다. 산책자는 문명으로부터 탈주하여 "빼앗긴 것"으로 대변되는 잃어버린 길 찾기를 시도하는데, 그것은 원형적 생명의 길 찾기라 할 수 있다. 도시문명에 의해 빼앗긴 것, 즉 "눈 감으면 더욱 새파랗게 빛나는 길"로 상징되는 원형적 생명은 산책이 도달해야 할 궁극적인 지점인 것이다.

이문재 시의 산책자에게 도시의 현실은 단순한 현상이 아니라 극복해야 할 부정성의 기호이다. 그러므로 '속도'나 '제국호텔'로 상징되는 도시 한복판을 산책하는 일은 자기 자신은 물론이거니와 도시적 삶과 세계의 불모성을 치유하기 위한 탐색의 방식이기도 하다. 따라서 도시의 내부에 속해 있지만 소외되고 고립된 형국의 '고독한 산책자의 몽상'은 상실한 본래적 원형의 '몸(땅)'을 회복하기 위한 길 찾기이다. 이러한 태도는 "몸 속으로 땅이 들어"설 뿐만 아니라 "이 땅이 부처"(「이 땅이 부처다」)라는 전일적 세계관과 생태학적 사유에 잘 나타난다. 도시의 내부에 속해 있으면서도 외부에 자신을 위치시키고 저항적 시선의 관찰자적 자세를 취하는 산책자의 시선은 도시 밖에서 대안을 찾는 발견의 시선으로 이동한 결과이다. 이것은 도시 외부의 관찰자적 시선으로부터 도시의 시간과 공간에 대한 내재적 성찰의 시선에 이르는 태도의 변화를 의미한다.

결국 이문재의 도시 산책자는 상실한 세계의 원형적 질서 회복을 위해 산책의 느림으로 대응하면서, 이성에 의해 상실한 '몸(땅)'의 원형적 생태성과 상실한 세계에 대한 그리움, 그리고 '농업'의 회복을 꿈꾼다. '몸'(땅)과 '농업'에 대한 사유는 그의 시의 주제를 규제하는 정신적이며 전략적인 국면의 하나이다. 이 때 '몸'은 자연으로서의 흙

을 상징하며, 같은 의미에서 미래의 문명이 농업에 토대를 둔 것이라
면, 그 문명은 '흙'의 생명성을 바탕으로 한 문명을 의미한다. 이것이
'오래된 미래'이며 '지나간 미래'로서 이문재의 도시 산책자가 보여주
는 저항적 시선의 윤리성이다.

3. 욕망의 풍경과 고현학적 관음의 시선 : 유하

매혹적인 상품의 이미지와 기호가치가 지배하는 도시의 산책자임
을 자임하면서 현란한 소비 도시의 풍경을 관음적 시선으로 훔쳐보
며 현대적 풍속을 탐구하는 고현학의 시인이 유하이다. 유하의 시적
주체는 '압구정동', '경마장', '세운상가'로 상징되는 도시공간의 일상
적 풍경에 "동화되는 동시에 그 동화를" "반성적으로 되돌아보는"8)
"압구정동의 중독자"이며 "압구정동의 반성자"9)로서의 양가적인 태
도를 지닌 산책자이다. 그는 소비 도시의 물질적 풍요와 욕망의 맹목
성에 대한 반성자이자, 도시공간을 장식하고 있는 상품과 패션의 관
능적 매혹에 도취된 중독자로서의 이중적 성격을 지니고 있다.

유하 시의 산책자 역시 이문재 시의 산책자처럼 도시의 일반적인
생활인이 아니다. 그는 도시가 요구하는 일상적 생활의 궤적을 이탈
한 방외인이다. 그런데 유하 시의 산책자는 도시적 이미지와 관능을
훔쳐보는 관음자적 성격이 짙다. 이문재 시의 산책자가 도시공간에 대
해 철저한 비판과 의식화된 저항적 태도를 취하는 정치적 성격이 강하

---

8) 권성우, 「압구정동의 유하 형께 보내는 서신」, 앞의 책, 문학과지성사, 1993, 227쪽.
9) 김현, 「키치 비판의 의미」, 『말들의 풍경』, 문학과지성사, 1990, 82쪽.

다면, 유하 시의 산책자는 도시공간의 스펙터클과 관능을 적극적으로
경험하는 관음증적 성격이 짙다. 그는 도시의 근면한 생산자가 아니라
는 점에서는 이문재의 산책자와 성격을 같이 하지만, 도시 이미지를
능동적으로 소비한다는 점에서 다르다. 유하의 산책자는 도시의 관능
을 적극적으로 탐닉하고 거기에 매혹되는 관음적 시선의 산책자이다.
이 관음적 시선의 동력으로부터 유하 시의 고현학이 발생한다.

> 걸어가면 만날 수 있다오 오, 욕망과 유혹의 삼투압이여
> 자, 오관으로 느껴보라, 안락하게 푹 절여진 만화방창 각종 쾌락의
> 묘지, 체제의 꽁치 통조림 공장, 그 거대한 피스톤이, 톱니바퀴가 검은
> 기름의 몸체를 번득이며 손짓하는 현장을 왕성하게 숨막히게 숨가쁘게
> 그러나 갈수록 쎅시하게
> 바람이 분다 이곳에 오라
> 　　　　　　「바람 부는 날이면 압구정동에 가야한다 2」 중에서

　유하의 시에서 화자는 도시공간에 펼쳐진 상품과 욕망의 풍경, 안
락과 풍요, 소유와 소비에 도취되고 매혹당하는 거리의 산책자이다.
그의 시에는 "상품의 황홀한 패션들이 매혹하는 거리, 그 스펙터클에
사로잡혀 있는 군중의 물결, 그리고 그 물결 속에 휩쓸려 걸어가는
어떤 산책가의 시선"[10]이 중첩되어 있는데, 이 산책자의 시선은 근본
적으로 관음적이다. 이 관음적 화자는 물질적 풍요와 소비가 보장된
도시공간의 화려하고 "갈수록 쎅시"한 거리의 풍경을 훔쳐보며 매혹
당하는 인물이다. 화자는 "욕망의 언체인드 멜로디"(「시인 유보씨의 하
루 2」)에 몸을 맡긴 채 "욕망과 유혹의 삼투압을" "오관으로 느"끼며 "갈
수록 쎅시하게" 변화하는 도시의 매혹에 이끌리는 거리의 관음자이다.

---

10) 신범순, 「유하의 거리 풍경과 게으른 산책가」, 『글쓰기의 최저낙원』, 문
　　학과지성사, 1993, 291쪽.

유하 시의 산책자로서 화자는 도시공간의 다양한 이미지들, 즉 '안락'과 '쾌락'과 '쎅시'함에 도취되고 매혹된다. 그런데 산책자의 이러한 도취와 매혹은 일상적 군중의 모습과 군중을 사로잡는 도시공간에 내포된 권력을 포착하는 동시에 이에 대한 반성적 성찰을 전제한 것이다. 화자는 "욕망의 평등사회", "패션의 사회주의 낙원", "세속도시의 즐거움에 동참"하는 대중의 일원인 동시에 그러한 대중의 도취와 매혹에서 깨어나 도시공간의 부정성을 비판적으로 반성한다. 그는 "글쟁이들과 관능적으로 쫙 빠진 무용수들과의 심리적 거리"를 깨달으면서 비판적 국외자로서의 반성적 성격을 획득한다. 그렇기 때문에 유하의 산책자는 화려한 물신의 신전을 떠도는 군중들 속의 한 사람인 동시에 물신의 우상에 대한 심리적 거리를 유지하고, 이에 대한 비판적 태도를 보이는 반성적 자아이다. 이를테면 유하 시에서 산책자의 시선의 동력은 바로 거리의 관능에 대한 관음적 중독과 비판적 반성이 교차하는 지점에서 비롯한다.

> 바람 부는 날이면, 압구정동에 가야 한다 사과맛 버찌맛
> 온갖 야리꾸리한 맛, 무쓰 스프레이 웰라폼 향기 흩날리는 거리
> 웬디스의 소녀들, 부띠끄의 여인들, 까페 상류사회의 문을 나서는
> 구찌 핸드백을 든 다찌들 오예, 바람 불면 전면적으로 드러나는
> 저 흐벅진 허벅지들이여 시들지 않는 번뇌의 꽃들이여
> ··· 중략 ···
> 구더기 끓는 절세미녀의 시체, 바람 부는 날이면 펄럭이는 스커트
> 밑의
> 온갖 아름다움을, 심호흡 한번 하고, 부정해보리 내 눈은 뢴트겐처
> 럼 번쩍
> 「바람 부는 날이면 압구정동에 가야 한다 6」 중에서

유하의 「바람 부는 날이면 압구정동에 가야 한다」 연작은 도시의

고현학에 관한 미학적 정점을 보여준다. 이 연작은 박태원 이후 도시 산책자의 전형적인 모습을 보여주면서 거리를 떠도는 산책자로서 유하의 의식을 풍부하게 드러내고 있다. 우선 이 시는 풍요롭고 관능적인 도시적 풍경의 스펙터클에 대한 매혹을 드러낸다. 그런데 주목할 점은 여성을 바라보는 화자의 시선이다. 그의 시에서 여성은 타자화되어 있으며, 그것은 도시에서의 여성과 섹슈얼리티에 대한 남성 관음자의 일반적 시선을 대변한다. 특히 여성을 상품과 소비와 욕망으로 매개 연관시키는 발상이 특징적이다. 그런 점에서 거리의 여성에 대한 유하 시의 관음증적 시선은 독특한 지형을 이룬다.

거리 산책자의 시선을 사로잡는 스펙터클을 구성하는 세목들은 소비사회의 물질적 기호들과 관능적인 상품의 이미지와 물신 욕망의 현란한 풍경이다. 매혹당하는 시선의 핵심에는 "흐벅진 허벅지들"과 "황홀한 종아리" "스커트 밑의 / 온갖 아름다움"이 부각되어 있다. 이는 거리의 관음증적 시선으로 남성 관음자에 의해 대상화된 여성의 파편화되고 물신화된 몸이라는 틀을 벗어나지 않는다. 그러나 화자는 그 이미지들에 대한 매혹과 함께 그 매혹을 반성하고 부정할 수 있는 방법을 찾으려 애쓴다. 화자는 결국 "구더기 끓는 시체"일 뿐이라는 깨달음을 얻으면서 어릴 적 "원두막지기의 딸" "단발머리 소녀"의 "그 눈부시던 종아리"의 건강성을 상상한다. 화자의 부정에 의해 거리의 관음증은 스스로에 대한 반성과 성찰의 지점을 찾아가는 것이다. 이 지점에서 산책자의 관음적 시선은 반성적 시선으로 전환한다.

시선의 전환을 통해 유하 시의 산책자는 매혹을 넘어서 주체성의 적극적 표출을 통해 자본주의적 문명의 욕망과 소비문화에 대한 비판적 인식을 함유하게 된다. 유하 시의 산책자는 도시의 군중과 휩쓸리면서 동시에 '글쟁이'로서 거리의 스펙터클과 관능의 매혹으로부터 반성적 거리를 취한다. 이 지점이 유하 시의 도시 산책자의 윤리가 발현하는 지점이라 할 수 있다. 이를테면 관음적 시선의 대상으로서 군중을 파악하는 시선은 거리의 스펙터클한 풍경과 매혹적인 상품의 기호 이미지로부터 반성적이며 비판적인 시선으로 변화하는 과정을 통해 윤리적 거점을 확보하는 것이다. 도시의 매혹에 중독된 산책자의 관음적 시선은 그 안에서 대안을 꿈꾸는 탈주의 성찰적 시선으로 이동하는데, 이것이 유하의 산책자가 거리에서 보여주는 시선의 동력이다. 이러한 시선은 "대중의 참다운 모습을 포착하는 것이며, 동시에 대중을 사로잡는 일상에 있어서 권력을 붙잡아내는 것"[11]이라는 의미에서 유하 시의 고현학은 '현대성의 무의식'에 대한 반성적 성찰을 보여주는 것이기도 하다.

> 감독은 얼씨구나 양파 껍질처럼 끝없이 옷을 벗기기 시작하는데,
> 그녀만 보면 파블로프의 개처럼 코카콜라를,
> 삼성 에이 에프 오토 줌 카메라를, 해태 화인쥬시껌을 사고 싶어지는 내 눈알, 나는 본다 저 알몸 위로 오버랩되는……
> 온 산을 갈아엎는 사람들을 세상을 온통 콜라빛 폐수로 넘실대게 하는 사람들을 이 땅을 온갖 욕망의 구매력으로 가득 채우는 사람들을
> 「콜라 속의 연꽃, 심혜진論 – 난 느껴요 – 苦口苦來」 중에서

인용 시의 화자는 도시의 거리를 관음적 시선으로 훔쳐보며 물신의 유혹과 온갖 상품의 관능적 쾌락 앞에 "파블로프의 개처럼" 무조건 반응한다. 동시에 그 매혹과 도취를 부정적으로 지각하는 양가적인 산책자로 등장한다. '압구정동'으로 상징되는 현대적 도시공간을 산책하는 화자는 시대가 즐기는 것들 앞에서 "난 전율한다"고 외친다. 산책자는 압구정동에 펼쳐진 황홀한 관능과 소비사회의 풍요에 매혹

---

11) 신범순, 앞의 글, 291쪽.

당하면서도 동시에 고통과 분노로 반응한다. 그 반응에는 '압구정동'이라는 도시공간과 그 안에서 생성되는 문화적 풍속과 인간의 욕망에 대한 반성적 지각이 도사리고 있다. 이를테면 매혹과 반성을 동시에 불러일으키는 상징적 공간 '압구정동'에서 "온 산을 갈아엎"고 "세상을 온통 콜라빛 폐수로 넘실대게 하"며, "이 땅을 온갖 욕망의 구매력으로 가득 채우는 사람들"의 욕망의 확대 재생산을 관음적 시선을 통해 표상해낸다. 그럼으로써 화자는 그 안에 흐르는 미시권력의 작동을 엿본다.

물신이 지배하는 도시의 거리 풍경을 관음적으로 소비하면서 그것의 숨은 정치성을 캐묻는 화자가 유하의 산책자이다. 도시 산책자 유하의 시선의 고현학은 거리의 일반적인 군중의 위치에서 도시의 내부를 관음적으로 사유하는 관점으로부터 출발하여 미시권력의 작동을 엿보는 비판적 성찰의 정치학에 접근한다. 이 산책자는 도시의 물질적 풍요와 패션, 기호의 풍요로움과 현란함에 깃든 욕망의 확대 재생산과 미시권력의 작동을 바라보며 "이게 아닌데 이게 아닌데 이게 아닌데"(「바람부는 날이면 압구정동에 가야 한다 3」) 되뇌면서 '느림과 비움'의 문화를 사유하기에 이른다. 이러한 시적 사유는 도시 내부자의 관음적 시선으로부터 도시의 풍속과 아비투스(habitus)에 대한 비판적 성찰의 시선에 이르는 태도의 변화를 의미한다.

> 산책가는 누구를 추월하지 않는다
> 그러므로 나는 추억보다 느리게 간다
> 나를 무수히 추월해 간 지상의 탈것들이여
> 어쩌면 목적지란 시간의 종말 아닌가
> 나의 시간은 무한한 곡선
> 은륜의 텅 빈 내부로 물이 고이듯 시간이 머문다
> 샛길의 시간은 무익하여, 아무도 가지려 하지 않는다

나는 그 무익의 시간을 벗 삼아
유한한 삶에 대한 명상을 충분히 할 것이다
산책가는 늘 길 위편에 남아 있다
　「나는 추억보다 느리게 간다 - 자전거의 노래를 들어라」 중에서

　인용 시는 자본주의적 문명의 속도를 거스르는 산책의 미덕이 갖는 의미를 잘 드러내는 작품이다. "산책가는 누구를 추월하지도 않"으며, "추억보다도 느리게" 걷는다. 도시문명의 속도에 저항하는 "아웃사이더"로서 산책자는 빠르게 "추월해 간 탈것들"에서 종말의 징후, 즉 "시간의 종말"을 예견한다. 모든 것을 빠르게 추월해가는 자본주의의 직선적 시간은 빠른 만큼 종말의 시간을 앞당기는 것이다. 그러한 직선적 시간관에 의하면 "은륜의 텅 빈 내부로 물이 고이듯 머"무는 "샛길의 시간은 무익"한 것이다. 그래서 "아무도 가려 하지 않는" 길이다. 그러나 산책자는 문명의 속도가 지배하는 세상에서 "아무도 가려하지 않는" "무한한 곡선"의 길, "그 무익한 시간을 벗 삼아" "유한한 삶에 대한 명상을 충분히 할 것"을 권한다. 화자는 종말의 시간으로 치닫는 자본주의적 문명과 "유한한 삶"에서 "생의 시간을 길게 확장시키"는 방법은 "무한한 곡선"의 시간이 갖는 느림의 미학, "은륜의 텅 빈 내부"라는 비움의 윤리를 지향하는 것이다.
　유하의 시에서 산책자의 반성적 성찰은 이문재 시에서와 같이 지금 이곳이 아닌 다른 곳, 지금 여기를 지배하는 현실원칙으로부터 벗어난 다른 지점으로의 탈주를 꿈꾸게 한다. 유하의 시에서 그 탈주의 꿈이 궁극적으로 지향하는 지점은 도시공간과 대척되는 곳에 위치한 '하나대'로 상징되는 원초적 공간이다. 그곳은 "깨벗은 나뭇가지 위 붉은 까치밥 하나 홀로 어두워"가는 곳으로서 "모든 것들을 오래오래 길러온 어머니"(「정글어가는 하나대를 바라보며」)의 모성이 자리하

는 원초적 질서와 생명의 공간이다. 그곳은 곡선이라는 느림의 시간과 텅 빈 중심이라는 비움의 철학이 가능한 곳이다. 말하자면 '하나대'로 상징되는 원초적인 질서의 공간은 도시공간과 대비되는 반성적 사유의 윤리적 거점을 이룬다.

거리의 산책자인 화자는 번잡한 도시에서 '하나대'라는 상상적 공간으로 시선의 위치를 이동시킨다. 그럼으로써 채움의 욕망과 속도 지향의 문화적 풍속에 대해 비움과 느림의 가치를 내세운다. 이를테면 비움과 느림은 도시 거리의 풍경에 대한 관음적 매혹과 소비를 통과한 지점에서 원초적 생명의 발견은 도시 고현학이 도달한 최종의 윤리적 지점인 것이다. 이는 시인 스스로 밝히고 있듯이 "목적론적 인식이 지구의 허虛를 거의 메워버린 지금, 칼 루이스의 스피드가 아니라, 빈 곳을 그대로 두자는 노자老子적 게으름"과 "생명의 공간이 아니라, 절멸의 자리"이며 "건강한 노동의 공간이 아니라, 터미네이터의 관능과 파괴성이 도사린" 세계에 대한 "대안으로서의 쉼의 문화"[12]를 역설하는 부분과 동일한 맥락에 있다. 이때 '쉼의 문화'는 끊임없이 확대 재생산되는 인간의 무한한 욕망을 거부하고 "날다람쥐처럼 움직이"며 "좀처럼 늙질 않는"(「老子가 진지를 권할 때」) '채움의 욕망'이 아닌 "텅 빈 중심"(「무의 페달을 밟으며」)이라는 건강한 욕망으로서의 생명의 세계를 지향하는 것이다.

유하의 산책자가 도시공간의 대척점에 '하나대'라는 원형적 공간을 구축한 것은 탈주와 초월이라는 이탈의 욕망인 동시에 도시문명에서 받은 상처와 고통의 다른 표현이기도 하다. '하나대'로 상징되는 원초적이며 신성한 질서의 공간은 도시공간과 대비되는 반성적 사유의 거점으로서 타락한 자본주의적 도시문명과 욕망의 논리에 제동을 거

---

12) 유하, 「왜 바람부는 날에 압구정동에 가는가」, 『현대시학』, 1991.6, 93쪽.

는 상징적인 시적 장치이다. 따라서 '압구정동'이나 '경마장'과 변별되는 '하나대'라는 원초적 공간은 그의 시를 자본주의적 도시문명에 대한 반성적 사유의 지평에서 이해하도록 기능한다. 이것은 원초적 공간이 갖는 모성의 세계로 돌아가 문명이 준 상처와 고통을 치유하고자 하는 욕망의 윤리학과 관련되어 있는 것이다.

4. 신성의 부재와 종교적 영성의 시선 : 고진하

고진하 시인에게 도시는 신성이 부재하는 절멸의 묵시록적 상황으로 요약할 수 있다. 그의 시에서 도시적 풍경과 그 세부를 탐색하는 산책자는 도시공간 속에서 자신의 시선의 위치를 변두리적이고 외부적인 이방인으로 설정한다. 도시의 내부에 속해 있으면서 스스로를 도시의 주변부에 위치시키고, 그럼으로써 도시 내부의 심층을 응시하는 시선의 체계를 만들어낸다. 그러나 도시의 변두리에 위치한 시선은 도시가 아닌 도시 밖에서 새로운 생명과 신성의 윤리를 찾아내는 발견의 시선으로 움직인다. 이러한 시선의 동력을 가능하게 하는 중요한 계기는 시인이 도시적 삶의 식민성을 비판하면서 도시 밖으로부터, 즉 도시와 문명의 논리가 지배하는 삶이 아니라 종교적인 영성(靈性)으로부터 생명의 가능성을 사유하기 때문이다. 이것은 도시적 표상에 대해 비판적 관찰과 조감(鳥瞰)의 시선으로부터 종교적 영성이라는 내재적 시선으로의 이동을 의미한다.

고진하의 시에서 시선의 동력은 역시 도시의 거리에서 발생한다. 이문재의 산책자가 거리의 풍경을 관찰하면서 비판하는 의식화된 시선을 유지하고, 유하의 산책자의 시선이 다분히 관음적이지만 반성적 태도를 보인다면, 고진하의 산책자는 같은 관찰자이지만 종교적 영성의 시선이 내재해 있다. 고진하 역시 도시의 풍경을 자신의 시각적 프레임 안에 가두지 않고 그 풍경의 바깥에서 존재의 가능성을 찾는다. 그런 점에서 이문재가 도시와 문명 밖에서 원형적 삶과 생명을 본 것이나, 유하가 도시와 문명의 밖에 위치한 '하나대'라는 원형적 생명과 삶의 윤리적 가치를 발견하려는 태도와 유사하다. 고진하에게 지금 이곳의 삶과 질서는 신성이 부재하는 묵시록적 현실이며, 따라서 부정의 대상이다. 도시를 부정적이며 비판적으로 관찰하는 고진하의 산책자는 묵시록적 도시문명의 타락한 현실로부터 탈주할 수 있는 방법을 종교적 영성의 회복과 확장에서 찾는다. 고진하는 도시의 내부에 존재하면서 도시 밖에서 다른 삶의 가능성을 응시하는 영성적 시선의 윤리학을 보여준다.

> 오랜만의 내 산책길 끝에
> 비단뱀의 살결 같은
> 실개천 한 폭을 펼쳐놓는다.
> 꿈틀거리는 저것이
> 폐유가 빚어낸 무늬일망정
> 곱다.
> 정말 곱다.
> 키 작은 봄풀들을 품고 스르르 기어가는
> 비단뱀 무리, 잠시 동안이지만
> 각은 고마운 것,
> 환각 속이라고 왜 삶이 없겠는가.
>   … 중략 …
> 그 순간,
> 2,500볼트에 실린 高壓의 시간이
> 창백한 얼굴들을 차창에 매달고
> 쏜살같이 흘러간다.

　　내 앞에 가로놓인 어두운 심연을 가로질러
　　　　　　　　　　　　　　　　「高壓의 시간」 중에서

　고진하의 시는 근대가 파생한 자본의 물신과 문명의 욕망이 초래한 생명의 위기, 분열과 소외의 부조리한 모순적 상황을 부정 비판하면서 새로운 대안을 모색하고자 하는 노력을 지속적으로 보여준다. 그의 시는 '빈들'로 상징되는 암울한 농촌 현실에 주목하다가 도시 체험으로 확대된다. 이러한 경험 세계의 변화는 시인에게 새로운 응전을 요구하는데, 그가 채택한 것이 산책의 모티프이다. 그의 시에서 도시는 "비단뱀의 살결"처럼 외피의 화려함에도 불구하고 "高壓의 시간이 / 창백한 얼굴을 차창에 매달고 / 쏜살같이 흘러"가는 묵시록적 상황으로 표상된다. 도시는 시인에게 "악취 풍기는 폐수와 썩지 않는 쓰레기 더미 위로 / 무성하게 피어난 인공 독버섯이 뒤덮인 땅"(「지금 남은 자들의 골짜기엔」)이거나, "치매에 걸린 세상 / 죽음도 붕괴도 잊고 멈추지 못하는 기관차처럼 / 죽음의 속도로" "미친 듯이 달려가"(「어머니의 총기」) 듯이 묵시록적이고 그로테스크하게 표상된다.

　흥미로운 점은 고진하의 산책자 역시 이러한 도시의 풍경에 대해 이중적인 시선과 태도를 취한다는 것이다. 인용 시에서 산책길의 화자는 폐유가 빚어내는 아름다운 풍경에 도취하고 감탄한다. 그것은 비단뱀의 무늬처럼 "정말 곱"고 매혹적이다. 이처럼 화자는 문명이 배태한 폐유의 아름다움에 도취된다. 그 아름다움에 유혹당해 그 아름다움을 긍정하고자 한다. 그러나 화자는 "비단뱀의 살결 같은" 아름다움이 '실개천의 폐유'에서 나온 것이라는 사실을 깨닫는다. 이러한 각성을 통해 환각의 무서운 정체가 죽음, 즉 폐유의 아름다움이란 질주하는 죽음의 다른 얼굴이라는 것을 충격적으로 깨닫는다. 도시적 삶과 문명의 얼굴이 쉽게 부정할 수 없는 매혹적인 모습이라는 사실과 그렇기 때문에 더욱 위험하다는 사실을 환기하는 지점에서 그의 시선의 윤리가 발생하는 것이다. 환언하면 문명의 아름다움과 매혹이 사실은 폐유의 순간적인 아름다운 '오색무늬', 혹은 "방부제 따위를 가득 채운" 박제된 새의 아름다움에서 오는 환각이라는 사실을 반성적으로 성찰하는 지점에서 고진하 시의 산책의 윤리는 발생한다. "마취의 문명"에 의해 "잘 길들여진 행복"(「껍질만으로도 눈부시다, 후투티」)이라는 환각으로부터 각성하는 지점에서 도시적 시선의 동력이 도시 산책자의 윤리를 발견하는 지점으로 전환하는 것이다.

> 그악스레 機心을 품고 살던
> 나는 문득 저 검붉게 변색되어가는 나무들에서
> 눈길을 뗄 수 없다 색맹의 눈알을 껌벅이며 회전을 멈춘
> 이 도시의 해와 달처럼 그 어디, 지향처가
> 보이지 않는다 물과 산에 깃들인 德을 버리고
> 안팎으로 소용돌이치는 욕망의 물결을 따라
> … 중략 …
> 그 누구도 벗어날 수 없는 황색의 차선에 이미 들어선
> 나는, 쌩쌩 검은 死神의 위세에 맞물려 돌아가는
> 작디작은 톱니바퀴가 되어 구르고
> 잠시 품어본 나무의 마음엔 목마른 톱밥만 가득 내려 쌓이고.
> 「나무와 기계의 마음」 중에서

인용 시에서 산책자의 시선은 "천지사방 눈 씻고 보아도 흙 한줌 안 보이는 / 색유리와 시멘트의 도시 / 거대한 빌딩 반질거리는 대리석 바닥에 / 移植되어 있"는 나무를 향하고 있다. 이런 그의 시선이 포착한 풍경의 세목은 "소용돌이치는 욕망의 물결"이거나 "검은 死神의 위세"와 같은 부정적인 것들이다. 이러한 부정성으로 인해 화자의 의식은 차라리 은둔하고자 하는 생각을 품어보지만, 우리의 삶은 이

미 "그 누구도 벗어날 수 없는 황색의 차선에 이미 들어"서 있기 때문에 불가능하다는 것을 깨닫는다. 그런데 이 시에서 주목할 점은 나무와 기계의 마음을 병치시켜 놓고 대조한다는 사실이다. 기계의 마음이란 욕망과 죽음이 질주하는 '그악스런' 마음이다. 반면 나무로 표상된 이 시대의 자연은 인간의 폭력과 욕망에 제자리를 잃고 "색유리와 시멘트의 도시"로 이식되어 "검붉게 변색"되는 죽음의 시간을 맞고 있다. 이처럼 산책자의 시선이 포착한 도시는 욕망이 불러올 재앙의 묵시록적 공간으로 표상되며, 흙으로 표상할 수 있는 대지의 상실을 바탕으로 세워진 문명은 '死神'의 얼굴로 표상되고 있다.

고진하의 산책자 역시 도시 내부에 존재하면서 스스로를 도시의 중심에서 이탈한 주변에 자신을 위치시키고, 도시의 밖에서 새로운 사랑과 생명의 윤리를 찾아내는 발견의 시선으로 움직인다. 말하자면 도시에서 "검붉게 변색"되는 죽음의 시간을 조감하는 시선으로부터 '나무'가 지닌 본래적 생명을 감각하는 내재적인 위치에 도달한다. 신성부재의 현실을 응시하는 외부자적이고 냉소적인 시선에서 사물에 편재하는 본래적 신성을 감각하는 영성적 시선의 위치로 자신의 시적 응시의 관점을 이동하는 것이다. 이것은 도시 외부자의 관찰자적 시선으로부터 사물에 편재하는 신성의 발견이라는 내재적인 성찰의 시선에 이르는 태도의 변화를 의미한다. 이러한 시선의 동력과 윤리를 가능하게 하는 것은 산책자가 도시의 부정성을 비판하면서 그로부터 신성 회복의 가능성을 사유하기 때문이다. 그의 산책자 역시 도시적 일상을 비판적으로 받아들이면서 도시의 풍경을 시적 주체의 시각적 프레임 안에 가두지 않고, 그 신성부재라는 풍경의 바깥에 있는 존재의 가능성을 열어놓는다. 그 존재의 가능성이 도달한 궁극적인 지점이 바로 종교적 영성이라 할 수 있겠다. 이것은 새로운 시간과 공간의 가능성이 신성의 회복에서 찾아질 수 있다는 것을 뜻한다.

> 아침마다 산을 오르내리는 나의
> 산책은,
> 산이라는 책을 읽는 일이다.
>   … 중략 …
> 그런데, 오늘, 숲으로 막 꺾어들기 직전
> 구불구불한 길 위에
> 꽃무늬 살가죽이 툭, 터진
> 꽃뱀 한 마리 길게 늘어 붙어 있다.
> (오늘은 꽃뱀부터 읽어야겠군!)
> 쫙 깔린 등과 꼬리에는
> 타이어 문양,
> 불꽃 같은 혓바닥이 쬐끔 밀려나와 있는 머리는
> 해 뜨는 동쪽을 베고 누워 있다.
>   … 중략 …
> 눈먼
> 사나운 문명의 바퀴들이 으깨어버린
> 사신(蛇神),
> 신이여,
> 이제 그대가 갈 곳은
> 그대의 어미 대지밖에 없겠다.

「꽃뱀 화석」 중에서

화자는 자신의 산책길을 "산이라는 책을 읽는 일"이라고 비유하고
있다. 이것은 물론 일종의 언어유희이지만, 자연에 미만해 있는 뭇
존재 형식들에 대한 깊은 통찰을 불러오는 언어감각이다. 이 "색 다
른 독서 경험"에서 화자는 뱀의 등과 꼬리에 있는 "타이어 문양"을 본
다. 화자는 잔혹하게 뱀을 밟고 간 자동차의 타이어 자국을 통해 "산
이라는 책"에 담겨 있는 문명의 날카로운 틈입을 바라본다. 그럼으로
써 화자는 "사나운 문명의 바퀴들이 으깨어버린 사신(蛇神)"을 통해

그 문명의 폭력성을 환기한다. 그런데 중요한 점은 화자가 뱀을 시원의 한 생명으로 바라보는 시선이다. 문명의 바퀴에 희생당한 뱀의 시신을 두고 "사신이여, / 이제 그대가 갈 곳은 / 그대의 어미 대지밖에 없겠다."라고 노래하는 것은 어미인 대지만이 생명과 신성의 원형이 훼손되지 않은 모태의 생명성을 사유하기 때문이다. 그래서 서서히 풍화되어가는 뱀의 시신은 우리가 잃어버린 생명의 원형이 되는 것이며, 고진하의 도시 산책자가 궁극적으로 다다르고자 하는 윤리적 지점인 것이다.

> 말발굽 같은 유혹과 끈끈한 욕망이 물결치는
> 홍등가에서 흘러나오는 현란한 불빛,
> 저 불빛은
> 헐떡거리는 짐승의 시간, 마취의 시간을 가리킨다
> 온갖 괴로움의 시간은 끝났다 아직도
> 혹 전갈에 쏘인 사람들처럼 부질없는 괴로움에
> 붉은 혀를 깨무는 사람들은
> 황홀하게 멈춰 선 지상의 마지막 시계탑을, 어둠 속에서
> 더욱 눈부시게 빛나는 저 하얀 소금 기둥들을 바라보라 지금이
> 바로 구원의 시간이요 짜, 짜릿한
> 해탈의 시간이다!
>
> 「소금기둥」 중에서

　고진하의 시적 주체는 황폐한 현실에서 신의 목소리를 듣는 강력한 종교적 주체이다. 이는 단지 시인이 개신교 목사라는 신분에서 비롯한다는 것만을 의미하는 것이 아니다. 그것은 도시적 개인이 도시적 시공간에 대해 보여주는 시선의 움직임에 종교적 영성이 관통하고 있기 때문이다. 그의 시에서 영성적 시선은 그의 시세계를 관통하는 중요한 미학적 지점을 이룬다. 현실의 구원이 현실을 고통으로 인

식하고 감내하는 데서 출발하는 것처럼, 고진하는 부재하는 듯 보이지만 역설적으로 세상의 도처에 "편재하는 모든 신성의 존재를 발견하고 만나며, 그들과 적극적으로 소통"[13]하려고 한다. 이러한 소통의 자세는 "사물의 형상이나 속성과 교감하는 태도"[14]로서 "말발굽 같은 유혹과 끈끈한 욕망이 물결치는" 부정적 현실을 끌어안고 감수하면서 그러한 부정성을 극복하려는 의지의 정신적 자세를 말한다. 타락한 삶의 양식과 욕망에 대한 고진하의 도시적 시선이 지닌 부정의 변증법은 "짐승의 시간"을 "구원의 시간"으로 인식하듯이 희망에 대한 성찰을 전유하는 데서 비롯하는 것이다.

고진하의 시에서 신성은 만물에 편재한다. 그렇기 때문에 「어머니의 聖所」에서와 같이 세상 만물이 곧 신전이며 성소이다. 이러한 신성의 편재성은 만물이 하나의 생명체로서 상호 유기적으로 연결되어 있다는 생태학적 사유로 확대된다. 종말이 임박한 묵시록적 상황의 도시문명에서 고진하의 산책자는 그 속에 남아 있는 "청정한 우주생명"(「낙타무릎의 사랑」)의 신성을 발견하고, "죽음을 받아들이는 힘으로" "신생의 꿈"(「흰줄표범나비, 죽음을 받아들이는 힘으로」)을 꾸며, "늙은 어머니의 자궁이 부욱, 찢어"지는 죽음의 고통에서 생명이 퍼져나가는 "사랑의 빅뱅"(「봉숭아 씨앗」)을 감득하는 것이다. 이것은 신성 부재의 묵시록적 현실에서 역설적으로 만물에 편재하는 신성과 사랑과 생명을 발견하는 영성적 시선의 윤리학으로 극적인 이동을 보여주는 것이다.

세계의 도처에 편재하는 신성을 지향하고 발견하며 일상의 성소화

---

13) 유성호, 「신이 부재한 시대의 '신성' 발견」, 『유심』 7호, 만해사상실천선 양회, 2001, 겨울, 316쪽.
14) 이경호, 「견성(見性)의 시학」, 『프란체스코의 새들』 해설, 문학과지성사, 1999, 96쪽.

(聖所化)를 추구하는 고진하의 시 정신은 그로 하여금 신의 존재를 계속하여 의식하도록 만든다. 그렇기 때문인지 그의 초기 시에는 기독교에서 말하는 신의 존재가 지속적으로 등장한다. 그의 시에는 '빈 들'이나 '골짜기', '골고다'와 같은 성서적 이미지가 자주 등장하는데 그곳은 죽음과 상실, 시련과 고난의 장소이기도 하지만 역설적으로 부활과 재생의 장소이기도 하다. 신성의 편재성으로 말미암아 그곳은 성소이며 세상의 만물이 신전이라는 의미가 된다. 성소란 거룩하고 성스러운 장소로서의 의미를 지니지만 고진하의 시에서는 신의 편재성으로 말미암아 일상에서 마주치는 사물과 삶의 공간이 곧 신성이 발현하는 성소이다. 고진하의 시는 종교적 영성의 세계를 새롭게 확장해 나감으로써 물신이 지배하는 자본주의의 타락한 욕망에서 비롯한 생명의 위기의 현실을 진단하고, 이를 반성적으로 성찰하는 시선의 윤리학을 일관되게 유지한다.

현실에 대한 부정과 비판, 그리고 희망에의 성찰이라는 틀은 고진하 시를 규율하는 주요한 인식론적 틀이다. 이것은 마치 예술은 세계의 모든 어둠과 죄를 자신의 내부에서 떠맡으면서 부정적 경험세계가 변화되었으면 하는 희망을 말없이 말한다[15]는 아도르노의 전언과 유사한 문맥에서 이해할 수 있다. 이를테면 고진하의 시적 주체인 산책자는 부정적 현실을 고통스런 시선으로 응시하면서 역설적으로 그 내부에서 사랑과 생명의 윤리를 찾아내는 발견의 시선으로 이동한다. 그의 시에서 산책자의 영성적 시선의 윤리는 부정적 현실에 대한 비판적 인식과 반성적 성찰을 의미하면서, 그에 대한 대안적 항체를 형성하는 토대를 이루는 것이다. 이러한 시선의 윤리는 도시적 현실의 내부에서 다른 삶의 가능성을 응시하고 전유한다는 점에서 자크 랑

---

15) T. 아도르노, 홍승용 역, 『미학이론』, 문학과지성사, 1994, 363~368쪽.

시에르가 말하는 '감각의 정치학'16)에 해당하는 것이기도 하다.

5. 시선 표상의 정치성

물신 욕망이 지배하는 도시공간은 사회적 공간, 즉 정치적이며 경제적인 공간인 동시에 미적 공간이기도 하다. 미적 공간으로서 도시를 일종의 표상체계로 본다면 중요한 것은 도시를 구축하는 시선의 문제로 귀결된다. 이 글은 이문재·유하·고진하의 시를 중심으로 도시공간에 대한 고현학과 시선 표상이 지닌 정치성과 윤리성의 일부를 드러내려는 목적으로 출발하였다. 세 시인의 화자는 공히 도시공간 속에서 자신의 시선의 위치를 변두리에 위치하고 외부적인 국외자로 설정한다. 세 시인의 시에서 화자인 산책자는 도시의 내부에 속해 있으면서 스스로를 도시의 외부에 위치시키고, 도시의 내부에서 도시의 외부를 상상적으로 응시하는 시선체계를 만들어낸다. 이러한 시선 체계가 문제적인 것은 도시 산책자의 감각을 극명하게 보여준다는 것이며, 그것은 현대시가 보여주는 정치성과 윤리성의 의미 있는 한 국면을 이루는 것이다.

이문재 시는 문명의 속도와 '제국'에 대한 저항적 시선의 정치성을 보여준다. 이 같은 시적 담화의 구축은 도시화·문명화된 현재적 삶에 대한 반성과 미래 문명에 대한 진지한 성찰로서 우리가 지향해야 할 미래사회의 방향을 제시하는 것이다. 그의 시는 인류 문명이 지향해야 할 미래적 전망과 잃어버린 삶의 호흡을 느끼게 해준다는 의미에서 문명과 인간, 도시와 생태적 환경이 보다 나은 관계를 모색하는

16) 자크 랑시에르, 유재홍 역, 『문학의 정치』, 인간사랑, 2009, 11쪽.

반성적 토대를 마련해준다. 타락한 생태현실과 그 기저에 도사리고 있는 탈근대의 논리에 대한 비판과 반성, 그리고 동일성의 회복에서 산책자의 투시와 대항적 시선은 문명에 대한 대안 명제의 윤리학으로 읽힐 수 있다.

유하의 산책자는 욕망의 풍경을 적나라하게 수용하는 관음적 시선과 스펙터클의 도시 풍경을 특유의 고현학적 태도를 통해 반성적으로 인식하는 정치성과 윤리성을 보여준다. 유하의 도시 산책자는 현란한 기호가치와 상징가치에 매혹당하면서 도시를 지배하는 현실원칙과 질서에 대해 비판적 거리를 유지한다. 산책자로서 유하는 도시를 지배하는 물질적 풍요와 기호가치의 매혹적인 현란함에 내재한 욕망과 미시권력의 작동을 엿보고, 이를 부정적으로 지각하고 비판적으로 인식하며, 이를 극복할 대안으로서 느림과 비움의 미덕을 강조한다. 이것이 유하의 산책자가 거리에서 보여주는 시선의 동력이며 윤리학이다.

고진하의 산책자는 묵시록적 현실에 고통을 받으면서도 역설적으로 희망을 갖는 종교적 영성의 주체이다. 그의 시에서 산책자의 영성적 시선의 윤리는 부정적 현실에 대한 비판적 인식과 반성적 성찰을 의미하면서, 그에 대한 대안적 항체를 형성하는 토대를 이루는 것이다. 즉 신성 부재의 현실에 대한 성찰, 그리고 사랑과 생명의 회복은 영성적 시선이 도달한 윤리성의 최종 지점이다. 이것은 부정적 경험 세계로부터 희망의 세계로 나가려는 탈주의 상상력으로서 근대적 질서와 문명, 물신의 타락한 욕망과 풍속, 생명의 위기에 대한 반성적 자각이며 저항으로서의 의미를 지니는 것이다. 그러므로 그의 시정신의 핵심을 관통하는 종교적 영성의 시선은 근대사회에 대한 비판적 대안명제라는 시선의 윤리학을 보여주는 것이다.

　도시의 산책자는 도시문명의 논리에 반성적 거리를 확보하기 위해 저항하는 인간이다. 이러한 도시의 산책은 그곳으로부터 탈주하거나 본래적 삶을 회복하려는 정신적 고투의 산물이다. 도시의 속도와 논리, 지배적 현실원칙에 저항하는 게으른 산책은 도시적 일상을 지배하는 이데올로기에 대한 미시적 관찰과 반성을 가능하게 하는 행위이다. 도시의 산책은 물질과 기호의 현란함에 내재한 욕망과 미시권력의 작동을 엿보고, 이를 비판적으로 인식하고 탈주를 꿈꾸게 한다. 탈주는 일견 현실과 다른 곳으로의 이탈 욕망일 수 있다. 그러나 주목할 점은 도시적 일상에 깃든 '현대성의 무의식'에 대한 인식과 성찰의 층위이다. 요컨대 세 시인이 보여주는 정밀한 관찰과 비판적 통찰, 깨어 있는 산책자의 시선의 고현학과 시선 표상의 윤리성 및 정치성은 현대성에 대한 구체적 인식을 포함하는 것이다.

마이너리티 시학

1. 마이너리티 시학

시는 상대적인 자율성에 의거해 이데올로기 실천의 특수한 사례에 해당한다.[1] 이를테면 시는 역사, 사회, 현실에 환원되지 않는 상대적 자율성을 지니고 있다. 하지만 그렇다 하더라도 서정시는 역사, 사회, 현실로부터 절대적으로 순수하게 절연된 진공의 상태로만 존재할 수 있는 것은 아니다. 왜냐하면 우리는 역사, 사회, 현실에 대한 무관심이 역설적으로 가장 정치성 짙은 행동이며, 사회적 태도이기도 하다는 사실을 문학사를 통해서 경험했기 때문이다.[2] 아도르노가 주장했듯이 "한 편의 서정시가 지닌 비사회성이야말로 사회적인 것"[3]이라는 역설처럼 서정시의 내용이 지닌 보편성은 본질적으로 역사 사회적이며 시대적인 것이다. 서정시는 "그것이 사회적인 것을 거부하는 정도만큼 사회를 반영하는 역사적"[4] 산물이기도 하다. 따라서 시의 자율성 역시 역사, 사회, 현실적인 토대 위에서 상대적으로 사유할 수밖에 없다. 이와 같은 관점에서 이 평문은 2000년대 이후 사회적

---

1) A. 이스톱, 박인기 역, 『시와 담론』, 지식산업사, 1994, 43쪽.
2) 가령 순수 참여 논쟁에서 순수론은 문학의 현실 참여 반대라는 사회적 태도를 표명한 것이고, 그것은 문학이 구체적 현실문제에 접근하기를 금기시한 지배 이데올로기의 정치적 강제력에 일정 부분 동조한 혐의에서 자유로울 수 없다.
3) 車鳳禧, 『비판미학』, 문학과지성사, 1990, 139쪽.
4) F. 제임슨, 여홍상·김영희 공역, 『변증법적 문학이론의 전개』, 창작과비평사, 1984, 47쪽.

상상력을 통해 시적 사유를 펼치는 주요 시인으로서 최종천, 박후기, 하종오의 시를 표본으로 세계화에 따른 마이너리티(minority) 시학이 지니고 있는 시적 특성과 의미 양상을 조명하고자 기획되었다.

아리스토탈레스가 문학예술과 현실 사이의 관계성을 소박하게나마 상정한 이래 문학이 현실과 관계 맺는 양상은 다양한 형태의 변용을 거듭해 왔다. 주지하다시피 고전주의에서 현실은 모방의 대상이었다면, 낭만주의 이후 현실은 부정되어야 할 대상이거나 적극적으로 변혁해나가야 할 실천의 대상이었다. 이와 같은 경우는 우리의 시문학사 전개에서도 뚜렷이 감지할 수 있다. 우리의 근대사는 제국주의의 침략을 시작으로 질곡과 파행의 과정을 통과해오면서 사회성 짙은 시를 생산해낸 문학적 적층을 가지고 있다. 그러나 1990년대 이후 대외적으로는 동구 현실사회주의의 몰락과 대내적으로는 문민정부의 출발, 자본주의의 구조변동에 따른 소비 대중문화의 심화와 확산, 세계화와 정보화 사회의 도래 등에 따라 한국 사회는 이전과는 다른 새로운 현실에 직면하게 되었다. 이와 같은 분위기 속에서 민중문학이나 리얼리즘, 노동문학과 같은 문학의 사회적 상상력은 상대적으로 위축될 수밖에 없었다.

거대담론의 퇴조와 탈이데올로기의 기류가 급속히 파급되는 와중에 마이너리티에 대한 비평적 담론은 1990년대 중반 이후 사회적 상상력을 근간으로 하는 민중담론을 대체하며 등장한 개념이다. 마이너리티라는 용어를 굳이 번역하자면 소수자라는 개념이 될 것인데, 지배 체제에서 배제된 자들을 통칭한다.[5] 동시에 소수자는 수적인

---

5) 우리 사회에서 그들은 성적 소수자, 장애인, 성매매 여성, 수형자, 이주민, 혼혈인, 조선족, 탈북자, 이주외국인 노동자, 결혼이주 외국인 여성 등과 같이 수적으로 소수이기 때문에 중심에서 배제되고 체제 밖으로 추방된 이방의 존재들이다. 이들은 다수의 폭력 앞에 소외와 차별, 억압과

문제일 뿐만 아니라 본질적으로는 권력의 문제이기도 하다. 예컨대 한국 사회에서 비정규직 노동자는 수적으로 다수이지만 약자의 위치를 점하고 있으며, 반대로 자본가와 같이 수적으로 소수인 지배 계급은 강자로서 권력을 독점한다. 따라서 소수자는 유력자(有力者)와 대응하는 사회적 약소자(弱小者)의 의미를 또한 내포한다.6) 특히 세계화에 따른 지구적 자본주의 질서 체제에서 인간적 권리가 배제되거나 박탈된 하위주체(subaltern),7) 혹은 비천하고 저주받고 벌거벗은 호모 사케르(Homo sacer)8)로서 존재한다. 그런 의미에서 우리 사회에서 마이너리티는 농민, 노동자일 수도 있으며, 남근 권력에 대항하는 여성일 수도 있고, 이주민, 혼혈아, 탈북자, 조선족, 이주노동자, 결혼이주여성 등으로 널리 호명될 수 있을 것이다.

일반적으로 문학은 다수의 의식을 반영하기도 하지만 동시에 사회, 문화, 정치, 인종적으로 다수와 구별되는 마이너리티의 목소리를 대변하기도 한다. 마이너리티 시학은 소수적인 언어로 된 문학이라

배제, 지배와 착취의 대상이라는 실존적 의미를 내포한다.
6) 오창은, 「지구적 자본주의와 약소자들」, 『실천문학』, 2006년 가을(통권 83호), 322~330쪽 참조.
   이와 같은 맥락에서 오창은은 소수자라는 용어 대신 소수자와 사회적 약자를 통합한 뜻으로 약소자(弱小者)라는 용어를 사용하자고 제안한다.
7) 태혜숙, 『탈식민주의 페미니즘』, 여이연, 2001, 117쪽.
   하위주체는 사전적으로 하층민을 뜻하며, 그람시의 『옥중수고』에서 개진된 개념으로 자본주의 체제에서의 프롤레타리아 계급을 포괄하면서 성적, 인종적, 계급적, 문화적으로 주변부에 속하는 사람들로 자본의 논리에 희생당하고 착취당하는 대상이다.
8) G. 아감벤, 박진우 역, 『호모 사케르 : 주권 권력과 벌거벗은 생명』, 새물결, 2008, 33쪽.
   아감벤에 따르면 호모 사케르는 비오스(bios), 즉 사회, 정치, 문화적 의미의 삶을 박탈당하고 조에(zoe), 즉 생물학적 의미의 삶밖에 가지지 못한 비천하고 저주받고 불결한 존재를 일컫는다.

기보다는 다수적 언어 안에서 생성된 소수자의 문학9)으로서 고정된 문화적 실체라기보다는 소수화의 역동성으로 끊임없이 탈주하는 문화적 사건10)으로 이해할 수 있다. 요컨대 한국 자본주의의 비약적인 발전 과정에서 마이너리티는 스스로 발언하는 주체가 되었고, 특히 세계화라는 지구적인 전일적 자본주의가 숙명으로 간주되는 상황에서 저항의 동력을 형성했다. 따라서 마이너리티 시학은 주류를 이루는 지배 이데올로기와 문화 권력의 중심에서 배제되어 주변에 위치한 비주류의 의식, 관점, 태도를 지시하는 발화의 형태를 지닌다. 그러므로 마이너리티 시학은 본질적으로 지배 권력과 이데올로기에 대한 저항적이며 비판적인 성격을 내포할 수밖에 없다. 마이너리티는 자본주의 체제 바깥에서 자본주의의 모순과 부조리를 증언한다. 이와 같은 의미에서 안과 밖, 중심과 주변, 주류와 비주류, 지배와 소외 집단의 차별 구도에서 마이너리티의 시학은 발생론적 근원을 이룬다.

신자유주의의 질서 체제로 세계가 급속하게 재편 통합되는 세계화 혹은 지구화 현상은 무한경쟁의 시장논리를 보편적 덕목으로 일반화한다. 세계화라는 이름의 신자유주의가 새로운 지배 이데올로기로 정착한 상황에서 우리 사회의 경제적 양극화가 심각한 병폐를 초래하고 있음은 췌언을 필요로 하지 않는다. 빈부의 격차에 대한 사회적 고민은 항상 있어 왔고, 특히 가난과 소외에 대한 문학적 관심과 고민도 역시 그 강도와 형식은 다르지만 항상 있어 왔다. 한국문학은 소외계층의 가난을 조명함으로써 가난이 한 개인의 문제가 아니라 자본주의 체제의 구조적 모순에 기인하고 있음을 형상화해 왔다. 이

---

9) G. 들뢰즈 · F. 가타리, 이진경 역, 『카프카 소수적인 문학을 위하여』, 동문선, 2001, 43쪽.
10) 고길섶, 『소수문화들의 정치학』, 문화과학사, 2000, 23쪽.

러한 관점에서 마이너리티의 시학은 세계화 시대의 자본주의적 질서 체제, 그것이 지니고 있는 이데올로기에 의해 변화한 삶의 양식과 경험의 형식을 주목한다. 이때 자본주의 체제의 주변으로 추방당한 마이너리티의 삶의 형식은 임계점에 다다른 비극적 운명에 가깝다. 체제로부터 추방당한 사회적 마이너리티의 삶에 대한 시적 관심은 따라서 불평등과 소외, 억압과 착취, 부조리와 모순, 배제와 차별, 억압과 폭력의 상황을 지시하기도 한다.

이 평문이 주목하는 마이너리티와 관련한 사회적 상상력의 시인들은 매우 냉소적이며 비판적이고 저항적인 태도로 전 지구적 자본주의 질서가 야기하는 부정적이며 폭력적 양상을 비감하게 폭로한다. 따라서 이 글은 세계화라는 신자유주의의 질서에서 노동 조건의 변화와 계급의 분화로 새롭게 생성된 마이너리티들의 삶, 특히 노동자 하위주체의 삶과 의식이 어떻게 형상화되는지를 최종천, 박후기, 하종오의 시를 대상으로 조명함으로써 그 시적 의미 가치의 형질을 탐색하고자 한다. 왜냐하면 그들의 시에서 마이너리티는 유력자의 권력을 드러내면서 체제의 바깥에서 체제의 부정성을 증언하기 때문이다. 그리고 이를 통해 윤리적 반성 과정에서 주체성을 획득하고자 하며, 그 윤리성과 주체성에 입각해 새로운 연대의 틀을 구성함으로써 현대 정치의 중요한 특징인 상징조작에 저항하고 있다는 판단 때문이다.

2. 탈취에 의한 축적과 노동가치의 근원회복 : 최종천

최종천의 시는 신자유주의 질서와 체제로 세계가 급속하게 재편 통합되는 지구화 현상과 근대에 대한 성찰의 분위기, 특히 그러한 상황에서 노동의 신성한 가치를 성찰한다. 최종천의 시는 후기자본주의적 질서와 체제, 그것이 지니고 있는 이데올로기에 의해 변화한 삶의 양식과 경험의 형식, 특히 변화한 노동환경을 주목한다. 그에게 지각되는 경험세계로서의 삶의 형식은 자본주의적 현실원칙에 지배당할 수밖에 없는 인간 삶의 비극적 운명이다. 자본주의 사회에서 노동력은 교환가치, 즉 자본으로 환원될 수 있는 중요한 세목이다. 우리는 자본의 논리가 지배하는 비정한 시장논리에서 생존하기 위하여 끊임없이 자신의 교환가치를 개발해야 하고 확대 갱신해야 하며, 변화의 속도에 적응해야 한다. 이러한 자본주의적 질서의 확대에 따른 우리의 삶과 운명에 대한 최종천의 시적 탐구는 자본주의가 요구하는 교환가치를 상실한 마이너리티가 처할 수밖에 없는 사회적 도태와 소외의 상황을 환기한다. 그는 매우 냉소적이며 비판적인 태도로 자본주의의 질서에서 도태되는 양상을 비감하게 환기하면서 물화된 노동의 가치와 생명을 회복하려 한다.

한 시대를 비추던 계몽의 등대는 그 견인의 빛을 잃고, 우리를 이끌던 이념의 깃발은 철거되었다. 바야흐로 억압과 저항의 경계선은 흐릿해지고 '전선 없는 싸움'이 시작되었다. 누가 적인지 알 수 없는 혼돈의 세상에서 더 이상 정치적 당파성으로 무장한 민중은 없는 것처럼 보인다. 그런데 이러한 의혹을 불식시키는 사례로 최종천의 시가 있다. 특히 그의 시는 문학의 사회적 상상력과 비판력은 여전히 유효하고 소중한 가치를 지닌다는 점을 주장한다. 그가 펼쳐 보이는 세계를 따라가면 자본주의의 착취의 시스템을 파헤치고, 자연과 모성과 노동의 신성성 회복을 통한 근대적 가치의 전복을 꾀하려는 전략을 만나게 된다. 우리는 그의 시에서 다소 거칠고 선전적이며, 계급적이고 정치적인 당파성의 직설적인 외침을 만나게 된다.

> 환경 파괴로 인한 자연재해와 재앙이
> 노동계급의 투쟁과 어찌 다른 것이랴
> 자연은 오염으로 항거하고
> 노동계급은 파업으로 자본에 대항한다.
> 자연과 노동의 투쟁의 대상은 동일한 것이다.
>
> 「어떻게 다를까?」 중에서

인용 시는 최종천의 시가 발원하는 지점을 선명하게 보여준다. 시인에게 "자연과 노동의 투쟁의 대상은 동일"한 것처럼 자본의 노동착취나 인간의 자연착취 또한 동일한 논리의 구조적 틀 안에서 이루어지는 것이다. 이러한 인식에 의하여 그의 시는 노동의 신성한 가치를 복원하고 자연 생명의 본성을 회복하고자 하는 정신에서 출발한다. 신자유주의 체제로 재빠르게 재편된 질서 아래에서 지배와 착취의 구조는 예전보다 더욱 공고하고 정교한 방식으로 우리를 억압한다. 자본의 힘과 논리는 빠른 속도로 일상을 장악해 나가고 있으며, '신자유주의는 탈취(奪取)에 의한 축적의 시스템'[11]을 추구하는 경제구조 속에서 "온통 不具인 삶을 보여주는 것이"(「춤을 위하여」) 최종천의 시이다. 그는 이러한 자본주의적 질서가 필연적으로 배태할 수밖에 없는 모순과 부조리, 착취와 폭력의 구조를 신랄하게 비판하는 실천의 윤리를 전경화한다.

가령 위의 인용 시에서처럼 자본주의의 탈취에 의한 축적의 시스템은 결국 "강한 사람은 더욱 강하고 약한 사람은 더욱 약하고 / 가난한 사람들은 가난과 함께 도태되어"갈 수밖에 없다. 이에 따라 "먼 미래에는 강한 자들만 살아남아" 마이너리티의 "二世들은 그들 포식자

---

11) D. 하비, 최병두 옮김, 『신자유주의』, 한울, 2007, 194쪽.

들의 소모품으로 제공"될 것이라는 비극적 전망을 가능하게 하는 것이다. 이와 같은 적자생존의 진화론적 법칙은 분명 착취의 시스템이 작동되는 원리와 노동자로 대변되는 약소자의 "슬픈 운명"(「슬픈 운명의 노래」)의 구조에 대한 해부학적 비판이다. 이러한 비판적 인식의 연장선에서 다음과 같은 시는 착취의 구조 속에서 인간적 권리를 누리지 못하는 노동자의 현실이 적나라하게 제시한다.

> 공장장만 **빼고**는 일하는 사람 모두 장가를 못 간
> 노총각들이어서 그런지 고양이 사랑이 엄청 크다.
> 자본주의가 결혼하라고 할 때까지
> 부지런히 돈을 모으는 상중이가 밥 당번이다.
> 밥을 주면 수컷이 양보한다.
> 공장장은 한때 사업을 하다 안되어
> 이혼을 했다지만,
> 내가 보기엔 자본주의가 헤어지라고 하여
> 헤어진 것이 틀림없다.
> 사람의 새끼를 보면 은근히 한숨만 터지는데
> 고양이의 새끼를 보면 은근히 후회하는 것이다.
> 사람인 나는 못하는, 시집가고 장가가고
> 돈 없이도 살 수 있는 고양이의 마술이다.
>
> 「고양이의 마술」 중에서

인용 시는 자본주의의 질서 체제와 문화에 대한 비판이 여실하게 드러나며, 물화(物化)된 세계에 대한 비판으로 읽힌다. 마르크스는 자본주의 사회에서 인간이 사물을 닮아가는 현상을 물화라 일컬었다. 자본주의는 진·선·미나 사랑과 같은 추상적인 개념, 그리고 결혼과 같은 인륜마저도 교환가치로 환원시킨다. 때문에 "부지런히 돈을 모으지 못하면" 결혼조차 할 수 없다. 어느 공장의 노동자로 보이는 화자는 고양이가 "새끼를 여덟 마리나 낳"은 것을 보고는 그것을 노동

자인 자신으로서는 꿈도 못 꾸는, 자신의 처지로서는 실현할 수 없는 신비한 마술로 인식한다. 자본주의 체제에서 "부는 상층에 축적되지만 위험은 하층에 축적된다."[12]는 울리히 벡의 전언을 실감케 하는데, 그것은 동물의 본성적 사랑과 출산을 노동자인 자신은 엄두도 못 내는 신비한 마술로 보기 때문이다.

화자는 약소자에 위험이 축적되는 원인을 물신이 지배하는 자본주의적 질서에서 찾는다. 말하자면 "일하는 사람 모두 장가를 못 간" 이유가 "자본주의가 결혼"을 허락하지 않기 때문이다. 공장장이 이혼한 것도 기실 "자본주의가 헤어지라고 하여 / 헤어진 것"이다. 그리하여 화자는 "사람인 나는 못하는, 시집가고 장가가"서 새끼를 낳고, "돈 없이도 살 수 있는 고양이"를 보며 그것을 인간 세상에서는 실현 불가능한 신비한 마술로 보는 것이다. 그럼으로써 화자는 노동/생산이라는 근대적 가치의 바깥에서, 적자생존의 자본주의 시장 한복판에서 교환가치를 상실한 채 인간으로서 자연스런 삶을 살아가지 못하는 불구적 삶을 통해 다소 직설적으로 자본주의 사회와 문화에 대한 비판의 날을 세우는 것이다. 자본주의 문화가 지닌 부정성의 대척점에는 모성의 생산성과 자연의 본성과 노동의 신성성이 자리한다. 그는 이러한 대척점에 자리한 근원적 가치의 회복을 궁극적으로 희망한다.

최종천은 자본주의적 질서가 강제하고 물화된 문화가 파생하는 온갖 부조리와 폭력, 억압과 모순을 극복하기 위해 궁극적으로 자연과 모성과 노동의 신성성을 회복하는 지점으로 나아간다. 시인은 알몸의 자연과 알몸의 노동과 알몸의 여성이 지닌 원초적 동식물성의 세계로 나가고자 한다. 가령 볼트를 용접하는 일을 "볼트를 심"는 행위

---

12) U. 벡, 홍성태 역, 『위험사회』, 새물결, 1997, 75쪽.

로 은유하며, "노동은 인간의 광합성이다."(「볼트를 심다」) 혹은 "자연에서의 식물과 같이 노동계급은" "인간 세계의 최초 에너지 생산자"(「노동이 인간의 光合成이다」)라고 식물화하는 것, "자연은 모두 알몸"으로 "알몸만큼 황홀한 것은 없"(「진정한 司祭」)으며 "빨갱이, 목사, 거지, 공산주의자, 자본가를 / 가리지 않고 벗기"(「성(性) 앞에 평등하라」)는 알몸의 창녀를 사제(司祭)나, 노자의 『도덕경』 제6장에 나오는 구절 인용하여 자연의 생명 창조를 "여성의 자궁"(「母系社會」)에 비유하는 것들은 그러한 사례에 속한다. 이러한 의식은 "그놈의 이성인지 뭣인지를 버리고" "두고두고 동물처럼 / 사물을 대하고 싶"(「보랏빛」)다는 고백에서도 확인할 수 있듯이 근대의 기획이 획책하는 세계관, 말하자면 인간의 이성을 세계의 중심에 세워 자연을 타자화하고 지배하는 억압적 논리를 배격하고 자연의 순수 감각으로 사물을 대하려 한다. 시인은 이성과 과학기술의 사유에 의해 야만과 원시로 치부되어온 이러한 동물적 본성과 감성의 회복이야말로 상처받은 지구와 생명의 영혼들을 치유할 수 있다고 믿는 것이다.

이와 같은 이성에 대한 회의와 불신은 근대 자본주의적 문명을 비판하는 시에 잘 나타나 있다. 이를테면 근대의 기획, 이성적 주체의 확립, 인간의 이성에 의한 자연의 지배, 사물의 타자화로 범박하게 말할 수 있는 데카르트의 명제를 비판하는 대목에서 잘 나타난다. 예컨대 "지식의 최종 목표는 자연의 힘에 대한 인간의 지배"라는 데카르트의 기본 명제를 인용 비판하며, 그 반대편에서 자연은 "하나님의 언어"이며 신은 "자연을 통하여 인간에게 말하고 있다"거나 "인간이 이 지상에서 사라지는 것도 인간을 구원하는 것이 된다."(「데카르트의 迷宮」)는 의식은 바로 자본주의적 문명과 인간의 이성에 대한 불신의 극단을 드러내는 것이다. 시인에게 자본주의 체제 속에서 "인간

은 멸망하는 것이 아니라 스스로를 포식하고 낭비"(「성공하고 싶으세
요?」)하며 쓰레기가 되는 삶을 사는 것이나 다름이 없다는 것이다. 그
는 이렇듯 근대 자본주의 문명이 부추기는 희망의 논리를 전면적으
로 부정한다.

그리하여 모든 문화적 생산자와 생산물들, 예컨대 자연과 노동과
모성의 생산성을 억압하고 착취하며 인위적으로 조작하는 시와 시인
을 포함한 "예술가들, 종교, 철학, 은행가들"은 모두 착취의 포식자이
며 소비자이다. 시인은 "자본주의를 극복하고 지구를 회복"하는 길은
"자연과 노동에 대한 착취"(「소비자는 왕이다」)의 먹이사슬을 끊고
자연적 본성의 세계로 지향해 나가길 희망하는 것이다. 이러한 본성
의 세계는 다음과 같은 시에서,

> 판잣집이 삐걱거리는 소리는 형과 누나가
> 네발 달린 짐승이 되어 사랑하는 소리였던 것이다.
> 사랑이고 뭣이고를 떠나 나는 그들의 그런 몸놀림을 긍정했다.
> 사랑의 몸짓에는 누구든 네발 달린 짐승으로 퇴화한다.
> 사랑을 회복하기 위해선 우리는 문명으로부터 도망쳐야 하리라.
> 　　　　　　　　　　　　　「네발 달린 짐승이 되어」 중에서

라고 노래할 때 그 시정신의 극단은 드러난다. 이 시는 마치 '동물
되기'[13]를 연상시킨다. 왜냐하면 그것은 시인이 자연과 노동과 모성
의 본성이 회복된 세계를 꿈꾸며 인간이 "네발 달린 짐승으로 퇴화"
한 세계를 지향하기 때문이다. 그 세계는 자본주의의 직선적 시간이
아니라 순환론적인 원시적 시간으로 돌아가는 것이다. 그 시간은 직
선이 아닌 여성적 곡선과 영속적 생명이 창조되는 곡신(穀神)의 세계
이며, 인간중심의 이성에 의해 인위적 조작이나 분별이나 분배가 아

---

13) G. 들뢰즈 · F. 가타리, 김재인 역, 『천개의 고원』, 새물결, 2001.

닌 동물적 본성이 오롯이 보존된 영원의 동일성의 시간이다. 시인은 "인간은 비영속적인 존재인데 동물은 영속적인 존재"(「詩, 너 누구냐?」)라고 진술하는 것처럼 자연을 착취하고 노동을 착취하는 "문명으로부터 도망쳐" '동물되기'를 희원한다. 시인은 이러한 '동물되기'를 통해 인간과 자연, 주체와 대상 사이의 분절과 분리와 분열을 극복하고 생명의 근원적 영속성과 동일성을 회복하고자 한다. 그는 궁극적으로 "자연에 순응하는"(「작가수첩」) 노동의 근원적 세계를 건설하고자 한다.

3. 가혹한 삶의 임계점과 자본권력 비판 : 박후기

전망 없는 미래, 역사의 진보에 대한 깊은 회의와 불신, 미래에 대한 어떠한 기대나 희망도 내비치지 않는 도저한 체념과 무력감, 깊은 비관과 회의적 태도를 보이는 박후기의 시는 출구가 보이지 않는 미래를 포함한 현재적 삶의 현주소를 지시하는 것처럼 보인다. 이것은 도무지 달라지지 않을 것 같은 현실과 미래에 대한 시인의 처절한 망연함이나 절망감의 표현이다. 이러한 마이너리티의 수사학은 역설적으로 자본의 권력이 지배하는 사회 시스템에 대한 풍자이며 비판으로 읽힌다. 존재의 기반을 송두리째 뿌리 뽑힌 추방된 이들의 형편없는 삶에 대해 쓰는 박후기의 시는 우리 사회의 노동 현실과 삶의 현재적 보여주기이며, 동시에 앞으로도 변함없이 도래할 불길한 미래 상(像)을 환기한다.

박후기의 시에서 주된 시적 발상은 '지옥의 링' 위에 선 복서의 삶이다. '지옥의 링'은 자본주의적 현실의 장으로서 그 축소판이다. '링'은 유형지로서 처절한 삶의 비등점이며 임계점이다. '링' 위에서의 삶은 "그로기 상태에 빠"져 "녹아웃 된"(「복서 2」) 형국이고, 현실과 미래는 출구가 보이지 않아 "막막하고 두려"(「복서 3」)울 뿐이다. 현실은 '링'이고 '지옥'이다. '링'이라는 장소는 시의 무대이자 시를 주도하는 분위기이다. 시인은 '링'을 사회의 축소판으로 상정하고, 이 안에서 펼쳐지는 복서로서의 처절한 삶을 펼친다. 말하자면 '링'을 중심에 놓고 체제 밖 변방에 내동댕이쳐진 처절하고 암울한 삶을 이 안으로 끌어들인다.

> 꼭두새벽 집을 나서는 엄마는
> 정류장까지 로드워크를 한다
> 아버지가 녹아웃된 후
> 대신 엄마가 장갑을 끼고 매일
> 지옥의 링 위로 올라간다
>
> 아들 3은
> 품속에 카운터블로를 숨긴 채
> 결정적인 순간이
> 오기만을 기다린다
> 달과 엄마처럼
> 숨죽이며 참고 견딘다
> 탐색전이 지나치면
> 식구들의 야유를 받는다
> 나가 싸우지 않는 아들 3을 향해
> 아들 1이 경고를 보낸다
> 도대체
> 누가 적(敵)인지 알 수 없는 세상이다
>
> ··· 중략 ···
>
> 때리는 자와 맞는 자,
> 누구를 위하여 종은 울리나?

그로기 상태에 빠진 생이여
너에게 확,
수건을 던지고 싶다

「복서 2」 중에서

  박후기의 시는 가혹한 삶의 임계지점에서 펼쳐지는 유형지의 리얼
리즘이다. 유형지의 그들에게는 저주받은 소외와 가난, 고통과 눈물
이 있지만 이전 시대처럼 계급적 정체성이나 정치성은 없는 것처럼
보인다. 체제에서 배제되어 변방으로 유랑하는 사회적 마이너리티들
의 모습은 "세상 끝 저편에 / 혼자" 위태롭게 "매달리는 일만 남았"
(「목련 출처」)을 뿐이며, "지옥의 링 위"에서 "그로기 상태에 빠진 생"
에게 "확, / 수건을 던지고 싶"은 절망스러운 현실만이 있을 뿐이다.
현실은 절망적이고 앞날은 이미 "바코드로 찍혀 있"어서 "계산할 필
요"도 없고, "바꿀 수"(「아르바이트 소녀」)조차도 없는 운명인 것이
다. 그의 시에는 가난하고 소외된, 체제의 밖으로 내동댕이쳐진 마이
너리티들의 저주스러운 고통의 현실과 삶, 말하자면 '지옥의 링 위'의
삶만 있을 뿐 정치적이거나 또는 미적 저항이라 할 만한 어떠한 태도
도 찾아볼 수 없다. 말하자면 박후기의 시는 출구가 보이지 않는 삶
속에서 희망 없이, 역사의 진보에 대한 전망이나 확신 없이 유령처럼
체제 밖을 떠돌며 그저 하루하루치의 삶을 간신히 살아내는 마이너
리티의 곤궁한 현실을 그려낼 뿐이다. 시인의 표현을 빌리자면 '복서'
로서 '맷집' 하나로 '지옥의 링 위'에서 살아가는 절망스러운 모습만
있을 뿐이다.
  박후기의 시에서 노동/생산이라는 근대적 가치의 바깥, 말하자면
자본의 논리가 지배하는 시장에서 교환가치를 상실한 채 주변을 떠
도는 추방된 자들은 유령화되어 유형지의 삶을 살아간다. 중심의 주

변은 유형지이고 삶의 임계점이다. 삶은 바로 "지옥의 링" 위에서 펼쳐진다. 그 희망 없는 삶의 비등점, '지옥의 링'에서 박후기의 시는 펼쳐진다. '지옥의 링' 위에 선 그들의 이름은 비정규직 노동자, 일용직 노동자, 편의점이나 주유소나 대형마트의 알바, 외국인 노동자, 불법 체류자 등으로 다양하게 불리고 있다. 하지만 그들을 정치적이며 계급적인 정체성을 지닌 예전의 노동자로 부르는 것은 다소 어색하다. 노동자라는 특정한 이름은 노동 주체의 계급적 정체성과 노동/자본의 억압적 불평등에 저항하는 집단적 주체성을 포함하는 개념이다. 그런데 신자유주의 체제에서 노동이란 서로 상이한 조건과 환경의 분화 속에서 개체적으로 분열되고 파편화되었다. 이러한 노동환경의 지형변화에 따라 노동자는 그 계급적 정체성과 집단적이며 정치성을 드러냈던 예전과는 사뭇 달라진 모습이다. 단지 그들은 자본 시장에서 선택되지 못함으로써 자신들의 노동력을 내다 팔 기회를 잃은 사회적 잉여일 뿐이다. 계급적 자의식을 상실한 채 자본시장에서 폭력적으로 배제된 추방자, 사회적 잉여인간일 뿐이다.

박후기의 시가 집중적으로 보여주는 소외된 변두리 잉여인간들에 대한 시적 공감은 마치 '종이는 나무의 유전자를 갖고 있는' 것처럼 소외와 가난이라는 사회적 유전자에서 비롯한다. 그가 "우리 집에 힘센 것은 / 하나도 없"고 "힘센 것은 모두 우리 집 밖에 있다"(「뒤란의 봄」)고 진술할 때, 운명처럼 주어진 가난은 다름 아닌 외부에서 강제적으로 이미 주어진 것이다. 즉 거부할 수조차 없는 막강한 자본의 힘과 구조가 물려준 불치의 사회적 유전병 같은 것임을 지시한다. 예컨대 그의 시에 빈번하게 등장하는 가족 구성원 가운데 아버지의 삶이 그러하다. 아버지는 언제나 "쓰러지는 쪽으로 핸들을 꺽"(「자전거를 배우는 아버지」)고, "앞만 보고 살았지만, 언제나 뒤가 무너"(「폐광」)지는 몰락의 삶을 산 비극적 인물이다. 아버지는 "무덤 속에서도 / 빚 독촉을 받"(「화분 요람」)는, 그러니까 죽어서조차도 자본의 구속으로부터 해방되거나 자유롭지 못한 운명이다. 이렇듯 "무너진 집안의 막내"(「채송화」)로 태어난 태생적 몰락의 운명, 그 유전의 세습, 혹은 과거의 기억과 흔적의 유전은 박후기 시에서 시적 주체의 현재와 과거를 강력하게 규제한다. 그 과거의 기억, 검은 지층처럼 켜켜이 쌓인 아픈 흔적의 유전자는 시적 주체의 현재와 미래까지도 간섭하고 규제하는 규정력을 행사한다.

앞날 흐릿해
힘주어 눌러 쓰면
뒷장에 배기는 흔적들,
어쩌면 나는
흔적을 따라
살고 있는지 모른다

「흔적들」 중에서

박후기의 시에서 마이너리티로서의 과거의 흔적들은 현재로 반복되고, 또 그것은 미래의 운명까지 결정해버린다. 이러한 아버지의 전망 없는 삶, 그 아픈 운명의 굴레는 아버지나 어머니, 어느 한 집안의 가계에만 한정되는 것이 아니라 사회적으로, 또 존재론적으로 확대되어 있다. 아버지의 운명은 그의 시에 빈번하게 등장하는 철거민, 노숙자, 불법체류자, 해고노동자 등의 삶과 겹치면서 그들의 삶에 그대로 중첩 전사되어 있다. 이들 마이너리티들은 아버지의 다른 얼굴이며 삶이다. 과거에서 현재, 아버지로부터 아들로 유전되는 가난한 삶의 전사는 "집안을 겉돌며 눈치만 살"피는 실업자 아들(「복서 3 - 오빠」), "이력서를 들고 / 링 위에 올라가 춤을" 추는 비정규직 누나

(「누나」), "녹아웃 된" 아버지 대신 "매일 / 지옥의 링 위로 올라"(「복서 2」)가거나 막막한 "세상 끝 저편에 / 혼자 / 매달리는" 엄마(「목련 출처」), "몰락한 집안의 기둥"이며 "지방 원정경기도 마다하지 않"는, "믿을 것은 맷집밖에 없"으며 "대기실에서 청춘을 보낸" 시간강사 오빠(「복서 3」), 엄마 아빠의 역할조차도 아르바이트로 생각하는 아르바이트 소녀(「아르바이트 소녀」)에 그대로 전사되어 있다. 그들에게 현실은 "지옥의 링"이며 삶은 "확, / 수건을 던"져 포기하고 싶을 만큼 "그로기 상태에 빠"(「복서 2」)져 있는 것처럼 처참하다.

자본주의 체제의 변두리이자 사회의 밑바닥을 희망 없이 전전하는 이들의 삶에서 희망이나, 저항의 의지나, 전환의 반전이나, 또는 어떤 공동체적 연대의식 같은 것들은 찾아볼 수 없다. 그의 시에서 이들은 오직 체제 밖으로 쫓겨난 추방자로서의 아픔과 슬픔의 삶을 살아가는 존재이다. 그들은 모두 체제의 사생아일 뿐이다. 그들은 "머리에서 발끝까지 / 자본의 공명을 위해 매인 몸"(「6번 혈관 ― 콜트기타 해고노동자들에게」)으로 "모두 난간 위"(「난간에 대하여」)의 위험한 삶을 살아간다. 예컨대 "세상 끝 저편에 / 혼자 / 매달"(「목련 출처」)려 있다가 언젠가는 떨어져 몰락할 운명에 처해 있으며, "지옥의 링 위"에서 "녹아웃"(「복서 2」)될 비극적 운명의 존재들이다. 이와 같은 몰락의 이미지는 "멀쩡하던 몸 물먹은 소금처럼 녹아내"(「소금 한 포대」)리거나, "물살에 휩쓸리며" "우리도 얼굴을 지우며"(「내린천」) 살아갈 수밖에 없다는 죽음과 소멸의 비관적 계열의 의미들을 거느리며, 동시대의 보편적 운명으로 확장된다. 삶과 세계는 절망적이며 비관적인 것이고, 어떠한 희망도 찾을 수 없는 동시대의 마이너리티가 지닌 보편적 운명이다.

> 나는 아르바이트 소녀,
> 24시 편의점에서
> 열아홉 살 밤낮을 살지요
>
> 하루가 스물다섯 시간이면 좋겠지만
> 굳이 앞날을 계산할 필요는 없어요
> 이미 바코드로 찍혀 있는,
> 바꿀 수 없는 앞날인 걸요
>
> … 중략 …
>
> 가끔은 내가
> 아르바이트를 하러 이 세상에 온 것 같아요
> 엄마 아빠도 힘들게
> 엄마 아빠라는 아르바이트를 하고 있는지 몰라요
>
> 「아르바이트 소녀」 중에서

화자는 "24시 편의점"에서 "열아홉 살 밤낮을" 사는 "아르바이트 소녀"이다. 열아홉 살의 젊디젊은 아르바이트 소녀에게 현실은 암울하고 미래는 없다. 다만 희망이 있다면 "아르바이트는 / 죽을 때까지만 하고 싶"다는 바람뿐이다. 그녀는 "굳이 앞날을 계산할 필요가 없"을 만큼 절망적이다. 그녀는 자신이 "아르바이트를 하러 이 세상에 온 것 같"으며, 자신의 "엄마 아빠도 힘들게 / 엄마 아빠라는 아르바이트를 하고 있는지" 모른다고 생각한다. 그녀의 앞날은 이미 "바코드로 찍혀 있는" 것이어서 "계산할 필요"도 "바꿀 수"도 없이 미리감치 결정되어 있다. 그러니까 어차피 자신의 의지와는 상관없이 결정되어 있는 것이다. 그녀의 애인도 처지는 마찬가지이다. 그들에게는 사랑조차도 "컵라면 같은" 것이어서 "가슴에 뜨거운 물만 부으면 삼 분이면 끝나"버리는 것처럼 짧은 시간 밖에 주어져 있지 않으며, 어떠한 인간적 정감도 배어 있지 않은 무감각한 것이다. 그래서 그들에게는 "사랑도 결국 / 사람과 무관한 일"(「복서 2」)이 되어버린다.

박후기의 시에서 미래에 대한 희망, 반전에 대한 믿음, 삶에 대한 열정 같은 것은 어디에서도 찾을 수 없다. 그의 시에서 미래에 대한 낙관적 전망은 찾을 수 없다. 다만 절망이 있고 현재를 반복할 불길한 미래의 전망이 있을 뿐이다. 그의 시는 가난이라는 형벌 같은 피의 유전, 세습의 신분처럼 물려받은 비루하고 비천한 삶의 극복되지 않는 현재의 상황을 비등점까지 끌어올린다. 그럼으로써 은유적으로 제시한 지옥 같은 '링' 위의 출구 없는 삶은 지금 이곳의 폭력성을 환기한다. 남루하고 암울한 현실의 주소는 오랫동안 우리의 거처로 머물고, 박후기의 시에서 그 문제에 대한 대답은 없다. 그의 시는 '지옥의 링'으로 환유된 모순의 현실을 보여줄 뿐, 이를 바로잡고 또 부조리의 시스템을 수정해야 한다고 요구하지 않는다. 그는 다만 그 모순과 부조리의 현실을 경험하게 한다. 시인은 '링' 위에서 벌어지는 처절한 삶의 과정들을 주시하고 그 불완전함, 그 부조리한 모순을 처절하게 경험하게 한다.

4. 동일성의 폭력과 공동체적 연대의 모색 : 하종오

초국적 자본에 의한 세계화 전략으로 값싼 노동력을 따라 자본이 이동하고, 이 자본을 따라 제3세계 하위주체들의 이산(離散)을 생산해내고 있다. 이러한 상황에서 민족중심주의적 식민담론은 성적, 인종(민족)적, 계급적, 문화적, 경제적 차이를 중심으로 중심과 주변이라는 지형을 생성해낸다. 중심에서 배제된 이들 하위주체들은 민족

중심주의의 담론에서 객체화되고 대상화된 타자로 주변부에 위치한다. 그들은 인종(민족)적 정체성이라는 이름 아래 혹은 민족국가의 이데올로기에 의해 타자로 대상화되면서 비표준적이고 비문화적으로 비유된다. 이러한 비유는 그들이 연약하고 미개하다는 은유적 사고를 발동시키며, 그들을 주변부의 하위주체로 위치시킨다. 하종오는 이러한 은유화와 대상화의 과정을 통해 타자를 결정하는 오리엔탈리즘, 즉 서구중심의 식민담론의 기획에서 벗어나 이를 탈중심화하려는 시적 의도를 전략적으로 펼친다.

하종오의 시는 최근 한반도를 둘러싼 동북아 질서의 재편과 경제적 위상의 향상, 그리고 노동시장의 유연화에 따른 이주외국인 노동자의 유입과 결혼이주여성의 증가 등으로 파생하는 문제에 적극적인 시적 관심을 보인다. 세계화와 초국적 자본의 흐름에 의한 국경의 와해는 세계 곳곳에서 보편적으로 경험되는 사회현상이다. 이러한 현실을 주목하는 하종오의 시는 "새로운 국제주의의 인구학은 탈식민지적 이주의 역사이자 문화적 정치적 이산의 서사"라는 "망명의 시학"14)을 반영하는 것이라 할 수 있다. 하종오 시인이 주목하는 타자로서 외국인 노동자와 결혼이주여성, 조선족, 그리고 혼혈인의 삶에는 약소자(minority) 내지는 이방인, 특히 경제적 약소국 출신으로서 "봉급 한 푼도 못 받고 / 즉각 쫓겨"(「위험한 키스」)날 수밖에 없고, "몽둥이에 맞아 쇄골이 부러"(「무료 진료」)질 수밖에 없는 고통과 사회적 멸시가 자리하고 있다.

> 시간 되자마자 퇴근하는 필리피노 하나
> 다음 퇴근하는 스리랑칸 하나
> 그다음 퇴근하는 타이랜더 하나

---

14) 호미 바바, 나병철 역, 『문화의 위치』, 소명출판사, 2002, 33쪽.

개 잡아먹으러 빨리 간다고 두들겨 팼다

그 이튿날 아침
공장장이 몽둥이 들고 공장 문 앞에 서 있다가
시간 지나서 출근하는 필리피노 하나
다음 출근하는 스리랑칸 하나
그다음 출근하는 타이랜더 하나
개 잡아먹고 늦게 나온다고 두들겨 팼다

「초복」 중에서

　인용 시는 외국인 노동자들에게 가해지는 이유 없는 폭력과 멸시의 실태를 그리고 있다. 시적 상황은 "사나운 개가 공장 문 앞에 매여 있어서" "동남아인 노동자들이 출입"할 때는 "공장장이 목줄을 잡아 주어야" 드나듦이 가능하다. 그런데 초복 날 "한낮에 그 개가 사라"지고 공장장은 동남아 노동자들이 그 개를 훔쳐갔다고 생각한다. 공장장은 퇴근하는 그들을 "개 잡아먹으러 빨리 간다고 두들겨" 패고, "그 이튿날 아침"에는 출근하는 그들을 "개 잡아먹고 늦게 나온다고 두들겨" 팬다. 그러나 사실은 "이쑤시개로 이빨 쑤시고 쩝쩝거리며" "한낮에 고급승용차 타고 온 사장이" 잡아먹은 것이다. 하종오의 시에서 신자유주의의 '국경 없는 공장' 지대와 '아시아계 한국인들'의 삶은 인권이 보장되지 않는 '유형지'에서의 삶이다. 호미 바바는 '사이에 낀 (in-between)' 공간에서 생성되는 문화적 차이는 주류문화의 불완전한 정체성을 부각시키고 위협하는 역할을 수행한다고 지적한다.[15] 이러한 문맥에서 냉정한 무관심에서 돌연한 공포심이나 적개심으로 변하는 이방인에 대한 반응은 이주외국인의 주변성에 잠재된 위협적 성격을 유추하게 한다. 이러한 상황은 정상성, 즉 동일자의 정체성이

---

15) 호미 바바, 나병철 역, 앞의 책, 36~39쪽 참조.

갖는 억압적 성격이 폭로되는 것이다.

초복 날 공장을 지키던 개가 없어지고 공장장이 동남아인 노동자들을 두들겨 패는 시적 문맥에서 읽을 수 있는 것은, 경제적으로 열등한 국가의 국민에게 가해지는 배타적이며 모멸적인 차별의 논리이다. 여기에는 인간으로서는 도저히 용납될 수 없는 폭력이 경제적으로 빈곤한 약소국가의 출신에게는 가능하다는 식민적 배타의 논리가 흐르고 있다. 그들에게는 "공장장이 목줄을 잡아주어야" 출입이 가능한 것처럼 최소한의 자유조차 보장되어 있지 않다. 동남아인 노동자들은 공장장이 개의 "목줄을 잡아주어야 / 출입이 가능"한 것처럼 최소한의 이동권조차도 보장받지 못한다. 여기에는 동일자의 경제적 식민의식과 인종적 우월의식, 그리고 자본의 탐욕스런 논리가 중첩되어 있다. 산업화 시대 노동력을 수출해야만 했던 우리가 혐오했던 식민의 논리를 그대로 반복하는 것인데, 화자는 이를 통해 우리 사회 내부에 흐르는 차별과 배타의 논리를 반성적으로 성찰한다.

배제와 차별의 논리 저변에는 이주노동자에 대한 인종적 하위주체 담론을 그대로 반영하는 것이다. 이것은 한국인들이 아시아계 이주노동자들을 서구의 제국주의가 식민지 아시아를 이미지화한 방식을 그대로 따르는 것이다. 인종적 특성이 한국인과 이주노동자의 차이를 가르는 중요한 고리로 부각되는 것은 이주노동자가 한국에서 약소자이면서 경제적 주변성을 갖는 위치와 관련을 맺고 있다. 이것은 이주노동자가 한국인에 비해 열등하다고 상상적으로 관념화될 때 더욱 그 정당성을 부여받는다. 그래서 "머리를 소중하게 여겨서 / 모자를 즐겨 쓴다는 걸 / 공장장은 잘 알면서" "손바닥으로 뒤통수를 때리고" "주먹으로 정수리를 내리"치는 "손찌검"(「머리」)을 서슴없이 자행하게 만든다. 여기에는 우월성에 바탕한 인종에 대한 폭력적 은유의

방식이 작동하고 있으며, 서구적 근대주의가 강요한 문명/야만의 도
식을 정당화하는 논리가 작동하고 있다. 극단적으로 인용 시에서처
럼 그들은 상상적 관념조작에 의해 열등하고 범죄적인 인종으로 인
식된다. 그 결과 '민족적 순혈주의를 초자연적 실재' 내지는 '유일한
세계 인식의 틀'[16]로 전제한 나머지 그들을 내부로부터 배제한다.

> 네팔에선 돼지 주인이 막대기 잡고
> 등도 배도 목도 밀며 우리로 몰아 넣어도
> 돼지가 말 듣지 않는다고 머리를 후려갈기진 않았다
> 공장장은 제가 한 일이 잘못되어도
> 눈 째리며 손바닥으로 뒤통수를 때리고
> 혀 차며 손가락으로 이마를 찌르고
> 소리지르며 주먹으로 정수리를 내리쳤다
>
> 「머리」 중에서

인용 시는 경제적 우월성을 바탕으로 한 외국인 노동자에 대한 물
리적 폭력과 빈손으론 고국으로 돌아갈 수 없기 때문에 '굴욕'을 견뎌
내야 하는 노동 현실을 보여주고 있다. "네팔리는 머리를 소중하게
여겨서 / 모자를 즐겨 쓴다는 걸 / 공장장은 잘" 안다. 그럼에도 공장
장은 "걸핏하면" "마음에 안 든다고" 아무 때나 머리를 밀고 때린다.
"공장장은 제가 한 일 잘못되어도" "혀를 차"며 "뒤통수를 때리고" "소
리지르며 주먹으로 정수리를 내리"치는 폭력을 일삼는다. 그러나 네
팔리 "청년은 빈손으론 네팔로 돌아갈 수 없어 / 공장장의 손찌검을
받으며 일"해야 한다. 그는 경제적으로 가난한 약소국에서 왔다는 이
유로 무시와 멸시의 대상이다. 이러한 물리적 폭력은 그들을 미개하
고 열등한 존재로 여기며 관리하고 길들여야 할 대상으로 여기는 인

---

16) 임지현, 『민족주의는 반역이다』, 소나무, 1999, 53~55쪽 참조.

식론적 폭력이 자리한다.

'네팔리'라는 타자에 대한 폭력이 가능한 것은 그들이 열등하다는 이념적 편견의 결과에 의한 것이다. 타자의 이질성에서 생겨난 차이를 무시하고 획일화하는 동일성의 논리는 그들이 열등하고 미개하며, 그렇기 때문에 가난하다는 동일자의 일방적 시선에 의하여 그들을 끊임없이 관리하고 감시해야 할 대상으로 규정한다. 이러한 의식은 근대화의 기치 아래 이루어낸 산업화의 경험과 피억압자로서 제국주의적 질서를 내면화한 경험과 연관되어 있으며, 오리엔탈리즘이라는 서구 중심의 관점으로 이주노동자를 타자화하고 사물화하는 방식으로 구성된다. 이것은 외국인에 대한 한국사회의 이중적 의식을 드러내는 것이기도 하다. 즉 인종적 특성과 결부된 유색인종에 대한 우월감은 백인/유색인이라는 차이를 사회적 차별로 귀결시키고, 산업화의 정도에 따라 선진/후진, 혹은 문명/야만이라는 분리를 통하여 폭력과 억압을 구조화한다. 여기에서 드러나는 인종적이며 경제적인 권력관계는 중심의 위치에서 유색인종을 주변으로 위치시키고 그들을 사물화한다. 그 결과 사물화된 대상에 대한 폭력은 정당화된다.

하종오의 시는 사물화된 대상으로서 이주외국인 하위주체에 대한 폭력의 실상을 경험할 수 있게 한다. 즉 인식론적 편견과 우월감을 바탕으로 가해지는 물리적 폭력과 그것이 정당화되는 과정을 보여준다. 타자의 타자성을 거세하는 동일성의 인식론적 폭력은 이주외국인 하위주체의 노동력뿐만 아니라 신체는 물론 인격까지도 소유 가능하다는 의식을 생산해낸다. 민족 사이에는 많은 문화적 차이가 다양하게 존재함에도 불구하고 사회·경제적 지위는 타인종에 대한 폭력을 가능하게 한다. 여기에는 인식론적 우월성을 바탕으로 한 동일자의 시선이 작동하고 있다. 이것은 다른 문화를 존중하지 않는 차별과 배타의 원리에 의해 결정된 의식이다. 하종오는 이러한 동일자의 정체성이 갖는 억압적 폭력성을 비판적으로 성찰하면서 새로운 연대의 틀을 모색한다.

> 베트남에서 시집온 어머니와
> 한국인 아버지 사이에서 태어난 사내아이와
> 필리핀에서 시집온 어머니와
> 한국인 아버지 사이에서 태어난 계집아이가
> 들판에서 뛰어놀고 있다
>
> … 중략 …
>
> 베트남인 어머니와 한국인 아버지에게
> 사내아이가 쌀밥 지어 올리는 날이 되면
> 필리핀 어머니와 한국인 아버지에게
> 계집아이가 나물반찬 차려 올리는 날이 되면
> 들판에서 다른 주인이 되어 있을 것이다
>
> 「코시안리 13」 중에서

국경을 넘나드는 초국적 자본과 인구의 이동으로 발생하는 복합적인 초문화화의 현상이 보편화된 현실에서 우리 사회는 다민족·다문화 시대로 접어들었다. 이와 같은 상황에서 하종오 시는 우리 사회에 새롭게 편입된 이주노동자나, 인용 시에처럼 결혼이주여성, 그들 사이에 태어난 혼혈인이 함께 공동체적 삶을 꾸려나가는 연대를 꿈꾼다. 위의 시에서처럼 화자는 동정과 연민, 배제와 차별이 아닌 "베트남 처녀 데려와 장가"들고, 그들 가족이 "남편들의 나라 한국에서" "자손 대대로 이어갈"(「전후」) 공동체적 연대를 희망하는 것이다. 이것은 편협한 주체중심주의에서 벗어나 타자의 차이와 이질성에 대한 인정의 윤리를 동반할 때 가능한 것이다.

하종오는 "어떤 외국인 노동자는 한국에 체류하는 동안 유랑민이 되어버리"고, 또 어떤 이는 "한국을 출국하는 순간 다시는 딛고 싶지 않은 국가로 여기지 않"는 현실에서 "이 땅에 남은 외국인 노동자들은 한국인들과 함께 건강한 자본주의적 삶을 살아"(「자서」)가기를 희망하는 진정한 공동체적 연대를 모색한다. 베트남 여자와 한국인 남자, 필리핀 여자와 한국인 남자 사이에서 태어난 아이들이 들판에서 뛰어놀고, 마침내 그 들판의 주인이 되는 공동체를 꿈꾸는 것이다. 그것은 단일 민족국가라는 순혈주의가 지닌 피의 맹목성을 비판적으로 성찰하는 것이며, 배제와 차별이 아닌 이질성이 지닌 차이를 존중하는 태도이다. 그럼으로써 시인은 식민적 사유를 벗어나 탈식민적 사유와 차이에 대한 윤리적 가치를 창출한다.

5. 사회적 상상력을 위하여

파행적 근대사 속에서 우리 사회는 끈질긴 변혁운동을 경험하였고, 그런 흐름을 반영하여 한국 현대시는 억압적인 상황과 체제 내의 순응주의 미학을 거부하는 사회적 상상력을 경험한 바 있다. 그런데 이러한 경향은 1990년대를 전후로 전시대와는 다르게 퇴조한 면모를 보인다. 대내외적 환경의 지각변동에 의하여 문학의 사회성은 상대적으로 퇴조한 것이다. 문학의 사회적 상상력이 물러간 자리를 감각의 직접성과 동시성을 내세운 문화산업이 재빠르게 점령해 나갔고, 문학의 생산과 소통과 소비의 구조를 자본 권력의 논리에 따라 상업적으로 결정하게 되었다. 나날이 새로운 감각의 혁명을 요구하는 시대에 문학의 사회적 상상력을 말하는 것은 철지난 것처럼 보이며, 미적으로도 자칫 게을러 보이기 십상이다. 하지만 문학의 사회적 상상력은 여전히 유효하다. 왜냐하면 자본의 권력은 이전보다도 더 정교하고 치밀하게 우리의 무의식과 일상적 삶을 정교하게 억압하고 있기 때문이다.

최종천의 시는 문학의 사회적 상상력과 비판력은 여전히 유효하고 소중한 가치를 지닌다는 점을 반증하는 사례이다. 그의 시는 자본주의가 지닌 착취의 시스템을 파헤치고, 자연과 모성과 노동의 신성성 회복을 통한 근대적 가치의 전복을 꾀하려는 시적 전략을 펼친다. 그의 시에서 다소 거칠고 선전적이며, 계급적이고 정치적인 당파성의 직설적인 외침을 만날 수도 있다. 하지만 생활 세계에서 우러나오는 시적 울림의 강화를 통해 스스로 발언하는 주체로서 저항의 동력을 생성한다. 그런 점에서 지구적 계급으로서 자본가 계급을 강화하는 체제에 저항하는 주체의 새로운 정체성을 획득한다고 평가할 수 있을 것이다.

박후기의 시에 그려지는 마이너리티들의 삶은 미래에 대한 희망이나 반전에 대한 믿음이 부재한다. 미래에 대한 낙관적 전망은 찾을 수 없다. 다만 절망이 있고 현재를 반복할 불길한 미래가 있을 뿐이다. 그의 시는 가난이라는 형벌 같은 피의 유전, 세습의 신분처럼 물려받은 비루하고 비천한 삶의 극복되지 않는 현재의 상황을 비등점까지 끌어올린다. 그럼으로써 은유적으로 제시한 지옥 같은 '링' 위의 출구 없는 삶은 지금 이곳의 폭력성을 환기한다. '지옥의 링'으로 환유된 현실의 모순과 부조리를 경험하게 함으로써 중심과 주변, 유력자와 약소자의 대립 관계를 형성하는 지배 이데올로기에 균열을 일으킨다는 점에서 시적 가치를 발견할 수 있다.

하종오의 시는 한반도를 둘러싼 동북아 질서의 재편과 경제적 위상의 변화, 그리고 노동시장의 유연화에 따른 이주외국인 노동자의 유입과 결혼이주여성의 증가 등으로 파생하는 문제에 적극적인 시적 관심을 보인다. 세계화와 초국적 자본의 흐름에 의한 국경의 와해되는 현실에서 하종오의 시는 새로운 국제주의의 인구학은 탈식민지적 이주의 역사이자 문화적 정치적 이산의 서사라는 망명의 시학을 반영한다. 그럼으로써 단일 민족국가라는 순혈주의의 맹목성을 비판적으로 성찰하며, 배제와 차별이 아닌 이질성이 지닌 차이를 존중하고자 한다. 그럼으로써 식민적 사유를 벗어나 탈식민적 사유와 차이에 대한 윤리적 가치를 창출한다는 데 시적 의의가 있다.

최종천, 박후기, 하종오 시의 사회적 상상력으로서 마이너리티 시학은 이전의 사회적 상상력이 간과한 현실의 세목과 다양한 모순, 새로운 시적 탐구의 가능성 등을 끌어안는 것이라는 점에서 공통된 의의를 갖는다. 특히 이들이 보여주는 마이너리티 시학은 유력자의 억압적 권력을 드러내면서 체제 밖에서 체제의 부정성을 증언한다. 윤리적 반성과 성찰의 과정을 거쳐 주체성을 획득하고, 이 윤리성과 주체성을 바탕으로 새로운 연대의 틀을 모색함으로서 세계화 시대 정치의 중요한 특징인 상상조작에 저항한다는 데 시적 의의가 있다.

한국문학과 대미(對美) 의식

1. 두 얼굴의 야누스, 미국

우리에게 미국은 어떤 나라일까? 개항 이후 지금까지 미국은 한국의 국가적 운명에 지대한 영향을 미친 것이 사실이다. 미국은 한국 근대사가 출발하는 시점에서부터 긍정적이든 부정적이든 그 어떤 나라보다도 많은 영향을 미쳤다. 보통 미국은 우리가 전적으로 복제해야 할 국가적 모델이거나 아니면 배척해야 할 대상으로 인식되어 왔다. 이러한 양면적 대미인식은 역사적 조건이나 상황에 따라 달라졌는데, 그것은 아마도 개항 이후 지금까지 미국이 한국에 대해 취한 정치, 경제, 문화, 군사적 태도에서 기인한다. 미국은 두 얼굴의 야누스로 우리에게 각인되어 있다. 이 야누스는 친미와 반미, 환대와 적대, 은원(恩怨)이 교차하는 경계에서 우리에게 얼굴을 들이민다.

1866년(고종 3년) 제너럴 셔먼호 사건 이후 1882년(고종 19년)에 이르러 조미수호통상조약(朝美修好通商條約)을 통해 우리는 미국과 공식적인 외교관계를 갖는다. 그 후 가쓰라(桂太郎) - 태프트(W. H. Taft) 밀약(1905), 태평양 전쟁(1941), 해방과 미군정, 한국전쟁과 미군의 한국주둔, 이승만 정권의 친미반공 이데올로기와 원조경제, 60년대 월남파병과 대미의존의 개발독재를 통한 경제성장, 80년 광주항쟁, 그리고 가깝게는 한미 FTA와 북핵문제 등 국가 민족적 운명을 좌우하는 굵직굵직한 역사적 사건들의 중심에는 언제나 미국이 개입해 있다. 그 만큼 미국은 우리의 현실적 삶과 역사, 정치, 경제, 사회, 문화 등에 직간접적인 영향을 미쳤다. 미국은 전방위에 걸쳐서 우리 사회에 막강한 영향력을 행사한 나라임은 부정할 수 없는 사실이다.

문학은 어차피 현실적인 문제와 분리해 존재할 수 없다. 그렇다면 우리 사회에 지대한 영향력을 행사한 미국은 한국문학에 어떻게 그려지고 있을까? 개항 이후 지금까지 한국의 근대사 전개에서 "미국을 제외하고 논의할 수 없을 정도"[1]로 강력한 영향을 미친 나라가 미국인 만큼 한국문학 작품 속에서도 미국은 소재는 물론 주제론적인 측면에서 자주 문제적으로 등장한다. 그 이유는 앞서 언급했듯이 "오늘날의 한국에서 미국의 존재는 정치, 경제, 문화의 구석구석까지"[2] 두루 침투해 있기 때문이다. 특히 해방 이후 한미관계의 특수성 속에서 한국 특유의 정치 사회적 현실은 형성 전개되었으며, 따라서 이 같은 현실적 조건과 상황을 반영하여 한국문학 속에 미국의 이미지는 반영되고 있다.

한미관계가 특수하고도 복잡 미묘한 관계로 전개되어 온 것처럼 한국문학 속에서도 미국의 이미지는 복잡 미묘하게 변주되어 나타난다. 한국문학에 투영된 미국의 이미지는 작가나 시인들의 미국에 대한 정치, 경제, 역사, 문화적 인식과 밀접한 관계에서 생성된 것이다. 그것은 대개 미국에 대한 환대와 찬양의 친미의식, 혹은 적대와 부정의 반미의식으로 비교적 분명하게 양분된다. 한국문학에 나타나는 미국의 이미지를 살피는 본고는 개항 이후 근·현대사의 전개과정을 따라 조망할 것이다. 논의는 주로 반미적 성향의 작품에 좀 더 많은 비중이 주어질 것이며, 그 이유는 한국문학에서 미국에 대한 이미지

---

1) 정효구, 「해방 후 한국시에 나타난 미국의 이미지」, 『한국 현대시와 문명의 전환』, 새미, 2002, 139쪽.
2) 백낙청, 「한국에 있어서의 미국의 의미」, 『민족문학과 세계문학Ⅱ』, 창작과비평사, 1985, 244쪽.

가 호의적으로 투영된 작품이 그다지 많지 않다는 데서 기인한다. 이러한 비평적 성찰에서 얻어진 결과로서 미국에 대한 이미지나 작가의식이 곧 미국 전체에 대한 한국인의 의식 자체를 의미하지는 않는다. 그러나 이러한 비평적 고찰은 미국의 국가적 아젠다(agenda)나 한국인의 대미인식의 한 단면을 살펴볼 수 있는 계기를 제공할 것으로 기대한다.

공식적으로 미국과 조약을 맺은 일이 1882년이니 사적인 접촉을 논외로 한다면 햇수로 130년이 조금 넘는 셈이다. 이 평문은 구한말에서부터 자본의 전지구화로 호명되는 세계화 체제 시대로 거슬러 오르며 한국문학에 나타나는 미국의 이미지를 통시적으로 살필 것이다. 그럼으로써 한국문학에 나타나는 미국의 이미지와 인식론적 특징, 이와 함께 시대적 변화의 추이에 따른 공시적 특성까지도 거칠게나마 규명해보고자 한다. 미국은 2차 세계대전 이후 세계 질서와 체제를 관리하고 지배하는 초강국이 되었으며, 우리는 그 영향력에서 자유로울 수 없는 처지였음을 부인할 수 없다. 부정할 수 없는 이 같은 엄중한 역사적 현실에서 미국의 이미지가 한국문학 속에 어떻게 투영되고 있는지 살펴보는 작업은 흥미로울 것이다.

2. 척사/제휴/친일반미 의식

한국인이 미국을 본격적으로 접촉하기 시작한 시점은 19세기 후반이다. 이 시기부터 구체적으로 미국을 지시하지는 않지만 한국문학에서 서구문물에 대한 호기심과 동경, 그리고 동시에 이에 대한 반감과 적개심이 드러나기 시작한다. 그것은 미국에 국한된 시각만이 아

니라 서구세계 전체를 바라보는 관점을 포괄한다. 일반적으로 전자는
개화파, 후자는 척사파들이 갖는 서구세계에 대한 인식론적 태도를
지시하는데, 다음에 인용한 신재효의 판소리 가사 「괘씸한 서양되놈」
은 위정척사론자들이 서구를 인식하는 의식 수준을 가늠할 수 있다.

> 괘씸하다 서양되놈
> 무부무군(無父無君) 천주학을
> 네 나라나 할 것이지
> 단군기자 동방국의
> 효제(孝悌)윤리 밝혔는디
> 어이 감히 여어보자
> 흥병가해(興兵駕海) 나왔다가
> 방수성(防守成) 불에 타고
> 정족산성(鼎足山城) 총에 죽고
> 남은 목숨 도생하자
> 어서어서 도망하자.
>
> 신재효, 「괘씸한 서양되놈」 전문

인용한 신재효의 4·4조 가사는 병인양요와 관련해 있다. 천주교
박해를 빌미로 강화도에 침입한 프랑스 함대를 물리친 자부심과 천
주교를 비난하는 내용의 노래이다. '천주학'으로 상징되는 구한말 서
세동점의 서구 제국주의는 조선의 정체성을 위협하는 불온한 존재로
표상된다. 이 작품은 서세동점이라는 제국주의적 외세에 대한 당시
의 완강했던 척사의식을 엿볼 수 있는데, 서양에 대한 강렬한 반감과
적개심이 노골적으로 표백되어 있다. 화자는 아비도 없고 임금도 없
는(無父無君) 세상을 가르치는 천주학의 서양되놈이 괘씸하다며 불
에 타 죽지 않으려면 어서 빨리 도망하라고 말한다. 이러한 감정은
이후 제너럴셔먼호 사건(신미양요)을 거치면서 미국에 대한 척사론

자들의 반미의식으로 연속된다. 요컨대 구한말 쇄국정책으로 일관하면
서 병인양요와 신미양요를 치르고 척화비를 세우면서까지 외세에 반대
하는 척사파의 외세에 대한 강고한 적대적 의식을 실감할 수 있다.

한편 미국이 한국문학에 구체적으로 명시되어 등장하는 것은 개화
기의 신소설이나 일부 가사에서 그 흔적을 찾아볼 수 있다. 이보다
앞서 구한말 유길준의 『서유견문』, 윤치호의 『윤치호일기』 등과 같
은 비문학적 산문, 그리고 장편 기행가사로 볼 수 있는 김한홍의 『海
遊歌』와 같은 산문은 선진 서구문물에 대한 무한한 경이, 동경, 찬양
을 기술했다는 것은 이미 잘 알려진 바이다. 찬미 혹은 친미적 인식
을 드러내는 작품들은 대개 미국에 대한 호의의 감정을 바탕으로 삼
는다. 미국이나 미국문화는 선진적이라는 호의적 인식은 문화를 통
한 동일화의 과정으로서 에드워드 사이드는 이것을 제휴(affiliation)
라 명명한다.[3] 제휴의 시인이나 작가들은 미국적 가치나 이미지의
긍정적인 측면에 관심을 표명한다. 이러한 성향은 의도적이든 아니
든 미국문화의 제국주의적 속성에 무관심하거나 무비판적 태도를 보
이는 특징이 있다.

선진 서구문물의 우수성을 동경어린 눈으로 소개하면서 이와 교류
교섭하고자 하는 제휴와 동일화의 욕망은 개화기의 신소설에서도 잘
드러난다. 미국 혹은 개화된 서구 신진문물은 우리가 본받아야 할 이
상적 모델이었다. 가령 신소설의 효시를 이룬다 할 수 있는 이인직의
『血의 淚』와 『銀世界』에서 주요 등장인물들은 모두 미국 유학생이
거나 미국으로 유학을 떠나는 설정에서 확인할 수 있다. 『血의 淚』의
주요인물 '구완서', '옥남', '김광일'은 모두 미국 유학생이며, 『銀世界』

---

3) Bill Aschcroft & Pal Ahluwalia, 윤영실 역, 『다시 에드워드 사이드를 위
   하여』, 앨피, 2005, 62쪽.

의 '옥순이'와 '옥남이'도 미국 유학생이다. 이 같은 점은 이해조의
『모란병』에서도 반복되는데, 여주인공 '금선'은 일본에서 돌아온 애
인 '황수복'과 결혼 후 미국 유학길을 떠난다. 신소설에서 대부분의
주인물들이 미국은 물론이거니와 일본으로 해외유학을 떠나는 일은
거의 서사적 관습에 가깝다. 그것은 개화 계몽기 지식인들의 서구 근
대문명에 대한 강렬한 관심과 지향에 따른 결과로 볼 수 있다.

특히 이인직의 『銀世界』는 미국에 대한 호의적 태도가 분명하게
나타나는 대표적 작품이다. 이 작품에서 미국과 미국인은 우리의 후
원자나 구원자로 제시된다. 봉건 지배계급에 저항하다 장독으로 죽
은 최병도의 자식 옥남은 그를 곤경에서 구한 미국인 씨엑기 아니쓰
의 후견으로 미국유학을 한다. 그 후 옥남은 미국에 동화된 인물 성
격으로 개조되어 나타난다. 주인공이나 주요 등장인물이 미국 유학
생이거나 미국으로 유학을 떠나는 것으로 설정함으로써 신문물의 수
입과 흡수를 직접적으로 장려하려는 의도이겠지만, 조금 깊이 들여
다보면 미국은 조선의 이상일 뿐만 아니라 한 개인의 욕망의 대상으
로 처리된다는 것이다. 이렇듯 신소설에서 미국은 하나의 초월적 기
표로서 우리가 모방해야 할 이상적 국가로 부상한다. 조미수호통상
조약을 체결한 후 고종이 아더 대통령에게 보낸 답서에 미국(美國)이
라는 표기를 썼던 것처럼 그야말로 미국은 우리에게 '아름다운 나라'
라는 기의를 획득한 셈이다.

일제 강점기 시대의 한국문학에서 미국은 거의 등장하지 않는다.
미국이 다시 우리 문학에서 모습을 드러내기 시작한 것은 일제 강점
기 말 태평양 전쟁을 치르면서이다. 대동아공영을 기치로 삼던 일본
과 적대관계에 있는 미국은 식민의 타자에게도 타도의 대상일 수밖
에 없었던 이유에서이다. 이 시기 미국에 대한 적대적 태도는 친일의

식에서 비롯한 것이며, 친일 반미의식을 드러내는 문인들은 일제가 내세운 대동아공영권을 선전하는 데 열을 올린다. 이러한 맥락에서 김동환이 "물러가라 쫓아내라 폭악미영(暴惡美英)을 / 백여년을 아편위에 영화누리는 / 거만스런 홍콩총독 몰아내듯이 / 마래(馬來) 포와(布蛙) 인도총독 모두 내치자"(「美英葬送曲」)고 노래할 때, 미국과 영국은 대동아공영을 방해하는 '폭악'하고 '거만'한 나라로 규정된다.

> 아세아의 세기적인 여명은 왔다
> 영미의 독아(毒牙)에서
> 일본군은 마침내 싱가폴을 뺏어내고야 말았다
> 동양침략의 근거지
> 온갖 죄악이 음모되는 불야의 성
> 싱가폴이 불의 세례를 받는
> 이 장엄한 최후의 저녁
> 싱가폴 구석구석의 작고 큰 사원들아
> 너의 피를 빨아먹고 넘어지는 영미를 조상하는 만종을 울려라
> 노천명, 「싱가폴 함락」 중에서

> 성서로 덕을 말하는 위인!
> 세계의 문화를 짊어진 행인들이
> 수없이 네 옆을 지나오고 지나갔건만
> 너는 언제 한번 고향의 열쇠를 만져본 일 있더냐?
> 네 영혼은 검은 채찍에 이미 흐렸고
> 네 사는 땅은 원수의 발 밑에 숨을 잃었었다.
> 모윤숙, 「호산나 소남도(昭南島)」 중에서

1867년 영국의 식민지로 편입된 싱가포르는 식민 개척의 서구 제국에게는 동양침략의 전진기지였다. 노천명의 시는 진주만 기습을 시발점으로 동남아시아 각국의 주요 거점인 일본의 "싱가폴 함락"을 찬양한다. 일본이 싱가포르를 점령한 지 하루만에 발표되었다고 알

려진 이 시에서 화자는 영국과 미국을 독을 뿜어내는 뱀의 이빨(毒牙)로 비유하면서 사악한 존재로 규정한다. 시 전편에는 "양키들의 굴욕과 압박"을 물리쳐야 하며, "영미를 조상하는 만종"을 울려야 한다는 적의에 찬 반미감정을 표백해낸다. 그러면서 화자는 대동아공영의 신체제를 옹호하고 예찬하는 일관된 태도를 서슴없이 드러낸다.

노천명의 시가 표백하는 친일 반미의 격한 태도는 모윤숙의 시에서도 거의 유사하게 드러난다. 화자는 "검은 얼굴"의 말레이시아 처녀에게 새삼 지난날의 비참한 참상을 낱낱이 상기시키고는 그녀를 위무하듯 "다시 네 가슴에 눈물을 가져오지 않으리라" 다짐한다. 일본은 백색 제국주의로부터 유색인종을 해방시킨 구원자이며, '양키'로 상징되는 미국은 사악한 침략자로서 '원수'일 뿐이다. 이러한 친일 반미적 성향의 시는 일제 강점이라는 "역사적 특수상황에 정초되어 국가의 독립이나 민족의 정체성을 추구하는 일과는 다른 차원에서 형성"[4]된 굴절된 반미의식이라 할 수 있다.

3. 호의의 동일시와 반외세 의식

1945년 8월 15일 조선은 일제 강점의 식민통치에서 벗어났으나 38선을 경계로 남쪽에는 미군이, 북쪽에는 소련군이 진주하게 된다. 미국은 서울로 진주(1945년 9월 9일)하기 직전 태평양 미육군 최고지휘관 D. 맥아더의 「포고 제1호」를 통해 "일본측 천황과 정부와 대본영을 대표하여 서명한 항복문서의 조항에 의하여 본관 휘하의 전첩군

---

4) 이형권, 「반미시의 계보와 탈식민성」, 『한국시의 현대성과 탈식민성』, 푸른사상, 2009, 84쪽.

은 본일 북위 38도 이남 조선 지역을 점령"한다고 발표한다. 미국은 해방자가 아닌 점령군임을 명백히 한 것이다. 사정이 이러함에도 이 시기 미국에 대한 한국 사회의 인식은 대체로 소박했던 것으로 보인다.

> 그대들은 거룩한 원정들
> 팟쇼의 억센 가시나무를
> 군국주의의 모진 독초를
> 모조리 베어버리고 뿌리채 뽑아버린
> 승리의 원정!
> 세계에 민주주의의 씨를 뿌리고
> 세계의 민주주의의 꽃에 물을 주는
> 민주주의의 원정
>
> 훌륭하게 북도다 주리라
> 조선의 꽃
> 민주주의의 꽃
>
> 권환,「고궁에 보내는 글」중에서

문학가동맹의 일원인 권환은 미소공동위원회를 세계의 "민주주의 원정"으로 찬미한다. 거룩한 민주주의 원정은 '팟쇼'의 억세고 '모진 독초'를 "뿌리채 뽑아버린" 승리의 해방자로 칭송되고 있다. 화자는 그들을 "세계에 민주주의의 씨를 뿌리고 / 세계의 민주주의의 꽃에 물을 주는" 정의로운 해방자로서 긍정적이며 우월적인 지위를 부여한다. 화자는 해방자의 원조 아래 조선의 "민주주의의 꽃"이 "아름답게 피리라" 기대에 벅찬 감정을 여과 없이 노출하고 있다. 미국을 대하는 태도가 지극히 호의적인데, 해방 직후 진주한 미군은 이처럼 일제의 억압으로부터 우리를 해방시킨 지원군이자 해방군으로서 절대적일 만큼 환대의 대상이다.

서울에 진주해 군정을 실시하는 미군(국)에 대한 소박한 인식은 소설에서도 그대로 드러난다. 가령 김송의 「무기없는 민족」에서는 소련군과 함께 미군은 우리를 해방시킨 구원군으로서 매우 호의적으로 미화되며, 이러한 관점은 박노갑의 「사십년」에서 미군이 조선의 해방과 독립을 위해 일본군을 몰아내려고 온 '천사'로 미화되는 긍정적인 이미지로 그려지고 있다. 반면 채만식의 「미스터 방」에서는 용산 군포로 수용소에서 잠시 일하며 익힌 토막 영어를 밑천으로 미국장교의 통역관이 되어 온갖 권세를 누리는 주인공 방삼복을 통해 미군에 빌붙은 아첨꾼들을 비판 풍자하면서 방삼복과 같은 통역에 의한 미군정의 정치를 냉소적인 시선으로 비꼰다. 또한 채만식은 「역로」에서 미군이 한국 땅에서 한시 바삐 떠나야 할 호환마마와 같은 병적 존재로 그린다. 미소 양국이 더 이상 해방군이 아니라 점령군이란 인식은 이후 반미의식을 드러내는 여러 문학작품에서 지속적으로 계승된다.

> 외국놈한테 정줄 팔아먹는 년이 더러면 외국놈한테 절갤 팔아먹는 서방님네들은 무엇일꾸? …… 철없는 어린 아이들더러 왜놈이 되라구 시킨 건 누구신구? …… 그뿐인감? 왜놈이 물러나니깐 이번엔 왜놈 대신 온 XX놈한테 붙어서 조선아이들을 XX놈의 노예를 만드느라구 온갖 짓 다하구 있는 건 누구신구?…… 난 양갈보야. …… 그렇지만서두 난 누구들처럼 정신적 매음은 한 일 없어
>
> 채만식, 「낙조」 중에서

「낙조」에서 채만식은 외국 군대가 주둔해 있는 한 한국은 독립국이 될 수 없다는 점을 전경화한다. 그러면서 미국이건 소련이건 간에 그들은 한국 땅을 떠나야 한다는 비판적 인식을 보여준다. 인용은 파혼으로 인한 정신적 상처 때문에 바람기로 시작했다가 직업여성으로

전락한 뒤 미군의 아기를 임신한 춘자가 서술자인 '나'에게 뱉어내는 말이다. 한때나마 연모했던 남자인 '나'에게 자신의 수치와 타락상을 들킨 춘자가 격한 감정으로 뱉어내는 말이지만, '춘자'의 항변은 "미군정에서 단독정부로 이어지는 우리 현대사에 대한 뼈아픈 진실"[5]을 압축적으로 환기하는 대목이다. 이러한 비판적 인식은 다음과 같은 시에서도 확인할 수 있다.

> 어째서 우리의 땅을 달라고
> 넘실거리는 것이냐
> 어째서 우리더러
> 흑노(黑奴)의 노래를 부르라는 것이냐
> 　　　　　김상오, 「우리는 모멸로써 그것을 돌려보낸다」 중에서

> 아프리카 연안 SLAVE COAST는 아직도 울고 있는가
> 깊은 바닷 속 물결이 일 때마다 네들의
> 울음소리 내고 있는가
>
> 　　　　… 중략 …
>
> 동무들이여
> 또한 내 흑인부대여
> 이 고장 떠난 자유로운 내 땅에서도
> 또다시 새로운 노예상
> 아니 낯설은 손님마저
> SLAVE COAST를 그리고 있다
> 　　　　　배인철, 「노예해안」 중에서

> 밤이 가까울수록
> 성조기(星條旗)가 퍼덕이는 숙사(宿舍)와

　　주둔소(駐屯所)의 네온사인은 붉고
　　정크의 불빛은 푸르며
　　마치 유니온 작크가 날리든
　　식민지 향항(香港)의 야경을 닮아간다
　　　　　　　　　　　　　　박인환, 「인천항」 중에서

　　좌우 이념 갈등과 대립이 극심했던 해방공간에서 미국과 남한의 관계는 '월 스트리트'나 '흑노'(黑奴)의 형상으로 그려지곤 한다. 김상오의 시에서 위압적인 자본주의와 그에 핍박받는 흑인노예는 한국적 상황의 은유적 등가물이다. 우리는 이 위압적인 "월 스트리트 상관(商館) 옥상에 꽂은 / 깃발에 예의"를 올리는 한국적 흑인노예의 얼굴과 대면할 수 있다. "월 스트리트 상관 옥상"에 나부끼는 '깃발'로 은유된 미국은 "우리의 땅"을 넘보는 음흉한 의도를 지닌 불순한 제국이며, 이 제국은 우리를 신식민지의 새로운 '흑노'로 삼아 착취하려는 침략자이다. 이와 같은 인식은 배인철의 시적 인식과도 대동소이하다. 그는 인용 시에서 미국의 흑인문제를 통해서 우리 민족의 문제를 본다. 화자에게 미국은 우리를 노예로 삼아 착취하려는 제국주의의 "새로운 노예상"에 불과한 것이다. 이러한 시적 인식은 박인환의 작품에서도 마찬가지로 드러나는데, 모더니스트의 날렵한 시선에 의해 포착된 "인천항"의 풍경은 "유니언 작크"가 나부끼는 "식민지 향항(香港)"과 닮은꼴로 제시된다. 인천항을 "성조기(星條旗)가 퍼덕이는 숙사(宿舍)와 / 주둔소(駐屯所)의 네온사인"의 붉은빛에 의해 짓눌려 있는 형상으로 제시하는 시인의 의도는 미국이 또 다른 이름의 식민 주체라는 점을 암시한다.

　　좌우가 대립하는 우여곡절 끝에 1948년 남쪽에 단독 정부가 수립되고 곧이어 1950년에 터진 전쟁을 치르면서 미국에 대한 비판적 인식은 거의 자취를 감춘다. 이후 우리 사회의 미국에 대한 호의적 태도는 더욱 견고해지는 형국으로 전개된다. 전후 친미반공 이데올로기의 일반적 내면화가 그것이다. 미국은 공산세력의 침략으로부터 한국의 자유민주주의를 지켜준 우방국으로서 혈맹관계로 굳건하게 자리 잡는다. 이를테면 시인 구상은 "하룻만에 패잔병의 모습으로 변한 / 국군과 함께 후퇴"하는 피난길에서 미국을 중심으로 하는 "UN군 참전의 소식을 듣"는다. 이 소식을 접하고 "노아의 방주를 탄 안도의 한숨을 내쉬었다."(「난중시초 1」)는 시구에서 읽을 수 있듯이 미국은 공산세력의 침공으로부터 우리를 구해준 은인의 나라, 절대적 구원국으로 인식되었다.

4. 비동일시와 비미(批美) 의식

6.25전쟁을 치르고 미국은 우리의 자유민주주의를 수호해주는 맹방으로 자리 잡는다. 여러 면에서 한미관계는 더욱 돈독해졌으며, 대미의존도는 높아질 수밖에 없었다. 이에 따라 친미 반공이데올로기는 우리 사회의 무의식을 강력히 규정하는 기제로 작용하였다. 이러한 사회적 심리로 인해 미국에 대한 비판적 태도는 곧 용공분자로 낙인찍는 분위기가 사회 전체를 지배했다. 편중된 대미 의존도로 인해 미국은 일방적으로 미화되기에 바빴으며, 미국에 대한 비판적 시각은 상대적으로 위축될 수밖에 없었다. 이승만 정부의 반공독재가 맹목적 대미의존으로 치달으면서 우리 사회에서 미국을 문제적으로 바라보는 시선은 용납될 수 없었다. 이러한 시선은 곧 용공 친북을 의미하기 때문이다. 미국은 우리 사회에서 자유민주주의 수호자로서의 이미지로 무의식 깊이 각인되었던 까닭이다.

그러나 1950년대 후반 이승만 정부의 모순과 미군 주둔이 장기화되면서 한국문학은 미국(군)을 비판적으로 인식하는 시선이 싹트기 시작한다. 예컨대 미군부대 주변의 부패하고 타락한 삶을 그린 송병수의 「쑈리 킴」(1957)이나, 1948년 6월 독도 근해에서 조업 중이던 어선에 대한 미군 전투기의 무차별 폭격 사건을 소설화한 전광용의 「해도초」(1958)는 대표적인 사례이다. 그런데 이들 소설이 미국에 제기하는 문제의식이 사회적으로 조금씩 표면화된 것은 1960년대 이르러 가능했다. 한국문학에 나타나는 반미의식은 민족의식의 성장과 비례해서 강화된다. 예컨대 1960년대 들어 민주화, 민족 자주화, 민족통일, 민족 정체성 회복의 열망이 분출된 4.19 혁명은 미국을 바라보는 그간의 인식태도와 시각을 교정하는 결정적인 계기로 작용한다. 이와 함께 미국의 요청에 의한 월남파병은 미국의 제국주의적 본질과 한국의 신식민지적 종속관계를 폭로하고 반미의식을 확산하는 주요한 동기가 된다. 4.19혁명은 민중 민족의 자주적 주체성을 각성시키면서 참여문학에 대한 논쟁을 확산 심화하는 결과로 이어진다. 그 중심에 있는 신동엽, 김수영, 남정현, 이호철 등과 같은 문인들의 작품은 이 시기 한국문학에 나타나는 비판적 대미의식을 뚜렷이 양각해내고 있다.

1965년은 한일협정을 둘러싼 대일굴욕외교 반대투쟁이 격화되던 시기이다. 이때 발표된 남정현의 「분지」는 한국사회에서 반공이데올로기가 얼마나 강고한 것인지를 실감하게 해준다. 이 소설은 미군 엑스사단과 향미산에서 대치하고 있는 주인공 '나'의 긴 독백으로 이어진다. 서술자인 '나' 홍만수의 누이 분이는 미 육군상사 스피드의 첩으로서 온갖 성적 학대를 당하는 처지이고, 독립운동가의 아내인 만수의 어머니는 일제를 물리친 미군을 해방군으로 환영하기 위하여 거리로 나갔다 미군에게 강간당하고 실성해서 죽었다. 이에 만수는 스피드의 부인 비취를 향미산에서 강간하여 복수하고 미군의 응징을 받는다는 내용이다. 이런 내용의 소설이 발표되고 난 몇 달 뒤 작가가 반공법으로 구속되면서 「분지」는 세간의 관심을 끌게 된다.

성적 학대를 가하고 부녀자를 강간하는 미군의 모습은 분명 반미감정을 자극할 만하다. 반미감정을 자극했다는 이유로 작가가 반공법 위반으로 구속되기까지 한 「분지」 필화 사건은 반미가 곧 용공으로 인식된 한국의 사회적 분위기를 단적으로 보여준다. 반미감정을 다룬 한 편의 소설을 가지고 정부가 그처럼 민감하게 반응하면서 가혹하게 작가를 처벌한 법적 조치는 역설적으로 미국의 영향력이 얼마나 강력한 것이었는지를 상징적으로 환기하며, 동시에 반미는 곧 용공이라는 인식을 가능하게 하는 레드 콤플렉스가 한국사회의 무의식을 얼마나 강력하게 규정하는지를 엿볼 수 있다. 그만큼 친미 반공 이데올로기의 사회적 분위기가 얼마나 강경했고, 또 그것이 우리의 정치적 무의식을 얼마나 강경하게 지배했는가를 상징적으로 웅변하는 사건이다. 남정현의 「분지」는 4.19 혁명 이후 첨예하게 각성된 자주의식과 날카롭게 예각화된 반미의식의 일단을 보여준다.

> 바람 부는 밤
> 만삭의 임부는
> 철조망 곁에 쓰러져 있었다.
> 그리고 눈이 갠 아침
> 그 화창하게 맑은 산과 들의
> 은빛 강산에서
> 열두 살짜리 소년들은
> 어제 신문에서 읽은 동화얘길 재잘거리다
> 저격받았다.
>   … 중략 …

쏘지 마라
솔직히 얘기지만
그런 총 쏘라고
박첨지네 기름진 논밭,
그리고 이 강산의 맑은 우물
그대들에게 빌려준 우리가 아니야.

벌주기도 싫다
머피 일등병이며 누구며 너희 고향으로
그냥 돌아가 주는 것이 좋겠어.

신동엽, 「왜 쏘아」 중에서

미국을 향해 남성적 어조로 줄기차게 시적 발언을 멈추지 않았던 신동엽의 위와 같은 시는 반미의식이 뚜렷이 부조되어 있다. 인용 시는 아기를 임신한 배고픈 어미와 "열두 살짜리 소년들"이 "쓰레기통을 뒤져 / 깡통 꿀꿀이 죽을 찾아 먹"으려고 미군기지 경계선 주변으로 왔다가 미군이 난사한 총을 맞고 목숨을 잃은 사건을 규탄한 작품이다. 화자는 분노를 터트리며 이 땅에서 나가줄 것을 요구한다. 화자는 미군과 같은 외세에 의해 민족의 비극이 발생했으며, 그렇기 때문에 미군이 이 땅에서 물러가야만 그런 비극이 사라질 수 있음을 환기한다. 이러한 신동엽의 반미의식은 여러 시에서 확인할 수 있는데, 이를테면 "8.15 이후 우리 땅은 / 디딜 곳 하나 없이 / 지렁이 문자로 가득"하며, "빠다와 째즈와 딸라와 / 양키이즘으로, 우리 땅은 / 썩"(「금강」)어든다고 노래할 때이다. 한국 사회에 침윤한 문화제국주의의 다른 이름 '양키이즘'과 경제적 원조가 기실은 미국 자본의 지위를 확장할 목적이라는 점을 폭로하는 반미의식을 엿볼 수 있다.

마룻바닥에 깐 비니루 장판에 구공탄을 떨어뜨려
탄 자국, 내 구두에 묻은 흙, 변두리의 진흙,

그런 가슴의 죽음의 표식만을 지켜온,
밑바닥만을 보아온, 빈곤에 마비된 눈에
하늘을 가리켜주는 잡지
VOGUE야

　　　　　　　　　　　　　김수영, 「VOGUE야」 중에서

조용히 가다오 나가다오
서푼어치값도 안 되는 미·소인은
초콜렛, 커피, 페치코오트, 군복, 수류탄
따발총……을 가지고
적막이 오듯이
적막이 오듯이
소리없이 가다오 나가다오

　　　　　　　　　　　　　김수영, 「가다오 나가다오」 중에서

　한국사회에서 미국은 정치 경제는 물론이거니와 사회 문화적으로도 절대적인 영향력을 지닌 이상적 국가 모델이다. 미국은 한국의 국가 사회적 이상일 뿐만 아니라 한 개인의 동경어린 욕망의 대상이다. 아메리칸 드림으로 호명되는 미국에 대한 선망과 동경은 우리에게 하나의 초월적 상징으로 기능한다. 김수영은 「VOGUE야」에서 미국이라는 이미지의 작동방식에 주목한다. 시인은 "VOGUE"라는 미국 패션 잡지를 미국적인 것, 미국의 이미지를 살포하여 우리의 무의식을 미국에 대한 동경으로 채색하는 매체로 인식한다. 미국적인 것의 이미지를 통해 한국인의 의식과 한국 사회의 집단무의식에 침투해 들어오며, 그것은 "밑바닥만을 보아온, 빈곤에 마비된 눈에 / 하늘을 가리켜주는" 역능을 발휘하면서 우리의 무의식을 지배하는 것이다. "VOGUE"라는 잡지는 대중에게 배고픔과 가난을 벗어날 수 있는 허구적 이데올로기를 유포함으로써 "신성을 지켜온" 세계를 무너뜨린다. 그것은 미래에 대한 전도된 욕망의 '스크린'을 쳐서 현실을 직시할 수 있는 눈을 가려버린다. 김수영의 이러한 비판적 인식은 "아이스크림은 미국놈 좆대강이나 빨아라 그러나 / 요강, 망건, 장죽, 種苗商, 장전, 구리개 약방, 신전, / 피혁점, 곰보, 애꾸, 애 못낳는 여자, 無識쟁이, / 이 모든 無數한 反動이 좋다"(「거대한 뿌리」)고 말하는 지점으로 나아가면서 미국적인 것에 저항하고, 이것이 감추고 있는 허위의식을 폭로한다.

김수영의 시에서 미국에 대한 비판적 인식은 미국이 지닌 패권적 아젠다에 대한 강한 반감으로 확대되어 나타난다. 김수영은 여러 작품에서 미국에 대한 첨예한 비판적 인식을 보여준다. 1960년대 한국문학의 대미 인식은 김수영의 시에 비교적 뚜렷이 부조되어 있다. 두 번째 인용 시에 김수영은 "'미국인'과 '소련인'도 똑 같은 놈"으로서 자기네 나라로 "하루 바삐 가다오"라고 간절히 호소한다. 화자는 미국인과 소련인이 이 땅에서 나가야 하는 이유를 구체적으로 제시하는 것이 아니라 반어적으로 "이유는 없다"고 말함으로써 그들이 모두 물러가야 할 절박한 당위성을 강조한다. 화자는 미국과 소련이 남북한에게 있어 우방이나 해방군이라기보다는 점령군으로서 한국에서 떠나가야 할 존재임을 분명히 역설한다. 이러한 비판적 인식은 조국의 분단을 강요한 외세에 대한 냉소적인 경멸과 조소 섞인 어조를 통해 효과적으로 전달된다.

> 그래 너는 아메리카로 갔어야 했다
> 국어로는 아름다운 나라 미국 네 모습이 주눅들 리 없는 合衆國이고
> 우리들은 제 상처에도 아플 줄 모르는 단일 민족
> 이 피가름 억센 단군의 한 핏줄 바보같이
> 가시같이 어째서 너는 남아 우리들의 상처를
> 함부로 쑤시느냐 몸을 팔면서
> 침을 뱉느냐 더러운 그리움으로

배고픔 많다던 동두천 그런 둘레나 아직도 멤도느냐
혼혈아야 내가 국어를 가르쳤던 아이야.

김명인, 「동두천IV」 중에서

4.19 이후 신동엽이나 김수영에 의해 각성된 대미의식은 1970년대 후반 장영수의 『메이비』(1977)와 김명인의 『동두천』(1979) 등으로 계승된다. 예컨대 김명인의 작품과 같은 경우에서이다. 1970년대라면 사회적으로 우리의 대미인식이 제법 객관화되는 시기이다. 이때부터 해방 이후 우리의 심리를 지배했던 해방자 및 후원자로서의 호의적이고 이상화된 시각은 상당히 약화되고 미국을 있는 그대로 인식할 수 있는 현실적인 눈이 생기게 된 것이다. 장영수의 「美合衆國에게」, 「도봉IV」, 「메이비」 등과 같은 작품이나 김명인의 「동두천」연작은 미국에 대한 인식이 현실적이며 주체적인 면모를 지닌다는 점을 확인할 수 있다. 이들이 집중적으로 시화한 전쟁고아, 혼혈고아, 편모슬하의 혼혈아 문제 등은 미국과의 직접적인 관련 속에서 파생된 현실적 모순이다. 이를테면 그 모순관계를 집약적으로 압축한 공간인 '동두천'을 통해 왜곡되고 모순된 현실적 삶과 역사의 현장을 구체적으로 포착하는 시적 대응력을 보여주는 성과를 이룬다. 말하자면 미군 주둔을 대표하는 상징성을 띤 장소로서 동두천을 주목함으로써 미국과 관련한 다양한 모순관계를 현실적인 삶과 연관하여 상징적으로 압축해 드러내는 미적 효과를 거둔다.

김명인의 인용 시에는 장영수의 '메이비'와 비견되는 인물로 "혼혈아의 아이"가 등장한다. 한국전쟁의 비극이 세대를 이어 지속되는 아픔을 느끼기에 충분하다. 우리는 우선 이 시에서 혼혈아의 상처는 우리의 상처임에도 불구하고 "제 상처에도 아플 줄 모르는 단일 민족", 단일국가의 허위의식이 그 아이를 더러운 아이로 배척하는 상황에 대한 연민과 분노를 읽을 수 있다. 그리고 화자는 말로만 아름다운 나라가 미국이고, 그 속은 실제로 아름답지 않은 나라가 미국이라고 비판한다. 혼혈아에 대한 원인 제공자인 미국이 "돈 많은 나라" "아름다운 나라"로 인식되는 모순되는 상황을 제시함으로써 화자는 우리의 상처인 혼혈아의 아픔이나 미국의 실상을 인식조차 하지 못하며 사는 우리를 비판하는 것이다. 이처럼 김명인은 미국의 실상과 미국에 얽힌 한국사의 현실적 삶의 현장을 주체적인 시각으로 바라본다. 그럼으로써 미국이란 도대체 우리에게 어떤 나라인가를 현실적으로 생각하게 만든다.

5. 반동일시와 반미(反美) 의식

한국문학에서 반미감정 내지 반미의식은 대체로 분단체제 극복과 현실모순이라는 관점으로 접근해 왔다. 이러한 비판적 대미인식은 80년 광주민주화운동을 계기로 더욱 치밀하고 심화된 언설적 권력을 획득한다. 한국사회에서 소박한 차원의 반미감정이 반미의식 내지는 반미주의로 그 당위성을 얻으며 출현한 것은 정치, 군사, 경제 분야 등에서 한미 양국 간의 상호이해와 상충 요인 등이 복합적으로 작용한 데서 기인한다. 그 가운데 대미인식의 변동은 80년 광주민주항쟁이 일차적인 계기를 이룬다. 광주민주화운동은 한국사회에서 미국에 대한 환상을 깨는 시발점이다. 강경한 반미의식은 제국주의 미국의 축출이 학생운동 세력에게 변혁운동의 전략적 과제로 설정되면서 그 도는 한층 격화된다. 분단책임론, 신식민지론, 제국주의 종속이론 등으로 미국에 대한 인식이 구체화되며, 대미인식은 철미(撤美)의식 내지는 축미(逐美)의식으로 진화하는 양상을 띠면서 절정을 이룬다.

1980년대의 이러한 사회적 분위기로 인해 한국문학에서 반미의식은 중요한 주제로 부상한다. 창작된 작품의 숫자도 만만치 않을 뿐더러 내용의 면에서도 다양한 주제의 작품들이 등장하며, 미국에 대한 비판적 의식도 예각화되어 나타난다. 예컨대 "미군은 처음부터 / '해방군'이 아니라 '점령군'"이며, "한 손에는 착취의 칼, 한 손에는 냉전의 칼"을 들고 "와서 북북 찢어버리고 계획대로 하나하나 접수"해간 정복자 내지는 경제적 착취자로 인식되고, 한국의 현실은 "총독부가 대사관으로 바뀌었을 뿐, / '창살 없는 감옥' 식민지 산하는 조금도 변한 것이 없"(이산하, 「한라산」)다는 인식이 지배적이었다. 그러므로 미국은 이 땅에서 반드시 축출해야 할 사악한 대상으로 여겨졌다. 이와 같은 맥락에서 황석영의 장편 『무기의 그늘』(상권은 1985년, 하권은 1988년에 간행)은 한국문학에서 중요한 자리를 차지한다.

> 저 피의 밭에 던진 달러, 가이사의 것, 그리고 무기의 그늘 아래서 번성한 곰팡이꽃, 달러는 세계의 돈이며 지배의 도구이다. 달러, 그것은 제국주의 질서의 선도자이며 조직가로서의 아메리카의 신분증이다. 전 세계에 광범하게 펼쳐진 군대와 정치적 힘 보태기, 다국적 기업망의 그물로 거두어진 미국자본의 기름진 영양보태기, 지불과 신용과 예금의 중요한 국제적 매개체로 정착된 달러보태기, 다국적 은행의 번창 등의 결합 위에 핏빛 꽃은 피어난다.
>
> 황석영, 『무기의 그늘』 중에서

베트남 전쟁을 배경으로 하는 이 소설은 최원식의 평가처럼 "제국주의 전쟁은 그 어떠한 명분에도 불구하고 하나의 큰 장사에 지나지 않는다는 명제를 탁월하게 형상화"[6]한 작품이다. 이 소설에 등장하

---

6) 최원식, 앞의 글, 77쪽.

는 인물들은 하나 같이 자본의 자기증식 운동에 걸려들어 파멸한다.
인용문은 자본주의의 마성에 의해 스스로 매혹되어 또 다른 파멸의
길을 걷는 오혜정의 입을 통해 미국적 자본주의가 자행하는 전쟁의
사악한 속성에 대해 말해주는 대목이다. 즉 소설의 표제 "무기의 그
늘"이란 기표가 함축하는 기의를 해명하는 듯한 이 대목은 제국적 자
본주의의 산실인 미국의 본질적 아젠다를 명징하게 폭로한다. 그럼
으로써 한미 특수관계와 특수배려라는 환상은 여지없이 깨져버리는
것이다. 거의 모든 시대에 걸쳐서 미국은 한국의 이상이자 모델이었
는데, 그것이 하나의 허구적 이데올로기에 의해 구축된 환상이라는
사실을 폭로하는 지점에서 이 소설이 지닌 의미가 가늠된다.

> 미국이 이 땅을 점령하고 그동안 40년 동안
> 나라의 대통령이란 자가 해야 할 급선무는
> 자유가 그 고개를 들면 그 목을 치고
> 민족이 그 목소리를 높이면 그 입을 틀어막고
> 노동이 해방의 불꽃으로 타오르면 그 불에 찬물을 끼얹는 일이네
> 그는 말하자면
> 월가의 자본가들이 급파한 소방서 대장이고
> 암흑가의 두목일 따름이다
>
> 　　　　　　　　　　　　　　　　　김남주, 「발언」 중에서

> 티브이를 켜니 서부극인 모야이다
> 모자를 삐딱하게 눌러쓴 카우보이가
> 밧줄 올가미를 휘휘 휘둘러
> 마구 뛰어 달리던 야생마를 낚아채뜨린다
> 그런 다음 자신의 이름이 새겨진 뜨거운 부젓가락을
> 버둥대는 말 엉덩이에 사정없이 눌러 찍는다
> 양키들은 잔인하구나!
> 채널을 다른 방송으로 돌리자 광고가 흐르는데
> 말같이 뛰어나온 한국 아가씨의 엉덩이에 리바이스 청바지 상표가

빨갛게 눌러 찍힌다

　　　　　　　　　　　　　　　　장정일, 「낙인」 전문

　1980년대 반미의식을 드러내는 많은 시인들 가운데 가장 중요한
자리를 차지하는 이가 김남주이다. 흔히 '환멸의 시대'라 일컬어지는
1980년대 말이 인용 시에서 미국은 더 이상 아름다운 나라가 아니다.
'미국 = 아름다운 나라'라는 등식의 기표와 기의의 관계는 이제 '미국
=점령군, 암흑가 두목'이라는 관계로 자리바꿈한다. 화자에게 우리의
대통령은 미국의 정치, 경제, 군사적 논리에 따라 움직이는 하수인에
불과하다. 이와 같은 과격한 반미의식은 "미군이 있으면 삼팔선이 든
든하지요 / 삼팔선이 든든하면/부자들 배가 든든하고요"(「삼팔선」)라
는 시적 진술에서처럼 제국주의적 자본주의의 맹주로서 미국의 실체
를 폭로하거나, "달라가 간다 어딘가로 / 지구 어딘가로 달러가 간다
/ 원조라는 미명으로 가고 / 오늘은 되로 주고 말로 받는 / 차관의
너울을 쓰고 가고 / 내일은 빛 좋은 개살구 / 경제협력이란 망토를
걸치고 간다"(「달라1」)라는 시적 진술에서처럼 제3세계에 대한 미국
의 경제적 침략과 착취의 시스템을 정면으로 비판한다.

　김남주의 시에서 확인할 수 있는 것처럼, 1980년대 반미의식의 시
들은 미국을 정치, 경제, 문화, 군사적 폭력의 나라로 인식하는 태도
가 지배적이다. 대미인식이 그 이전보다 더 급진적이며 공격적이고
노골적으로 표출된다. 1970년대만 하더라도 반미의식은 노골화되기
보다는 잠복된 형태로 내재화되어 있었다. 그러던 것이 1980년대로
접어들면서 한국사회의 구조적 모순을 계급모순과 대외종속의 민족
모순으로 규정하고 반독재, 반제, 반자본을 운동 목표로 설정하는 가
운데 반미의식은 반미주의 내지는 반미운동의 성격을 띠고 급속도로
확산되었다.

장정일의 시는 김남주의 정치적 감각과는 다른 차원에서 날카로운 대중문화적 감각을 통해 미국의 정체성을 규정한다. 화자는 '서부개척국가=제국상업자본주의 국가'라는 틀로 미국의 정체성을 규정하면서 미국의 본질을 예리하게 꿰뚫어본다. 화자는 넌지시 미국이라는 나라의 본질이 서부개척 시대의 학살과 약탈에 있음을 제시한다. 야생마의 자유를 빼앗는 카우보이의 올가미와 야생마의 엉덩이에 잔인하게 불도장을 찍는 장면을 통해 미국의 본질이 사실은 약탈자임을 상기시킨다. 이러한 낙인의 이미지는 미국의 세계적인 다국적 청바지 브랜드 '리바이스'의 엉덩이쪽 상표와 병치 연상되면서 이 시의 미적 효과는 완결된다. 즉 현재의 청바지 상표는 곧 서부개척 시대의 낙인과 영락없이 닮은꼴로서 미국이라는 나라의 태생적 본질과 현재의 제국주의적 자본주의 국가로서의 정체성을 효과적으로 환기한다. 그럼으로써 우리의 무의식을 점령해가는 미국적인 것과 자본의 시장 논리, 그리고 문화적 침투를 풍자적으로 제시한다.

장정일의 시에서 확인할 수 있는 것처럼 광고나 매스미디어는 미국의 이미지를 전파하는 전령사로서 노골적으로 우리의 일상을 장악해간다. "톡 쏘는 맛처럼 떠오르는 여자"가 등장하는 한편의 "코카콜라 씨에프"에서 아리따운 모델의 "보조개 패인 미소"(유하, 「콜라 속의 연꽃, 심혜진論 – 난 느껴요 – 苦口苦來」)가 자본주의적 제국의 상품 이데올로기를 은폐하고 있듯이 미국은 한국에 대한 주체이며 한국은 타자일 뿐이다. 한국은 신식민지 개척에 나선 미국의 상품시장에 불과하다는 것이다. 제국의 자본과 시장논리가 은밀하고 정교하게 작동하는 방식과 그 자본의 이데올로기에 의해 조작되고 관리되는 우리의 욕망과 무의식을 이 시기의 젊은 시인들은 경쾌한 어법으로 포착하는 시적 성과를 이룩한 것이다.

6. 인식의 심화와 다원적 시각

1990년대 이후 한국문학에서 미국은 예전과는 다른 이미지를 획득한다. 물론 아직도 상존하는 미군주둔, 한미 FTA, 북핵과 관련한 첨예한 관계에서 파생하는 문제들에 대해 문학적 관심을 두지 않는 것은 아니지만, 아무튼 예전에 보이던 미국에 대한 반감은 상당히 절제되어 나타나는 것만은 사실이다. 말하자면 그간 한미 관계에서 파생하는 정치, 역사, 시대적 문제의식은 상대적으로 매우 미미하게 드러나는 반면에 문명사적 차원에서 객관적이고 냉철한 시선으로 미국을 바라보려는 시각이 등장한 것이다. 그것은 아마도 대외적인 환경의 변화에서 그 연유를 찾을 수 있다. 대내적으로는 90년대로 접어들면서 형식적으로나마 민주주의가 실현되고 대외적으로는 현실 공산주의의 붕괴를 들 수 있겠다. 한 시대를 이끌던 계몽의 깃발은 철거되고 그 자리를 다원주의적 가치가 대체했기 때문이다. 이러한 지각 변동과 함께 해외여행의 자유화와 자본주의의 전지구화에 따른 세계화의 기류는 미국에 대한 시각을 교정할 수 있는 중요한 계기로 작용한다.

지난 연대를 통틀어 우리 사회에서 미국에 대한 호의적 태도는 친미를 의미한다는 뜻으로 자본에 종속된 신식민주의자들이나 경제적 기득권을 지닌 자들에게나 있을 수 있는 일종의 불명예스러운 것이었다. 이러한 사회적 분위기는 사실 미국이라는 나라를 객관적이고 냉정하게 바라볼 수 있는 눈을 차단하는 베일처럼 기능했다. 가령,

"로버트 프로스트씨의 편지를 받고 그분의 목장에 갔었지요 그분이 손수 담장을 쌓고 가지치기를 한 목장에를요 오래 전부터 그분은 제게 목장에 꼭 한번 들러달라고 초대를 했댔는데 차일피일 미루고 있었지요 지난 연대에는 갈 엄두도 못 냈구요 왜냐구요? 아무리 그가

전원의 시인이라지만 미국인 아닙니까?"

최하림, 「방문」 중에서

　라는 진술은 이런 저간의 사정을 압축적으로 지시한다. 물리적으로 80년대 말 해외여행이 자유화되기 이전에 일반인이 미국을 직접적으로 경험하는 일은 결코 쉽지 않은 일이었으며, 또한 심리적으로 열등감이나 피해의식에 젖은 눈이 아닌 보다 냉정하고 객관적이며 여유로운 시각으로 미국을 바라보기란 쉽지 않았다. 반미의식은 결코 넘어서는 안 되는 일종의 사회적 금기였기 때문이다.

　그러나 1990년대 들어 미국을 배경으로 하거나, 혹은 미국을 소재나 주제로 다루는 작품들은 미국에서 직접 살아본 경험을 바탕으로 하고 있다는 점에서 특징적이다. 말하자면 "캘리포니아라는 곳에서 온 것만은 / 확실하지만 누가 지은 줄도 모르는 / 제2차 대전 이후의 / 긴 긴 역사를 감춘 것 같은 / 이 엄연한 책"(김수영, 「가까이 할 수 없는 서적」)에서 얻은 막연하고 모호한 관념적 체험의 종류가 아닌 직접적이며 구체적인 체험의 영역에서 이루진다는 점은 지난 연대와는 다른 현상이다. 예컨대 캘리포니아 버클리 대학에서 교환교수로 머물며 체험한 내용을 형상화한 오세영의 『아메리카시편』이 대표적이다.

　　한 상 가득 차려놓고
　　이것저것 골라 자신이 만들어 먹는 음식,
　　그러나 나는 지금
　　햄과 치즈와 토막난 토마토와 빵과 방부제가 일률적으로 배합된
　　아메리카의 햄버거를 먹고 있다.
　　재료를 넣고 뺄 수도,
　　젓가락을 댈 수도,
　　마음대로 선택할 수도 없이
　　한 입으로 덥썩 물어야 하는 저

음식의 독재,
자본의 길들이기.
자유는 아득한 기억의 입맛으로만
남아 있을 뿐이다.

오세영, 「햄버거를 먹으며」 중에서

오세영의 시집은 미국에 대한 관념이나 상상이 아니라 직접인 삶
의 체험을 통해서 생산되었기 때문에 시적 사실성과 삶의 구체성을
확보한 시집이다. 이 시집은 시인이 미국에 체류하면서 체험한 내용
을 아주 다채롭고 다양한 시각으로 풍요롭게 형상화하고 있다. 인용
시에서처럼 시인은 미국을 우리나라와 얽힌 정치, 경제, 역사적 시각
에서 바라보기보다는 미국의 실질적 삶이나 문화가 포함하는 모순,
말하자면 미국에 대한 동등한 문화적 타자로서 자본과 물질이 지배
하는 현상을 관찰자로서 비판적으로 인식한다. 미국이 자유의 나라
이지만 "햄과 치즈와 토막난 토마토와 빵과 방부제가 일률적으로 배
합된" "햄버거를 먹"는 상황을 통해 자본주의적인 정신이 지배하는
모순과 고도 물질문명이 내장한 모순을 지적하고 있다. 이처럼 오세
영이 갖는 문제의식은 예전의 방식과는 질적으로 다르다. 지난 연대
에 열등감이나 피해의식에서 비롯한 무조건적이며 격렬한 반미적 시
선은 객관적이고 차분하며 다원화된 시각으로 미국적 삶의 심층을
꿰뚫어 본다.

아파트 화장실에 걸려 있는 앤슬 애덤스(Ansel Adams) 사진의 거
대한 흑백구름이
내륙 쪽에 일고 있다.
쪽빛 바다 쪽 하늘이 밀린다.
카멜 가는 길,
고속도로 분리대는 계속 나무백일홍.

> 모래 산에 버짐처럼 나무들에 박혀 있고
> 하늘이 온통 구름에 덮인다.
> 명도(明渡) 높은 태평양이 오른쪽으로 나타났다 사라지고
> 다시 살아난다.
> 더 달리면
> 한국 동해의 절벽들이 찬란히 황해의 굴곡을 만들고
> 갑자기 햇빛이 쏟아진다.
> 하늘이 더 넓어진 것 같구나.

황동규, 「버클리시편」 중에서

　한편 황동규의 시집 『몰운대行』에는 뉴욕대학에서 교환교수로 머물며 몇 편의 시가 실려 있다. 이들 시에는 황동규의 미국에 대한 인식이 고스란히 담겨 있는데, 대체로 정치, 경제, 역사, 사회, 문화 등에 대한 의식을 찾아볼 수 없다. 인용 시에서 볼 수 있는 것처럼 반미 감정은 전혀 발견할 수 없고, 또한 미국에게 느껴온 열등감이나 피해의식을 거의 느낄 수 없다. 또한 오세영의 다소 비판적인 태도와도 사뭇 다른 면모를 띠고 있다. 화자는 그저 풍경을 묘사할 뿐 시에 어떤 의식을 불어넣지 않는다. 한편의 아름다운 풍경을 관찰자의 시각으로 묘사하되, 다만 서쪽으로 가면 우리의 동해와 황해의 굴곡 많은 해안을 만날 수 있다는 감정이입이 전부이다. 풍경에 동화된 황동규 시의 기저에는 미국에 대한 호의적 태도가 지배적인 것이 특징이다.

　이 외에도 김명인의 『물 건너는 사람』에는 유타주에서 교환교수로 체류하면서 쓴 「유타시편」 연작과 재미시인 마종기의 시가 존재하는데 이들 시도 역시 마찬가지로 전 시대와는 다른 대미인식을 살펴볼 수 있는 대표작으로 꼽을 수 있다. 대체로 이들의 시에서 미국은 호의의 대상으로서 서정적으로 그려지며, 풍요와 자유의 나라 등으로 형상화되어 나타난다. 이들의 시는 오세영처럼 인식의 폭과 깊이를 통한 비판적 관찰에서 얻어지기보다는 미국은 단지 조국에 대한 향

수를 불러일으키는 수준에 머문다. 직접적인 미국 체험을 배경으로 하는 대부분의 시인의 시에는 미국 내지 미국문화에 대한 호의적 감정을 정서적 바탕으로 한다. 이러한 성향의 시들은 미국을 우리와의 특수한 역사적 관계에서 오는 가치 판단의 문제로 보지 않는다. 이같은 현상은 순수 서정성의 시적 태도를 견지하는 시인들에게서 특히 두드러지게 나타난다. 달리 해석하면 그만큼 우리의 대미인식관이 다원화되었다는 점을 시사하며, 미국사회를 우리와 대등하게 여기는 시각의 균형추를 어느 정도 잡은 결과로도 이해할 수 있겠다.

7. 반동일화에서 열린 창으로

한국문학에 나타나는 대미 의식은 호의와 찬양, 친근감의 표현, 미국에 대한 비판, 미국에 대한 부정적 의식의 반미적 성향으로 구체화되어 왔다. 전체적으로 볼 때 호의와 찬양의 찬미는 개화기의 특정한 가사나 일부 신소설 작품을 제외하고는 거의 나타나지 않으며, 광복에서 지금까지 찬미에서 비판적 태도를 거쳐 반미를 두드러지게 표백하는 변모의 양상으로 전개되어 왔다. 이를 담론의 유형으로 살피면, 찬미 혹은 친미의 동일화 담론, 미국의 이데올로기를 수용하는 동시에 저항하는 태도를 보이는 비미(批美)의 비동일화 담론, 미국의 이데올로기에 반항하는 반동일화 담론7)의 유형과 연관된다.

이러한 구분은 또한 프란츠 파농이 제기한 피식민지인의 문학적 투쟁에 있어서의 세 단계와 유사한 양상을 보인다. 즉 원주민이 식민지 문학에 동화되는 첫 단계, 원주민이 자신의 문학적 정체성을 놓고

---

7) Diane Macdonell, 임상훈 역, 『담론이란 무엇인가』, 한울, 1992, 53쪽.

혼란을 겪는 두 번째 단계, 전투적이고 혁명적이며 민족적인 문학으로 투쟁을 전개하는 세 번째 단계[8]와 흡사하다. 이러한 양상은 한국 문학에서 파농이 주장한 대로 순차적으로 전개되는 양상은 아니지만, 그러한 양상이 혼재되어 지속적으로 다양하게 전개되어 온 것만은 분명한 일처럼 보인다.

현실에서든 문학의 영역에서든 앞으로도 미국은 우리에게 주요한 화두일 수밖에 없을 것이다. 하여 미국이 우리에게 무엇인가를 이해하기 위해서는 어느 한쪽의 편중된 시각보다는 다양하게 열린 창으로 바라볼 수 있는 접근방법이 필요하리라. 왜냐하면 불확정성의 시대적 분위기에서 미국을 바라보고 또 그 심부로 들어갈 수 있는 그 어떤 창이나 문도 정문일 수 없기 때문이다. 현실적으로 좀 이른 감이 없지 않아 보이지만 우리가 미국이라는 나라를 이해하기 위해서는 그간 간직해왔던 선/악, 호의/배척, 환대/적대, 친미/반미, 동화/반동화의 이분법적인 극단의 가치는 지양되어야 한다. 다양한 창과 문을 통해 접근해 들어갈 때 야누스의 얼굴을 지닌 미국이란 나라의 실체적 얼굴과 대면할 수 있을 것이기 때문이다.

---

8) Franz Fanon, 남경태 역, 『대지의 저주받은 자들』, 그린비, 2004, 151~152쪽.

『버클리문학』의 시적 지형과 형질

1. 버클리 시문학의 지형

그리고 많은 시간이 흘렀다. 버클리대학에 방문학자로 다녀온 지 햇수로 벌써 4년이라는 시간이 지났으니 말이다. 미국이라는 전혀 낯선 문화적 환경에 어리둥절할 때 버클리문학협회 문인들은 말도 통하지 않고 매사에 굼뜨고 서툰 촌스런 동족 이방인에게 많은 도움을 주었다. 그 분들과 함께 한 시간들은 내 생애 가장 소중한 경험 중 하나이다. 1년 여간 한식당 〈수라〉에서 매주 진행했던 버클리문학강좌에서 버클리문학협회 소속의 문인들이 보여준 창작열과 한국문학에 대한 사랑과 관심은 대단한 것이어서 태만한 나의 문학적 태도를 반성하게 만들기도 하였다. 이와 같은 버클리문학협회 문인들의 열의와 관심, 사랑과 노력의 결실로 2013년 탄생한 종합 문예지가 『버클리문학』이다.

버클리문학협회 소속 문인들의 장르적 분포는 시인들이 비교적 많이 차지하고 있다. 그것은 시 특유의 장르적 속성에 기인하는 것으로 볼 수 있겠는데, 이를테면 시는 속성상 산문보다 아무래도 창작의 수월성과 전통적 문학관에 따라 문학의 본령으로서 의식적이며 대중적 친연성을 갖기 때문일 것이다. 이러한 현상은 버클리문학협회뿐만 아니라 재미 디아스포라 문학에 나타나는 일반적 현상으로 보인다. 문학예술 영역에서 시가 차지하는 위상, 그리고 창작의 수월성으로 인해 시는 대체로 우월적 지위를 차지할 수밖에 없다. 이 같은 장르적

조건은 한국어문화와 정신을 공유하는 민족 문화적 정체성의 동질의
식 혹은 집단 동조성과 맞물려 시 중심의 문단활동으로 활성화되지
않았나 싶다. 어쨌거나 버클리문학협회는 최근 재미 한인문단의 형
성과 정립, 활동과 확충의 역사에서 중요한 자리를 차지하게 되었으
며, 재미 한인문학을 본격적으로 구성하고, 그 미학적 특수성을 확보
하는 데 주요한 역할을 담당할 것으로 기대한다.

돌이켜 보건대 유선모에 의하면 한국인의 미국 이민은 세 갈래의
흐름으로 크게 구별될 수 있다. 그에 따르면 한국민의 미국 이민은
1903~5년 사이에 하와이로 이주한 노동자, 1950~3년 사이 한국 전쟁
이후 학생이나 개인적 신분으로 건너온 경우, 1965년 이후 미국 이민
법의 결과로 인한 급격한 증가의 역사로 나눌 수 있다. 여기에서 현
재 버클리문학협회에서 활동하는 문인들은 대개 빠르게는 70년대 이
후, 좀 늦게는 80년대 초에 이주한 문인들이다. 이들은 대개 자의적
의지에 따라 미국으로 건너온 인적 구성을 보인다. 1970~80년대 한
국민들에게 미국 이민은 어느 시기보다 활발하게 진행되었고, 이러
한 분위기는 재미 한인문단의 형성과 성립에 그 물리적 조건과 토대
를 충분히 마련해준 계기로 작용하였다. 그 결과로 말미암아 샌프란
시스코 재미 한인문단의 정립과 문학장의 본격적인 형성이 이루어졌
으며, 그 중심적 역할을 버클리문학협회가 담당했던 것으로 보인다.
그 각고의 결실이 『버클리문학』으로 맺어진 것이다.

1903년 백여 명의 한국인이 하와이 사탕수수밭 농장에 도착하면서
시작된 미주 이민의 역사는 일본이나 만주, 러시아 등으로 이주하는
경우와 또 다른 역사적 조건과 지형에서 형성되었다. 무엇보다 미국
이민은 일본과 같은 다른 국가로의 이주에서와는 달리 대체로 합법
적으로 미국 시민권을 소유하고 있으며, 백인 주류사회일지라도 다

인종 다민족 다문화 국가 체제라는 점에서 비교적 다양성이 인정되고 자유로운 문화적 성격을 지녔다. 따라서 일본 등과 같은 다른 국가에서 한국인들이 그 유래와 정착 과정에서 어쩔 수 없이 갖게 되는 유배자 의식에 비교해 볼 때 미국 이민은 많은 차이를 보일 수밖에 없다. 가령 일본이나 중국, 러시아 등과 비교해볼 때 이들이 작품을 통해 강렬한 민족의식, 한반도 정세와 밀접히 맞닿아 있는 반동일시와 비극적 현실인식을 보여준다면, 재미 작가나 시인들은 다소 회고적이며 개인적이고, 호의적 제휴와 동일화, 그리고 미래지향적 색채를 띠는 것이 특징적이다.

재미 시인들에게 미국 이민은 자아를 실현할 수 있는 기회의 땅이자 이상향으로 설정된다. 대한제국의 정세와 관련한 이주의 사례가 보인 이후 한국인의 미국 이민은 아메리칸 드림을 실현하기 위한 꿈과 동경의 피안, 그 지향처로 자리 잡는다. 미국은 대한제국의 고종이 미국(美國)이라는 호칭을 처음 사용하면서 우리에게 아름다운 나라라는 기의를 획득한 이후 해방과 미군정, 한국전쟁과 원조경제로 이어지면서 우방국이 되었다. 이런 과정에서 미국은 한국인에게 선망과 동경, 평등과 균등한 기회가 보장되는 이상적인 국가 모델로 자리 잡게 되었다. 따라서 그곳으로의 이민은 곧 피안의 꿈을 실현하려는 적극적이며 의식적인 행위이다. 이를테면 미국으로의 이주는 상대적으로 자발적 선택에 의한 경우가 다수이기 때문에 이방인이자 경계인으로서 지닐 수밖에 없는 이중 정체성, 부재하는 정체성, 반정체성으로서의 자의식은 다른 지역으로의 이주에 비해 약화된 양상으로 나타난다. 이러한 양상은 『버클리문학』 1호와 2호에 발표된 시들에서도 공통적으로 드러나는 일반적인 시적 특징이다.

버클리문학협회 시인들의 시에서 이민지의 사회 문화적 제도나 생

활방식에 대해 의식적인 반감, 이 같은 정서에서 기원하는 비동일시
나 반동일시의 의식은 비교적 중요한 시적 테제가 아닌 듯싶다. 그보
다 시인들은 그곳 정착지의 문화나 풍습, 체제나 질서, 가치나 의식
을 적극적으로 수용하면서 적응 동화하고자 하는 동일시 현상이 두
드러지다. 이러한 현상은 그들이 이제는 여러 차원에서 미국의 사회
공동체 내에서 안정된 정주민의 지위를 성취하고 있기 때문인 것으
로 보인다. 그들의 안정된 지위는 미국에 대한 호의적 태도와 제휴적
관계를 통해 그 사회의 환경에서 원활하게 정착하고자 하는 심리적
기제가 강하게 작동하고 있기 때문이다. 그리고 이들의 시는 노스탤
지어라 부를 수 있는 상실한 고향에 대한 그리움과 동경이 두드러지
게 표백되는 것이 특징적이다. 그리하여 노스탤지어의 정서는 끊임
없이 온전한 자아로서 살아갈 수 있는 조국과 고향을 염원하게 하고,
동일화의 정서는 이주민으로서 그곳의 삶에 적응하고자 하는 강한
의지적 태도를 갖게 한다.

2. 방어기제로서의 노스탤지어와 타자성

『버클리문학』에 발표한 문인들의 시는 앞서 언급되었지만 대체로
다소 회고적이며 전통 서정시의 맥을 계승하고 있는 듯하다. 요컨대
고국을 떠나온 현재의 실존적 조건에서 어린 시절을 회상하거나 조
국, 고향, 어머니, 친지, 음식을 그리워하는 노스탤지어의 성향이 강
하다. 그들의 시가 이주민으로서 구축하는 노스탤지어는 디아스포라
시문학의 핵심적인 내용을 이루는 세목이다. 조국의 자연이나 전통
문화, 음식, 풍습, 사물을 회상하면서 민족적 동질성을 회고하는 일은

머나먼 타국으로 떠나왔지만 내면 깊은 곳에서는 여전히 고향과 자신을 동일시하려는 욕망의 발로라 할 수 있을 것이다. 이러한 의식과 내면의 심리적 정서는 시간적으로는 과거를 지향하고 공간적으로는 조국의 고향이나 자연을 지향해 나간다. 이러한 노스탤지어의 세목들은 방법적으로 과거의 자전적 기억이나 특정한 기억의 회상을 통해서 구체화되는 특징을 지닌다.

　노스탤지어는 디아스포라 문학의 중심적인 내질을 구성하는 정서적 세목이다. 그것은 근원에 대한 그리움으로서 이러한 심정은 버클리문학협회 시인들뿐만이 아닌 이주 한인들의 보편적인 심리적 정황일 것이다. 노스탤지어적인 정서가 강하게 표출되고 있는 시들은 대체로 회상 공동체로서의 민족을 마음속에 담고 있기 때문인 것으로 보인다. 이와 같은 시적 의식과 정서는 이주민으로서 원주민으로부터의 소외감 내지는 이주민의 삶이 유발할 수밖에 없는 현실적 회의와 갈등과 고통을 극복하기 위한 심리적 방어기제의 일종으로 볼 수 있다. 왜냐하면 낯선 이국에서 이주민으로서, 혹은 이방인으로서, 경계인으로서의 이중 정체성, 부재하는 정체성, 반정체성으로부터 기원하여 필연적으로 겪게 되는 현실적 어려움을 익숙하고 자연스런 조국과 그 문화를 회상하며 보상받고자 하는 심리적 보상 욕구가 작동할 수밖에 없기 때문이다. 그것은 자신의 동일성을 회복하고 또 확인함으로써 낯선 이방의 땅에서 안정적으로 정착할 수 있는 삶의 동력을 얻고, 자신의 정체성을 지키는 현실적이며 심리적인 욕구에서 비롯하는 것이다.

　　구멍 난 뒤꿈치를 전구에 담던
　　그 밤의 스산한 따뜻함도
　　새끼소 찾는 어미 소 울음으로

태평양 건너온다
어둠 속에도 빛은 있어
이어지는 꿈이 나를 깨우고
내가 깨우던 여기까지
하얀 그림자 검은 그림자 따라오지만
태평양 넘어 뱃고동 소리에
등잔불 하나 내 맘 속에 불을 튕긴다

남상신, 「등잔」 중에서

버클리문학협회 소속의 재미 시인들의 시세계가 보여주는 다양한 스펙트럼 가운데 그들의 시에서 발견할 수 있는 공통된 정서는 노스탤지어의 정서이다. 향수, 그리움, 애틋함, 아련한 기억은 주로 떠나온 고향, 상실한 친족적 유대 관계, 전통 문화에 대한 그리움과 동경의 정서를 함유하고 있다. 남상신 시인의 작품은 이러한 정서적 내질이 구성하고 있는 세목들이 무엇인지를 비교적 선명하게 지시한다. 화자는 "길고 긴 겨울밤" 흐릿하게 어둠을 사르던 등잔 불빛을 떠올리며 "새끼소 찾는 어미 소 울음으로", "뱃고동 소리"로 "태평양 건너"오는 어머니의 모습을 그린다. 그 모습, 그 등잔 불빛은 길고 아득하고 어두운 겨울밤 같은 "내 맘"과 삶을 지탱해주는 생명의 빛과 같은 것이다.

문제는 그 등잔 불빛을 떠올리는 화자의 심사이다. 화자는 자신의 처지를 "이름 없는 별인 듯 아득한 거리에 / 가물대며 돌아오는 시간"에 위치시키고 있다. 일찍이 고향을 떠나 이민자로서 살아오면서 시인은 자신을 일몰이 내려앉는 시간의 영원한 유랑인처럼 의식하고 있는 것이다. 이 정처 없음, 그러나 그 상실감과 고독감을 보상해줄 대상은 쉽게 찾아질 수 있는 것이 아니다. 근원을 상실한 자의 내면을 치유할 길은 근원의 뿌리를 회복하는 방법뿐이다. 그리하여 시인

은 자신의 근원으로서 태평양 너머의 어머니와 등잔으로 환유되는
고향을 생각하면서 현실적 고통을 상상적으로 이겨내고자 한다. 이
상상은 절실한 노스텔지어의 정서를 모태로 하며, 경계인이자 이방
인으로서 존재할 수밖에 없는 실존적 운명의 고통스런 현실을 환기
하는 동시에 역설적이게도 그 현실을 견디게 하는 표식이다.

> 나목裸木 관절마디마디 납작붙은 감나무의 배꼽, 감꼭지 우리는
> 요거 누구 꺼? 간질이며 흐믈어지던 한평 감나무아부지 배꼽이다
> 아, 붉은 홍시 벌어진 달달한 입술은, 아부지 홍시 같은 실눈웃음은
> 한여름 매미처럼 맴맴 울며 착 달라붙어 있던 배꼽들
>
> 먹감나무에 새겨진 문양, 배꼽의 그래픽은 한 겨울 동冬장군과 맞설
> 감나무 세한도歲寒圖, 감나무 중점표시부호이다
> 아부지 지금 어디 계시든 내 세한도의 중심포인트인 것처럼, 살아
> 겨울들판
> 지나는 누구의 가슴인들 저 같은 중점포인트 두엇 그려있지 않을텐가,
> 아부지 평생 한칸방 먹감장이었네 지지리 못난 배꼽들 배냇저고리
> 덧입은
>
> 강학희, 「한 칸 먹감장이」 중에서

강학희 시인의 인용 시에서 아버지(친족)와 고향에 대한 생각은 비
단 이 시인뿐만 아니라 이민자들이 일반적으로 간직하고 있는 보편
적 정서일 것이다. "한 칸 먹감장"은 "할머니의 유품"으로 대대로 이
어져 내려오다 결국은 "샌프란시스코까지 이민 와서" 자신에게 "4대
째 대물림"되는, 말하자면 화자의 존재론적 내력을 고스란히 기억하
고 있는 물건이다. 그것은 화자의 정체성을 구성하는 가장 근원적인
대상이다. "한 칸 먹감장"은 화자 자신의 존재론적 기억과 내력을 오
롯이 간직한 근원을 이루는 소중한 물건이다. 시인은 그 먹감장을 마
주하며 고향과 아버지를 떠올린다. "발가벗은 먹감나무 나신裸身에

달랑달랑 홍시등"을 단 먹감나무는 "피난살이 한 평 언덕배기에 식구
만 한짐"진 고통에도 도리어 "후광이 나던" 아버지와 같은 소중한 대
상이다. 또한 '배꼽'으로 은유되는 먹감장의 마디 무늬는 자신의 태생
적 정체성과 생명의 중심성, 한국인으로서의 유전적 형질을 환기하
는 상관물이다. 그에게 막감장은 피난살이의 아픔과 고단함을 회억
시켜주지만 그것은 또한 아름답고 따뜻한 아버지의 사랑을 느끼게
한다. 먹감장은 아버지와 고향에 대한 기억을 떠올리고 그럼으로써
자신의 존재론적 정체성을 마음에 되살려 자신의 존재론적 근원을
확인시켜주고 지시해주는 기호인 것이다. 이러한 정서적 지향은 이
민 생활의 고달픔과 애환을 위안 받고, 실의와 상처를 치유하며 살아
가게 하는 정서적 보상물에 다름 아니다.

　강학희 시인이 보여주는 이러한 노스탤지어의 정서적 형질은 오랜
세월 동안 미국 사회에 적응해 정착했지만 아무래도 그 사회에 동일
화되지 못하는 것에 대한 정서적 반응인 동시에 동일화를 거부하고
자신의 인종적이며 문화적 정체성을 간직하고 싶은 심리적 충동의
표현일 수 있다. 이와 같은 비동일화의 심리적 기제는 이민 생활에서
내면화된 고통과 심리적 내상에서 기인하는 것으로 볼 수 있을 것이
다. 이민 생활은 아무리 잘 적응하여 안정된 정착을 이루었다 할지라
도 온전하게 뿌리를 내리고 살아가기 어려운 처지에 놓일 수밖에 없
다. 때문에 이민자로서의 경계인적 신분과 이중적 지위는 그 사회가
아무리 다문화 다인종의 사회라 할지라도 이질적 소수자 내지는 이
방인으로서 항상 소외와 상처, 배제와 차별을 느끼지 않을 수 없기
때문이다.

　그러나 버클리문학협회는 물론이거니와 재미 한인 시인들의 작품
에 자주 등장하는 어머니나 고향, 고국의 이미지는 어떤 실체로서의

대상이라기보다는 상상으로 구성된 이미지로서 이상화된 대상으로
볼 수 있다. 이들의 시, 좀 더 구체적으로 표현하면 디아스포라 시가
세계문학으로서의 한 가능성을 보여준다면, 그것은 이와 같은 영원
한 노스탤지어의 정서와 이방인 의식에서 그 보편성을 획득한다는
것이다. 왜냐하면 어떤 의미에서는 세계문학이 서구 중심의 정전이
아니라 인류의 보편적 정서에 비롯하는 것이라면, 궁극적으로 그것
은 코스모폴리탄을 지향할 수밖에 없기 때문이다. 이를테면 그것은
가라타니 고진의 말처럼 실재로 존재하는 것이 아니라 어떤 지향성
으로 존재하는 것이기 때문이다. 이들이 지닌 반동일성, 이질적 정체
성, 외재적 타자성, 노스탤지어 등의 이타성은 그들이 이주해 살아가
는 국가, 문화, 사회, 인종, 질서, 체제 등의 내재성에 기초하는 강고
한 공동체에 균열을 낼 수 있다. 이는 타자성을 새롭게 사유하는 레
비나스, 낭시, 블랑쇼와 같은 일군의 프랑스 철학이 제시하는 새로운
모델로서의 외재적 공동체, 타자성의 공동체, 이타성의 공동체를 구
성할 수 있는 핵심적 기제로 작동하기 때문이다.

3. 동일시와 자연 친화적 서정

버클리문학협회 시인들의 시에서 동일시의 욕망은 미국의 자연이
나 문화에 대해 호의와 환대의 감정을 정서적 기반으로 삼는다. 이러
한 성향의 시들은 대체로 미국의 문화, 가치, 이념 등과 갈등을 겪기
보다는, 또는 회의적이며 부정적 인식에서 비롯하는 비판적 인식 태
도를 보이기보다는 동화 내지는 융화된 세계를 지향한다. 이러한 지
향성은 어차피 미국을 꿈과 동경의 피안으로 의식하고, 또 미국에 대

한 호의적 태도에 의해 자발적으로 이민을 선택한 원초적 무의식을 전제하고 있기 때문에 긍정적으로 인식할 수밖에 없는 것이다. 그들은 주로 미국적 가치나 제도, 생활 방식이나 관습 등에 대해 비교적 긍정적이며 호의적인 관심을 보인다. 그들은 대개 미국이라는 국가의 장점들에 관심을 보임으로써 이방인, 경계인으로서의 운명적 회의와 고통, 회의와 갈등을 극복한다.

이주민으로서 한국인은 민족적 인종적 문화적 폐쇄성의 공동체보다는 하나의 국가라는 광의의 공동체 속에서 일체감을 느끼며 살아야 한다. 꿈과 자기실현을 목적한 이주 동기, 자발적 선택에서 타국의 문화적 질서에 대한 동화는 생존을 위한 필수적 조건일 수밖에 없다. 호의적인 시선이 가장 극명하게 드러나는 부분은 미국의 광활하고 웅장한 자연을 대할 때 특히 선명하게 부조된다. 이런 자연과의 동일시는 미국이라는 국가 공동체의 일원임을 긍정적으로 인식하게 만드는 주요 모티프이다. 사실 버클리문학협회 시인들뿐만 아니라 재미 한인들의 시문학에 적지 않게 노래되는 소재가 미국의 대자연이다. 아름답고 장엄한 미국의 이국적인 자연은 그들이 미국 생활에 적응해나가는 데 긍정적인 기능을 발휘한다. 공간적 장소는 공동체의 정체성을 강화시키며, 이 관계 속에서 자연 풍경이나 경관은 공통된 믿음과 가치의 표출이자 개인 상호간의 친밀한 관계를 맺어주도록 기능하기 때문이다.

오월의 눈이 차창에 날린다
끝없는, 저 수백의 수화는
아무래도 누군가가 보내는 메시지인 것 같아
문득 창문을 메우며 하늘을 채우며
내게로 들어서는 산, 록키
몸의 모든 이음새를 없애며 절박한 포옹에 숨이 멎을 때

산인지 하늘인지 알 수 없는 곳
수천 수만의 흰나비들
억겁을 날아 다니는 날개짓 속에
내가 있다 내가 없다
다시 보면, 산의 높이만큼 계곡은 깊다
서로 바라보는 아득한 거리
낙하하던 아픔의 기억도
오르려던 숨가쁜 좌절도 지우며
흰 날개짓 소리, 천상의 노래 들린다

예사롭지 않던 저녁 바람결에 들려오던 그 음절
여기 와서 깨닫는다
그가 일 만년 전부터 나를 부르고 있었음을
　　　　　　　유봉희, 「천상의 노래 – 캐나다 록키에서」 전문

　자연은 서정 시인들이 노래하는 시적 대상 가운데 절대적일 만큼 비중이 크다. 자연은 비유의 아버지로서 전통적으로 시적 상상력을 자극하는 주요한 대상이다. 웅장한 대자연 캐나다 록키를 여행하며 얻은 작품으로 보이는 유봉희 시인의 인용 시는 시적 주체가 자연 대상과 행복하게 일치하는 동일성의 시학적 문법을 따르고 있다. 시인이 마주하는 대자연 록키의 경관은 경이롭고 웅장하며 아름답게 표상되고 있다. 시인은 록키 산맥의 풍경이 웅장한 파노라마로 연출하는 북미 지역을 여행하면서 그 지역의 자연에 대한 애착심을 넘어 대상과 혼융 일치하며 경외심에 가까운 감각을 느낀다. 록키의 자연은 시인에게 단순한 풍경이 아닌 "천상의 노래"가 품은 메시지로서 근원의 의식을 깨닫게 만든다. 록키는 화자를 "일 만년 전부터 나를 부르고 있었"으며, 시인은 그곳 풍경의 체험에서 "내가 있다"가 "내가 없"고, "산인지 하늘인지 알 수 없는" 초월적 영원의 시간을 감각한다. 시인의 일체화된 감각은 어쩌면 경계인으로서의 실존적 한계를 무화하고 초월한 뒤에 가질 수 있는 시적 사유와 정신의 한 극점을 보여준다.

유봉희 시인은 현실적 삶의 여러 국면을 괄호치고 아름답고 웅장한 자연의 풍경에 동화된다. 그에게 록키로 대표되는 자연은 현실적이며 세속적 삶의 시간성과 유한성을 무화하여 무시간성의 초월적이며 영원성을 인식하게 해줄 만큼 위대하며 장엄한 대상인 것이다. 이렇게 록키로 상징되는 미국의 대자연은 세속적 시간에서 영원성과 초월성이 가능한 아름다운 미국의 자연을 표상한다. 미주 한인들이 경계인의 의식에서 미국이라는 공동체에 대한 동일시로 나가는 과정은 많은 심리적 갈등과 고통을 경험했을 것이다. 그러한 의식을 거두고 동화된 세계로 나가는 데에는 안정된 정착을 이룬 후, 고요히 삶과 세계를 관조하고 성찰하고자 하는 태도가 일정하게 작용한 결과일 것이다. 이러한 관조와 성찰의 태도는 시인을 초월적 의지로 나아가 만든다. 이를 달리 이해하면 일찍이 고향을 떠나 이주민으로서 미국의 문화에서 느끼는 열등의식이나 분열의식 없이 삶과 세계에 대한 일체화된, 뭐랄까 삶과 세계를 편견 없이 바라볼 수 있는 보편적 의식을 보유하게 되었음을 의미하는 것이기도 하다.

> 물가장자리 물총새 한 마리,
> 부리를 휘젓고
> 물속 뛰어들어 직진하고, 직진하고,
> 또 다시 직진하여, 먹이를 낚는 동작이 프로다.
> 작은 날개짓에서 날쌔고 정교하게 돌진하는 몸짓,
> 먹고 사는 것 사람과 같아
> 몸부림 댓가로 사는 작은 것들에게서,
> 스스로 구하는 자에게 주어진
> 사는 일에 프로가 되는 것.
>
> 한반도 제주도에 등굽은 해녀가

　　물깊은 바다 밑에서 캐온 해물들,
　　비늘 번뜩 살아온 인생 이야기
　　　　　　　　　　엔젤라 정, 「프로가 되다」 중에서

　인용 시에서 화자는 생존을 위해 물속으로 계속 직진하는 물총새를 제주 해녀의 삶으로 동일 지정한다. 시인은 물가에서 물총새가 먹이를 낚으려 물속으로 직진하는 광경을 바라보고 있다. 그런데 화자는 지금 바라보고 있는 물총새의 먹이 활동을 "한반도 제주도에 등굽은 해녀가 / 물깊은 바다 밑에서" "해물들"을 깨며 "살아온 인생 이야기"로 치환한다. 화자는 고국과 이국의 이항 대립을 무화한다. 이를 통해 화자는 지금 이곳의 지리적 공간에서 발생하는 사건을 한국적 상황의 지리적 공간과 일치시킴으로써 심리적 동일시를 이룩하는 것이다. 지금 이곳의 현재적 상황을 지리적으로 동떨어진 한국 제주도의 상황으로 동일하게 인식하는 행위는 일종의 동일시의 욕망이다. 이는 이질적 문화 속에서 자신의 정체성을 확인하는 일이다. 동시에 동일시는 이국의 삶을 견디고 미래지향적 관점을 견지하게 하는 중요한 가치로서 기능한다.

　인용 시에서 화자는 미국과 한반도의 상호 이질적인 지리적 양상을 통합함으로써 고국과 이국의 이항적 대립적 차이를 해체하고 융화된 자기 동일성을 획득한다. 동일시의 시적 욕망은 자신이 몸담고 사는 미국의 자연과 특정한 장소, 그리고 일상적 현상과의 마주침을 고국의 상황과 중첩시켜 상상하는 방식을 통해서도 드러난다. 미국의 아름답고 웅장한 자연과 함께 소소한 자연 체험은 고국에서의 아련하고 애틋한 기억을 상상적으로 복원함으로써 이질적 차이를 무화한다. 중층적 장소애라 부를 수도 있는 이런 심리적 기제는 위안과 동일화를 통한 자기 확인이라 할 수 있을 것이다. 이러한 중층적인 토포필리아를 통한 동일화의 방식은 미국과 한국의 지리 정서적 거리를 무화함으로써 획득되는 심리적 동일화의 한 양상이며, 또한 현재의 자기 정체성을 긍정하고 미래지향적인 삶의 가치를 추구하게 만드는 동력의 토대를 이룬다.

4. 에스니시티(ethnicity)와 정체성의 저항

노스탤지어는 에스니시티(ethnicity)와 불가분의 관계를 맺고 있다. 미국 사회가 자유와 평등을 지향하는 다인종 다민족 다문화 국가라고 하지만 한인은 상대적으로 소수 인종으로서 비주류에 속하며, 그에 따른 소외의식과 불안의식을 갖고 생활할 수밖에 없는 것이 어쩔 수 없는 현실적 상황이다. 그것은 마치 완전히 벗어날 수 없는 숙명과도 같은 것이다. 이를테면 "태평양 한가운데 유배되었던 기억의 파편들은 아직도 혹한의 베링해를 떠돌고 있는"(정은숙, 「편지」) 처지이거나, 아래의 인용 시에서처럼 "낯선 이국의 겨울 들판을 유랑"하는 신세라고 자신의 지위를 규정할 때, 이민자로서의 유랑의식이나 상흔은 시적 내질을 구성하는 주요한 동인이 된다. 『버클리문학』에 작품을 싣고 있는 시인들은 대부분 1970~80년대에 이주한 사람들이다. 그들은 이제 그곳 사회에 정착해 비교적 사회 경제적으로 일정한 성취를 이룩했으며, 따라서 안정적인 삶을 살아가고 있는 형편이다. 하지만 그럼에도 불구하고 소수자, 혹은 이중적 정체성으로서의 지위가 불러오는 불안감과 소외의식은 이들이 어쩔 수 없이 겪는 것이 심리적 정황일 것이다.

절망과 희망이 치열하게 부딪쳐 깨지고 부서진 상흔들
꼼꼼히 들여다 보고 연하여 되새겨 보아도 도무지 찾아지지도 만져
지지도 않는 빛
낯선 이국의 들판을 유랑하던 외롭고 높고 쓸쓸한 사랑과 슬픔의 빛
먼바다 태평양 건너와 빈 들 같이 적막한 가슴에 흰 바람벽으로 서더니
밤마다 불면은 제 설움에 겨워 서럽고도 황홀한 꿈만 꾸다가 쓰러지고
남신의주 유동 박시봉방 봉창에 내리던 싸락눈

기척없이 마음끝에 스며 한여름 폭염에도 녹지 않는 단단한 고드름되어
어디에도 마음 둘곳없이 춥고 시린 몇날 며칠
　　　정은숙, 「백석, 그 외롭고 높고 쓸쓸한 빛에 대하여」 중에서

　정은숙 시인의 인용 시는 미국에 이민해 오랜 시간을 적응 정착해 살아왔음에도 불구하고 마음은 늘 불안하고 적막하며 외롭고 고통스런 심리적 상황을 적절히 보여준다. 화자는 그러한 내면의 세계를 일제 강점기 시대 나라를 잃고 "낯선 이국의 겨울 들판", 만주 등지를 떠돌며 정처 없이 유랑했던 시인 백석에 가탁하여 현재 자신의 심리적 상황과 실존적 처지를 드러내고 있다. 화자의 내면 상태는 지금 깊은 상실감과 분리의식으로 인하여 고독하고 쓸쓸하고 슬프고 어둡다. 화자는 자신이 처한 그러한 실존적 상황을 시대적으로는 일제 강점, 시간적 배경으로는 밤, 계절적 배경으로는 겨울을 설정해 효과적으로 드러내는 데 성공하고 있다.
　정은숙 시인이 느끼는 심정은 비단 그만이 아닌 미국에 이민해 사는 사람들이 간직한 보편적인 심리적 정황일 것이다. 미국에 이민하여 오랫동안 정주해 살아왔음에도 화자의 내면은 상실감 내지는 분리의식으로 인하여 아직도 외롭고 춥고 시리다. 깊은 상실감과 고독감, 슬픔과 설움으로 인해 처연하기까지 한 이러한 화자의 심사는 무엇보다도 "먼바다 태평양 건너" 고향을 떠나온 것에서 기인한다. 그

리하여 화자는 밤마다 불면에 시달리며 "제 설움에 겨워 서럽고도 황홀한 꿈만 꾸"는 것이다. 화자를 그토록 불면에 시달리게 만드는 상실과 상흔의 표지로서 "한여름 폭염에도 녹지 않는 단단한 고드름"은 아마도 자신의 외래성과 타자성으로부터 발원하는 것이며, 그것은 동시에 경계인이자 이방인으로서의 실존적 운명을 강력하게 규정하고, 화자는 그것이 파급하는 실존적 고통에 아파한다.

미국 주류사회에 편입될 수 없는 신분적 제한은 상실, 소외, 불안감을 불러일으킬 수밖에 없으며, 그것은 상처의 근원을 이룬다. 그렇기 때문에 시인들은 자신들의 공동체적 정체성을 호명하면서 이민자로서의 삶을 위안 받고 치유 받고자 한다. 이러한 의식은 종종 반동일화의 양상으로 드러나기도 한다. 말하자면 미국 문화와의 갈등을 담고 있는 시들은 반동일시의 대표적 사례이다. 고향을 떠나 낯선 세계, 이국으로의 이주는 당연히 심각한 문화적 충격과 갈등을 유발한다. 이는 주류 지배문화에 대한 소수 비주류문화의 저항으로 볼 수도 있다. 물론 이 같은 문화적 저항은 식민사회에서의 전복적 투쟁의 성격과는 엄연히 다른 차원의 것이다. 그것은 차라리 미국에 이주한 소수민족으로서의 자의식과 정체성을 성찰하고 확인함으로써 자기 정체성을 자각하려는 반성적 의지와 관련이 깊다.

> 마켓에서 사온 검증 없이는
> 먹지 않는다는 결벽증
> 나는 로댕처럼 턱을 괴고 앉아
> 생각에 잠겨 있다
> 그이는 왜
> 나에게 구혼했을까
> 어떤 검증이
> 그 사람 마음에 찍힌 걸까

　　　　나는 지금도 그것이 궁금하다

　　　　　　　　　　　엔젤라 정, 「그 사람」 중에서

　낯선 나라와 낯선 문화, 이질적인 의식과 지배적 관습에서 살아가기 위해서는 그 나라에 적극적으로 동화되어야 한다. 그래야 온전하고 순탄하게 정주하여 안정된 삶을 살아갈 수 있을 것이다. 그러나 이와 같은 의식적 지향에도 불구하고 이민 생활은 문화적 차이로 인해 혼란스러울 것이다. 그들은 누구나 그 나라의 지배적인 문화와 풍습, 관습적 제도와 질서에 적응하려고 노력하지만 이질적 문화라는 것이 그렇게 쉽게 자기화되거나 내면화되는 것은 아니기 때문이다. 문화는 의식주와 정서가 상호관계 속에서 구성되는 것이다. 한국문화에 익숙했던 사람이 미국문화 속에서 살아간다는 것은, 그것도 미국인 원주민과 결혼하여 부부로 살아간다는 것은 소소한 마찰이 발생할 수밖에 없을 텐데, 인용 시에서 시인은 경계인의 위치에서 그러한 문화적 차이가 유발하는 일상적 갈등과 의문을 재치 있게 시화하는 데 성공하고 있다.

　엔젤라 정의 시는 미국인 남편과의 일상적 삶에서 겪은 소소한 심리적 갈등을 깜찍하고 유머러스하게 형상화하는 시적 효과를 거두고 있다. 꽃과 같은 식물을 가꾸기 좋아하는 화자는 미국인 남편이 준 용돈으로 "달기똥을 사서 가든에 뿌렸"더니 "그 사람 붉은 얼굴로 꼬집"으며 하는 말이 "내가 준 돈으로 똥을 샀다고!"(엔젤라 정, 「용돈」)와 같은 위트에 숨은 소소한 에피소드에서 드러나는 갈등처럼 위의 작품도 문화적 차이에서 오는 갈등을 재미있게 형상화한다. 화자는 집안 뜨락에 남편이 좋아하는 배나무를 심었다. 어느덧 배나무는 자라 꽃도 피고 열매도 맺어 화자는 "통통하고 달디단 배를 골라" "그에게 건네 주었"다. 하지만 남편은 "마켓에서 사온 검증 없이"는 "먹지 않는다"며 거절한다. 그 말끝에 화자는 결국 "그이는 왜" "어떤 검증"
을 거쳐 외래하는 나에게 구혼을 했는지 지금껏 궁금해 한다. 이러한
에피소드에는 미국 사회와 문화에 적응하고 동화해 살아가면서도 완
벽하게 일치할 수 없는, 동일화될 수 없는 경계인으로서의 이중적 정
체성을 효과적으로 환기한다. 그러나 경계인으로서의 이중적 정체성
은 정착지의 문화적인 지배 질서와 의식을 파괴하고자 하는 전복과
투쟁의 의지로 나가는 대신, 아래의 인용 시에서처럼 보통은 고국의
전통 문화나 풍습에 대한 애착심과 자긍심으로 표현된다.

> 엘레이 갯마을 교회에서 만든 유기농 메주를 샀다
> 갈라진 틈으로 흐릿한 곰팡이가 살갑다
> 꼭 장을 담가야겠다는
> 다짐을 했던 해도 지나갔고
> 벼르고 미뤘던 세월 앞에
> 한국 여자라는 자존심이 슬금슬금 기어 오른다
> 조상이 즐겨먹던 애심(愛心)까지 함께 버무려
> 간장도 된장도 고추장도 담아야겠다고
> 꼭 하겠다는 고집까지 꾹꾹 눌러
> 오늘은 장을 담근다
> 엔젤라 정, 「한국여자 이름으로」 중에서

인용 시에서 화자는 "한국 여자라는 자존심"을 조국의 대표적인 전
통 음식인 된장 담그는 행위를 통해 확인한다. 화자는 된장이 지닌
여러 효능에 대한 예찬을 늘어놓으면서, 기다림과 그리움의 "어머니
마음"처럼 오랜 발효의 시간을 거쳐 숙성되는 과정을 통해 삶에서의
사랑과 희망을 발견한다. 화자는 된장을 통해 "선혈의 탯줄"을 확인
함으로써 자신의 근원적 정체성과 자존감을 인식하는 것이다. 이를
테면 화자는 된장을 담그는 행위와 먹는 행위를 통해 자신을 다소 유

머러스하게 '된장녀'로 여기며, 이로써 한국 여자로서의 자기 정체성을 다시금 확보한다. 그럼으로써 외래 외존(外存)하는 자신의 타자성이 지닌 특수성에서 한국 여자로서의 자긍심과 자신의 존재가치를 발견하는 것이다.

미국 문화와의 갈등은 앞서 잠깐 언급했듯이 반동일시의 대표적 사례이다. 한국인으로서의 정체성을 가진 사람이 문화와 언어, 의식과 관습 등 서로 다른 외국에서 살아간다는 것은 당연히 회의와 갈등을 동반할 수밖에 없다. 그러한 회의와 갈등은 보통 한국인으로서 자신의 무의적 정체성을 단단히 구성하고 있는 고국의 문화나 풍습에 대한 애착심과 자긍심의 확인을 통해 봉합되는 것이 보편적이다. 그것은 왜냐하면 미국으로의 이민은 중국이나 일본, 혹은 러시아 지역과는 달리 망명이나 도피의 성격보다는 새로운 세계에 대한 의식적 동경과 자발적 선택의 성격이 강한 때문이다. 이 같은 이유로 인해 회의와 갈등은 이민 사회의 이질적 문화와 의식, 체제와 질서, 생활양식과 관습에 대해 반감이나 부정적 의식에서 비롯하는 비판과 전복의 의지를 나타내기보다는 그들과는 다른 이질적 정체성으로서 자신이 지닌 특수한 문화적 정체성을 확인하는 과정을 통해 자의식을 강화하는 방식으로 극복하고자 한다. 말하자면 자신을 한민족으로서의 문화적 일체성을 확인하는 과정을 통해 현실적 회의와 갈등을 내면에서 봉합하고 위안을 얻음으로써 해결한다.

경계인으로서의 이중 정체성이 야기하는 갈등과 회의는 미국 사회에 안정적으로 정착하기 위한 일종의 심리적 방어기제의 작동이다. 이러한 심리적 방어 기제의 작동은 고국의 문화나 전통적 가치, 대상이나 사물들을 호명하고 그것에서 고유한 정신적 의미를 발견하고자 노력으로 이해할 수도 있다. 모국어를 통한 이러한 호명은 이방인으로서의 타자화 혹은 고립 소외화에 대한 대항 기제로서도 기능한다. 다시 말하면 자신들의 정체를 구성하는 고유한 대상을 모국어를 통해 호명한 한국적 소재들은 단순히 시적 의미를 담보하는 차원을 넘어 미국 사회의 지배 주류문화의 압력에 저항하기 위한 한 방편이다. 그것은 자신의 정체성을 지키기 위한 방법적 수단이다. 따라서 호명을 통해 점차 미국문화나 가치에 희석되고 동화되는 자신의 정체성을 다시금 자각하고 회복하려는 저항의 논리를 포함한다.

  예컨대 엔젤라 정의 「한국여자의 이름으로」에서 된장, 강학희의 「비빔밥이 먹고 싶다」와 「미역국을 끓이며」에서의 비빔밥과 미역국, 신영목의 「새해」에서 곰국 등의 호명은 거기에 의미를 부여하는 행위이며 망각된 기억을 불러내 현재적 의미를 확보하려는 적극적 행위이다. 루이 알튀세의 전언처럼 호명, 혹은 부름은 개인에게 특정한 이념과 가치, 의식과 사고방식을 가진 개인으로서의 주체성과 정체성을 부여하는 행위이다. 따라서 재미 한인 시인들의 시 쓰기에서 고국의 특정한 음식과 같은 사물이나 대상을 호명하는 일은 단순히 기표를 통해 기의를 전달하는 것이 아니라 미국 사회의 지배 주류문화의 압력으로부터 자신의 동일성을 확보하고 정체성을 지켜내려는 의식적인 노력, 혹은 정신적 저항의 산물일 수 있다. 왜냐하면 미국 사회의 지배 주류문화 속에서 모국의 언어를 통해 모국의 사물과 대상을 호명하는 일은 저항성을 갖기 때문이다. 말하자면 언어는 어떤 의미로는 정체성의 저항 조직으로서 지배 문화, 언어, 정신에 대항해 싸우는 것이기 때문이다.

5. 시적 영토의 확장

샌프란시스코 지역을 중심으로 활동하는 문인들과 그곳 UC 버클리에 교환교수나 비지팅 스칼라(visiting Scholar)의 자격으로 체류했던 문인들이 연합하여 결성한 버클리문학협회의『버클리문학』창간은 재미 한인문학을 한 단계 도약시키고, 양적 질적 수준의 차원에서 미주 한인문학을 더욱 다채롭고 풍요롭게 장식하는 역할을 하게 될 것으로 기대하고 있다. 많은 문학 단체와 기관지의 발행으로 볼 때 재미 한인문단의 형성과 활동에는 이른바 동인지 문단을 중심으로 전개되는 양상이 특징적이다.『버클리문학』도 이와 유사한 태생적 성격을 띠고 있으며, 이른바 일종의 문학 집단주의라고 칭할 만한 고유한 정체성을 지니고 있다.

현지 문인들과 한국의 문인들이 가세하여 창간한『버클리문학』은 이를 토대로 캘리포니아 샌프란시스코 지역을 중심으로 하는 재미 한인 시문학의 활동을 가속화하고, 그 문학적 역량을 축적하는 과정에 있다. 이런 이유로『버클리문학』의 형성과 활동 과정에서 집단주의적 특징은 일종의 팩셔널리즘(factionalism)이라 할 만한 수준으로 강화되기도 하지만, 이것은 이민사회의 특수하고도 배타적인 성격이 크게 작용한 이유 때문일 것이다. 이는 한국인으로서의 공동체적 집단을 형성하고 조직화하는 방식으로 지속되는 디아스포라의 문화적 특징을 전형적으로 보여준다. 따라서 팩셔널리즘이 의미하는 바 인종적 유대, 의식적 연대성, 등단매체, 로컬리티 등에 기초한 분파적이고 파벌적인 성향 역시 필연적 속성으로 나타날 수밖에 없다.

그러나 위와 같은 성향은 부정적인 결함이기보다는 이방인 혹은 경계인으로서의 특수한 신분과 지위가 불러온 필연적 결과로 보는

것이 타당할 것이다. 그리고 그렇게 부정적이며 단정적으로 규정할
수도 없는 것이 여타의 다른 한인 문학 집단과는 비교적 다르게 한국
내의 문인들과 생산적인 상호 연대와 교류를 통해 자신들의 문학적
역량과 미적 특성을 확장하고 있기 때문이다. 『버클리문학』 1호와 2
호에 작품을 실은 한국 내 시인들은 고은, 오세영, 문정희, 김기택,
최정례, 함성호, 김완하, 길상호, 손미, 박송이, 성은주 등등의 많은
시인들이다. 시인들의 면면을 살펴보면 금방 알 수 있듯이 한국시단
에서 활달한 창작 활동을 통해 시적 성취를 신진 시인들이며, 이들은
버클리대학이나 샌프란시스코와 직간접적으로 관계를 맺으며 버클
리문학협회 문인들과 관계한 경험이 있는 시인들이다.

『버클리문학』은 한국 시단의 원로 시인을 비롯하여 중견 및 신진
시인들이 두루 참여하여 더욱 다채롭고 풍요로운 내용을 장식하고
있는 것이다. 특히 이들 시인은 오세영의 작품이나 김기택, 함성호,
장대송 등의 경우처럼 그들이 샌프란시스코에 체류하면서 경험한 일
상적 정서를 주제로 형상화하고 있다. 이들 한국 문단의 시인들이 참
여하면서 『버클리문학』은 다른 재미 한인문학 단체와는 좀 다른 양
상에서 전개되는 양상을 띠고 있다. 『버클리문학』은 한국 문인들과
의 활발하고 생산적인 대화적 소통과 교류, 대화와 협력을 통해 자신
들의 문학적 정체성을 획득하고자 한다는 점이다. 이들은 재미 한인
문단이 지닌 집단주의적이며 분파적인 속성을 한국내 문인들과의 활
발한 교류를 통해 중화하고 문학적 영토를 확장해나가는 일은 고무
적이다.

버클리문인들과 재미 한인 시인들과의 인연을 정리하며 고언하자
면, 보다 전문적인 시각에서 작품의 예술적 수월성을 도모해야 할 것
으로 보인다. 또한 미국 내 문단의 본류와도 활발하고 생산적인 교류

를 통해 지역성을 넘어 탈영토화하는 탈주의 작업이 필요한 것으로 보이며, 무엇보다 세대 간의 연속적 연대성의 구축은 시급한 것으로 보인다. 그럼에도 재미 한인 문단, 특히 버클리문학협회의 활동과 문학적 역량은 재미 한인문단을 활성화하고 한국문학이 세계문학으로 약진할 수 있는 뚜렷한 계기를 축적하리라 믿는다. 은총이다.

자연의 신화화와 탈신화화

1. 서정의 아버지 자연

예나 지금이나 서정 시인들이 노래하는 시적 대상 가운데 자연이 차지하는 비중이나 위상은 단연 절대적이다. 이런 까닭에 시인 정현종은 자연을 '비유의 아버지'라 말하기도 했다. 전통적으로 자연은 시적 상상력을 촉발하는 대상 가운데 하나로 기능해온 까닭이다. 일찍이 고대가요에서부터 현대시에 이르기까지 자연은 시인들의 시적 감흥을 표상하는 중요한 상관물로 활용되어 왔다. 자연은 원형적 보편성과 미적 체험의 직접성 등을 표상하며 근원적으로 창작 주체의 경험과 의식 속에 광범위하게 작용한다. 그렇기 때문에 시인들은 시적 상상력의 중요한 수원(水源)으로 자연에 빚을 지고 있으며, 자연에 대한 체험으로부터 시를 써온 것이다. 자연은 시적 영혼을 양육하는 젖줄이다.

그럼에도 불구하고 우리는 자연 혹은 전원 지향의 시를 가리켜 패배주의니 무책임한 현실도피라 혹평한 비평적 기억을 간직하고 있다. 그것은 파행적 발전을 거듭해온 한국 근대사의 정치, 사회, 문화적 조건에서 문학이 현실 변혁에 일정하게 복무해야 한다는 사회학적 욕망과 이념을 전면에 내세운 비평적 시각이 출현하면서 가능한 일이었다. 그러나 다른 관점에서, 예컨대 한 편의 서정시가 지닌 비사회성이야말로 사회적인 것이라는 아도르노의 역설적인 주장처럼 서정시의 내용이 갖는 보편성은 본질적으로 사회적이며 시대적인 것이다. 서정시는 그것이 사회적인 것을 거부하는 정도만큼 사회를 반영하는 역사적 산물이다. 따라서 자연 지향의 시를 단순히 현실도피나 현실적 좌절과 패배에서 오는 귀거래의 은둔주의라는 일방적 평가는 수정할 필요가 있다. 그것은 차라리 자연 내지 전원의 지향이 부조리와 악, 모순과 고통의 현실을 돌파하려는 유토피아 정신의 결과일 수도 있다.

유토피아는 현실비판이라는 부정의 원리와 규범의 제시라는 긍정의 원리를 동시에 지니고 있다. 부정의 원리는 현실의 부조리와 모순에 대한 비판을 통해 사회개혁 사상을 고취시켜 주며, 긍정의 원리는 인간의 가능성에 대한 신뢰를 통해 이상사회의 목표와 방향을 제시함으로써 역사적 창조의 바탕이 된다. 유토피아는 현재 상태에 대한 불만과 그로 인한 고통으로 인해 탄생한다. 현대시에서 황금시대와 같은 원초적 원형을 신화화하고 자연을 상징화하며 자연을 배반한 문명의 이데올로기를 탈신화화하려는 전략적 기획은 모두 현재 주어진 현실에 대한 불만과 고통으로부터 출발한 것이다. 프로이트의 설명처럼 행복한 사람은 몽상을 좇지 않는다. 오직 만족을 모르는 자들만이 몽상을 좇는다. 주어진 현실에 만족하고 안온한 행복감을 느끼는 자는 결코 유토피아를 꿈꾸지 않는다. 유토피아는 억압당하면서 고통스럽게 현실을 살아가는 자들이 꾸는 꿈이다. 유토피아는 억압과 결핍과 부재가 불러온 꿈이며, 그러한 현실을 바꾸고자 하는 전복과 변혁의 꿈이다.

근대사의 파행적 질곡, 특히 산업화의 속도전 속에서 시적 자아는 동일성을 상실한 지 오래이다. 이러한 시적 자아 앞에 자연 또한 이전과는 전혀 다른 모습을 취하고 있다. 자연은 문명에 의해 훼손되고 변질되었다. 이와 같은 상황에서 시인들이 택할 수 있는 방법은 크게 두 가지이다. 하나는 자연을 신화화하여 원초적 자연의 세계를 원형 그대로 복원하거나 자연을 재신화화하지 않고 탈신화화하는 방법이다. 자연을 신화화하거나 아니면 자연을 탈신화화하는 현대시의 두 양상은 근본적으로 한 뿌리에서 자란 두 가지이다. 그것은 우리의 삶이 근본적으로 생태적 위기에 처해 있다는 것과 인간과 자연, 자아와 세계가 참된 관계를 다시금 회복해야 한다는 전언을 내포한다. 여기에는 보다 바람직한 삶과 세계에 대한 꿈과 희망, 그리고 이상적이자 긍정적인 사회상에 대한 유토피아적 희망의 원리, 이 세계가 바뀌었으면 하는 열망과 의지가 내포되어 있다.

2. 자연의 신화화와 유토피아 의식

서정시는 근본적으로 역사 현실로부터 자유로울 수 없다. 현대시가 자연을 상징화하거나 신화화하려는 의식에는 부조리와 모순의 역사 현실을 초월하려는 유토피아적 상상력이 한 구석에 도사리고 있다. 유토피아 의식은 역사적 현실인식의 끝에 발생하는 초월적인 탈주의 욕망이 불러온 산물이다. 칼 만하임에 따르면 유토피아 의식은 현실을 은폐하거나 도피하려는 행위가 아니라 행동의 단계로 이행하면서 기존의 질서를 부분적으로나마 혹은 전적으로 파괴해버리는 현실 초월적 방향설정을 뜻한다. 일련의 철학적 논의에 따르면 현실 초월적인 유토피아 의식은 인류 정신사에서 인류 공동체를 통해서만 실현되는 올바름의 갈망이며, 현실에 대한 분석과 비판을 통해 특정한 사회와 국가가 지향해야 할 구체적 미래상을 제시해준다.

어느 시대나 사람들은 지상 낙원을 꿈꾼다. 이 지상 낙원으로서의 유토피아는 현재의 세계에는 어디에도 존재하지 않는 부재하는 공간 이다. 유토피아는 말 자체가 역설적인데, 그것은 지상에는 존재하지 않는 행복한 나라라는 뜻을 가지고 있기 때문이다. 이 세상 어디에도 없는 이상향에 대한 추구는 동서고금을 막론하고 인류의 보편적인 정서적 전통이며 문학적 관습이다. 이런 점에서 이상향으로서의 유 토피아는 현실적이지 못하기 때문에 현대라는 시대성과 현실원칙의 이성과는 어울리지 않는 허무맹랑한 개념처럼 들리기도 한다. 하지 만 에른스트 블로흐가 갈파했듯이 인간은 '아직 없음'으로 인해 항상 새 것을 창출하려는 희망과 창조적 충동을 가진 존재이기도 하다. 이 러한 초월적 탈주의 욕망이 이상향으로서의 유토피아를 추구하는 뿌 리를 이룬다.

한국 현대시가 출발한 이후 자연 친화적 특성이 두드러진 시가 등 장하는 시기는 1930년대이다. 식민의 시대상황은 한국 현대시에서 자연 지향의 시가 대두하게 되는 원인을 살필 수 있는 단서를 제공해 준다. 1930년대 시의 자연 지향은 조선조의 봉건적 지배체제가 시인 들로 하여금 전원에 귀의하게 한 것처럼 일제의 강압적 식민체제가 낳고 양육한 결과이다. 식민지 아래에서 시인들에게 현실은 강압과 굴욕의 공간일 수밖에 없었다. 해묵은 이야기이지만 결과적으로 전 원 혹은 목가시는 식민 현실이 주는 좌절과 패배, 억압과 굴욕, 모순 과 폭력에서 기인한 것이다. 전원파 시인들은 지금의 현실과는 다른 피안의 세계를 자연에서 찾았던 것이다. 전원시인들은 일제의 억압 적 폭력과 파시즘, 해방 후 정치 사회적 혼란, 근대 산업 문명의 물질 적 풍요와 영광에도 불구하고 초래된 본질적인 것의 상실 앞에서 이 상사회의 목표와 방향을 자연에서 찾았던 것이다. 그들이 자연을 상 징화해 보여주는 것은 곧 지금의 역사 현실과는 다른 세계상이다. 그

들의 시는 궁극적으로 회복해야 할 세계가 어떠한 세계인가를 역상
(逆象)의 거울로 제시하는 것이다.

> 山은
> 九江山
> 보랏빛 石山
>
> 山桃花
> 두어 송이
> 송이 버는데

박목월,「山桃花」중에서

  목월의 두번째 시집 표제작이기도 한 위 시는 자연의 이상향으로
서 도화원의 정경을 노래한다. 시에 등장하는 "보랏빛 石山"인 '九江
山, 山桃花, 옥 같은 물, 암사슴' 등은 모두 유토피아를 표상하는 상
징적 소재들이다. 구강산은 지도에 없다. 목월의 초기 시에 등장하는
자연은 주로 고운 의미와 고운 소리로 이루어진 산이다. 산의 이미지
는 색채 이미지, 즉 청색과 보라색이 함께 어울리면서 암울한 시대를
초월하여 현실을 재구축하려는 시인의 의식이 투사된 대상이다. 보
랏빛은 이상향의 상징 색조이다. 목월은 암울했던 일제 강점기를 이
상향을 꿈꿈으로써 극복하려 했다고 말한 적이 있다. 프로이트가 말
한 바와 같이 충족되지 못한 욕망은 몽상을 움직이는 힘이고, 모든
몽상은 욕망의 완결이며 동시에 만족을 주지 못하는 현실에 대한 보
정(補整)인 것처럼 목월의 이상향은 역사적 현실에 대한 보정작용의
산물이다. 그것은 시대의 절망적인 환경이 향토적 자연에 애착을 갖
게 만든 것이며, 그 세계가 나를 길러 준 것이라는 목월의 표현대로
현실과의 긴장 위에 발생한 것이다. 그래서 초기 시에서 화자는 "애
닯은 꿈꾸는 사람"(「임」)이며, 시의 배경은 청색의 자연이고 이상향

의 보랏빛 색조를 띤다.

목월의 인용 시에는 현실 이야기가 없다. 역사적 삶이 투영되어 있지 않다. 이것은 이 시가 창작된 일제 말기의 역사적 상황으로 보면 현실을 외면한 도피이다. 식민 상황에서 적극적인 저항을 펼치지 못하고 피안을 지향하기 때문이다. 그러나 그의 피안 지향은 사회적 조건에서 파생한 것이다. 이를테면 목월의 유토피아는 현재 상태에 대한 불만과 그로 인한 고통으로 인해 탄생한 것으로 이해할 수 있을 것이다. 목월의 도화원, 그 선경은 시원의 고향을 환기한다. 도화원은 시원의 고향으로서 단순한 현실도피가 아닌 고향의 회복, 자연과의 만남이라는 의미를 지닌다. 그 곳은 현실과의 긴장 위에서 창조된 유토피아적 공간으로 궁극적으로 회복해야 할 근원이다. 시원의 회복은 '동일성의 시학'에 연관된 개념으로 실존적 동일성을 찾으려는 시적 실천이다. 유토피아는 부재하므로 우리를 더욱 매혹하는 힘이다. 유토피아는 지상에 없는 행복한 나라이기 때문에 더 강한 매혹으로 우리를 사로잡는 것이다. 식민지적 고통과 억압에서 자유로울 수 없었던 목월의 시적 자아는 총체적 동일성이 확보된 이상 세계를 꿈꾼 것이다.

식민 상황이 해소된 이후 시인들에게 다가온 문제는 근대화 및 산업화 등과 연관된 문명의 현실이다. 근대화의 긍정적 차원에도 불구하고 그것은 자아와 세계의 극심한 소외와 분열, 본질적인 것의 상실을 초래하였다. 근원의 상실과 중심이 파괴된 세계, 하이데거의 표현을 빌린다면 고향을 상실한 현대인은 모두 실향민인 것이다. 이러한 상황에서 근대의 문명의 그늘이 드리워 있지 않은 자연, 훼손되지 않은 목가적인 전원, 오염되지 않은 숲, 섬, 동산, 고향은 인간에게 잃어버린 낙원을 표상해준다. 변화와 소외, 근원 상실과 분열, 영원성의 상실은 현대의 가장 일반적인 체험 양상이며, 이광호의 지적처럼 이러한 변화와 소외와 분열의 세계 속에서 동일성을 되찾으려는 시도는 뿌리칠 수 없는 욕망이다.

> 처음 이곳에 대나무숲을 가꾼 이 누구였을까
> 푸른 대나무들이 도열한 창기병 같다
> 장독대 뒤편 대나무 가득한 뒤란
> 떠나고 이르는 바람의 숨결을
> 空寂과 波瀾을 동시에 읽어낼 줄 안 이 누구였을까
> 한 채 집이 할머니 귓속처럼 오래 단련되어도
> 이 집 뒤란으로는 바람도 우체부처럼 오는 것이니
> 아 그 먼 곳서 오는 반가운 이의 소식을 기다려
> 구군가 공중에 이처럼 푸른 여울을 올려 놓은 것이다
>
> 문태준, 「대나무숲이 있는 뒤란」 전문

자연 대상물 가운데 숲은 어머니의 자궁과 같은 공간이다. 숲은 식물의 자궁이며, 자연의 자궁이다. 숲은 모태처럼 편안하고 안락하다. 문태준의 시는 '장독대가 있는 뒤란의 대나무가 가득한 숲', 그 숲의 '공중에 푸른 여울'이 출렁이는 원형적 공간을 재현한다. 인간은 낙원 상실 이후 원초적 공간을 동경하였고, 그곳으로 되돌아가고픈 욕망으로 끊임없이 시달리고 있다. 흔히 모태회귀라는 말로 표현되는 원초적 공간에 대한 그리움은 인간 심리의 보편적 무의식이다. 문학에서 유토피아로서의 원초적 공간은 대개 숲이나 정원으로 표상되어 왔다. 그곳은 모성의 힘과 보호가 자리하는 모태와도 같은 공간이다. 그 숲에서 자라는 나무는 생명의 대지에서 태어나 빛과 공기에 의해 풍요로워지는 수직적 존재로서, '한 그루 우주 나무'로서의 신화성을 간직한다.

자연 대상을 마주한 문태준의 화자는 일상 경험을 초월한, "공중의

푸른 여울"로 상징되는 초역사적인 영원의 세계를 꿈꾼다. 화자는 현실을 괄호 안에 묶어두고 원형의 공간을 재현한다. 가볍고 경쾌한 언어구사로 투명하게 우리의 옛 공간을 색칠하고 있는 이 시가 궁극적으로 말하고자 하는 것은 무엇일까. 그것은 자아와 세계의 원초적인 만남과 그에 기인한 은밀하고 충일한 떨림이다. 시인에게 대나무 숲은 "空寂과 波瀾"의 멈춘 듯 순간 모습을 바꾸고 파동하는 것으로 비친다. 이를 따라서 시인은 부드럽게 공중에 떠오르는 새처럼 가볍게 언어를 구사한다. 대나무 숲의 움직임처럼 시인의 언어는 대상을 붙잡으려 하기보다는 현상과 함께 명멸할 정도로 찰나적이다. "대나무 숲이 있는 뒤란"이라는 제목이 암시하듯 "空寂과 波瀾"의 미묘한 운동의 떨림과 고요의 풍경을 포착함으로써 세계와의 조화로운 관계를 꿈꾼다. 그 관계는 초역사적 관계의 참된 복원이라 할 수 있다.

> 할머니는 털실로 숲을 짜고 계신다. 지난밤 호랑이 꿈을 꾸신 것이다. 순모사 실뭉치는 아주 느리게 풀리고 있다. 한올의 내력이 손금의 골짜기와 혈관의 등성이를 넘나들며 울창해진다. 굵은 대바늘로 느슨하게, 숲에 깃들 모든 것들을 섬기면서. 함박눈이 초침소리를 덮는 밤, 나는 금황색 양수 속에서 은발의 할머니를 받아먹는다. 고적한 사원의 파릇한 이끼 냄새! 저 숲을 입고 싶다. 오늘밤에는 할머니 꿈속으로 들어가 한마리 나비로 현몽할까? 어머니는 오월 화원이거나 사월 들판으로 강보를 만드실지도 모른다. 그러면, 이백여섯 개의 뼈가 뒤틀린다는 진통의 터널을, 나는 통과할 수 있을 것이다.
>
> 조명, 「모계의 꿈」 전문

조명의 시는 환상적이며 몽환적이다. 아늑한 양수 속 탄생을 꿈꾸는 태아의 호흡을 느낄 수 있는 듯하다. 그리하여 숲이 지닌 모성의 신성성과 생명 탄생의 경이로움이 시의 분위기를 압도한다. '숲, 양수, 터널' 등은 자궁과 모태의 이미지로서 가장 내밀하고 아늑하고 생명 탄생의 공간을 환기한다. 시인이 몽상 속에서 만나는 숲의 풍경은 시원으로서의 원형적 공간으로 생명을 잉태하는 모성의 내력이 충만한 곳이다. 그 꿈은 영원 회귀와 그를 통한 존재의 변모, 곧 "뼈가 뒤틀리는 진통의 터널을 통과"하는 생명 탄생의 통과제의에 다름 아니다. 시인은 지금 우리가 잃어버린 신성의 숲, 그 숲이 내장하고 있는 신화적 질서의 세계를 복원한다. 여기에서 숲은 현세적 모순이 제거되고 신성과 생명의 내면적 리듬이 충일한 공간으로 제시된다. 숲에는 원시적 생명의 리듬과 태고의 심성이 그대로 숨 쉬고 있다. 이 시에서 보여주는 숲은 탄생을 꿈꾸는 자궁이다. 시인은 숲이 품은 아늑한 생명의 호흡을 들려준다. 이러한 것들은 모두 '숲', '양수', 태아로 보이는 '나'의 '진통의 터널'을 통과하는 모태와 출산의 이미지에 의해 결속된다. 숲은 모성으로 충만해 있다. 호랑이의 꿈에 내포된 태몽의 상징과 그에 연계된 숲의 이미지, 숲에 깃들 생명에 대한 섬김은 자궁으로서의 숲의 신성한 비밀을 말해준다. 그 신성한 비밀은 생명에 대한 경외감이다.

유토피아의 이미지로서 모성의 강조는 공산주의를 설명하는 데에서도 찾을 수 있다. 가령 사랑, 평화, 협동을 강조하는 공산주의는 여성적인 이미지로 특징지어야 할 자연의 목가적인 세계이며, 또한 여성적 모성의 이미지는 모든 시대의 유토피아니즘이 공유하는 공통적인 이미지이기도 하다. 그런 까닭에 에른스트 블로흐도 마르크스의 공산주의를 황금시대, 젖과 꿀이 흐르는 땅, 영원히 여성적인 것으로 받아들였다고 설명한다. 이처럼 유토피아적 세계는 분열과 대립이 사라진 동일성의 상태를 의미하기 때문에 여성적 이미지로 가득 차 있다. 그것은 부조리하고 모순에 찬 현실, 현대의 파편화된 시간, 도시적 문명 공간에서 벗어나고자 하는 현대인의 황금시대에 대한 유토피아적 욕구와 관련되어 있다. 이러한 욕망은 문명의 현실에서 받은 좌절의 한 표현으로서 일종의 탈주와 초월의 욕망이다. 이를테면 자연이 갖는 모성의 안락한 세계로 돌아가고자 하는 욕망으로서 일상의 초월이며, 차안을 떠난 피안의 환각을 탐닉하는 행위를 지시하기도 한다.

3. 자연의 탈신화화와 반(反)유토피아 의식

유토피아는 지상에 없는 행복한 나라이다. 그것은 하나의 꿈이며 이상향이다. 자연에 대한 낭만적 그리움은 이상향을 동경하는 태도로 나타나기도 하지만, 도시인들은 또한 이지적인 현실주의자이기도 하다. 이들에게 지상낙원은 존재할 수 없는 불가능한 공간이다. 때문에 자연과 문명 사이의 긴장 관계 속에서 자연을 재신화화하지 않는다. 이들이 이지적 현실주의자들인 이유로 인해 둘 사이의 긴장 관계가 파생하는 문제에 대한 비판과 풍자, 지배 이데올로기에 대한 저항도 가능한 것이다. 이들은 자연에 대한 낭만적 이상화를 거부하고 자연과 문명 간의 긴장을 문제 삼는다. 자연을 탈신화화하는 시인들에게 전망은 흐리고, 정신은 불온하다. 역사의 진보나 문명의 풍요를 신뢰하지 않는 불온하고 회의에 찬 정신을 소유한 시인들은 훼손된 자연과 문명의 반생명성, 인간 욕망의 탐식을 보여주기 위해 노력한다.

우리는 온전한 의미로서의 서정으로부터 너무 멀리 멀어져 왔다. 밤하늘의 성좌를 보며 길을 가던 행복한 서정 자아는 자본과 문명의 풍요로운 외관 안에 깃든 불길한 증상과 징후 앞에서 미아처럼 불안에 떤다. 자연의 탈신화화 내지 문명에 대한 반유토피아적 사유는 이

지점에서 발원한다. 거칠게 말해 반(反)유토피아는 안티유토피아 혹은 디스토피아와 거의 동일한 개념이다. 이는 어떤 바람직하지 않은 끔찍한 사회상을 담고 있다. 이러한 불온한 의식은 19세기 말 제국주의의 식민침탈과 파시즘, 그로 인한 전쟁과 학살이 주요 동인으로 작동한 결과로 볼 수 있겠다. 과학 기술은 인류에게 물질적 풍요와 행복을 안겨주었지만, 그에 비례하는 양만큼 전쟁과 학살, 자연 훼손과 파괴 등의 재앙을 가져다주게 된 데 배경이 있다. 이러한 상황은 결국 반유토피아적 사유와 상상력을 잉태하고 번성하게 된 요인으로 작동한다. 그러니까 전망 부재의 반유토피아적 사유와 상상력은 분열과 소외, 물신화된 현대의 문명과 긴밀히 연관되어 있는 것이다.

삶과 세계를 총체적 질서로 파악하려는 노력이 좌절되고 모든 존재를 물화시킨 자본과 문명의 논리 속에서 시인은 자연으로의 회귀보다는 회귀 불가능성을 노래하는 경우가 많아졌다. 남진우는 자신의 평론 「묵시록적 시대의 글쓰기」에서 리오 마르크스의 견해를 빌어 자연을 재신화화하려는 시인들의 노력을 소박한 자연 예찬이나 전원적 꿈을 추구하는 '감상적 목가주의', 자연과 도시 문명의 상호 역학관계를 탐구하는 보다 현대적인 '복합적 목가주의'로 나누어 이해한 바 있다. 그런데 그는 우리가 주목해야 할 것은 자연에 대한 낭만적 이상향을 지양하고, 그보다는 자연과 문명 양자 간의 긴장 관계를 문제 삼는 복합적인 목가주의에 우리의 시가 관심을 가져야 한다고 주장한다. 왜냐하면 후기 산업사회로 명명되는 오늘날 과학에 대한 맹목의 신앙이 지배하고 자아와 세계가 심각하게 분열된 상황 때문이다.

성북동 산에 번지가 새로 생기면서
본래 살던 성북동 비둘기만이 번지가 없어졌다.

새벽부터 돌깨는 산울림에 떨다가
가슴에 금이 갔다.
　　　　 … 중략 …
사람과 같이 사랑하고
사람과 같이 평화를 즐기던
사랑과 평화의 새 비둘기는
이제 산도 잃고 사람도 잃고
사랑과 평화의 사상까지
못하는 새가 되었다.

김광섭,「城北洞 비둘기」중에서

1960년대 이후의 우리 사회는 산업화와 공업화로 규정할 수 있다. 급격한 산업화와 도시화는 소외, 분열, 물화, 자연 생태계의 파괴와 같은 문제를 급속하고도 광범위하게 파생시켰다. 이러한 상황에서 복합적 목가주의는 자연에 대한 낭만적 이상화를 거부하고 자연과 문명 양자 간의 긴장관계를 문제 삼는다. 이러한 문제의식은 후기 산업자본주의 시대에서 우리의 삶이 위기에 처해 있다는 것, 자아와 세계의 참된 관계를 회복해야 한다는 시적 인식으로 요약할 수 있다. 이것은 산업자본주의 시대의 문명에 대한 안티테제로서의 의미를 갖는다.

김재홍의 지적처럼 김광섭의 인용 시는 60년대 후반부터 이 땅에 급격히 대두되기 시작한 산업화의 병폐와 부조리의 문제와 연결된다는 점에서 중요한 의미를 지닌다. 기계문명과의 위화감을 드러내는 이 시는 산과 사람, 곧 자연과 인간 모두를 잃게 된 비둘기의 소외 현상을 통해 사랑과 평화와 축복의 메시지마저 전달할 수 없는 관계성의 파괴를 고발하는 복합적 목가주의의 전형을 보여준다. 자연과 인간을 잃고 쫓기는 비둘기는 현대인의 불안한 실존적 모습과 다를 바 없다. 비둘기가 표상하는 자연 상실과 인간성 상실의 모습은 물질문명 앞에서 자연을 훼손당하고 인간성마저 박탈당해 가는 현대인의 아이러니컬한 모습의 상징적 제시이다. 비둘기는 더 이상 사랑과 평화라는 보편적 상징을 보유하지 못한다. 이와 같은 상징의 파괴는 곧 현대문명의 비정과 소외의 비극을 함축하는 것이며, 인간상실의 시대에 있어서 사랑의 철학, 평화의 사상이 얼마나 소중한 것인가를 제시하는 것이다.

> 숲 속에는, 잡풀만 우거진 메마른 샘터의 갈증과 한 평생 허리 눕혀 쉴 수 없는 직립의 고통이 있다. 병든 몸끼리 부딪쳐 상처난 자리마다 맷돌처럼 무거운 옹이의 한숨이 매달려 있다. 산성비에 절어 썩지 못한 낙엽들이 켜켜이 쌓이고 흘러가지 못한 채 소문처럼 풀썩이는 추억이 있다. 때가 되면 다시 못 올 손님처럼 떠나가는 뼈아픈 이별이 있으나 별빛에 섞여 깜빡이다 사라지는 반딧불 같은 그리움은 없다.
> 신덕룡, 「여름 숲」 중에서

신덕룡의 「여름 숲」은 끔찍하다. 불길한 예감으로 휩싸인 숲, 섬뜩하다. 왜냐하면 우리가 언젠가는 만나게 될지도 모를 미래의 상, 불길하고 불순한 디스토피아의 '예측된 상'이 그로테스크하게 제시되어 있기 때문이다. 숲은 원초적 세계의 복원, 모태로의 회귀 혹은 존재의 중심을 회복하려는 욕망의 시적 이미지로 쓰여 왔다. 그러나 이 시에서 숲과 자연은 더럽혀지고 신성은 오염되고 파괴되었다. 자연과의 친화와 합일이 주는 기쁨보다는 자연과의 친화나 합일이 불가능하다는 고립의식이 시적 분위기를 압도한다. 화자는 자연으로의 회귀보다는 그 회귀 불가능성을 통해서 예측된 상으로서의 어떤 불길함을 전경화한다. 시인은 원초적 건강성을 상실한 병든 숲, 불길한 자연의 모습을 통해 문명과 생태의 문제에 대해 생각하게 한다. 자연환경의 파괴는 인간의 근원적 터전으로서 자연이 지니는 상징적 의미마저도 왜곡 변질시킨다. 자연의 원형적 공간으로서 숲은 병들었고, 병든 몸을 수천수만의 나뭇잎을 풀어 감춘 것이 '여름 숲'이다. 때문에 여름 숲은 그것이 지닌 본래의 생명 이미지를 잃고 불길하고 공포스러운 괴기적 이미지로 변질되어 있다. 자연과의 재결합이 가져다주는 건강한 기쁨보다는 자연과의 합일이 불가능하다는 분리 의식의 시적 정조가 괴기스럽기 짝이 없다. 숲을 감싸 도는 음험한 분위기는 그야말로 불길하고 공포스럽다.

숲은 시인에게 이제 더 이상 원형적 공간으로서 우리가 꿈꾸는 시원의 동산이거나 자궁이 아니다. 숲은 자연의 생명, 시원의 신성을 잃고 어둡고 불길한 기억이 내장된 이미지로 기능한다. 숲은 음습한 기억의 저장고 같다. 산업 자본주의의 집약적 상징이 도시 문명이라면 숲으로 표상된 자연은 그러한 부정적 현실의 지평 너머에 떠오르는 구원의 자리로서 기능하지 못한다. 그것은 이미 생태적 순환성을 상실하고 죽음을 앞두고 있는 병든 숲이기 때문이다. 샘이 지닌 원초적 생명성과 나무의 수직 직립이 지닌 초월적이며 신화적인 우주성은 상실하고 말았다. 숲은 "병든 몸끼리 부딪쳐 상처난" "옹이의 한숨이 매달려 있"을 뿐이며, "산성비에 절어 썩지 못한 낙엽들이 켜켜이 쌓"여 있을 뿐이다. 숲은 더 이상 우리에게 "별빛에 섞여 깜빡이다 사라지는 반딧불 같은 그리움"을 주는, 우리가 꿈꾸는 원형적 공간일 수 없다. 이제 숲은 "수천 수만의 나뭇잎 풀어" "저를 감추는, 한여름의 숲은 위험"한 지경에 이른 것이다. 이제 숲은 원초적 처녀성을 상실한 채 위험한 지경에 이르게 되었다. 대지에 뿌리를 박고 숲을 이루는 나무들은 전면적 위기 상황에 처하게 되었고, 그것은 강제된 인간 욕망에 의해 생명을 잃고 수직 직립의 초월적 가치를 상실하고 만다. 여기에서 불행하게도 우리는 신성과 초월, 생명이 아닌 죽음의 공포스러운 숲을 비껴 갈 수 없다.

　　새로 난 산길을 따라 나무들이 베어져 있다.
　　이제 겨우 소녀의 종아리 굵기만큼 자란 나무들이다.
　　근육과 핏줄이 잘려나간 동그란 단면마다 잔잔한 파문이 일고 있다.
　　한쪽에는 껍질이 벗겨진 나무들이 차곡차곡 쌓여 있다.
　　강제로 벗겨진 하반신처럼 유난히 희어서 부끄러운 살색이다.
　　　　　　　　　　　　　　　　　김기택, 「어린 나무들」 전문

　자연의 재신화화를 꿈꾸는 시가 결핍으로 가득 찬 지금 이곳의 상황과 대비되는 시공간으로서 시원에 대한 그리움과 지향의 형태로 드러난다면, 자연을 탈신화화하는 시는 자연 파괴의 폭력성과 황폐성을 건조하게 전달한다. 김기택의 시 「어린 나무들」은 자연을 살해한 범행의 현장 검증에 다름 아니다. 숲은 인간의 채울 길 없는 욕망으로 침범당해 산중에 길이 나고, 그 사이로 나무들이 "강제로 벗겨진 하반신처럼" 베어져 있는 풍경이란 가없이 무한하고 탐욕스런 인간 욕망의 절경을 보여준다. 그런 점에서 이 작품은 자연의 탈신비화 내지는 탐욕스럽고 폭력적인 인간 욕망의 풍경에 가깝다. 인간의 욕망에 의해 신성은 문명의 길이 새로 나고, 그것이 숨기고 있는 반생명의 무지막지한 파괴적 속성을 시인은 무섭도록 냉정하게 집중하고 있다.

　김기택은 자연에 귀의해 일치하고자 하는 상상적 욕망보다는 그러한 현실의 실상, 그 무차별적 훼손의 풍경을 그대로 직시해 묘사한다. "새로 난 산길을 따라 나무들이 베어져 있"고 그 베어진 나무들은 "겨우 소녀의 종아리 굵기만큼 자란 나무들이다." 베어진 어린 나무가 소녀의 종아리, 그리고 잘려나간 핏줄과 근육, 강제로 벗겨진 소녀의 하반신이란 이미지로 전이하면서 가없는 인간 욕망의 풍경과 그 탐욕이 저지른 끔찍한 자연 파괴의 실상을 보여준다. 인간의 편리와 문명의 전도를 위해 베어진 어린 나무가 '소녀의 종아리'로 치환되면서 인간 욕망의 잔인성은 끔찍하게 부각되고, "껍질이 벗겨진 나무들"은

"강제로 벗겨진" 소녀의 '하반신처럼 흰 살색'으로 연상되면서 그 잔혹감은 극도로 고조된다. 강제로 벗겨진 소녀의 하반신이라니! 어린 나무의 훼손을 통해 화자는 자연이 지닌 원시적 처녀성의 상실을 아프게 환기한다. 그래서 이 시는 인간의 욕망과 그 욕망이 쌓아올린 문명의 바벨탑이 감춘 반생명의 층위에서 읽힌다. 때문에 인간의 자연 훼손 그 자체가 아니라 보다 근원적이고 광범위한 부분에서 세계의 물화와 생명에 대한 위기감으로 읽히는 것이다.

자연의 탈신화화는 원시적 토착 영토의 훼손과 파괴의 실상을 긴장감 있게 드러내 보여줌으로써 인간의 욕망과 문명의 반생명성을 비판적으로 성찰한다. 반유토피아적 사유의 시인들은 자연을 신화화하거나 이상화하지 않고 자연과 문명 사이의 긴장관계를 주목한다. 그럼으로써 거기에서 어떤 예측된 상으로서의 디스토피아적인 세계상을 보고, 그럼으로써 생태학적 원형으로서 삶과 생명의 토대를 이루는 자연의 신성한 가치를 역설적으로 보여주고자 한다. 그들은 자연을 재신화화하지 않고 탈신화화하여 파괴의 실상에 대해 반성적 성찰을 요구한다.

4. 대항담론으로서의 자연

근대 이후 서정적 자아는 인간과 인간, 인간과 세계의 동일성은 파괴되고, 억압과 결핍, 혼돈과 분열의 세계에 위치해 있다. 그 속에서 삶과 세계를 총체적 질서로 파악하려는 노력은 좌절될 수밖에 없고, 삶과 세계의 신성성과 초월성은 더 이상 우리 곁에 행복한 표정으로 머물 수 없다. 자아와 세계는 분열되고 과학과 산업에 대한 신앙은 모든 존재를 물화시킨다. 주체와 객체, 자아와 세계가 조화롭게 일치하던 시대의 신성은 더럽혀졌으며, 그러한 문명의 세계에서 서정적 자아는 행복한 표정으로 인간과 세계를 노래할 수 없다. 현대의 서정시란 바로 불협화음의 삶 가운데서 상실된 세계와 행복하게 일치했던 동일성의 세계로 돌아가려는 서정적 자아의 힘겨운 자기반성이다. 위독한 도시, 자기 생식력과 자기정화 기능을 상실한 문명의 도시를 떠나 푸른 자연에 안기고자 하는 일군의 시인들이 보여주는 도시 탈출의 심리적 정서가 보여주는 태도는 그래서 당연한 일로 받아들여진다.

아도르노의 지적처럼 서정시의 내용이 갖는 보편성이란 본질적으로 사회적인 것이라 할 때, 현대시에 나타난 자연이 종말론적 세계관과 직접적 관련성이 없다손 치더라도 그것은 사회적 현상과의 상관성 아래 파악되어야 한다. 그래야만 단순한 자연 예찬이나 회귀가 아닌 그것을 극복하는 가치의 진정성을 획득할 수 있기 때문이다. 아도르노의 말은 서정시가 주체의 주관적 감성을 직관에 의해 포착하는 순수 언어에 의한다지만 그것은 정치, 사회, 문화, 시대적 정신과 무의식까지도 강력하게 반영한다는 뜻이다. 그러니까 현대시에 나타나는 자연은 단순히 예찬의 대상일 수도 있겠지만, 그보다 자연은 문명이라는 현대의 지배적인 문화와 신화에 대한 반작용으로서의 대항문화, 혹은 대항담론으로서의 탈신화적 의미를 지니는 것이기도 하다.

현대시는 동일성의 시학을 지향하면서도 디스토피아적 세계관으로 종말을 바라보기도 한다. 현대시는 문명의 한복판에서 그것들과 적극적으로 대결한다. 이러한 시인들의 고투는 새로운 시작을 꿈꾸는 행위이며, 존재의 거듭남을 모색하는 적극적 행위이다. 시인들은 거대 도시 문명의 문화논리가 지배하는 공간의 밑자리에 바싹 몸을 감춘 욕망과 그것이 내포한 죽음의 이미지를 본다. 도시의 시인들은 문명에 끊임없이 달라붙어 숨 쉬는 앙상한 죽음의 생생한 이미지를 파헤치는 장례사이다. 시인들이 도시적 삶을 노래한다는 것은 단순히 도시라는 공간적 배경이 시의 제재가 되어서가 아니다. 중요한 것은 현대의 도시에 몸담은 시인들이 도시적 삶을 시로 형상화함으로써 머지않은 미래에 우리에게 닥칠지도 모르는 어떤 종말의 순간을 경계한다는 점이다. 그것은 또한 새로운 시작 또는 삶과 존재의 새로운 거듭남을 모색하는 유토피아적 전망의 표출이기도 하다.

불안의 수사학

　시인은 세계와 갈등하고 불화한다. 근대 이후의 시인들이 너나할 것 없이 그래왔고, 또 앞으로도 그럴 것이다. 타락한 세계의 주변에 분열된 시적 주체들이 불안하게 서성거린다. 설령 분리와 소외, 결핍과 결여, 불안과 분열이 존재하지 않는 자아와 세계가 행복하게 일치하는 동일성의 세계도 따지고 보면 현실의 삶이 조화롭고 질서롭지 못하기 때문에 발생한 역작용의 결과일 수 있다. 그것은 꿈을 가로막는 결핍의 현실에 대한 반작용이다.

　불화의 관계에서 시인은 탈주와 이탈을 꿈꾸고 현실의 저 너머에 존재하는 피안을 동경한다. 미지의 꿈과 동경을 포기한 자는 진정한 시인이 아니다. 아도르노의 표현처럼 예술은 세계의 모든 어둠과 죄를 자신의 내부에서 떠맡으면서 부정적 경험세계가 변화되었으면 하는 희망을 말없이 말한다고 했을 때, 이러한 선언적 명제에서 시인도 예외일 수 없다. 이럴 때 시인은 현실로부터 탈주하여 망명정부를 차리고 새로운 세계를 탐문하기 시작한다. 지금의 공간을 지배하는 문법을 대체할 다른 문법을 찾아나서는 것이다. 지배적 문법과 체제에 저항하는 망명정부에 소속된 시인들은 그랬다.

　근대 이후 시인은 늘 고통스럽고 불행한 운명을 타고난 불안하고 분열된 자아의 초상을 하고 있다. 그들의 운명은 보들레르의 알바트로스처럼 비극적이다. 시인에게 행복과 만족은 현실 저편 너머에 초월적으로 존재하는 것이며, 그것을 방해하는 현실적 조건들과 생래적으로 불화하고 갈등하도록 태어난 불행한 자아이다. 그는 자기에게 주어진 현실에 만족할 수 없는 결핍된 자아이며, 그렇기 때문에 비극적 운명의 소유자이다. 그렇지만 역설적이게도 시인에게 결핍은 창작의 밑변을 떠받치는 토대이며, 결핍과 불행의 저주받은 자리에서 시는 탄생하는 것이다. 다시 아도르노의 표현처럼 세계의 불행을 인식하는 데서 시인은 자신의 행복을 갖는다. 그들은 항상 세계와 불화하며 긴장한다. 긴장하고 고통을 느끼며 살아 있음을 확인하고, 존재의 떨림을 감각하며, 세계가 변화되었으면 하는 희망의 가능태를 넘보는 것이다. 그러나 그것이 가능하기나 한 것일까.

> 임신한 여자가 뒤뚱대며 수박을 끌어안고 땀을 뻘뻘 흘리며 언덕을 걸어 올라가고 있다 뱃속에 수박만한 아이가 있는지 배는 터질듯 부풀어 오르고 언덕 위엔 상점이 없다 노인들은 평상에 앉아 마늘을 깐다 여자가 잠시 기우뚱 거린다 발을 잘못디디면 여자는 언덕아래 굴러갈 것이다 차가운 수박에 맺힌 이슬이 아스팔트 바닥에 떨어진다 반쯤 쪼개진 하늘에는 태양이 빛을 내뿜고 여자가 뒤돌아 자신이 걸어온 길을 바라보며 땀을 닦는다 마을버스가 언덕길을 돌아 내려간다 태양을 보자 어지럼증이 인다 이마저도 조심조심 살았기 때문에 깨지지 않은 것이다 여자는 다시 언덕을 걸어 올라간다 수박만한 머리가 가랑이 아래로 나올 때 곰팡이 냄새를 맡으며 아이는 자신의 운명을 알게 될까 여자의 등 위에서 피자배달 오토바이가 따라 올라온다 골목에서 여자는 비켜선다 맞은편에서 용달차가 머리를 들이밀고 오토바이가 넘어진다 뒷바퀴가 여자의 종아리를 밀자 주저앉은 여자가 수박을 놓친다 언덕 아래로 수박이 굴러 내려가기 시작한다
>
> 김성규, 「수박」 전문

바니타스(Vanitas)의 정물화를 보는 듯하다. 그것은 이를테면 시적 분위기가 삶과 세계의 숭고함 대신에 저열하고 잔혹함, 역겨움과 혐오감, 풍자와 환멸, 기형화와 괴상함, 불행과 비극, 고상하고 엄숙함 대신에 비천함과 참상, 기쁨보다는 고통과 통증, 아름답고 사랑스러

운 것보다는 추악하고 흉물스럽게 여겨지는 것들의 시적 변주에서 연유한다. 생은 축복이 아니라 저주받은 운명처럼 보인다. 악화될 대로 악화되어 더 이상 악화될 여지가 없는 운명, 생의 참상과 비극의 어느 임계지점을 지시하고 있는 듯하다. 그리하여 시를 읽는 일은 악몽 속의 풍경을 거니는 것처럼 끔찍스럽고, 저주 받은 운명으로 인하여 고통스럽다. 세계는 추(醜)하고, 그 안의 생은 처참하다.

전망 없는 미래, 역사의 진보에 대한 회의와 불신으로 가득한 나머지 화자는 미래에 대한 어떠한 기대나 희망도 내비치지 않는다. 이와 같은 비극적 탐색은 결국 출구가 보이지 않는 미래를 포함한 현재적 삶의 폭력적 현주소를 보는 듯하다. "임신한 여자가 뒤뚱대며 수박을 끌어안고 땀을 뻘뻘 흘리며 언덕을 걸어올라"간다. 언덕을 오르는 모습은 그녀의 "터질듯 부풀어 오"른 배의 이미지로 연쇄되고, 부풀어 오른 배는 '수박'의 이미지와 겹치며 그것이 터지거나 깨질지도 모른다는 불안한 분위기를 더욱 증폭한다. 아울러 위태로움은 언덕에서 뒤뚱대고 기우뚱 거리며 오르는 그녀의 발걸음, "수박에 맺힌 이슬이 아스팔트 바닥에 떨어진다", "반쯤 쪼개진 하늘", "어지럼증" 등으로 연쇄되면서 파탄의 분위기는 고조되고, 참혹한 삶의 풍경은 예감된다. 이러한 불안감은 결국 "수박만한 머리가 가랑이 아래로 나올 때 곰팡이 냄새를 맡으며" 나올 아이의 운명으로 전이되면서 어미나 아이할 것 없이 모두 굴러 떨어져 깨질 비극적 상황을 연상시킨다. 그럼으로써 처참하고 가혹한 비극적 운명은 더욱 고조된다. 그리하여 언덕을 기우뚱거리며 오른 임신한 여자나 "수박만한 머리가 가랑이 아래로 나올 때 곰팡이 냄새를 맡으며" 나온 아이의 운명은 처참하기 짝이 없다. 유전되는 위험의 증폭과 남루하고 비참한 현실의 주소는 우리의 거처로 남아 있을 것이다. 삶과 세계는 불안하고 위태로울 뿐이다.

이와 관련하여 이성적 현실의 확실성에 대한 믿음과 미래에 대한 전망이 심각하게 훼손된 이 시대의 시적 사유의 중요한 징후 가운데 하나가 불안이라 부르는 정서적 경험들의 변주이다. 불안은 인간 실존의 가장 근원적 현상이다. 불안은 어떤 기분이나 감정으로 이성을 중심으로 하는 인식이나 지각의 정신활동에 관심을 갖는 사유의 논리 체계로는 객관화하기에 너무나 주관적인 감정에 속한다. 실존철학의 담론에서 불안의 기분이나 주관적 느낌이 중심을 차지한다는 것은 불안이 현대인에게 있어서 실존적 조건이 되었다는 점을 반증하는 것은 아닐까. 한때 삶과 세계에 의미를 주었던 최종적 권위들은 중심에서 밀려났다. 예컨대 신이나 이성, 이념이나 국가와 같은 중심은 붕괴된 지 오래이고, 그 자리에 들어선 낯선 타자들이 언설적 권력을 행사하기 시작하는데 불안도 그 한 축을 이룬다.

시인들은 이러한 불안의 증상에 매우 민감하게 반응한다. 그런 점에서 현대시는 일종의 불안의 증상 내지는 징후에 대한 정신 병리학적 임상기록일 수 있다. 시적 주체들은 세계와의 상호작용에서 발생하는 불안의 정서적 체험을 시적 언어라는 특수한 방식으로 포착해 낸다. 말하자면 정신분석학이 즉자적인 의미의 보편과학이 되는 것을 경계하지만 어쨌든 불안과 같은 비합리적 상황과 언어를 분석하면서 기본적으로는 그것을 이성적 언어로 환원하는 것에 비해서 시는 불안을 언어적으로 대상화하면서도 육체적이고 감각적인 차원에서 그 자체를 임상적으로 내재화한다. 그런 점에서 시적 불안의 언어는 이성적 언어의 논리와는 다른 논리이다.

날마다 새로운 주소를 써내려간다
유리 담장에 걸린 깨진 구름도 있다

해지는 노인의 걸음이 푸른 신호등을 자꾸만 놓치는 사거리 길

빨간 우산을 쓴 여자가 자장면 집을 스쳐 지나가는 빨간 주소
창틀이 없는 유리처럼
하늘을 잃은 새처럼
과꽃 앞에서 과꽃을 모른다
어제는 가을 셋째 주 금요일, 서쪽의 종탑을 지나서 자주 들렀던
빵가게를 돌아 익숙한 맥문동 꽃향기에 도착한다
노인이 저 홀로 잠이 든 지 열흘이 지나고 있다

정운희, 「방치」 중에서

불안이 분열과 혼돈, 강박과 도착, 정신적 공황과 발작 등의 증상인 만큼 이런 종류의 시는 매끄럽고 순하게 읽히지 않는다. 불편하다. 불온하기까지 하다. 그래서 대중 독자들은 이런 시들이 어렵다거나 난해하다고 불평할 수 있다. 이러한 혐의의 알리바이는 재래적인 서정 문법의 제도적 학습에서 온 것이다. 그것은 특수한 내면 체험을 기존의 전통적인 서정시의 문법을 따라 직조하지 않고 새로운 시적 문법에 따라 구현하고 있기 때문이다. 그것은 또한 안정되고 통일된 동일성의 조화로운 세계를 지향하기보다는 자아의 내면에서 들끓다가 느닷없이 출현하는 또 다른 자아가 분열되어 나타나는 일그러진 모습 때문이다.

불안은 의학적으로 정신의 질병을 뜻할 수도 있지만 시에서는 그보다 하나의 수사적 은유 내지는 전략으로 보는 것이 타당하다. 우리가 흔히 비정상이라 일컫는 정신적 질병의 한 증상으로서 불안은 차라리 한 시인의 시혼(詩魂)의 극단을 보여주는 방식이다. 막연하고 모호하며 만성적이지만 그 실체가 잘 드러나지 않는 불안의 시적 묘사와 진술은 이성과 합리의 전횡에 의해 구축되는 현실원칙의 질서에 대한 부정과 반성적 사유이리라. 그것은 이상이나 전망이 사라진

현실을 쓸쓸히 확인하는 하나의 방식일 것이다. 불안은 확신에 찬 인간, 이성, 주체, 합리, 신념, 권위, 가치와 같은 중심이 흔들리며, 그 일그러진 모습을 드러내는 불쾌한 정서적 경험이다. 그것은 행복의 이데올로기가 조장하는 안정과 희망의 이데올로기가 조작 유포하는 전망에 대한 허위적 신비화를 걷어낸다.

뿌리 없이 방치된 삶의 운명, 정처 없이 떠도는 삶의 행방은 불안의 근원이기도 하면서 비극적인 것이기도 하다. "노인이 저 홀로 잠이 든 지 열흘이 지"난 채 '방치'된 죽음은 삶이 근본적으로 부조리하다는 시적 은유이다. "자꾸만 푸른 신호등을 놓치는 사거리의 길"에서 어디로 가야할지, 어디에 있어야 할지 모르는 불가항력의 부조리한 운명에서 벗어날 수 없는 것이 존재의 전제 조건인 것이다. 그래서 삶은 "주소를 새로 써가는 개 한 마리"와 다름없이 떠도는 것이며, "창틀이 없는 유리"나 "하늘을 잃은 새처럼" 존재의 기반을 잃었고, "과꽃 앞에서 과꽃을 모"르는 것처럼 자명한 사실 앞에서 자명한 확실성은 무화되어버린다. 무엇보다도 문면에 드러나는 존재의 뿌리 없음이 우리를 고통스럽게 만든다. 어떤 안정이나 평화를 찾아보기 힘든 압도적인 불안과 상실의 분위기와 세계에 대한 불신의 태도로 인해 시는 전체적으로 우울하다. 자신의 의지와 아무 상관없이 길 위에 방치된 삶과 죽음은 얼마나 부조리한가.

화자는 황량하고 피폐하기 짝이 없는 길 위의 생에 대해 쓴다. 그러나 "날마다 새로운 주소를 써내려"가는 길 위의 생은 세계를 새롭게 개시(開示)해나가는 건강한 어떤 것이 아니다. 그것은 "개 한 마리"로 의인화된 시적 대상이 "불법 쓰레기봉투에 코를 박는다"다거나 "해지는 노인의 걸음이 푸른 신호등을 자꾸만 놓치는 사거리 길"에서처럼 존재의 생성이나 트임을 지향하는 의미와는 전혀 다른 자질의

것이다. 그리고 존재의 뿌리 없음은 방치된 채 "노인이 저 홀로 잠이
든 지 열흘이 지나고 있다"는 것처럼 죽음을 바라보는 건조한 어조의
결구에 이르면 어떤 처연한 운명을 느끼게 한다. 아무렇게나 방치된
길은 실존의 불안을 더욱 확장하고, 아무렇게나 방치된 채 소멸해가
는 죽음은 그렇게 비논리적으로 이루어진다. 그런데 이에 대한 냉정
한 관찰은 화자의 개인적 내면의 차원에 머무는 것이 아니라 우리 시
대의 보편적인 심리적 정황을 환기하는 것처럼 보인다.

　사회심리학자 김태형이 우리 사회를 '불안증폭사회'라 진단한 것처
럼 불안은 제도적으로 증폭 재생산되며, 우리 사회는 이른바 '위험사
회'가 되었다. 앞서 불안의 정서가 현대인의 조건이 되었다는 점을 말
했거니와, 특히 사회 경제적 생존이 생물학적 생존을 가늠하는 불안
증폭의 위험사회에서 삶은 예측 불가능하고 통제 불가능한 것이 되
어버린 시점에 이르면 불안은 인간을 지배하고 통제한다. 실제로 이
러한 불안의 문화는 주지하다시피 권력이 통치의 한 수단으로 사용
하기도 한다. 이러한 실존의 심각한 위기 상황은 개인은 물론이거니
와 사회적 불안을 증폭하는 요인으로 작용한다. 그것이 정운희의 작
품에서와 같이 한 개인이 자신의 자유로운 의지나 결단에 상관없이
실존적 운명이 방치되거나 결정되는 상황이 되었든, 아니면 사회 역
사적인 것이 되었든 강박적인 불안의 증상이나 감정적 분위기, 그리
고 불우하고 타락한 세계가 불러오는 공포는 이성적 주체의 의식을
분열시키고 정신을 마비시키는 불결하고 불온한 것으로 인식된다.
하지만 사실 그것은 강고한 현실원칙의 질서를 교란하고 무화시키려
는 하나의 전략처럼 보인다.

　　내가 날 굽는 냄새가 피어오르자 해골과 부위 모를 뼈다귀들이 앞
　다투어 모여든다. 석쇠 위에 고여 있던 핏물이 선지로 돌돌 말아 빚은

완자처럼 지져져 더욱 쫀쫀해진 내가 날 엿가위로 한 입 두 입 잘라
굽는다 따각따각 아귀 터지게 턱 벌리는 해골들에게 내가 날 잘라 구
운 살점을 바삭 태워 먹여준다. 오일 바른 상아같이 매끈매끈한 뼈다
귀들의 몸에 내가 날 잘라 구운 살점을 파스처럼 붙여준다. 불가에
모여 앉은 해골들과 뼈다귀들이 내가 날 잘라 구운 살점을 먹고 입고
점점 나로 살쪄간다

김민정, 「내가 날 잘라 굽고 있는 밤 풍경」 중에서

내가 나의 살점을 잘라 석쇠에 구워 먹고 살찌는 몸을 찰칵찰칵 기
념촬영하는 이 엽기적인 풍경은 무엇인가. 시의 문면에 잔혹하고 엽
기적이며 그로테스크한 악몽의 풍경 같은 이미지들이 난무한다. 마
치 사지절단, 내장노출, 핏덩이가 난무하는 잔인한 하드고어(hard gore)
영화의 한 장면을 방불케 한다. 분열의 언어로 장식되는 자기혐오,
자기파괴, 신체절단의 욕망이 들끓듯이 분출한다. 언어적 금기는 분
해되고 해체된다. 종잡을 수 없이 수다스러운 분열의 언어와 펑키적
이고 카니발적인 언어구사는 파괴와 혼돈 그 자체이다. 나의 몸을 잘
라 구워 먹고 날로 살쪄가는 신체훼손과 자기파괴, 그것으로부터 육
신의 살을 찌우는 이 해괴한 유머는 불쾌하고 불경스럽기 짝이 없다.
이렇게 느끼는 순간 우리가 경험한 서정시 고유의 규범은 산산이 분
해되고 해체되고 만다. 이러한 분열과 파괴와 해체의 언어는 곧 신체
를 물신화하는 시선, 그 시선을 가로지르는 상징 권력의 질서에 대한
분해이며 해체이고, 그에 대한 혐오의 발악과도 같은 표현일 것이다.
말하자면 극단적 물신화인 훼손된 신체를 보여줌으로써 상징 질서를
파괴하는 분출의 무제한적 방식은 한국 시가 이제 자명하게 여겨왔
던 미학적 명제와 경계의 틀을 부수고 결별하는 지점을 지시하는 듯
하다.

이제 지상의 어느 곳에도 순결한 서정의 공간은 존재하지 않는다.

지고하고 순결한 서정의 공간으로부터 추방당한 저주받은 운명의 시인들은 결핍과 분열, 불안과 공포, 혼돈과 타락의 현실로부터 벗어나 그들만의 망명정부를 세우고 새로운 세계의 도래를 탐색하고자 했던, 저항의 전선을 탄탄하게 구축했던 어떤 윤리적 목적도 시적 권위도 내세우지 않는다. 지난 시대의 선배 시인들은 자신들이 세운 망명정부가 온전하게 승인된 정부가 되기를 꿈꾸었다. 역사적 죄의식에서 비롯하는 공동체적 선에 대한 욕망은 하나의 시적 강박이었다. 그러나 이즈음의 젊은 시인들은 차라리 무정부주의적인 시적 포즈를 취한다. 그것을 가능하게 하는 상상력은 역사적 경험의 동일성을 구성하지 않는, 말하자면 역사적 경험에서 기원하는 강박으로부터 자유로운 이유 때문일 것이다. 그러나 그것이 가볍다고 오해는 말자.

저 고단했던 역사적 기억으로부터 자유롭지 못했던 이전 세대의 선배 시인들은 억압과 타락의 환멸스러운 현실 저편에서 망명정부를 차렸다. 이들이 저항과 반성의 윤리적 포즈를 취했으며, 결핍과 분열의 폭력적이며 부정적 세계에 저항하고 그것을 대체할 시적 문법을 탐색했다면, 이즈음의 젊은 시인들의 정신은 결핍과 분열, 억압과 타락, 혼돈과 불안을 그대로 육화할 뿐이며, 그것에 대해 철저히 냉소적인 시적 포즈를 취한다. 그들은 이미 우리의 사회 문화적 지형을 지배적으로 구성하는 하위 문화적 상상력을 그들만의 존재방식으로 육화한 자들이라서 역사적 인력으로부터 자유로운 무정부의자의 시적 포즈를 취한다. 그들에게 세계는 지옥의 뒷골목처럼 추(醜)하고, 그런 세계와 대면한 시적 주체의 내면은 불안하고 분열되어 있다. 그 속에서 그들은 자기들의 개체적 미학을 수립하기 희망한다.

나날이 감각의 혁명을 요구하는 시대에 시인의 운명은 더더욱 불행하며 비극적인 것처럼 보인다. 왜냐하면 결핍과 소외와 불화의 양식뿐만 아니라, 자본의 논리에 따른 상품 미학의 가치가 사랑받는 문화산업의 시대에 문화의 중심에서 밀려날지도 모른다는 절박함이 그들의 주변에 짙게 드리워져 있기 때문이다. 그래서 그들의 실존적이며 미학적인 존재방식은 불안하고 위태로워 보인다. 그럼에도 불구하고 오히려 시는 건강한 정신의 역설로서 세계에 부딪쳐나가는 응전으로서의 갈등과 불화 속에서 희망과 화해의 가능성을 절실하게 보여주었던 것이 사실이다. 불화의 관계에서 그들은 운명을 돌파하고자 했다. 그것은 현실을 탈주하여 미래를 꿈꾸는 것에 다름 아니며, 재래적 서정의 익숙한 감각과 문법을 낯설게 갱신하려는 시적 모험을 감행하는 것이다.

근대 이후 서사 장르가 자본의 논리가 지배하는 출판 시장의 요구로부터 자유로울 수 없는 상황과는 달리 이즈음의 젊은 시인들은 서정 장르가 처한 반시장적 속성이라는 약점(?)을 무기로 삼아 오히려 역설적이게도 미학적 세계의 지평을 보다 더 첨예하게 밀어붙이는 형국이다. 그들은 그러면서 서정의 육체를 탈바꿈해 나간다. 현실로부터 버림받은, 상품 미학이라는 시장의 논리로부터 소외된, 대량 생산의 장에서 상품 미학적 가치의 척도와 타협하거나 공모할 수 없는, 그래서 소수의 독자나 전문가 집단에게만 인증된 저주받은 운명의 시인들은 자신에게 주어진 비극적인 운명을 생산적 토양으로 삼아 시의 미학적 자율성 내지는 문학성을 새롭게 써나가는 아이러니컬한 상황에 처해 있는 셈이다.

제 2부

그립고 낮고 비릿한

상처의 수사학
- 길상호의 『우리의 죄는 야옹』

상처가 깊으면 깊을수록(육체의 중심부, 심장까지),
주체는 더욱 주체가 된다.
— 롤랑 바르트

1

길상호 시인의 선한 시선은 항상 고요하다. 그 고요는 차라리 사색적 주의(注意)라 할 만큼 깊고 내밀하다. 그의 선한 시선이 자아내는 수줍은 듯한 얇은 미소는 약삭빠르게 활동적인 삶을 지향하고, 사물에 대해 부산하고 분산적인 주의를 추구하는 현대적 얼굴의 세태와는 거리가 멀다. 그의 시선은 항상 낮고 고요하며 깊은 정적을 품고 있는 듯 내밀하다. 그의 주의는 지침 없이 꾸준하다. 고요한 정적과도 흡사한 눈빛의 정조, 그로부터 발원하는 시 쓰기는 사물에 침잠해 들어가면서 사물이 그렇게 존재한다는 사실, 그리고 인간의 어떤 인위적 조작 가능성에서도 벗어나 있다는 사실을 깨닫는 과정에 가깝다. 그의 시는 관조적이며 사색적인 시선을 통해 존재의 비의에 천천히 침잠해 들어간다. 그러나 그 침잠은 역설적이게도 "현상되지 않는 표정들"(「빗방울 사진」)을 다 읽어낼 수 없다는 비밀을 자각하는 일에 다름 아니며, "목 가죽이 벗겨진 생울음"(「번개가 울던 거울」), "손금에 깃든 울음"과 같은 자신의 실존적 상처와 고통을 정면으로 응시하고 각성하는 일이다.

> 침묵만 남아 무거워진 낙엽을
> 한 장씩 진흙 바닥에 가라앉히면서
> 물살은 중얼중얼 페이지를 넘겼다
> 물속에는 이미 검은 표지로 덮어놓은
> 책들이 수북이 쌓여 있었다
> 연못의 목소리에 귀기울이며
> 오래 그 옆을 지키고 앉아 있어도
> 이야기의 맥락은 짚어낼 수 없었다
> 저녁이 되어서야 나는 그림자를 뜯어
> 수면 아래 가만 내려놓고서
> 비밀처럼 깊어진 연못을 빠져나왔다

「연못의 독서」 중에서

길상호의 시편들은 특히 관조적 침잠과 응시의 시선이 잘 나타나 있다. 그의 시선은 은폐된 대상의 비밀을 읽어내려 오랫동안 주의한다. 마치 세잔의 사색적 관찰처럼 사물의 풍경은 길상호의 시선 속에서 스스로 생각한다. 그는 사물과 현상에 깊이 침잠해 비밀을 감각하려 애쓴다. 그러나 그럼에도 길상호는 시적 대상이 품은 잔여를 비밀로 봉인한 채 남겨두고 대상으로부터 슬며시 물러난다. 사색적 관조의 시선으로 머물며 응시하다가 거리를 두고 물러남은 그의 시의 한 매력이다. 그는 관조적으로 정지한 채 머물다 다 읽어낼 수 없음에, 다 벗겨낼 수 없음에 순순히 물러난다. 그 은폐된 비밀을 주체의 내면으로는 결코 환원할 수 없는 타자성이 간직한 비밀을 그대로 존중하고 슬며시 물러난다.

시인은 낙엽이 날아든 초겨울 연못을 바라보며 오랫동안 머물러 있다. 그는 시간을 잊은 듯 정지한 채 관조적으로 머물면서 연못을 주시하며 연못의 독서를 읽어내려 애쓴다. 그가 읽어내려는 연못은 "한시도 다른 데 눈을 돌리지 않"고 "잎맥 사이 남은 색색의 말들을 녹여 / 깨끗이 읽어내는" 데 열중이다. 낙엽의 잎맥에 대한 연못의 독서는 완벽한 것이어서 "물속에는 이미 검은 표지로 덮어놓은 / 책들이 수북이 쌓여 있"다. 그러나 "연못의 목소리에 귀기울이며" 저녁이 되도록 "오래 그 옆을 지키고 앉아" 연못의 독서를 읽어내려는 시인의 독서, 주의 깊은 노력, 깊은 사색적 관조는 역설적이게도 연못의 독서가 품고 있는 "이야기의 맥락을 짚어낼 수 없"는 불가능한 종류의 것이다.

연못의 독서가 낙엽의 잎맥이 품은 비밀을 깨끗이 읽는 행위라면, 반면에 연못의 독서에 주의를 기울이는 시인의 읽기는 연못의 독서가 품은 비의에 도달할 수 없다. 이러한 접근 불가능성으로 인해 화자는 연못에서 물러난다. 자신의 "그림자를 뜯어 / 수면 아래 가만 내려놓고" 시인은 "비밀처럼 깊어진 연못을 빠져나"온다. 연못이 지닌 비밀은 읽어낼 수 없음으로 시인은 그저 머물며 응시하다 물러나고, 그로 인해 연못의 신비는 비밀처럼 깊어진다. 그것은 결코 폭로될 수 없는 것이다. 벤야민의 말을 빌어 진정한 아름다움은 결코 폭로될 수 없는 비밀로 나타날 때를 제외하고는 결코 파악된 적이 없는 것이기 때문이다.

미적 체험이란 주체가 자신을 확인하는 만족이라기보다는 자신의 유한성에 대한 깨달음에 있다. 아도르노의 이 유명한 명제는 말하자면 일반적인 체험에 날카롭게 대립하는 전율은 자아의 단편적인 만족이 아니며, 또한 일시적 쾌감을 주는 것도 아니다. 오히려 그것은 자아가 후퇴하는 순간이며, 이때 전율에 휩싸이며 자아는 자신의 유한성을 깨닫는다. 그럼으로써 대상의 타자성은 오롯이 보존되는 것이다. 연못의 독서를 깨끗이 읽어낼 수 없음에, 그 숨어버림에 비밀은 깊어진다. 그리하여 비밀처럼 깊어진 연못은 숙명적으로 비밀스러운 것이며, 밝힐 수 없는 불가능성으로 인해 그것에 대한 몰두와 주의가 발생한다. 왜냐하면 욕망이란 나에게 속하지 않는 것, 이를테면 부재하는 것에 대해서 발생하기 때문이다.

연못의 독서를 다 읽어낼 수 없는 유한성에 시적 주체는 물러나고, 연못의 무한성은 비밀스럽게 깊어진다. 말하자면 연못의 독서가 포함하고 있는 궁극의 의미 지점을 벗겨낼 수 없음에 시적 주체는 "비밀처럼 깊어진 연못을 빠져나"오며 자신의 유한성을 깨닫는 것이다. 전통적으로 대상이나 사물은 인식 지평이나 범주 안에서 의미를 부여하는 주체에 의해 의미를 부여받을 때 비로소 의미를 얻게 된다. 사물은 주체의 이성적 활동의 범주와 인식의 지평을 떠나서 그 자체로 의미를 갖지 못한다. 그러나 길상호는 다 벗겨낼 수 없음, 즉 존재가 베일을 벗고 하나의 존재자로 밝혀져 있게 하는 비은폐 내지는 탈은폐로서의 진리와는 반대편에서 대상의 무한성이나 초월성을 읽어내는 것이다.

> 납작하게 눌려 있던 말들이
> 젖은 오후에 대해 중얼거리기 시작했다
>
> 입속을 가득 채운 문장들은
> 씹어도 단물이 배어나오지 않고
> 책장 넘기는 비린 소리를
> 고양이가 쫑긋 귀를 펼쳐 주워먹었다
>
> 빗물이 그려놓은 얼룩이 선명해질 때까지
> 입술마다 흐느낌이 새어나왔다
>
> 다만 표지는 두꺼운 입술로

　　아직 침묵을 유지하고 있었다

　　　　　　　　　　　　　　「물먹은 책」 중에서

　흥미롭게도 3부로 구성된 길상호 시집의 각 부 첫머리는 '책'과 관
련한 시를 배치하고 있다. 「썩은 책」, 「물먹은 책」, 「말 없는 책」이
그것들인데, 그 책들은 썩었거나 물을 먹었거나 말 없는 책이다. 인
용한 시는 그 가운데 한 편인데, 화자는 빗물에 젖어 불어 붙은 책장
을 "아슬아슬 떼"어내며 읽기를 시도한다. 그러나 "납작하게 눌려 있
는 말들"은 "젖은 오후에 대해 중얼거"릴 뿐이며, "입속을 가득 채운
문장들은 / 씹어도 단물이 배어나오지 않"는 무미한 독서일 뿐이다.
물먹은 책은 도저히 읽을 수도 해독할 수도 없는 것이다. 그것은 다
만 빗물에 의해 어떻게 읽어낼 수 없는 얼룩만 선명하게 확인시켜 줄
뿐이다. 물먹은 책은 "입술마다 흐느낌"이나 "중얼거림"으로 새어나오
는 가늠할 수 없이 불투명하고 모호하며, 따라서 해독이 불가능한
"비린 소리"일 뿐이다. 더군다나 "표지는 두꺼운 입술로" "침묵을 유
지하고 있"기 때문에 시인은 그 무엇도 읽어내지 못한다. 이 죽음과
도 같은 침묵은 자기를 결코 내주지 않고, 끊임없이 빠져나가고 달아
나고 숨김으로써 시인의 욕망을 번번이 좌절시킨다. 마치 "오늘을 끊
어낸 자리 내일의 시간을 다시 붙여도" "닿을 수 없는 거리"(「도마뱀」)
처럼 벌어진 균열과 단절은 역설적이게도 대상의 본질을 파악하려는
시인의 끈질긴 주의와 욕망을 부추기는 것이다.

　인간 이성의 정신 활동과 지적 집적물인 책은 시인에게 썩었거나,
물을 먹었거나, 아무 것도 말해주지 못하는 벙어리 같은 것이다. 책
의 죽음과도 같은 무(無)는 시인의 시선을 끊임없이 유혹하는 합일
불가능성의 사랑과 같은 것이다. "죽은 글자들을 위해서는 / 더 깜깜
한 죽음이 필요했다"(「썩은 책」)는 진술에서 알 수 있는 것처럼, 시인

은 궁극의 죽음에서 존재의 근원을 보고자 한다. 그것은 어떤 흔적을 품은 얼룩일 뿐이어서 어찌 말할 수도 도달할 수도 없는 비밀스런 종류의 것, 밝힐 수 없는 것이어서 시인으로서는 침묵하고 물러날 수밖에 없는 노릇이다. 또한 "하얗고 매끈한 혀"로 이미 다 말해지고, 다 폭로된 책은 책이 아니다. 그것은 아무것도 말해주지 않는 책일 뿐이다. 길상호에게 대상은 다 말해질 수 있는 것이 아니다. 따라서 "하얗고 매끈한 혀"로 말해진 책은 "독니를 지닌 문장의 허물"로서 우리에게 "아무 말도 할 수 없"(「말 없는 책」)는 썩은 책에 불과하다.

2

길상호는 최종적 지점을 지향하거나 대상의 은폐된 비밀을 폭로하지 않는다. 탈은폐를 지향하지 않는다. 길상호의 시적 미학은 대상을 "검은 표지로 덮어" 봉인한 채 비밀로 남겨두고, 다만 그저 침묵이 포함한 얼룩을 아프고 고통스럽게 감지할 뿐이다. 무어라 단정할 수 없는 얼룩을 아프게 감지하는 일은 대체로 그것이 자신의 내면으로 깊이 침잠해 내려갈 때 비교적 확연하게 그 실체를 드러낸다. 가령 "얼룩으로 얽힌 거미줄이 또렷이 되살아나 있"는 상처의 흔적을 발견할 때처럼 말이다. 그가 발견한 흔적의 형상은 "흥건하게 젖어든" 자신의 실존적 '흉터'로서 "내 눈에도 거미줄을 이어" "눈꺼풀 속이 밤새 출렁거"(「물방울 거미」)리도록 만든다. 시인은 끊임없이 그 상처의 흔적을 반추해나간다. 시적 대상에 오래 천천히 머무는 관조적 응시가 그의 시 쓰기의 근원을 이루는 것이라면, 자신의 실존의 뒷면, 그 내면의 심연을 고통스럽게 응시하는 태도에서도 동일한 포즈를 취한다.

쓸쓸하게 배가 아픈 밤
손을 따고 들어가보는 방

손톱의 창에 박혀 있던 가시는
곪은 바람을 또 불러들이고

명치에 쌓인 나를 쓸어내리며
당신은 아무 말 없네

「손톱 속의 방」 중에서

길상호의 시에서 대상 속으로의 관조적 침잠은 시간을 고요하게 만들고 정지된 상태를 만들어낸다. 이러한 침잠을 통해 길상호는 자신에게 주어진 실존적 운명의 본질, "나는 다시 나의 손금"을 살 수밖에 없는 운명을 응시한다. 이 응시를 통해 시인은 "손톱의 창에 박혀 있던 가시"가 "곪은 바람을 또 불러들이고" "어둠이 죽은피처럼 고여" 있는 실존의 처연한 지점, 그러니까 "통점을 잃은 상처들이 덧나" "끝도 없이 퍼렇게 번져"(「침엽수림」)나가는 임계점에 도착한다. 길상호의 이러한 시선 탓인지 고요와 정적 속에서 들끓는 그의 시는 고통스럽다. 고통스럽게 아름답다. 고통이라는 부정성으로 말미암아 길상호의 시는 숭고한 깊이, 형용모순이겠지만 고통스런 아름다움을 야기한다. 그는 고통을 어루만지듯 보살피며 시적 대상이나 자신의 운명적 구조의 내면을 감각한다. 이때 그의 시의 아름다움은 매끄럽고, 밝고, 부드럽고, 연한 느낌의 미감과는 전혀 다른 종류의 것이다. 그보다는 거칠고, 어둡고, 딱딱하고, 날카롭고, 부패해가고, 사라지는 질감의 부정적 지각에 가깝다. 고통의 부정성으로 인해 길상호의 시는 공포와 전율에 휩싸이게 하고, 우리를 경악하게 한다.

길상호의 시집은 시인이 대상을 바라보고 대상이 숨기고 있는 내밀한 심연의 결과 흔적을 은밀히 감각하는 데, 그것은 대개 자신의 내면적 상황을 지시하는 것처럼 보인다. 그것은 사물과 현상이 품은 내면을 세심하게 읽어가는 독서 행위와 같은 것으로 시인은 이러한 대상에 대한 내밀한 독서를 통해서 그것이 품은 어떤 비의의 세계를 감각한다. 그가 바라보는 시적 대상은 시적 주체를 타격하고, 시인은 대상이 가하는 타격에 고통스러워하며, 그로부터 자신은 물론이거니와 세계 내 존재를 감각한다. 그 감각은 대개 지울 수 없는 상처의 흔적을 발견하고, 또 고통의 전율로 이어진다. 그 과정에서 그의 시는 고요한 파문을 일으키며, 그의 시의 유별한 시적 음역을 형성하고 울림을 파장해나간다. 그 유별난 시적 음역에는 상처와 고통의 울림이 자리한다.

길상호의 시는 오래 천천히 바라본 결과물이다. 익숙하고 친숙한 것에 천천히 머물러 응시한다는 것은 그에게 시적 대상에 상처를 입히고 고통을 가하는 행위이다. 그의 시집 대부분의 작품에서 상처를 입지 않은 시는 없다. 어쩌면 길상호 시인에게 상처의 부정성은 시적 사유를 촉발하고 양육하며 규제하는 기제처럼 보이기 때문이다. 바르트를 인용해 그에게 상처란 무시무시한 내면성이다. 그에게 상처의 부정성은 본질적으로 고통으로서 그 고통 속에서 부재하지만 현존하는 것으로서의 자신의 실체적인 진실을 발견한다. 그의 시가 보여주는 것은 세계의 모든 대상이 자기 몫의 상처와 고통을 견뎌내면서 '손금'에 새겨진 자기 몫의 운명을 감당해내는 모습이다. 삶은 "한 가닥 희망을 부풀릴수록 / 벽들은 더 두꺼워지는"(「불어터진 새벽」) 헛되고 헛된 욕망과 믿음, "하루를 돌리고 나면 곪은 상처"(「식은 사과의 말」)의 고통에 시달리며 죽음을 향해 나아가는 것이다. 그러나 시인이 노래한 것은 운명적 생존의 쓸쓸한 비극성과 부조리를 넘어 삶과 세계를 진정으로 이해하는 하나의 관점으로 기능한다. 삶의 진

정성은 그 이해가 불안과 허무, 그 비극성을 더하는 것이라도 그것을
깊고 고통스럽게 체험하는 일에서 비롯하기 때문이다.

> 잘못 적어놓은 주소가
> 수취인도 없는 이곳에 나를 데려다놓았다
>
> 수많은 밤 그렇게 도려내도
> 발뒤꿈치에 선명한 아버지의 필적
>
> 세월이 올려놓은 우편료만큼
> 오늘도 상처 옆에 상처 하나를 더 덧붙이고
>
> 내가 뜯어볼 수 없는 내 속이
> 너무도 궁금해 반송하려 해도
>
> 아버지의 주소는 세상에 없다
>
> 「풀칠을 한 종이봉투처럼」 전문

  길상호의 시는 상처의 근원에 뿌리내리고 있다. 그의 시의 비극성
은 "장맛비가 쏟아지던 어느 날 아버지가 그 개"를 "목줄을 질질 끌고
와서는 거울 속에 억지로 집어넣"(「번개가 울던 거울」)는 공포스러운
부성에서 발원하는 것처럼 보인다. 말하자면 그의 시의 비극성은 내
면의 자리에 부성이 불러일으키는 공포스러운 기억으로 채워져 있고,
또 그로부터 유래한 "그늘 가득한" 자신의 얼굴을 "햇빛으로 박박 지
워"대도 "햇빛만 시커멓게 때가" 낄 뿐 "그늘은 지워지지 않"(「그늘진
얼굴」)는 운명의 가혹함에서 비롯한다. 이러한 비극적 인식으로 인해
내일에의 약속은 "기약 없는 내일이 침대 드러눕는"(「알약」) 것처럼
허망하고 막막한 채로 내버려져 있다는 데 있다. 어두운 기억은 발을
묶고 앞날은 지워져 있다. 이와 같은 맥락에서 인용 시는 아버지로부

터 기원하는 삶의 근원적 고통을 환기시킴으로써 돌이킬 수 없는 상실감을 자아낸다. 시인에게 삶은 비극적인 것이고 또 도저히 화해할 수 없는 부정성으로 가득 차 있다.

길상호의 시는 상처로 얼룩져 있고, 상처가 주는 고통으로 인해 비극적이다. 그 비극성은 무엇보다도 자신의 내면과 실존을 규정하는 '얼룩'으로 은유된 "가난한 이름을 데려다 씻"(「배꼽 욕조」)어낼 수 없는 불가능성에서 비롯한다. 인용 시는 시인이 자기 자신과 세계에 대한 절망적 인식이 어디에서 기원하는지를 환기해준다. 시인은 현재의 실존적 조건을 애초부터 "잘못 적어놓은 주소"로 인해 받아볼 "수취인도 없는 이곳"으로 자신을 데려다 놓은 것으로 인식한다. 이를테면 시인은 자신의 의지와는 아무런 상관없이 '이곳'에 버려진 것이다. "발뒤꿈치에 선명한 아버지의 필적"으로부터 유래하는 자신의 실존적 정체성은 도려내버리고 싶은 상처의 흔적으로 구성된 것이다. 아버지의 필적은 지속적으로 시인의 내면으로 개입해 들어오면서 상처를 가중시킨다. 그의 상처와 고통은 아버지의 필적으로부터 유래하며, 그것은 끊임없이 "상처 옆에 상처 하나를 더 덧붙이"면서 시인의 현재적 실존을 구속한다.

그러나 시인은 현재를 살아내기 위해 끊임없이 그 고통을 반추한다. 오히려 그것은 살아내어야 할 시간에 대한 고통스럽고 씁쓸한 자기 확인에 가깝다. 도려낼 수도, 또 자신도 알 수 없는 것이어서 "반송하려 해도" 돌려보낼 "아버지의 주소"는 이미 세상에 없다. 이 어찌할 수 없는 상처로의 삼투 현상은 길상호 시에 빈번하게 나타나는데, 상처에 대한 기억이 현재에 지속적으로 겹쳐지면서 시인의 내면적 고통의 깊이를 절실하게 환기된다. "발뒤꿈치에 선명한 아버지의 필적"은 현재의 감각 속으로 끼어들어 작용하면서 자신의 실존적 조건을 더욱 아프게 지각하도록 한다. 말하자면 상처의 흔적은 과거로에로의 후퇴에 있지 않고, 반대로 과거의 현재에로의 진전에 있다. 다른 말로 이것은 과거의 아픔이 현재가 되었음을 의미한다. 상처와 고통은 따라서 자기 자신의 실존과 세계를 인식하도록 작용하는 것이다.

시인이 호명하는 아버지는 아무래도 정신적이며 초월적 권위의 부성으로서의 아버지일 수도 있겠고 육신의 아버지, 실재했던 아버지일 수도 있겠다. 무엇이 되었든 그 아버지는 끊임없이 화자의 실존적 운명에 억압적으로 개입해 들어온다. 그렇기 때문에 그 아버지는 시인의 현재의 실존을 강력히 규정하는 아버지이다. 초월적 아버지가 되었든, 아니면 실재적인 아버지가 되었든 간에 아버지는 자기 자신의 근본, 기원이 어디로부터 오는지를 지시한다. 아버지는 현재의 고통을 낳게 한 동인으로서 "발뒤꿈치에 선명한 아버지의 필적"은 "빨랫돌이 모두 닳아 사라지지 않는 한" 결코 "물의 족쇄"(「도비왈라」)를 벗어날 수 없는 도비왈라의 신분과도 같은 것이다. 그것은 "손금 사이 찌들어 있던 운명"과 "때가 낀 배꼽 속에도 한 방울"(「무한 락스」)의 락스를 풀어 씻어내고픈, 지워버리고 싶은 얼룩이다. 그러나 "깨끗한 이름으로 살고 싶었으나" 매번 "나는 그만 찢어지고"(「아침에 버린 이름」) 마는 데서 그의 시의 비극성은 한층 깊어진다.

3

상처의 응시를 통한 반추는 결코 행복의 시학에 이르지 못한다. 길상호의 시에서 실존의 기억이 품은 아득한 깊이로 침잠할수록 상처는 덧나고 세계는 어두워진다. 얼룩진 상처의 심연을 들여다보는 것,

기억의 심연을 체험하는 것이야말로 시적 주체의 실존적 운명의 비극적 구조를 드러내기 때문이다. 그의 시의 형식은 압도적일 만큼 자주 상처로 얼룩진 자신의 흔적을 탐색함으로써 자신의 실존적 존재 방식을 탐문하는 방식을 취한다. 시인에게 "현생은 빼내야 할 얼룩 같은 것"(「도비왈라」)이거나 "손금이 키워낸 가시들을 뽑아내다가" 들춰낸 "개미지옥"(「두 개의 무덤」)에서 자기 몫의 삶과 고통을 감당하는 비극적 운명이다. 그러나 그것은 단지 "손바닥 손금 사이 찌들어 있던 운명"적 생존의 쓸쓸한 내용이 아니다. 그보다는 "때가 낀 배꼽 속에도 한 방울 / 락스를 풀어놓고 잠"(「무한 락스」)들 수밖에 없는 운명의 구조를 진정으로 이해하는 것이다. 그 이해가 "핏줄 구석구석 병든 고양이가 울고" 또 "손금 사이사이 썩은 장미"(「아무것도 아닌 밤」)가 피어나는 불안과 공포와 허무, 그리고 상처의 고통을 덧나게 해도 그것을 더욱 깊이 체험하는 일이다. 고통의 부정성은 시인을 자기애적 내면성으로부터 떼어내고, 그럼으로써 고통의 부정성으로 말미암아 오히려 그의 시적 의미를 전율스럽게 빛나게 한다.

> 박쥐처럼 날개를 웅크린 노인들은
> 벽 틈새 끼어 있는 햇볕을 긁어모아
> 굳어가는 관절에 펴 바르고
> 아이들은 식은 입김을 불며
> 눈 속에 동굴의 어둠을 익혔다
> 한랭전선이 자리를 잡은
> 우리들의 마을에서 무럭무럭
> 오늘도 자라는 건 얼음뿐이었다
>
> 「얼음이 자란다」 중에서

길상호의 시편들에는 현실적 시간 속에서 실존적 자아가 고통 받고 절망하고 고뇌하는 모습이 뚜렷이 부조되어 있다. 말하자면 시적 주체가 지닌 상처의 내력과 현재의 비극적 상황, 그리고 「칠월의 무지개」나 「점, 점, 씨앗」 등과 같은 작품에서처럼 미래 시간에 대한 희망 없는 절망적 인식이 지배적인 시세계를 형성한다. 그의 시편들에서 흔하게 등장하는 '비', '물방울', '빗물' 등과 같은 이미지는 자신의 상처로 얼룩진 실존적 흔적을 고통스럽게 각인하도록 기능한다. 물에 젖어 선명해지는 그 지울 수 없는 '얼룩'은 또한 그의 시에 빈번하게 등장하는 '손금'이나 '얼음', '거울'의 이미지 등과 어울리면서 운명의 쓰라림, 고통스런 상처의 흔적을 강렬히 환기한다. 예컨대 '손금'은 벗어날 수 없는 실존적 운명의 억압성과 구속성과 비극성을 지시한다면, 자기 자신을 성찰적으로 반영하는 '거울'의 이미지는 주로 '얼음', '성에', '고드름' 등의 이미지와 어울리면서 분열된 자아의 현재의 차갑고 고통스런 지각을 더욱 뚜렷하게 음각한다.

길상호가 마주한 세계는 "얼음 동굴"과 같이 차갑고 어둡다. 이곳에서는 "추운 잠을 자고 일어나면" "얼음의 순이 한 뼘 더 자라 있"고, "더 날카롭게 칼을 갈며" 고드름은 "아침의 폐부를 찌르곤"한다. 오늘도 "우리들의 마을에서 무럭무럭" "자라는 건 얼음뿐"이다. 이 얼음 동굴에서 "박쥐처럼 웅크린 노인들은" "햇볕을 긁어모아 / 굳어가는 관절에 펴 바르고" 아이들은 "눈 속에 동굴의 어둠을 익혔다"고 진술할 때, 그의 시는 전망부재의 비극성이 압도한다. 이 전망부재의 배경은 인간 실존의 근원적 조건으로서의 부조리성과 무의미성을 보여준다. 이렇게 길상호의 시는 삶과 세계의 비극적 실존의 편향성, 고통의 미학화를 통해 비극적 세계인식을 보여주며, 동시에 실존의 부조리성과 폭력성을 절실하게 담아낸다.

길상호에게 현재적 삶은 어서 벗어나고픈 그래서 영원히 망각 속에 묻어버리고 싶은 긴 천형의 시간이다. 그러나 그는 자신에게 주어진 상처의 고통스런 흔적과 비극성을 외면하기보다는 오래도록 주시한다. 상처의 주시가 비록 고통스럽고 자신의 실존적 상황을 비루하게 하여도 이를 외면하거나 위장하지 않고 성실히 반추하는 노력을 기울인다. 그의 시편들에서 '얼룩'은 심연에 가라앉은 깊은 상처이며, '얼음'은 시인의 실존이 머무는 거처이다. 보통 일반적으로 상처의 주체는 검은 시간으로부터 벗어나려 몸부림친다. 그러나 상처의 흔적은 결코 그를 놓아주지 않는다. 왜냐하면 상처의 흔적은 생의 중요한 일부이기 때문이다. 좀 과장하자면 어둡고 깊은 상처, 그 쓰라린 고통은 주체의 존립 근거가 되기도 한다. 그런 의미에서 길상호의 시는 상처의 흔적이며, 고통의 흔적이다. 그러므로 길상호의 시 쓰기에서 상처와 고통에 대한 응시는 진정한 자아의 근거를 찾아나서는 탐구, 자신의 존재 증명을 어떻게든 현상해내려는 분투에 가까운 것이다.

길상호의 시는 직접적이고 매끄러우며, 부드럽고 안정된 서정적 미감의 아름다운 향유를 거부한다. 그보다는 우리의 감각을 통각으로 이끈다. 그의 시는 상처의 흔적이 유발하는 고통이라는 회로를 거쳐 비로소 우리에게 그 모습을 슬며시 드러낸다. 그의 시편은 즉각적인 도취 없이 천천히 아프게 스며드는 것이다. 그렇기 때문에 그의 시편은 쉽사리 휘발되지 않고 고통스럽지만 깊은 여운으로 남는다. 삶은 상처로 얼룩진 그 고통을 정확히 응시하고 견디며 살아낼 수밖에 없는 것이다. 길상호는 이 고통의 세계를 벗어남으로써가 아니라 정확히 응시함으로써 진정한 삶의 형식을 만나고자 한다.

그립고 낮고 비릿한 서정의 결

─ 고두현의 『달의 뒷면을 보다』·
이중도의 『당신을 통째로 삼킬 것이다』

1. 시 쓰기의 기원

문학작품은 작가가 경험한 개인적인 자전적 요소들과 무관할 수 없다. 이 고전적인 비평적 관점에 의지하면 지난 시간의 주관적 경험은 글쓰기의 원체험을 이루는 것이며, 이것은 현재의 시간과 주체의 의식에 끊임없이 개입해 들어와 글쓰기의 내질을 규정한다. 모든 인간은 영혼을 흔들고 간 시간의 흔적, 그 봉인된 기억의 얼룩진 무늬로부터 결코 자유로울 수 없다. 우리는 지난 시간의 쓰리고 아픈, 아름답고 눈부신 흔적을 떠나서 삶을 살 수 없다. 우리가 지난 시간의 흔적, 기억의 검은 지층이 구성하고 있는 경험적 의미를 응시하고 반추하며 재구성하는 작업은 자기 삶의 정체성과 동일성을 확인하고 정립해가려는 의식 활동의 일부이다. 그러므로 한 시인이 자신의 기억이 오롯이 간직한 시간의 저편으로, 혹은 경험의 깊은 심연으로 침잠해 내려가는 일은 주체의 원초적 자아의 복원, 혹은 바람직한 이상적 세계의 시적 구현이라는 의미를 갖게 한다.

어쩌면 과거 시간의 경험과 기억에 대한 응시는 한 시인의 글쓰기의 기원을 이루는 것이다. 시 쓰기에서 시간에 대한 의식은 시인의 세계에 대한 주관적 인식 태도나 방식과 결부된 문제이므로 그것은 시인이 구축하는 지향된 작가적 의식을 뜻한다. 이를테면 시 쓰기에서 시간 의식은 시적 주체가 지향하는 세계에 대한 어떤 내밀한 의식을 포함하는 것이다. 따라서 시인이 지향하는 시간에 대한 의식은 시에 나타나는 실존적 자의식은 물론이거니와 시적 주체의 세계인식 내지는 현실인식의 양상을 보여주기 마련이다. 왜냐하면 폴 리쾨르(Paul Ricoeur)의 전언처럼 시간 체험이란 현재를 중심으로 과거와 현재와 미래의 균열을 극복하고 통합하려는 정신의 긴장으로 나타나며, 균열을 통합하고 실존적 삶의 연속성을 획득하려는 의지로 시간 체험이 생기기 때문이다.

시간에 대한 한 시인의 의식이 과거 시간의 체험일지라도 그 체험은 항상 현재에서 일어나는 지각된 경험이며, 관념의 산물이다. 그럼에도 불구하고 과거 시간에 대한 기억과 미래 시간에 대한 기대에 의하여 시인은 의미 있는 시간 연속체를 구성하고, 그럼으로써 주체는 실존적 연속성과 동일성을 부여받게 된다. 과거란 과거사에 대해 현재 일어나고 있는 기억의 경험이며, 미래란 미래사에 대한 현재의 기대나 예상된 경험인 것이다. 그러하기 때문에 과거 시간의 경험 사실 가운데 가장 단순한 것에서도 주체의 영혼 전체가 반영되는 시간성을 갖게 된다는 베르그송의 통찰은 경청할 만한 의미를 지닌다. 인간의 시간 의식, 그것이 과거 시간의 경험적 내용일지라도 그것은 시적 주체의 실존적 자의식은 물론이거니와 현실인식의 양상을 반영하는 것이다. 시적 주체는 이러한 연속적인 시간의 경험에 의해 지속적이고 동일적인 자아라는 개념을 획득한다.

고두현의 세번째 시집 『달의 뒷면을 보다』와 이중도의 세번째 시집 『당신을 통째로 삼킬 것이다』는 과거 시간에 대한 경험의 현재적 재구성과 질박한 원초적 삶에 대한 긍정이 주조를 이룬다. 고두현의 시집이 전자에 가깝다면, 이중도의 시집은 후자에 다가 서 있다. 이것은 두 시인의 내밀한 기억과 연관되어 있는 듯하다. 이들 시인의 과거의 시간과 경험에 대한 아련한 기억은 따뜻하고 부드러우며, 또 한편으로는 아프고 아린 고통의 원체험이 자리한다. 두 시인의 시집은 그 시간이 품고 있는, 그 시간이 할퀴고 간 아픈 상흔과 함께 그럼에도 불구하고 온유하고 따뜻한 원형의 기억으로 채색되어 있다. 이들 두 시인의 시집이 보여주는 원형적 경험 세계의 현재적 회복, 혹은 원형적 삶에 대한 옹호와 때 묻지 않은 보편적 삶의 양상에 대한 지향성 아래에는 아프게 아름다운, 그립고 낮고 비릿한 삶의 체온이 시세계의 중심에 자리한다. 그것은 눈부시지만 아프고, 고통스럽지만 삶의 원형적인 모습을 아름답게 간직한 세계이다. 그들의 시는 우리의 기억과 원체험의 서정적 현재화에 가깝다. 현재화된 언어의 풍경은 적막하고 고요하며 평화롭고 안온하다. 하지만 그 안에는 언제나 삶의 남루와 막막함과 비릿한 정경이 짙게 배어 있다.

2. 시원으로의 망명

삶이 쓰라리고 막막할 때, 현실이 고단하고 남루하게 다가올 때, 근원의 부재와 결핍이 엄습할 때 피안의 삶에 대한 초월적 관심으로 주체를 이끌며, 그것은 대개 시원의 인류학적 원형을 닮아 있다. 하이데거의 적절한 표현처럼 현대인은 모두 고향을 상실한 존재이다. 신을 저버린 현대인은 모두 일종의 실향민이라는 견해를 상기하지 않더라도 자연은 인간에게 항상 잃어버린 낙원, 황금시대의 표상 역할을 해왔다. 고두현의 시집에서 근원의 부재와 결핍, 근원으로부터 떨어져 나온 상실감이 낳은 유토피아적 전망은 잃어버린 행복의 시

간들을 간직한 시원의 남해 바닷가 연안의 "물건방조어부림"과 같은
원초적 공간을 지향한다. 남해 바닷가 연안의 원초적 공간은 모성의
힘과 기억이 지배하는 곳이며, 그곳에 대한 그리움과 동경은 고두현
시의 주조음을 형성한다.

근원으로부터 추방되었지만 그곳으로 다시 돌아가길 원하는 인간
은 자연으로 시선을 돌린다. 고두현의 시집에서 자연은 인간의 고향,
이때 고향으로서의 자연은 단순히 잃어버린 낙원의 대용품이라는 소
극적 구실에 머물 수도 있지만 다시금 적극적으로 회복해야 할 영역
이란 의미를 지닌다. 인류가 낙원을 상실한 이후 동경하는 원초적 공
간은 흔히 훼손되지 않은 숲이나 바다와 같은 공간으로 표상되어 왔
다. 숲이나 바다는 신화와 전설을 오롯이 간직한 마법적 공간이며 모
성의 힘이 지배하는 자궁과 같은 곳이다. 그곳 숲에서 자라는 나무는
대지에서 태어나 빛과 공기에 의해 풍요로워지는 수직적 존재이며,
그 바다는 태초의 생명을 잉태하고 탄생시킨 모성과 신성의 힘으로
풍요로운 곳이다. 남해 바닷가 어부림의 신성함이 영롱한 빛으로 발
산하는 듯한 아래의 시는 고두현의 시 쓰기가 어디에서부터 발원하
는지를 지시해준다.

> 그 숲에 바다가 있네
> 날마다 해거름 지면
> 밥때 맞춰 오는 고기
>
> 먼 바다 물결 소리
> 바람 소리 몽돌 소리
> 한밤의 너물까지 그 숲에 잠겨 있네
> 그 숲에 사람이 사네
> 반달 품 보듬고 앉아
> 이팝나무 노래 듣는

당신이 거기 있네
은멸치 뛰고
벼꽃 피고
청미래 익는 그 숲에 들어

한 천년 살고 싶네
물안개 둥근 몸
뽀얗게 말아 올리며
천년을 하루같이
하루를 천년같이.

「천년을 하루같이 – 물건방조어부림 1」 전문

초시간적 영원성을 느끼게 하는 위의 시는 유년의 기억 먼 지층에 자리한 시원의 공간을 방문해 그 신성한 내부를 재생해 놓은 듯한 느낌이 감돈다. 숲가에 바다가 있고, 바닷가에 숲이 펼쳐져 있다. 남해면 바닷가 끝자락에 위치한, 그래서 일상적 의식 저편에 존재하여 우리가 찾지 않으면 발견하거나 경험할 수 없는 시원으로서의 물건리의 방조 어부림은 시간이 정지한 듯한 영원성의 원형적 공간이다. 그리하여 시적 주체가 인도한 세계는 바닷가 숲이며, 그곳은 분열과 모순이 사라진 신성한 성소로 현현한다. 그곳은 생명과 모성의 온유함과 풍요로움으로 가득한 시원의 아우라가 아직도 존재하는 곳이다. 시인은 그곳을 항상 잊지 못하며, 그 바닷가 연안의 풍경이 감추고 있는 비밀스런 내부를 들여다보고 바람에 찰랑이는 물빛처럼, 햇빛에 일렁이는 나뭇잎처럼 반짝이는 영원 속으로 합일해 들어가는 충일한 떨림과 기쁨을 전해준다.

지극히 간명한 서정적 어조로 생명의 영원성을 간직한 "물건방조어부림"은 우리의 일상 저편에 있는 아늑한 꿈과 생명의 원시림으로 우리를 이끈다. 그가 꿈꾸는 초월적 대상으로서의 '당신'이 존재하는 그곳은 세속의 온갖 잡다함과 번민이 무화된 시간, 시간이 정지한 초역사적 시간의 영원성이 존재하는 세계이다. 그리하여 충만한 생명과 고양된 감각을 한꺼번에 느낄 수 있게 해준다. 그 느낌은 고요함과 평화로움, 생명으로 꿈틀대는 내적 충일감과 따뜻하고 온유한 안정감이다. 화자는 어부림이라는 숲과 나무, 바다와 반달, 마을과 사람, 은멸치와 청미래, 바람 소리와 몽돌 소리가 조화롭게 공존하는 생명의 신비적 질서와 그것이 동심원을 그리며 퍼뜨리는 울림에 귀 기울이게 한다. 화자는 이루 헤아릴 수 없는 고요함과 평화로움, 그리고 온화한 감정과 충일한 생명의 약동을 그리면서 우리로 하여금 가시적인 현실 저편에 자리한 잃어버린 낙원의 그 신비적인 질서에 동참하기를 권유하는 듯하다. 그곳은 일체의 비본질이 제거된 순수 상태이자 현세적인 시간의 분열과 단절, 세속적 욕망과 모순이 무화된 초시간의 영역을 환기한다.

> 내가 그토록 가닿고 싶었던
> 바다 건너 땅 끝에서
> 여태까지 가장
> 오래 바라본 곳
>
> 「집 우(宇)), 집 주(宙)」 중에서

바닷가 연안의 삶에 대한 연민어린 시선과 맨 얼굴로 여기에 함께 스며들어 섞이고자 하는 몸부림은 연안의 삶이 자신과 다르지 않다는 동질감에 근거하고 있다. 그곳은 시인의 뿌리이며 존재를 증명해주는 원형적 장소이다. 화자 자신이 그토록 가닿고 싶었던 곳이며, 자신이 지금까지 가장 오랫동안 한결같이 염원해온 시원의 공간이다. 그곳은 "남해 서면 정포리 우물마을"로 표상된 화자의 고향과 같은 곳이다. 그곳은 "윗물과 아랫물이 서로 껴안고 / 거룩한 몸이 반짝이

는 땅"(「정포리 우물마을」)으로서 "가난한 밥상에도 바다는 찰랑대고
/ 모자라는 그릇 자리 둥근 달이 채워 주"(「혼자 먹는 저녁」)는 내적
충일의 공간, 현실의 모든 모순과 갈등, 고통과 혼돈, 분리와 대립이
폐절된 낙원으로서의 공간이다. 그곳은 어머니의 자궁과 같이 생명
을 잉태하고 양육하는 시원의 장소로서 원형적 생명의 신비적 질서
가 지배하는 곳이다. 그곳에는 생명을 잉태하고 양육하는 숲이 있고,
바다가 있고, 우물이 있고, 아버지와 어머니가 있다.

> 간간이 베갯머리 몽돌밭 자갈 소리
> 잘브락대는 파도 소리 귀에 따숩던
>
> 그 집에 와 다시 듣는 방풍림 나무 소리
> 부드럽게 숲 흔드는 바람 소리 풍경 소리.
>
> 먼 바다 기억 속을 밤새워 달려와선
> 그리운 밥상으로 새벽잠 깨워주던
>
> 후박나무 잎사귀 비 내리는 소리까지
> 오래도록 마주 앉아 함께 듣던 저 물소리
> 　　　　「그 숲에 집 한 채 있네 - 물건방조어부림 2」 중에서

　　고두현의 시집에서 숲과 바다에의 상징적 지향성은 "물건방조어부
림"에서부터 "백양나무숲", "앵강다숲길", "대숲"으로 변주되어 등장하
면서 시집의 주요 의미를 형성하는 데 크게 기여한다. 그 숲은 대개
바닷가 연안에 위치해 있으며, 시인의 기억과 서정을 구성하는 주요
세목으로 기능한다. 자연 대상물 가운데 숲은 어머니의 자궁과 같은
공간이다. 숲은 온갖 동식물의 생명을 잉태하고 양육한다. 숲은 식물
의 자궁이며, 자연의 자궁이다. 그리하여 숲은 모태처럼 편안하고 안

락하다. 화자는 파도에 쓸리는 몽돌소리, 물소리, 바람소리가 나무와
풀과 꽃이 어우러지는 원초적인 근원을 꿈꾼다. 반복하지만 그곳은
모성의 힘과 보호가 자리하는 모태와도 같은 공간이다. 그 바닷가 고
향의 숲에서 자라는 나무는 대지에서 태어나 빛과 공기에 의해 풍요
로워지는 수직적 존재로서 마치 한 그루 우주 나무로서의 신화성까
지 획득하고 있다.

그러나 그곳은 마냥 행복한 공간이라기보다는 아릿한 아픔과 상실
의 고통이 함께 자리하는 곳이기도 하다. 그것은 대개 아버지의 불운
과 그에 따른 어머니의 고단한 노동으로 인해 생성된 어두운 기억이
다. "평생 겉돌다 돌다 온 메기 껍질처럼 / 몸보다 마음 더 불편했을
아버지"의 비운이 불러온, 그리하여 "목이 메기도 하던 그런 풍경"(「
아버지의 빈 밥상」)이기도 하다. 이런 연민과 동정의 정서는 자전적
경험 영역을 넘어 외부로 향하기도 하는데, 그것은 시집 3부에 집중
적으로 배치되어 보편적 삶이 포함하고 있는 비운과 불우한 삶에 대
한 따뜻한 시선의 시들에서 여실히 드러나 있다. 세월호의 참상에 대
한 「성(聖)수요일의 참회」, 제3세계의 가난한 사람들을 외면한 채
자신의 호사와 포식을 성찰하는 「김밥천국」이나 「네토피아 가상 제
국」 등속의 작품일 것이다.

고두현의 시집에서 사적 경험의 개인적 회상과 재생의 문법은 우
선 자기 자신에게로의 내면적 침잠이라는 회로를 거쳐 인간의 삶이
공유하는 어떤 눈물겨운 사랑과 감동을 발견하는 일이다. 그의 시에
서 서정의 질감은 행복했던 시절에 관한 기억과 함께 주림과 표랑,
부재와 결핍이라는 헐벗은 시간이 한 켠에 자리하고 있는 것이다. 그
러나 시인은 현재를 살아내기 위해 끊임없이 기억을 반추하고 내일
을 탐색한다. 그럼으로써 그는 개인적 경험의 영역에 함몰되지 않고

인간 삶의 보편적 정황을 인지하고 삶을 견뎌내고자 한다. 이 견딤이
의지하는 대상이 곧 남해 바닷가 고향의 숲이라는 시원이다. 그리하
여 이 시원으로의 망명은 현실적 삶을 그럼에도 불구하고 버텨내게
만드는 생명의 내면적 리듬이 충일한 공간이다. 그 시원에는 원시적
생명의 리듬과 심성이 그대로 숨 쉬고 있기 때문이다.

3. 비릿한 삶으로의 기투

이중도의 시집은 바다와 흙을 품고 사는 남루한 변경의 삶, 낮고
비릿한 풍경에 집요하게 천착해 있다. 그의 체험 영역은 '통영'의 바
닷가 가파른 시간이 켜켜이 쌓아 놓은 삶의 황폐함과 막막함, 그리고
그러한 삶을 지탱하는 연약하지만 끈질긴 힘 - 바다와 흙, 여성과 민
초들이 지닌 생명의 의지에 대한 탐구로 채워져 있다. 통영 연안을
중심으로 질박하게 파생되는 그의 시는 비릿한 바닷가 연안의 삶에
대한 어떤 사회적 환기를 목적으로 하거나 따뜻한 추억의 공간을 재
구성하기보다는 허허롭고 어둡고 황폐하고 시린 삶을 견디며 살아낼
수밖에 없는 운명에 대한 소묘에 가깝다. 그 소묘는 담담하고 섬세하
기보다는 투박하고 때로는 격정적이다. 그 소묘는 또한 거친 사투리
와 서사성이 짙은 사설의 언어를 통해 형상화한다.

이중도 시인이 그려내는 통영의 비릿하고 질박한 삶의 풍경은 아
름답기보다는 아릿하고 비린, 낮고 흐릿한 슬픔의 정서를 환기시킨
다. 그것은 마치 잘 다듬어지고 세련된 청자 빛에 감도는 우아미라기
보다는 항아리나 질그릇이나 토기가 품은 질박하고 투박하며 다소
거친 질감을 느끼게 하는 종류의 것이다. 이를테면 그의 시집은 세속

적 삶의 남루와 비애, 비리고 시린 삶의 운명적 구조를 껴안으려는 통속적 가락이 주조음을 형성하고 있다. 그것은 인위적 조작이나 지적 관념, 서정적 아름다움과는 거리가 먼 몸을 통해 울리는 육성의 가락이라 해도 좋겠다. 통속적이란 어느 시인이 말하건대, 세상과 통해 있음을 의미한다고 했지만 이중도의 시야말로 세상의 세속적인 삶과 통해 있다. 이런 까닭에 그의 시는 낮고 비릿한 변방의 세상에 마음 주고 그 변방의 남루한 삶과 함께 살을 섞는다는 의미에서의 통속성이다. 그것을 나는 낮고 비릿한 삶으로의 기투라 부르고 싶다.

이중도 시인은 세상의 남루와 고통과 삶의 질곡을 가감 없이 드러내고, 그러면서 타자의 상처를 부비고 어루만지고 살을 섞는다. 그의 시는 변경의 삶이 환기하는 남루하고 질박한 시간에 대한 시적 언어의 친화력을 보여준다. 그러한 언어를 통해 진정한 자아는 물론이거니와 보편적 삶의 운명의 구조를 발견하고, 여기에 삶의 의미를 부여할 뿐만 아니라 현재를 견디고 버텨낼 수 있는 근거와 힘을 부여한다. 아울러 그의 운명의 구조에 대한 응시는 현실을 무화하려는 것이 아니다. 그의 운명론은 삶의 피동성을 지시하지 않으며, 물리적인 현실의 실재를 부정하는 것이 아니다. 오히려 그것은 살아내어야 할 시간에 대한 고통스럽고 쓸쓸한 자기 확인과 각성을 견인한다. 그의 운명론은 상처받은 사람들의 대지에 뿌리를 내리고 있다. 그 중심에 '흙'과 '바다'와 '여성'이 있다. 이것들은 모두 원형적 생명성과 포용성을 오롯이 간직하고 있는 대상으로서 일체의 인위와 문명, 관념과 지식, 권위와 지배, 위계와 억압이 배제된 분별없고 경계없는 사랑과 수평의 평등 세계이다.

물의 찌끼만 남은 노년의 시래기들 난민처럼 흩어져 있습니다 수직의 삶은 여기 없습니다 수직의 삶이 기어오를 벼랑도 수직의 삶이 바라

볼 만년설이고 있는 산정도 여기에는 없습니다 삶을 수직으로 밀어 올
릴 끓는 물도 여기에는 없습니다 이곳에는 수평의 삶들 벼 그루터기같
이 총총히 박혀 있을 뿐입니다 이들 마구 그림자 늘여도 붉은 흙 따뜻하
고 넉넉할 뿐입니다 늘 혼자인 당신의 그림자 포근히 깃들일 가슴 하나
먼 산 너머 바라보고 있을 뿐입니다

「이곳에는」 중에서

　왕도 양반도 아니고 충성된 종도 아닌 내 형편에는 돼지고기 오리
고기 구워 배 터지게 먹고 낮잠 자다 소나기 맞는 평상 하나가 사치입
니다 우주와 터놓고 지내는 혼도 자도 본이름도 없는 평상 하나가 내
무위입니다 모자라는 놈 실성한 놈 말 더듬는 놈 한쪽 다리 짧은 놈
왼손잡이 곰배팔 태몽 없이 태어난 놈 운명이 비빔밥이 된 놈 모두
들락거리는 평상 하나가 내 이념입니다

「평상」 중에서

　분별없이 뭇 존재에게 따뜻한 사랑과 평등한 시선을 골고루 나누
어주고 있는 위의 시는 이중도 시인이 지향하는 세계를 가늠하게 한
다. 화자의 시선은 어떤 권위나 권력도 지니지 못한 무지하고, 게다
가 우리가 정상이라 생각하는 형상에서 벗어나 있는 불구적이며 소
외된 존재에게 닿아 그 내부로 스며든다. 이런 뭇 존재들은 단 한 번
도 세계의 중심을 차지하지 못했지만, 그럼에도 불구하고 삶의 가장
척박한 중심을 버티고 선 존재들이다. 이를테면 그의 시는 차고 매운
바람에 "물의 찌꺼기만 남은 노년의 시래기들 난민처럼 흩어져" 바짝
엎드린 형국의 삶과 "세상은 발기하는 것만 가르치는데 발기하지 못
한 생"(「황토밭」)의 운명에 바치는 애틋한 연가이다. 시인은 "우주와
터놓고 지내는 혼도 자도 본이름도 없는 평상 하나"의 세계가 자신이
지향하는 가치이며 삶의 궁극적 귀의처임을 언명하면서 자신의 시적
지향점이 어디인지를 지시한다. 그곳은 평상의 세계로서 귀천도 경
계도 분별도 위계도 없이 "모자라는 놈 실성한 놈 말 더듬는 놈 한쪽

다리 짧은 놈 왼손잡이 곰배팔 태몽 없이 태어난 놈 운명이 비빔밥이 된 놈 모두 들락거"릴 수 있는 평상으로 환유된 평등의 세계이다.

이중도의 시적 관심은 '술 취한 망나니', '백발 거지', '실성한 동무'(「실성한 주막-사랑의 전설 2」), 한 평생 "개망나니 지아비 진창에 싸질러 놓은 하루치 생"을 수습해오며 지금까지 "갯벌 한가운데 기역자로 굽어"(「적덕 고모-사랑의 전설 3」) 조개 캐는 적덕 고모, "비린 꽃잎 덕지덕지 붙어 있는"(「늙은 철선」) 늙은 철선의 수부들, 재래시장 바닥 몸뻬 입고 앉아 있는 할머니(「당신을 통째로 삼켜버릴 것이다」)가 지닌 낮고 비릿한 변방의 척박한 삶에 바쳐지고 있다. 척박한 변방의 삶을 수용할 수 있는 타자에 대한 아량과 포용, 동정과 환대의 세계, 평등과 사랑의 세계에 대한 시적 지향은 소외되고 잊혀진, 쇠락하고 소외된 사람들의 남루하고 고단한 삶을 연민어린 시선으로 돌보게 한다. 그의 시선은 "패각을 만져 패각이 된 손들이 사는 바닷가" "막막한 길의 목덜미"(「겨울 아침」)를 따뜻이 쓰다듬고 끌어안는다. 그리하여 질기고 가파른 생을 대변하는 '서피랑'과 갯마을 '텃개', 통영 연안에서 이루어지는 민초들의 삶에 대한 소묘는 허위와 가식, 권위와 귀천이 제거된 원초적 생명의 세계이다.

이중도 시인이 주목한 시적 대상은 비릿한 바닷가에서 한 평생을 어부나 선원으로, 수리공이나 생선 장수로 사는 삶이다. 그러나 시인은 그 변두리의 삶을 규정하는 사회적 조건을 묻거나 거기에 분노하지 않는다. 이 변두리 생에 대한 시인의 연민은 연민의 차원을 넘어 거의 주체와 타자의 경계가 구별되지 않는 세계를 지향한다. 그는 그들의 삶, 그들의 남루, 그들의 상처를 몸으로 껴안는다. 그의 이러한 시적 분투는 때 묻고 덧칠되어 더럽혀지고 보이지 않는 세계의 밑그림을 복원하려는 움직임, 원형적 생명의 기억을 품은 잊혀진 삶의 흔적들의 숨결을 발굴하고 재현하려는 몸부림이다. 그것은 마치 "흙을 똥을 살을 피를 전쟁을 말 못하는 소의 배를 / 일일이 만져 지문 지우며 스며든 지혜"(「충무농기계수리센터-섬 3」)와 같은 순수한 본질에의 파고듦으로써, 삶의 본질과 의미를 길어 내려는 노력이다. 시인은 삶을 가장 척박한 것으로 드러내면서도, 그것을 긍정하고 삶에의 의지를 확인한다. 그에게 있어 척박한 세계로부터 오는 삶의 허무주의적 성격에 대한 긍정은, 허무에 대한 긍정으로 귀결되기보다는 삶의 긍정으로 나아가는 것이다. 왜냐하면 척박하고 헛된, 쓰리고 아린 삶의 시간을 긍정할 수 있을 때 그 안에서 주어진 운명의 의미를 길어 올릴 수 있기 때문이다. 우리는 이러한 시인의 태도를 운명에 대한 사랑이라고 부를 수 있을 것이다.

> 고구마 넝쿨 모두 걷어낸 발가벗은 흙은 살아 계실 적 어머니 마음의 나신 같습니다 참 신기하지요 여인은 어머니가 되면 흙이 됩니다 누가 가르쳐 주지 않아도 스스로 흙이 됩니다 쑥쑥 자라 큰 열매 맺어라 세상은 발기하는 것만 가르치는데 발기하지 못한 생은 죽은 고목에 붙어서 버섯처럼 살아가야 한다고 간도 쓸개도 없이 살아야 한다고 해도 달도 없이 살아야 한다고 으름장을 놓는데 밭이 되라고 흙이 되라고 아무도 가르치지 않는데 세상의 모든 어머니는 스스로 흙이 됩니다 슬그머니 들어가 밟아 보는 붉은 밭 한 뙈기 성자의 붉은 혓바닥 같습니다 목소리 쩌렁쩌렁합니다
>
> 「황토밭」 중에서

이중도의 척박한 삶의 운명에 대한 시적 천착은 한탄이라는 문맥을 거드리는 것이 아니라 오히려 삶의 운명을 껴안고 그 운명을 견뎌 나가는 삶의 의지를 드러낸다. 이러한 태도는 자신의 실존적 조건을 정직하게 바라보고, 그것을 통해 삶의 좌표를 탐색하려는 시적 태도로 볼 수 있을 것이다. 이는 삶은 막막하지만 견디며 살아낼 수밖에

없다는 인식과 맞닿아 있는 것이며, 이 현실의 시간을 벗어남으로써
가 아니라 견딤으로써 진정한 삶의 형식을 만나고자 하는 태도이다.
그러므로 시인에게 바닷가 연안은 감옥이라기보다는 헤쳐 나가지 않
으면 안 될 삶의 질곡, 발목을 붙드는 쓰라린 시간들에서 과거로부터
지속되어 온 생명의 끈질긴 연속과 연대가 생성되는 곳이다. 시인은
그것을 흙이나 여성성(모성)에서 구한다. "여인은 어머니가 되면 흙"
이 되고 "목소리 쩌렁쩌렁"한 "성자의 붉은 혓바닥"으로 생명을 관장
한다.

　이중도의 시에서 여성(모성)과 흙은 생명을 잉태하고 양육하는 의
미로서의 동일지정이다. 예컨대 "한여름까지 기어 오다 보니 새삼 깨
닫는 것은 여자의 후손이라는 것", 그것은 "흙으로 지어졌다(「새미-
텃개 2」)는 언술에 잘 나타난 있다. 흙과 여성은 모든 생명의 원천이
며 본원적 귀의처이고 탄생의 지점으로서 삶의 근원을 지탱해주는
생명의 순환성과 전체성으로 형상화된다. 생명의 본원적 처소로서
흙과 여성은 무수한 생명을 낳고 기른다. 그의 시에서 흙의 정기와
기운은 생명에 숨을 불어넣는 원천의 에너지이다. 이러한 시적 인식
은 "해를 달을", "빗질한 토기"와 "토기에 담긴 커다란 알을", "흙으로
빚은 소 같은 사람들을" "낳을 것만 같은", "고대 왕비의 / 성기 같은"
(「갈아엎어 놓은 논」) 흙의 원초적 생명력을 노래하거나 "이 땅을 이
고 여기까지 온 것은 저 너덜너덜해진 여인들"(「여인」)을 노래할 때
와 마찬가지이다. 그의 시에 나타나는 흙, 밭떼기, 황토밭, 흙 마당,
갯벌, 밤, 여인, 새미(샘), 처녀, 성욕, 자궁, 성욕, 식욕의 이미지는 모
두 이와 연관되어 있다. 원초적 본능으로서의 세계, 육체성에 대한
욕망은 결국 기존의 지배질서나 현실원칙에 대한 도전과 파괴로 해
석될 수 있을 것이다. 따라서 이중도는 음식과 성적 욕망의 카니발리

즘을 통해 생명력을 더욱 가속화하고 모든 확정된 삶의 질서와 구획을 전복시켜 원초적 생명을 회복하려는 태도를 지향한다.

4. 원적(原籍)의 세계

고두현과 이중도 두 시인이 시집을 통해서 보여주는 세계는 자기 몫의 고통을 견뎌내면서 자기 몫의 삶을 감당하는 자신을 비롯한 보편적 사람들의 운명이다. 그러나 두 시인이 노래한 것은 단지 생존의 운명적 쓸쓸함만이 아니다. 그것은 삶을 진정으로 이해하는 태도이며, 그 이해를 통해 더욱 깊게 체험하는 일이다. 두 시인이 보여주는 바닷가 연안의 풍경에는 현실의 질곡과 삶의 남루가 배어 있지만 그것은 원초적 시간의 기억, 생명의 재생이라는 기억을 품고 있다. 그 기억에는 현재적 경험 세계에 가려져 있는 진실한 세계, 삶의 근원적 알갱이, 비릿하고 축축한 자궁에 깃든 삶의 원형이다.

고두현과 이중도 두 시인의 시집에서 서정의 원적을 이루는 언어들은 그곳 시원으로 돌아가려는 그리움이며, 파닥거림이며, 떨림이며, 글썽임이며, 삶에 대한 애틋한 사랑이 녹아 있다. 그들 시 쓰기의 기원을 이루는 원적의 세계는 아프고 아리고 빈궁한 세계이기도 하다. 두 시인의 시집은 자본주의적 삶의 혼돈과 가변성 저 너머에 위치한 자연-'남해'와 '통영' 연안의 숲과 바다, 흙과 나무, 갯벌과 모성이 품은 생명력의 정체감과 존재의 귀속감을 환기한다. 두 시인이 천착하고 있는 바닷가 '남해'와 '통영'이라는 원적으로의 귀소는 도피이기보다는 삶의 고달픔과 아름다움을 동시에 일깨우는 기억으로의 망명처럼 보인다. 이 시원으로의 망명, 과거 시간과 공간의 현재적 호출, 원초적 삶의 맨 얼굴에 대한 시적 천착은 그립고 낮고 비릿한 바닷가 삶, 남해의 어부림과 통영의 바닷가 연안이 품은 서정으로 귀환하여 삶을 긍정하려는 애틋한 안간힘이다.

이들 시인의 시집은 삶과 세계에 대한 본질적이고 진지한 성찰로 이끈다는 점에서 유의미하다. 그들의 시는 삶의 근원적 슬픔을 환기시킴으로써 돌이킬 수 없는 상실감을 자아내기도 한다. 그러나 그보다는 삶은 비극적인 것이지만 부득이 수락할 수밖에 없는 것이기도 하다는 전언이 그들 시의 행간에는 숨어 있다. 두 시인은 공동체적 삶에 대한 각별한 관심과 윤리적 열정을 버리지 않고 꾸준히 나아가고 있다. 고두현이 개인적 회상의 회로를 거쳐 세계성에 대한 통찰로 나아간다면, 이중도는 "오랑캐 수놈 같은 알몸으로"(「성탄 아침」) 현실적 삶과 연대할 것이다. 이들은 과거 시간으로부터 켜켜이 쌓여 이어져온, 혹은 과거의 시간이 누적된 현실이 비록 고통스럽고 남루하기 이를 데 없다 하여도 이를 외면하거나 위장하지 않고 성실히 반추하는 노력을 기울인다. 이러한 정직한 시선이야말로 그들의 시에 진정성을 부여해주는 가장 큰 덕목으로 기능한다.

검은 기억의 시간

　- 한용국의 『그의 가방에는 구름이 가득 차있다』·
박완호의 『너무 많은 당신』

1. 검은 시간의 기억

　지상의 모든 인간은 자신의 영혼을 흔들고 간 시간의 흔적, 그 봉인된 기억의 원적으로부터 자유로울 수 없다. 우리는 누구나 영혼을 아로새긴 지난 시간의 기억, 그 켜켜이 번져 있는 얼룩과 흔적의 무늬로부터 삶이 끝날 때까지 벗어날 수 없다. 과거의 기억은 끊임없이 현재의 실존에 개입하고 한 주체의 개인성을 구성하는 강력한 요소로 작동하는 것이다. 이렇게 인간이 지난 경험의 기억이 지닌 의미를 응시하고 그것을 현재적으로 재구성하는 작업은 기억의 주체가 자기의 삶과 실존적 정체성을 재정립해가는 과정으로 볼 수 있다. 또한 자신의 정체성을 구성하는 기억의 경험, 그 어두운 심연의 깊이 속으로 굴착해 들어가는 태도는 자아의 회복 내지는 실존적 근원의 자기 동일성 확인이라는 의미와 관련되어 있다.

　기억은 힘이 세다. 기억은 지금 나의 영혼과 정체성, 실존적 현재성을 구성하고 미래를 예기하게 한다. 과거의 기억은 현재에 일어나고 있는 지각 경험이고, 미래의 예기는 현재의 기대나 예상이기 때문이다. 기억의 검은 지층을 뚫고 들어가는 지난 경험의 탐사, 시간의 무늬를 장님처럼 더듬는 일은 시 쓰기의 한 기원을 이루는 것이기도 하다. 동시에 그러한 행위는 지속적이고 동일적인 자아의 관념을 획득하려는 작업의 일환으로 볼 수 있다. 따라서 기억에 대한 의식은 시적 주체의 실존적 자의식은 물론이거니와 자아가 지향하는 의식, 또는 실존적 동일성을 확인하는 것이어서 오롯이 한 시인의 시세계를 형성하고 규제하는 중요 요소가 되는 것이다.

한용국 시인의 『그의 가방에는 구름이 가득 차 있다』와 박완호 시인의 시집 『너무 많은 당신』은 시간의 흔적으로 켜켜이 쌓인 기억의 무늬를 더듬고 탐사하면서 자신의 실존적 자아를 확인하는 시적 도정을 담고 있다. 시간에 대한 의식은 공간에 대한 의식처럼 인간의 의식을 형성하는 요소로 작용한다. 이에 관해 한스 마이어호프는 우리가 어떤 존재인지 오직 확실한 점은 우리가 시간 속에서 존재하고 시간을 통하여 존재한다는 것뿐이라고 말한다. 그러므로 인간의 경험과 의식의 반영이라 할 수 있는 시에서 시간은 세계와 존재에 대한 인식의 내적 질서를 긴밀하게 형성하는 요소로 기능한다. 두 시인은 과거 시간의 경험으로부터 현재를 바라보고, 자신의 정체성을 지속 확인하며, 과거의 기억을 통해 미래의 실존을 예기한다.

2. 검은 기억의 현재적 지속

주관적 시간의 경험에서 과거를 현재에 지속시키는 고리는 기억이다. 후설에 따르면 과거와 현재와 미래를 이어주는 기억은 실제의 과거 그 자체가 아니다. 기억은 과거와 현재를 연속시키는데, 기억 속의 과거는 일종의 추상화된 과거로서 실제로 일어났던 사건과 경험의 재현이 아니라 현재적으로 의미화되고 변형된 정서로 재현되는 것이다. 말하자면 기억은 사건의 한 가지 측면만 가지고 이루어지는 것이 아니라 사건의 여러 가지 측면이 골고루 작용하여 이루어지는 것이다. 기억은 단순히 현재 지각된 대상의 사물에 지배되지 않고 능동적으로 대상에 작용하여 보다 많은 의미를 부여한다는 것이다. 한용국의 시는 아마도 유년의 가난하고 척박한 변두리 삶과 그곳에서 떠난 현재적 삶도 그와 별 다름이 없다는 인식에서 기원하는 것처럼 보인다. 과거의 기억은 끊임없이 현재적 상황으로 의미화되면서 그의 시의 내적 형질을 결정하도록 작용한다.

> 어쩌면 거대한 수정란이었던 걸까
> 육십 촉 필라멘트가 끊어질 때마다
> 꿈의 겨드랑이 한쪽이 간지러웠다
> 까무룩 허기 속으로 잦아들면
> 금 간 벽마다 빗물 스며든 흔적이
> 피워 낸 상형문자들, 쥐 오줌 지린
> 벽 속에선 무언가 예감하고 있는 듯
> 녹슨 배관이 그르렁거리며 울었다
> 밤이면 하늘이 지붕을 끌어당기는지
> 죄 없는 창문만 덜컹덜컹 흔들어 대던
> 그 집, 부화 중이었는지도 모른다
> 아버지 헛기침에 수은주가 올라가고
> 낯선 구름들 문밖에서 웅성거리던
> 낡은 집, 고픈 새벽잠 깰 때마다
> 이유 없이 부르튼 입술에 침을 바르던
> 나도, 이 생으로 홀연히 튕겨 나온 것이다
>
> 「옛 집터에 서면」 전문

한용국 시인에게 현재 자신의 삶과 실존을 지배하고, 또 그렇기 때문에 그의 시 쓰기의 어두운 기원을 이루고 있는 원체험은 아마도 유년의 헐벗은 기억과 남루한 생존의 시간들이다. 과거는 지나갔지만, 그것은 현재에 지속되면서 나의 실존성을 강력히 규정한다. 화자는

지금 유년의 추억이 깃든 "옛 집터에 서" 있다. '집터'라 한 진술에서
느낄 수 있듯이 어린 시절 깃들어 살던 옛집의 원형이 사라지고만 빈
터에서 유년의 기억을 상기한다. 그가 상기한 유년의 옛집 풍경은 낡
고 을씨년스러우며, 정서의 질감은 눅눅하고 어둡고 허기에 차 있다.
그렇기 때문에 그의 과거 시간의 기억은 결코 행복의 시학이 될 수
없다. 그는 그곳에서 자신이 어떤 밝은 전망이나 미래에 대한 약속도
없이 현재의 "이 생으로 홀연히 튕겨 나온 것"이라 느낀다. 과거의 시
간을 더듬는 화자의 시선은 애처롭고, 촉촉한 물기로 가득하고, 그
헐벗음으로부터 벗어날 수 없는 현재의 실존적 상황으로 인해 시적
분위기는 더욱 비극적으로 다가온다.

밤이면 자주 끊겼던 육십 촉 전구의 불, 잦아드는 허기, 빗물과 쥐
오줌으로 무슨 상형문자처럼 얼룩진 금간 벽, 사나운 바람에 덜컹거
리는 창문, 아버지의 메마른 헛기침, 문밖에 웅성거리는 무섭고 낯선
구름, 고픈 새벽잠, 부르튼 입술 등으로 연쇄되는 시적 흐름은 불안
하고 불우하며, 또 어둡고 음산한 얼굴을 하고 있지만, 그것은 현재
화자가 처한 실존적 상황과 심리적 정황을 뚜렷이 암시한다. 왜냐하
면 유년을 감싸 돌던 불안과 공포의 시간이 자신의 의지와는 무관하
게 "이 생으로 홀연히 튕겨 나온 것"이라는 진술에처럼 현재에 지속
되고 있기 때문이다. 그는 그 공포와 불안의 흔적에서 탄생한 것이다.
비극적 과거의 현재적 지속, 자신의 의지와는 상관없이 튕겨져 나온
이유 때문에 과거의 완전한 극복도 내일에의 행복도 아닌 기억의 그
어둡고 음울한 감옥에서 빠져나오지 못한 형국이다.

화자의 탄생의 기원에는 이미 낡은 집의 벽면에 번진 얼룩이 피워
낸 상형문자의 의미처럼 각인되어 있고, 그렇기 때문에 "가위눌리고
있는 게" "내 삶의 전부"(「객석」)인 세상으로 튕겨져 나온 것이다. "낮

선 구름들 문밖에서 웅성거리"는 "낡은 집"은 하나의 '수정란'으로 그는 그곳에서 '부화'한 것이다. '허기'와 "금 간 벽마다 빗물 스며든 흔적"으로 얼룩진 '수정란'에서 불우하게도 그는 부화한 것이며, 그 불안과 허기와 남루는 현재의 시적 화자에게 그대로 존속되는 것이다.

시의 도입부는 구체적인 기억의 현장으로 우리를 이끌어간다. 화자가 기억을 더듬으며 묘사하는 옛집의 풍경은 지극히 정태적이고 우울하며, 남루하고 초라하다. 그런데 이 낡고 남루한 정태적 풍경을 찢고 시에 어떤 활력을 불어넣는 것은 리듬의 연속성과 진술의 박진감, 그리고 묘사의 구체성으로 인한 무언가 불길하고 불우한 정황의 분위기 때문이다. 정태적인 상황 속에서 무언가 불길한 사건이 부풀어 있다가 돌연 터질 듯한 분위기는 우리의 내면을 압박한다. 그 분위기는 비록 과거 시제를 통해 표현되지만, 그 묘사는 생생하게 다가오면서 기억을 현재형으로 만들어버린다. 그 불우한 기억과 헐벗은 시간, 추위와 불안, 배고픔과 공포는 현재의 성인 화자의 내면적 질서와 정서적 지형을 가늠하게 한다.

불길한 예감으로 가득하며 낡고 허기에 찬 집으로부터 "나도, 이 생으로 홀연히 튕겨 나온 것"처럼 과거의 시간은 벗어날 수 없는 것이다. 그러나 "기억이란 쓸모없"고, "어떤 기억도 / 구원에 이르지 못"(「먼지의 밀도」)하는 것이다. 그리하여 어두운 과거에 대한 응시와 그곳으로부터 튕겨져 나온 생에 대한 현재적 확인은 아프고 쓰리다. 현재의 시간은 "개와 늑대의 시간"(「신설동 2」)으로 "안전선 밖으로 안개가 넘쳐흐르고 있"(「성내역 1」)으며, "비릿한 죄의 냄새가 피어오르고" "돌아갈 곳도 떠날 곳도 없"(「성내역 3」)는 고립과 부재의 불모적 상황이다. 이 현재적 시간은 "소름 끼치던 예감의 순간들, 벽을 타고 / 등줄기로 솟구쳐 오르던 경악, 어린 시절을 / 무리 지어

어두운 곳으로 이끌던 울음소리"(「재개발지구를 지나며」)의 연장이
며 지속일 뿐이다. 이를테면 튕겨져 나온 것은 일종의 떠남일 텐데,
그것 또한 미래적 전망을 안고 있는 것도 아니며 과거의 완전한 극복
도 아니다. 이러한 옛집으로부터의 떠남은 어두운 유년으로부터 다
른 세계로의 입사(入社)를 의미한다. 하지만 그것은 다시 신산한 사
회의 벽에 의해 좌절되는 과정의 연속이며, 그 연속은 유년의 쓰라린
경험의 연장을 이루고 지속하는 사회적 자아의 경험이다.

　삶이 아리고 쓰리며, 상실과 부재, 결핍과 고통으로 인해 비극적일
때 대체로 초월적 관심과 유토피아적 전망의 세계로 주체를 이끈다.
부재와 결핍, 상실과 부재의식은 주체로 하여금 상상적 구성을 통한
행복에의 지향을 추구하도록 자극한다. 그것은 보편적인 인류학적 원
형을 닮아서 지금 이곳으로부터 벗어나고자 하는 본능적 욕망의 결과
이다. 그러나 한용국 시인의 시에는 과거의 행복한 추억도 미래에 대
한 유토피아적 전망도 제시되어 있지 않다. 그것은 그가 어쩌면 현재
는 과거의 비극적인 시간의 현재적 지속이며, 미래의 시간도 과거나
현재와 다를 바 없다는 비극적 세계인식에서 비롯하는 것처럼 보인다.

　십 분 전 그는 마지막 담배를 피웠으리라 손끝이 다 타들어 갈 때쯤
모든 회한과 환멸을 떨어뜨리고 수도승처럼 신문지 위에 누웠으리 그
의 잠을 깨우던 굉음이 떠나가고 세상이 그를 정적 속으로 초대한 것
이다 한때 그를 빛나게 했던 꿈의 이마는 꼬깃꼬깃 접혀 있다 어쩌면
저녁 거리의 불빛들이 그를 향해 달려오고 있을까 하지만 모로 누워
웅크린 자세는 무언가 단단히 그러쥔 손아귀처럼 보이는데 아무도 알
아채지 못하는 안식을 단 한 번의 눈길로 스치는 사람들은 모두 어디
로 가고 있는가 왜 이 소리 없는 잔혹 앞에서야 모든 궁극적인 질문은
보편성을 얻는가 공기가 지나간 그의 몸을 얼룩진 신문의 활자들이
더듬더듬 읽으며 덮어주고 있다

　　　　　　　　　　　　　　　　　　　　　　「실종」 중에서

한용국 시의 비극성은 헐벗은 기억으로부터 떠나고자 했으나, 떠나온 곳 자체가 과거의 불우하고 비극적인 상황과 별반 다르지 않다는 점에서 비롯한다. 그리고 그것은 "검은 아스팔트"와 "검은 물"과 "검은 눈사람"(「검은 눈사람」)의 공간, 그 변두리의 삶과 소외된 시간으로부터 벗어나고자 하나 벗어나지 못하는 삶의 실존적 상황과 연관되어 있다. 위의 시의 표제는 '실종', 실종이란 일상적 세계의 공간으로부터 한 개인이 그 일상적 공간으로부터 증발되는 사건이다. 화자는 일상의 공간으로부터 홀연히 증발되어 거리의 한 구석에 누워 있는 한 인간을 바라보며 잔혹한 삶의 보편성을 생각한다. 변방에 내몰린 사람들의 희망은 질긴 것이었으나, "한때 그를 빛나게 했던 꿈의 이마는 꼬깃꼬깃 접혀 있"을 뿐이다. 참담한 삶 속에서 꿈과 희망을 폐기하지 않는 질긴 생명력은 발견할 수 없으며, 처절한 생존의 윤리도 발견할 수 없다. 다만 삶의 잔혹한 실상이 시 전체에 화농처럼 번지고 있으며, 그러한 비극적 정황만이 시 전체를 지배하고 있을 뿐이다. 이러한 분위기는 묘사의 구체성을 얻으며 더욱 강화되고, 시적 화자는 그에 대한 동정이나 연민을 극도로 절제함으로써 잔혹성은 더욱 부각된다. 그러나 이러한 시적 대상에 대한 냉정한 태도에도 불구하고 화자는 노숙인의 좌절과 실패, 삶에 대한 희망과 꿈이 폐기될 수밖에 없는 운명을 공유하는 사람이다. 그것은 자신의 운명 역시 이 노숙자로 보이는 인물의 운명과 다르지 않다는, 그 운명이야말로 우리 모두의 보편적 운명이라는 자각이 내포되어 있기 때문이다. 그것은 한용국 시인의 시가 지나간 과거를 현재화하면서 현재적인 것보다 훨씬 현실적이고 더 견고하게 지속함으로써 현재적 삶의 비극적인 실존적 상황을 보다 뚜렷하게 부조하기 때문으로 보인다.

기억의 시 쓰기는 체험의 재인식을 통한 개인적 자기 동일성을 확

인하는 작업이기도 하지만 타자와 공유된 원형적 경험의 재구성을
향한다. 공유된 경험의 확인은 개인적 체험의 보편적 의미를 묻는 일
이다. 한용국 시의 가치와 의미는 개인적 체험의 뿌리와 보편적인 사
회적 체험의 뿌리가 분리되지 않고 연결되어 있다는 데 있다.

3. 세간의 불우에 편재하는 '당신'

한용국 시인의 시가 아리고 쓰린 기억의 현재적 재현에 가깝다면,
박완호 시인의 시는 그에 비해서 비교적 활달하며 생기에 넘친다. 말
하자면 박완호 시인의 시집은 자신이 처한 어두운 운명의 구조를 응
시하고 그것을 역동적이며 쾌활하게 감싸 안고 넘어서려는 긍정적
태도가 짙게 드러난다. 그럼으로써 그의 시는 보다 깊은 서정의 세계
를 구현한다. 그것은 그의 시에 빈번하게 출현하는 천공을 비상하는
'새'와 하늘을 향해 수직 직립하는 '나무', 그리고 피는 '꽃'의 이미지,
그리고 이들의 조화로운 관계에서 비롯한다. 또한 그것은 3인칭으로
지칭되는 초월적 '당신'의 이미지가 불러오는 효과이기도 하며, 시를
전개하는 방법으로서의 언어유희나 경쾌하고 발랄한 보법의 어조가
다소 음울한 시적 분위기를 상쇄하는 효과를 불러오기도 하고, 또 어
법에 박진감을 더해주기 때문이다.

새가 텀블링하는 걸 본 적 있나요 출렁거리는 나뭇가지를 박차고
하늘로 솟구치는 새는 한창 텀블링을 즐기는 중이지요 그걸 보고 누
구는 나뭇가지가 새를 집어던진다고도 했지만, 숲에 가보면 알지요
이 가지 저 가지를 신나게 왔다 갔다 하며 텀블링하는 새들을 보면,
공중으로 까마득하게 솟구쳤다가는 새파랗게 물들어가는 소리를 지

르며 내려앉는 새들을 보면, 나무들은 새가 뛰어오르기 편한 박자로 자꾸 들썩이고 바람까지도 리듬을 맞춰가며 달려오지요 댕그랗게 부푸는 오색의 숨결들, 축구처럼 야구처럼 땅땅, 새들은 아까부터 텀블링을 즐기는 중이라니까요

「텀블링」 전문

시 전체를 아우르는 분위기는 경쾌하고 긍정적인 이미지로 가득하다. 그리고 화자는 "출렁거리는 나뭇가지를 박차고" "공중으로 까마득하게 솟구쳤다가는 새파랗게 물들어가는 소리를 지르며" 나뭇가지에 내려앉는 새의 경쾌한 비상과 낙하 동작에 대한 찬사로 일관한다. 새가 하늘 높이 날아오르는 것은 "나뭇가지가 새를 집어던지는 것", "나무들은 새가 뛰어오르기 편한 박자로 자꾸 들썩"거리고, "바람까지도 리듬을 맞춰가며 달려"오면서 새의 비상을 돕는 조화로운 풍경이다. 어찌 보면 물아일여의 동양적 세계관에 입각한 '새'와 '나무'와 '바람'의 일체된 조화에 대한 찬사는 특별히 새로운 것도 아니다. 말할 것도 없이 자연적 요소의 일체된 모습은 아름다운 균형과 조화의 상징이며, 우주적인 원형이다. 박완호 시인의 시적 개성을 전제적으로 암시하는 이 시는 갈등과 탄핵, 부정과 비판, 배제와 차별보다는 원형적 조화와 초월적 비상, 나무의 수직 직립성과 더불어 부드럽게 출렁이는 리듬의 역동성을 지향한다. 이와 같은 양상은,

침놓는 화타의 손놀림마냥 새들이

나무들 관절 사이 그늘숲을 헤치고

허공의 뼈와 살 틈을 교묘히 비껴난다

누가 발라먹었나, 살점 하나 안 남은

투명한 뼈마디를 살짝살짝 건드려가며

오선을 짚어가는 새 발가락이 발갛다

　　　　　　　　　　　　　　「울음낙관」 전문

　에서처럼 맑고 강인하며 투명한 이미지를 동반하는 것이다. 박완호 시인의 '새'는 세속적 지상의 욕망과 번뇌, 부재와 결핍, 고통과 상실을 초월하는 존재이며, 그와 조화를 이루는 '나무'는 가끔은 고통스럽게도 앙상한 가지에 잎을 매달고 있기는 하지만, 그럼에도 불구하고 지상의 부정성을 참고 끝내 견뎌내는 대지의 강인한 생명력을 표상하는 것이다. 예컨대 그 견딤과 포용은 "나뭇잎은, 저려오는 아픔을 참아가며 여름 내내 써내려간 문장들. 가을이면 나무는, 더는 참지 못하고 나뭇잎을 붙잡았던 손을 놓아버리지만, 온 산이 핏빛으로 물드는 순간에도 신음소리 한번 내지 않는" 종류의 것으로, "눈물의 유전자"(「나무의 방식」)로 암시되는 자신의 고통스런 운명을 참고 다스리는 포용과 견딤의 방식으로 표상된다.

　박완호 시인에게 '나무'는 "뿌리에서 길어 올린 눈물의 유전자를 가지마다 매"(「나무의 방식」)단 운명적 고통을 환기하기도 하지만, 그것은 보편적으로 지상에서 꼿꼿이 수직 직립하는 강인성과 더불어 모든 것을 품어내는 온화한 존재로 표상된다. 그러므로 남근 형상의 부성적인 존재에 가깝다기보다는 모든 생명을 포용하고 초월을 가능하게 하는 모성성이 강한 존재에 가깝다. 따라서 그것은 수직적이지만 모든 걸 안으로 품어내는 모성적 포용성을 지닌다. '새'와 '나무'의 이미지가 이토록 선명한 이미지로 부각됨으로써 청량감과 역동성을 마련해주는 것이다.

　박완호 시인에게 새의 비상과 나무의 수직성은 초월과 포용이라는 의미를 명료하게 표상하는 것이다. 그것은 "너무 많은 당신을 겪는 시간"(「신나는 이별」), "너의 부재를 긍정하는 일"(「너를 사랑한다는 것은」), "너와 나를, 이제 우리라고 불러야 할 순간"(「난시(亂視)」)을 성찰적으로 인식한 결과이기도 하다. 이러한 정서적 인식은 흐드러지는 감성으로 세간의 고통과 질곡과 불우를 감싸 안으려는 의지적인 태도로 드러나기도 한다. 그의 시가 빛나는 부분은 바로 이 지점으로 보이는데, 세속적 삶의 남루와 비애를 껴안는 태도, 어떤 인위나 지적 조작을 통하지 않고 대상의 속성에 동감하고 일체가 되는 시적 가락에서 비롯한다. 이를테면 "은행나무 아래 신문지를 뒤집어"(「풍경의 유행 1」) 쓰고 잠든 불우한 사내에 대한 시선, "잘려나간 한쪽 다리에 서린 고요의 힘으로 이명(耳鳴)의 뜨락을 가로지르는 세 발"(「세발고양이」) 뿐인 고양이를 바라보는 시선이 그러하다. 그러나 시인은 자신을 비롯하여 뿌리 뽑힌 사람들의 상실과 좌절, 남루와 비애와 고단한 삶을 규정하는 사회적 조건에 대해 분노하지 않는다. 다만 그는 자신을 비롯한 뭇 대상의 불우한 삶의 굴곡과 비애, 상실과 고통을 따뜻하게 어루만질 뿐이다.

그의 시는 자신을 비롯한 세간의 불우한 풍경에 마음을 주면서 '허공인 당신, 당신들'(「배추벌레의 허공답보」)로 호명되는 부재와 상실의 초월적 대상을 지향하는데, 그는 왜 이 불우한 풍경을 통해 '당신'에 대한 사랑을 쫓지 않으면 안 되는 것일까? 그것은 우선 사랑이 존재하지 않는 세계의 불모성과 상실감을 드러내면서, 결핍과 부재에도 불구하고 세계의 도처에 아련히 편재하는 사랑을 확인하는 방식이면서, 또 그럼에도 불구하고 사랑을 이루려는 몸과 마음의 지난한 도정을 드러내주는 것이다. 그렇지만 시인은 초월적 대상을 쫓지만 서정시의 낯익은 풍경인 아늑하고 도취적인 피안 세계로의 초월과 도피를 배제한다. 왜냐하면 꿈은 현실의 결핍과 부재를 상상적으로 채움으로써 현실을 잊게 해주고 불모적 현실 원칙을 더욱 공고하게 지탱하는 것이기 때문이다.

> 뒷골목에 함부로 피어난
> 양아치꽃처럼
> 따뜻한 관심 한번 받지 못하고
> 시커멓게 죽은 꽃씨만
> 자꾸 게워내는
>
> 「음지식물」 중에서

시인은 불모의 황폐한 사막 "고비의 한가운데 서"(「고비」)서, 또는 "따뜻한 관심 한번 받지" 못한 채 어둡고 소외된 "뒷골목에 함부로 피어난" 존재들에 대한 사랑의 눈길을 거두지 않는 것이다. 그렇다면 그의 시가 왜 이토록 선명한 역동성과 부드럽게 비상하는 '새', 남성성보다는 포용과 조화의 여성적인 '나무', 상실한 '당신'에 대한 그리움과 사랑에 집착하는가를 해명할 필요가 있는데, 다음과 같은 시가 그 실마리를 제공해 줄 것으로 보인다.

> 나일론꽃나무줄기에 꽁꽁 묶인 마흔넷, 엄마의 나일론꽃무늬원피스자락을 문 새벽버스가 안개 자욱한 아스팔트길을 질주하는 엔딩화면 속, 엄마 잃은 병아리들 종종걸음으로 제자리를 맴돈다
>
> 그날 이후, 나는 나이테가 없어졌다 정맥줄기까지 바짝 마른 나뭇가지에 아슬아슬하게 매달린 이파리들, 문도 없는 다락방 쪽창 너머 사춘기의 뒷골목을 빠져나오지 못하고 갈팡질팡하는 황사바람이 보인다
>
> 마흔넷의 아침, 발가벗은 몸을 거울에 비춰본다
>
> 「나이테」 전문

화자는 어머니와의 이별 후 육체적인 물리적 성장은 이루어졌으나, 영혼의 성장은 사춘기 시절에 멈춰버린 자신의 내면을 아프게 바라보고 있다. 따뜻한 모성을 상실한 채 성장한 자의 물기가 촉촉한 눈망울이 안타깝게 전해진다. 아무튼 물리적 시간과는 달리 시의 시간은 주체가 개별적으로 경험하는 가역성의 주관적 성격을 지닐 수밖에 없다. 시간은 그것을 대하는 시적 주체의 태도와 결부되어 시인이 시간을 어떠한 방식으로 인식하고 대하는가에 따라 달라지며, 이때 시간에 대한 의식이 나타난다. 말하자면 시간의식이란 시간성에 대한 의식, 또는 시간을 대하는 인식의 양상이라 할 수 있다. 그것은 시간과 시간성을 대하는 시인의 주관적인 방식과 태도, 인식과 판단으로 결정된 시간관으로 이해할 수 있겠는데, 인용 시에서 화자의 물리적 나이는 마흔넷이지만 심리적 시간은 사춘기에 멈춰 있다. 그의 시간은 아직도 모성이 떠난 빈 자리를 배회하는 중이다.

엄마에 대한 아련한 기억과 그리움으로 물들어 있는 이 작품은 박완호 시의 근원이 어디인지를 어렴풋이나마 지시해준다. 1연에서 화자는 현재시점에서 과거를 회상하는 형식을 취하고 있다. 2연은 엄마와의 고통스런 이별 이후 화자의 삶은 "정맥줄기까지 바짝 마른 나뭇가지에 아슬아슬하게 매달린 이파리들"로 표상하여 위태로운 성장과정을 드러낸다. 성인 화자는 "나일론꽃무늬원피스"를 입고 있었던 마흔넷 나이의 엄마를 기억해내고는 엄마 잃은 자신은 병아리가 되어 엄마의 빈자리를 종종걸음으로 반복하며 하염없이 맴도는 형상으로 묘사한다. 3연은 엄마와의 이별 후 일순간 영혼의 성장이 멈춰버린 자신을 바라본다. 엄마와의 이별 후 시인은 "나이테가 없어"진 채로 물리적 나이 마흔넷을 먹은 것이다. 유년시절 "나일론꽃무늬원피스"를 입은 엄마에 대한 기억은 너무도 선명하고 생생하고 강렬하여 현재 화자의 실존적 상황을 규정해버리는 것이다.

성인이 된 현재의 화자가 느끼는 과거의 어머니 부재가 가져다 준 단절감과 고립감은 어린 시절의 것과 다르지 않다. 어머니의 상실과 부재로 인하여 그는 여전히 불행하고 외롭고 두려워하는 존재이다. 즉 화자는 아직도 떠난 엄마를 기다리는 데서 멈춰서 현재의 시간이 되어 버린 것이다. 이것은 과거의 현재화, 즉 과거가 현재화되고 지속되고 있음을 의미한다. 이러한 부재와 결핍, 상실과 그리움, 떠남과 기다림의 지속, 과거는 영원히 현재를 생성해내는 것이다. 그리하여 과거의 현재적 지속에 대한 화자의 지각은 사무치게 아프지만 매우 선명하고 생생하며 강렬하다. 과거 기억의 현재화는 자신이 아직도 엄마가 떠난 빈 자리를 제자리걸음으로 맴돌며 엄마를 기다리고 있는 중이며, 상당한 세월이 흐른 지금에도 그 시절과 별로 달라진 게 없다는 것을 토로하는 것이다. 지금도 화자는 "유년을 봉인해둔 폐광을 향해" "한 줄기 바람으로 달려가는 중"(「꿈꾸는 폐광」)인 것이다. "시방도 엄마, 하고 부르면 어디서든 막 달려올 것만 같은"(「설마, 설마」) 엄마에 대한 사무친 그리움과 결핍된 사랑은 현재 화자의 영혼을 강력히 규정하는 것이다.

시인이 지향하는 시간의식은 시에 나타나는 실존적 자의식은 물론이거니와 세계인식 내지는 현실인식의 양상을 보여주는 것이다. 선명한 역동성과 부드럽게 비상하는 '새', 남성성보다는 포용과 조화의 여성적인 '나무', 상실한 '당신'에 대한 그리움과 사랑에 박완호의 시는 그토록 집착하는 것이다. 그의 시는 영혼을 지지고 간 엄마와의 때 이른 이별의 기억, 그 불꽃같이 아름답지만 고통스런 시간의 섬광이 남긴 흔적에서 비롯하는 것이다.

4. 기억의 지속, 실존의 기억

한용국 시인의 시집은 현실적 시간 속에서 고통 받는 자아가 절망하고 고뇌하는 시간의 기록이라면, 박완호 시인의 시집은 그 고통과 번뇌, 결핍과 부재, 상실과 고독의 시간을 초월한 세계로의 진입을 시도한다. 말하자면 시적 주체가 지닌 유년의 불우한 기억과 현재의 비극적 시간의식, 그리고 과거의 경험적 흔적이 그대로 현재와 미래에 지속될 것이라는 절망적이며 비극적인 인식이 한용국의 시세계를 구성한다면, 박완호 시인의 시는 인간이라면 피할 수 없는 고통과 번뇌, 결핍과 부재, 상실과 고독의 절망적인 현실의 가운데서 그럼에도 불구하고 그것을 어떻게든 긍정하며 벗어나려는 정신적 고투가 지배적인 시세계를 형성하고 있다.

기억에 대한 의식은 시적 주체의 실존적 자의식은 물론이거니와 자아가 지향하는 의식, 또는 실존적 동일성을 확인하는 것이어서 오롯이 한 시인의 시세계를 형성하는 요소가 되는 것이다. 한용국과 박완호 시인은 과거 시간의 경험으로부터 현재를 바라보고, 자신의 정체성을 지속 확인하며, 과거의 기억을 통해 미래의 실존을 예기한다. 시간의식이 시인의 세계에 대한 주관적인 인식태도나 방식과 결부된 문제이므로 그것은 두 시인이 추구하는 지향된 작가적 의식을 뜻하기도 한다. 환언하자면 시에서 시간의식은 시적 주체가 지향하는 세계와 세계 내의 존재에 대한 어떤 의식을 포함하는 것이다. 그러므로 시인이 지향하는 시간의식은 시에 나타나는 실존적 자의식은 물론이거니와 세계인식 내지는 현실인식의 양상을 보여주는 것이다. 이것은 시인의 상상력이 과거의 체험뿐만 아니라 미래까지도 언제나 현재화할 수 있다는 것이다. 시간의 중심은 현재에 있기 때문이다. 시

간 체험이란 현재를 중심으로 과거와 현재와 미래의 균열을 극복하
고 통합하려는 정신의 긴장으로 나타나며, 균열을 통합하려는 의지
로 시간이 체험이 생겨난다. 따라서 한용국과 박완호 시인은 자신의
정체성을 구성하는 기억의 경험, 그 어두운 심연의 깊이 속으로 굴착
해 들어가는 태도는 자아의 회복 내지는 실존적 근원의 자기 동일성
확인이라는 의미와 관련되어 있다.

경험적 기억에 대한 자전적 세목의 시화는 자전적 사실들의 억압
에서 벗어나고자 하는 욕망과 연관되어 있다. 또한 그러한 욕망은 시
쓰기의 기원을 이루는 것이기도 하다. 하지만 중요한 점은 그렇다 하
여 그 억압으로부터 벗어날 수 있는 것도 아니다. 다만 그것으로부터
자신의 실체를 확인할 뿐이다. 그리고 시인은 그 체험을 그 자체로
그대로 드러내지 않고 미적 변용을 통해 드러낸다. 이를테면 그것은
시가 사회적 연관성을 은폐하는 것이지만, 그 사회적 연관의 내부적
측면을 더 깊게 들여다보게 한다는 것이다. 다시 말하지만 기억의 시
쓰기는 체험의 재인식을 통한 자기 동일성을 확인하는 작업이기도 하
다. 하지만 그것은 타자와 공유한 원형적 경험의 재구성을 지향하기도
한다. 공유된 경험의 확인은 개인적 체험의 보편적 의미를 묻는 일이다.

결국 한용국 시의 미적 가치와 의미는 개인적 체험의 뿌리와 보편
적인 사회적 체험의 뿌리가 분리되지 않고 연결되어 있다는 데 있다.
한편 박완호의 시는 선명한 역동성과 부드럽게 비상하는 '새', 남성성
보다는 포용과 조화의 여성적인 '나무', 상실한 '당신'에 대한 그리움
과 사랑에 천착해 있다. 그의 시는 영혼을 지지고 간 엄마와의 때 이
른 이별의 기억, 그 불꽃같이 아름답지만 고통스런 시간의 섬광이 남
긴 흔적에서 비롯하는 것이다. 기억은 힘이 세다. 더군다나 불우한
시간의 기억은 실존의 시간을 더욱 강력히 규정한다.

견딤과 견성(見性)

- 김승기의 『역』 · 곽경효의 『달의 정원』

1. 견성의 시학

　무엇을 관찰한다는 것은 사물이나 현상을 주의 깊게 자세히 살펴본다는 것을 의미한다. 관찰한다는 것은 태도와 관점의 문제로 주관적일 수도 있고 객관적일 수도 있다. 그런데 어떤 대상을 순전히 객관적인 태도로 본다는 것이 가능한 것이기나 할까. 특히 주관적인 감정을 위주로 하는 서정시에서 우리가 어떤 사물이나 현상을 보고 느끼는 감정은 지극히 주관적인 것이다. '본다' 혹은 '관찰한다'는 태도와 관점의 주관성이 어떤 느낌이나 기분과 같은 감정의 상태와 결부될 때는 더욱 그러하다. 따라서 기분이나 느낌 같은 감정은 인식이나 지각의 정신 활동에 관심을 갖는 사유의 논리 체계로는 객관화하기에 모호한 것이다. 하지만 그것은 이성보다 근원적인 것이기도 하다. 이를테면 사물과 현상은 이성적 체계로서의 정신적 인식을 통해 지각되기 이전에 기분이나 느낌이나 분위기에 의해 먼저 열리는 것이다. 김승기의 시집 『역驛』과 곽경효의 시집 『달의 정원』은 상처를 물끄러미 바라보고 관찰하면서 그것들과 섞여 동감하는 견성의 시학에서 출발한다. 그것은 상처의 흉터가 유발하는 통증인 동시에 상처가 유발하는 삶에 대한 사랑의 역설이다.

　김승기의 시집이 타자의 상처나 자신의 내면을 응시하고 삶이 근원적으로 품고 있는 상처와 아픔을 관찰하고 바라본다면, 곽경효의 시집은 사물의 형상이나 속성을 보고 관찰하는 견성(見性)으로부터 출발한다. 물론 여기에서의 견성은 불교적 관점에서 외부에 대한 관심을 배제하고 스스로의 본성을 깨달으려는 구도의 자세를 뜻하는 것은 아니다. 이들 시인이 보여주는 '본다'는 의미의 '관찰'은 오히려 내면에서 일어나는 마음의 형상이나 무늬의 속성뿐만 아니라 외계의 사물이나 현상의 속성과 교감하려는 특징을 갖는다는 의미에서의 견성을 말한다. 그런데 이들 시인의 체험 영역, 즉 보고 관찰하는 행위에서 주목하는 삶과 세계의 형상이나 속성은 상처와 고통으로 얼룩진 흔적이다. 이들의 시선은 낮게 가라앉은 상처의 원적(原籍)에서 비롯하며, 우리의 삶이 근원적으로 포함하는 근원을 상실한 채 길 위의 생을 살아갈 수밖에 없는 운명에서 유발하는 종류의 것이다.

2. 견딤, 길 위의 운명

김승기의 『역驛』은 상처를 관찰하고 어루만지며 현재적 삶의 지난함을 확인하는 시집이다. 지난한 삶은 고통스럽고 "누가 불꽃놀이 간다면 참 가난하겠구나, 누가 불꽃놀이 하자면 꺼지기 직전이겠구나 읽겠다"(「불꽃놀이・2」)는 진술처럼 허무하고 쓸쓸하게 느껴지기도 한다. 이러한 점은 특히 '불꽃놀이' 연작이나 '길'을 소재로 하는 연작에서 독특하게 구현되고 있다. 그러면서 또 허무하고 쓸쓸한 삶의 정경과 속성을 껴안고 긍정하려는 태도에서 비롯하는 따뜻한 시선이 자리하고 있다. 그의 시에서 특이한 점은 대개가 타자와 접촉하고 관찰하는 데서 느끼는 삶과 세계의 어떤 쓸쓸하고 아픈 상처의 기억으로 물들어 있다. 이러한 점은 특히 '진료일지' 연작이나 「소돌리 찜질

방」 등과 같은 여행의 길 위에서 쓴 시들에 잘 나타나 있다. 그 상처
의 기억은 다음의 시에서와 같이 실존의 가능태를 쓸쓸히 확인하고
함께 '동행'하는 일이다.

> 나목裸木이
> 무너지듯 기댄다
>
> 옆에 있던 헐벗음이
> 그 무게를 온전히 받는다
>
> 자신도 고개 떨구고
> 못내 같이 기댄다
> 누가 먼저랄 것도 없이
> 둘은 서로의 상처를 핥고
> 그렇게 겨우
> 새살 돋는 아침
> 자신의 무게를 빼내어 절룩절룩
> 다시 세우는 길
> 그래그래, 뒤돌아보지 않기
> 자꾸 돌아보며 울지 않기
>
> 「동행」 전문

김승기의 시는 상처의 드러냄이면서 동시에 상처의 치유이다. 그
의 시는 상처받은 여린 존재들이 서로 기대어 감싸 안고 "서로의 상
처를 핥"으며 "다시 세우는 길" 위의 도정에 있는 것처럼 보인다. 그
의 시는 헐벗은 상처가 유발하는 불안과 고독과 고통을 서로가 다독
이며 껴안고 "새살 돋는 아침"의 비밀스런 복음을 들려준다. 그의 시
가 보여주는 세속적인 상처와 세간의 불우는 길 위에서 펼쳐지는데,
그 길을 간다는 것은 "국밥 위에 동동 뜨는 부끄"(「몽유병 夢遊病」)러

운 것이며, "처음엔 꽃 무더기 하나 저쯤 있어 들어섰건만 길 끝 아스라히"(「길 위에서」)고, "종국엔 자신도 누구의 울음이 되고 말"(「휴지 빼주는 남자 – 진료실 일지 」) 고통스런 운명이다. 때문에 시인은 "뒤 돌아보지 않기 / 자꾸 돌아보며 울지 않기"로 다짐해보지만 상처는 계속 덧나는 것이고, 그것을 확인하면서 시인은 "세상은 다시 모두 역"(「역驛」)이라 여기고 떠날 수밖에 없는 운명에 있다.

김승기의 시집에는 길의 이미지로 가득한데, 마치 길을 따라 '여행하는 인간(Homo Viator)'의 운명처럼 길 위에서 시작하여 길 위에서 시적 의미를 발견하고 맺는다. 문학이 인간의 삶을 다루고 있다는 차원에서 길은 인간의 삶이나 운명의 행로를 뜻한다. 그렇기 때문에 길은 인간 삶의 가장 보편적인 상징으로 쓰인다. 이러한 길의 이미지는 김승기의 시집에서도 마찬가지로 쓰인다. 길을 따라 여행하는 시인인 김승기는 길에서 만나는 세간의 상처와 불우와 고통을 주목한다. 시인은 지상의 삶이 지닐 수밖에 없는 근원적 결핍과 고달픈 삶의 양식을 끌어안고 견디며 갈뿐이다. 그의 행로는 "무지개 뜬 하늘이 무너지는 날 껴안아야 할" "삶의 무게, 특별할 것 없"이 "한 사내가 서 있는 풍경"을 "사랑이란 이름"의 "가난한 얘기"(「사랑이란 이름으로」)를 들으며 "다시 또 거기, 꽃 무더기 하나 있어 다른 길 내게 손짓"(「길 위에서」)해 따라 갈 수밖에 없는 운명의 것이다. 그 길에는 빛나는 상처의 흔적들이 널려 있다.

오랫동안 머금었던 습기를 잔뜩 쏟아냈다. 곱고 꼬이고 얽혔다 여기는 주정뱅이 아비 때문에 저기는 자살한 동생 때문에 바람난 어미 때문에 시샘 많던 이복동생 때문에 혼자 풀어보려 고1 때 가출하여 칼로 긋기도 하고 담뱃불로 지져보기도 했다 그럴수록 앞은 뒤를 물고 뒤는 또 앞을 물고 늘어졌다.

창밖엔 하나둘 불이 켜지고 있다
이맘때면 한껏 치장한 길들이 중앙통으로 몰려든다
자세히 보면 옷 사이로 상처들이 삐죽이 나와 있다
「상처를 말리다 - 길·2」 중에서

어둠이 내린다. "창밖엔 하나둘 불이 켜지고" "자세히 보면 옷 사이로 상처들이 삐죽이 나와 있"는 사람들이 '중앙통'의 술집으로 몰려든다. 화자는 지금 "한쪽에선 깔깔대고 또 한쪽에선" 울음을 우는 어느 시장통의 허름한 주점에서 앉아 있는 모양이다. 이곳에서 상처 입은 저마다의 사람들은 "상처 위에 소주를 들이"부으며 "오랫동안 머금었던 습기를 잔뜩 쏟아"내며 "자가 치료 중"이다. 어느 때고 쏟아낼 수 있는 축축한 습기를 머금은 상처는 사연도 가지가지, "주정뱅이 아비", "자살한 동생", "바람난 어미", "시샘 많던 이복동생 때문에" 생긴 것으로 "곪고 꼬이고 얽"혀 풀 수 없는 상태이다. 화자는 이 세속적인 상처에 눈을 주고 있는 것이다.

상처를 더듬고 어루만지는 눈길, 이 시에서 가장 빛나는 부분은 상처의 드러냄이 아니라 세속적인 삶의 상처와 비애를 껴안는 가락에 있다. 말하자면 세상의 불우에 마음을 주고 세상의 상처에 살을 섞으며 동감하는 태도에 이 시의 매혹이 있다. 그런데 시의 부제가 '길'이다. '길' 연작이 몇 편 더 있는데, 화자에게 '길'은 세간의 상처와 고통의 질곡이 드러나는 장소이며, 드러난 상처가 타자의 상처를 따뜻하게 어루만지는 공간이다. 화자에게 길은 지난 시간에 의해 축적된 상처를 보는 공간이며, 동시에 내면의 상처를 처연하게 대면하는 공간이다. 이 상처와 대면하면서 시적 자아는 그것을 거부하거나 맞서려는 태도를 보이지 않는다. 가령 다음의 시에서,

잎사귀 하나가

가지를 놓는다
한 세월을 그냥 버티다보면
덩달아 뿌리 내려
나무가 될 줄 알았다
기적이 운다
꿈속까지 따라와 서성댄다
세상은 다시 모두 역일 뿐이다
희미한 불빛 아래
비껴가는 차창을 바라보다가
가파른 속도에 지친 눈길
겨우 기댄다
잎사귀 하나가
기어이 또
가지를 놓는다

「역驛」 전문

라고 읊조리며 삶의 운명적 구조를 깊은 서정의 세계를 통해 드러
낼 때가 그렇다. 삶의 쓸쓸한 운명적 조건을 바라보지 않는 문학이
어디 있겠느냐마는, 김승기에게 삶은 운명적으로 결핍과 고통스러운
대상으로 규정된다. 위의 시에서 화자는 "잎사귀 하나가 / 기어이 또
/ 가지를 놓"아버리고 떠나는 운명의 구조를 응시하고 있다. 그러나
화자는 그러한 운명에 대한 한탄을 보여주기보다는 변경을 떠돌아야
하는 삶의 운명을 껴안고 그 운명을 견뎌나가는 삶의 태도를 드러낸
다. 삶은 그저 견뎌내는 것이라는 소박한 전언, 그것은 시인 자신과
우리가 처한 운명의 구조를 응시하고 감싸 안는 자세를 말하는 듯하다.

쓸쓸하고 어두운 음색의 낮은 음조로 노래하는 위의 시는 근원적
으로 집을 잃고 떠돌아다닐 수밖에 없는 길 위의 운명, 삶의 운명에
대해 쓰고 있다. "한 세상을 버티다보면" "나무가 될 줄 알았"지만 기
적이 울고 떠날 수밖에 없는 삶의 운명적 조건, "잎사귀 하나가" "기

어이 또 / 가지를 놓"고 떠날 수밖에 없는 운명이 삶의 조건이다. 이렇듯 시인은 쓸쓸하고 황량할 수밖에 없는 길 위의 운명에 대해 쓴다. 길 위의 운명이란 삶의 근원적 조건이다. 끝없이 떠돌 수밖에 없는 운명 앞에 "세상은 다시 모두 역"일 수밖에 없다. 길 위의 삶이란 무엇보다도 개인적인 차원에 가깝다. 그러나 실존의 우울한 내면 성찰과 떠돌 수밖에 없는 삶의 비극적인 운명을 정직하게 바라보고, 그것을 우리 삶의 보편적 운명으로 환기시키는 시적 능력이 돋보인다.

그리하여 자신의 경험과 삶의 운명적 구조를 정직하게 바라보고 드러내면서 삶의 상처와 울음, 눈물과 고통, 남루와 질곡을 따뜻하게 끌어안는 시적 태도는 그만의 특장이랄 수 있겠다. 어두운 상처의 흔적에 고통스러워하면서도 그 남루한 길에서 눈을 떼지 못하고, 또 내일의 길을 믿지 못하면서도 내일의 길을 탐문하는 시적 태도를 무어라 불러야 할까. 우리는 그것을 「불꽃놀이·2」에서처럼 한 순간 피어올랐다 사라질 것을 뻔히 알면서도 불살라야 하는 존재의 미학이라 불러도 좋을 것이다. "하늘이 허허로워 무지개 한 그루를 심"(「하늘이 허허로워」)으며 불꽃을 꿈꾸고, 그러면서 변방의 운명을 벗어나고자 하나 벗어나지 못하고 그것을 끌어안고 버티며 살아가는 견딤의 미학이라 불러도 좋을 것이다.

3. 견성, 적요(寂寥)의 파문

곽경효의 『달의 정원』은 견성에서 비롯하는 시집이다. 그가 견성에 집착한다는 사실은 시집에 실려 있는 작품들 속에 빈번하게 등장하는 '보다'라는 동사들, 그리고 바라보는 것에서 촉발되는 마음의 동요에서 확인할 수 있다. 가령 시집을 펼치자마자 "대숲에 가서 보았"
(「적소에 들다」)거나, "선명한 육각형의 무늬만 남아 있"는 "거북의
등뼈"를 "가만히 들여다본다"(「갑골문자」)거나, 혹은 거울을 본다거
나(「거울을 보다가」) 하는 보는 행위에서 시상이 촉발된다. 말하자면
곽경효의 시집은 사물이나 형상을 바라보는 시선에서 비롯한 마음의
파문에 대한 기록이다. 그 파문이 일으키는 물결무늬를 따라가면 인
간의 심성이나 삶의 운명, 사물의 세계를 관통해 흐르는 시인의 일상
적이며 세속적 깨달음이 자리하고 있다.

> 밑바닥 환히 들여다 보이는 선창가에
> 갯지렁이 한 마리가 제 몸으로 그려 낸
> 물결무늬를 바라보고 있다
> 무심히 지나친 삶의 마디 어딘가에
> 서늘한 비늘 몇 개쯤 박혀 있는 것일까
> 마음이 자꾸만 수평선 쪽으로 끌려간다
> 저렇듯 살아 있는 것들의 소리를
> 말없이 듣고 있는 있는 동안
> 어느새
> 절망의 가시, 조금씩 삭아 간다
>
> 「간월도에서」 중에서

선경후정의 방식으로 펼쳐지는 인용 시는 "방금 건져 올린 싱싱한
새벽이 / 경매로 팔리고", "등이 굽은 새우의 시름이 / 장바구니에 담
겨지고 / 손바닥만한 키조개의 꿈이 / 붉은 함지박 속으로 쏟아"지는
간월도의 새벽 풍경을 노래한다. "등이 굽은 새우의 시름"이나 "손바
닥만한 키조개의 꿈" 등으로 어민들의 삶과 작은 소망을 적절히 비유
한 뒤 "갯지렁이 한 마리가 제 몸으로 그려낸 / 물결무늬를 바라보고"
느낀 화자의 감정을 술회하고 있다. 이를테면 사물이나 어떤 풍경에

기탁하여 시적 느낌을 돋우는 형식을 취하고 있다. 화자는 갯지렁이가 힘겹게 그려낸 물결무늬를 바라본 후 "마음이 자꾸 수평선 쪽으로 끌려"가는 것을 느낀다. 이러한 시상은 곧 전반부에서 표현했던 어부들의 근심과 그래도 꿈을 품고 삶을 이어가는 건강한 모습과 연관된다. 수평선이나 갯지렁이의 몸짓이 불러일으키는 감정은 화자가 살아온 삶 자체를 유화시키고 수용하는 기제로 연관된다. 말하자면 이들 대상이나 현상은 화자가 품고 있는 부정적 속성을 무화시키는데, 그것은 "절망의 가시"가 "삭아 간다"는 표현으로 이어지면서 삶에 대한 긍정으로 변화하는 것에서 확인할 수 있다.

곽경효의 시는 우리의 삶에 축적된 상처와 상실, 슬픔과 아픔을 담담히 마주하면서 삶을 긍정하고자 하는 태도가 지배적으로 나타난다. 가령 벼랑에 서서 "살아 있음이 얼마나 선명한 멍 자국인지"(「벼랑에 서다」) 확인하면서, 선인장처럼 "바라보기만 해도 온몸이 욱신거리는 /날카로운 통증"(「선인장」)을 느끼면서, 난간에 기대어 "속수무책"으로 "자꾸만 흔들"(「난간에 기대어」)리면서, "텅 빈 희망과 안개 같은 절망이 / 먼지처럼 쌓여 있는"(「그 집」) 집에서 "문 하나 열지 못하고 헛손질하며 살고 있"(「부석사에서」)을지라도, 그럼에도 불구하고 그러한 운명을 견디어내려는 의지를 과장된 포즈 없이 표백할 뿐이다. 삶의 버거운 운명 앞에서 시인은 낭만적 상상력을 동원해 부정적이고 결핍된 삶을 초극하거나 이탈하려 할 법도 한데, 시인은 전혀 그러한 태도를 취하지 않는다. 다만 주어진 현실을 담담히 감내하려는 태도, 즉 섣부른 동경과 이상주의와는 다른 정직성이 곽경효 시의 특장이라 할 만하다.

　　몸에 새겨진 무늬를 가만히 만져 보네
　　아픔이 눈물처럼 온몸에 번져 가네

흉터는 내부로 들어가는 길
내가 가진 여러 개의 마음들이
자꾸만 그 길로 걸어가네
때로는 절망이 위로가 되기도 하네
환하게 꽃이 피기도 하지
그 깊은 그늘 속에 잠시 쉬었다 가네
지금은 다만 꽃이 진 자리만 얼룩으로 남아
지독한 내 사랑이 눈물겹다 말하네
오래된 상처가
조용히 나를 들여다보고 있네
긴 시간이 지나간
네, 발자국

「화석」 전문

　화자는 몸이 먼저 기억하고 있는 상처의 흔적에 대해 쓴다. 그것은
몸에 새겨진 지울 수 없이 화석화된 무늬이다. 화자는 그 상처의 무
늬를 가만히 만져보며 "아픔이 눈물처럼 온몸에 번져 가"는 것을 느
낀다. 그 지울 수 없이 선명한 흉터는 존재의 근원, 화자의 표현을 빌
리자면 자신의 깊은 "내부로 들어가는 길"이다. 그러므로 상처로 얼
룩진 기억의 검은 지층을 탐사해나가는 과정은 자신의 존재를 확인
하는 작업이 된다. 상처 없는 삶이 어디 있으랴만 화자는 그것을 단
지 슬픔과 아픔으로만 느끼지 않는다. 살펴보니 그 길은 "절망이 위
로가 되기도 하"고, "환하게 꽃이 피기도" 한다. 말하자면 흉터는 자
신의 내부를 형성하고 실존을 가능하게 하는 근원이다. 화자는 "꽃이
진 자리"의 "오래된 상처가 / 조용히 나를 들여다보고 있"는 기억에
대해 쓰면서, 상처의 쓸쓸한 흉터를 환기하면서 자신의 실존적 존재
가능태를 엿보는 것이다. 그 실존의 가능태는 차라리 오랜 상처의 얼
룩을 통해 일종의 고요의 상태에 머무는 것이다.

시집 곳곳에는 어떤 떨림과 흔들림의 상태에서 적요(寂寥)의 상태, 시간과 공간이 무화된 어떤 절대의 세계, "고요의 나라"(「젖는다는 것」)를 지향하는 태도가 드러난다. 그의 마음을 흔들어대는 대상은 '여전히 허허벌판인 세상'(「부재」)에서 "저 만치 / 홀로 피어 있는 꽃들"(「꽃들에게」)이거나 "누군가 무심코 버리고 간 발자국"(「나침반을 들고 길을 잃다」)처럼 사소한 것이다. 사소한 일상에서 "단단히 습관에 기대어 무심히 살다가"(「살다 보면」) 무언가 그의 내면을 충격하는 것을 깨닫고 시인의 마음은 흔들린다. 바라봄에서 출발하는 일상에 숨은 사소한 발견이나 체험은 시인의 시적 영감을 충격하는 동인으로 작용한다. 그것은 대개 지난 상처와 그것이 발산하는 통증을 확인하도록 견인하며, 그 상처의 흉터와 통증의 확인에서 살아 있음을 느끼는 것이다.

일상의 작은 발견에서 오는 흔들림은 대개 자신의 내면에 깊숙이 자리한 상처의 원적에 대한 소회로 이어지며 "젖은 뿌리의 힘으로 생을 밀고 가는"(「젖는다는 것」) 삶과 세계 대한 직관의 통찰로 귀결된다. 흔들림의 저편에는 고요의 세계가 자리하는데, 대숲의 "침묵과 절정 사이에" "수직으로 내리꽂힌 수천수만의 칼"(「적소에 들다」)날의 형상이 불러일으키는 적요의 장소이거나, "살아 있음과 죽음이 함께 뒹굴고 있는 / 절대불멸의" "아득한 공간"(「갑골문자」)이 그곳이다. 곽경효는 "물고기의 속살에 묻어 있는 비린내를 / 잘근잘근 씹어 삼키는"(「비린내를 껴안다」) 치욕의 삶을 물끄러미 바라보고 견디며, 그 새로울 것 없는 세계에서 생의 적요한 지점을 탐색해 나가고 있는 것이다. 그런 점에서 그의 시적 작업에서 견성은 삶의 본성과 사물의 세계를 꿰뚫어 보고 직관해 나가려는 성찰의 도정에 있다고 할 수 있다.

저항의 방식

― 강병철의 『꽃이 눈물이다』·
김희정의 『아고라』·차승호의 『소주 한 잔』

1. 사회적 상상력

서정시의 내용이 갖는 보편성은 본질적으로 사회적이며 시대적인 현실성을 포함하는 것이다. 서정시가 주체의 주관적인 정서를 직관에 의해 포착하는 순수 언어에 의한다지만 그것은 정치, 사회, 문화, 시대적인 정신과 무의식까지 강력하게 반영하고 있는 경우가 종종 있다. 특히 한국 현대 시사에서 서정시의 조건과 전개는 아도르노가 말하는 시의 사회성과 깊은 연관 위에 놓여 있다 해도 지나치지 않다. 왜냐하면 한국 근대시의 출발에서부터 지금에 이르기까지 외세의 강점과 분단, 그리고 독재와 파행적 산업화의 과정에서 파생한 여러 문제들은 서정시의 내용을 규정하는 데 상당한 영향을 행사한 것이 사실이기 때문이다. 말하자면 근대사의 파행적 질곡에 노출된 시적 환경을 생각하면 시의 사회성은 시인에게 피할 수 없는 일종의 강요사항이기도 했다. 그런 점에서 우리의 서정시는 과거나 현재 모두 근본적으로 역사 현실로부터 자유로울 수 없다.

계몽적 이념이 범람하던 저 야만의 시대가 덧없이 지나고, 세기말의 허다한 담론이 풍문처럼 스쳐 지난 오늘날 우리 삶의 조건과 환경은 분명 이전과는 다른 국면에 처해 있는 것이 사실이다. 그런데 이전과는 다른 삶의 조건과 환경의 차이는 단절로만 규정할 수 없을 것이며, 그렇다고 또 그 연속일 수만도 없다. 이러한 변화는 단절이 내포한 연속이면서 동시에 지금과는 다른 무엇을 향한 운동이라는 점에서 연속적 단절, 단절적 연속일 것이다. 시도 마찬가지여서 일정 부분 과거와 연속되는 지점을 함께 포함하면서, 이전의 그것들과는 무언가 다른 지점을 향한 단절적 운동의 과정을 포함하고 있다. 중요한 것은 어쩌면 현실지형의 단절적 변화나 연속적 계승이 아니라 과거를 얼마나 창조적으로 연속하고 단절하며, 현실을 생산적으로 창조하고 자기 갱신을 이룩하며 미래로 나가느냐에 있을 것이다.

서정시가 갖는 보편성은 본질적으로 사회적이다. 이 경청할 만한 아도르노의 명제가 그 정합성을 획득하기 위해서는 우선 그에 걸맞는 서정시로서의 미학적 내용과 형식을 갖추고 있을 때 가능한 것이다. 그것은 어쩌면 서정시로서의 고유성을 지키면서 동시에 그 고유성을 생산적으로 확장하는 데에서 발견될 수 있을 것이다. 서정시가 지닌 고유성에 집착하면 과거의 재래적 관습을 되풀이하는 반복에 지나지 않을 것이며, 그렇다고 그 고유성을 몰각해서는 서정시로서의 고유한 덕목을 상실하고 말 것이다. 강병철의 『꽃이 눈물이다』, 김희정의 『아고라』, 차승호의 『소주 한 잔』은 이러한 시의 사회성에 대한 문제와 지배 문법이나 체제의 규범에 대한 저항의 방식을 다시 한번 생각하게 한다.

강병철의 시집은 시인 스스로가 전교조에 몸담고 있으면서 그로부터 체험한 영역과 주변에 소외된 서민들의 삶을 주로 시의 의미 내용으로 다루고 있다는 점에서, 김희정의 시집은 '촛불문화제'나 '용산 참사' '기륭전자사태' 등과 같은 인화성 강한 대사회적 관심을 주로 표현한다는 점에서, 차승호의 시집은 표준어의 강제성에 의해 도태될 수밖에 없는 방언을 무기로 지역적 주변부로서의 농촌 삶의 풍경을 진솔하면서도 풍자적이며 해학적으로 표현하고 있다는 점에서 이들 시인들의 시집은 일정하게 사회성 짙게 읽힌다. 그들의 시는 모두 개별적으로 양상은 다르지만 개인과 사회, 개인과 역사, 중심과 주변, 주류와 비주류, 권력과 소외, 표준과 비표준의 관계 속에서 고민하는 시인의 고뇌를 공통적으로 발견할 수 있다.

2. 민중 정서의 회복 : 강병철

90년대 이후 우리 시에서 사회적 상상력의 지향은 분명 이전과는 다른 양상으로 전개되어 왔다. 그것은 90년대 이후 한국 사회는 여러 면에서 광범위한 변화를 겪은 사실과 무관하지 않다. 동구 현실 사회주의의 몰락과 문민정부의 출현, 자본주의의 구조변동과 소비문화의 심화, 대중문화의 확산과 세계화와 정보화 사회의 도래, 현란하고 직접적인 감각을 무기로 하는 매체들의 출현은 이전과는 다른 방향에서 현실을 보도록 요구한다. 그 결과 80년대와 연계하여 문학의 사회적 역할 축소, 또는 방향 전환을 논의하지 않을 수 없었다. 말하자면 역사성의 상실과 문화 권력이 팽만한 시대에서 시의 역할과 임무, 이전과는 다른 차원에서의 정치적 억압과 노동의 소외, 자본주의적 일상에서의 비인간화와 자본 권력의 횡포와 억압성을 논의하지 않을 수 없었다. 이러한 변화한 현실에서 강병철의 『꽃이 눈물이다』는 과거에 보여주었던, 특히 정치성 짙은 리얼리즘 계열의 시들이 고민했던 문제들에 다시금 고민하고 있는 듯한 느낌을 지울 수 없다. 시인이 고민하고 또 추구하는 가치들은 시대가 변했다 하여 소홀히 대할 수 없는 것들이다.

먹을거리 지천의 좌판 매듭 묶던 마지막 알전구 꺼지면서 누렇게
뜬 열무 다발 어둠 덮친다 지식인 그 사내 된장국 솥단지에 발목 잡
혀 싸 - 하는 눈시울 적신다 얼마나 뜨겁게 비벼야 가시 돋친 가슴
삭일 수 있을까 공주 중동시장 사월의 밤

「단속반이 지나가고」 중에서

강병철의 시집에는 주변에 소외된 기층 서민들의 애잔한 삶이 밀
도 있게 그려지고 있다. "산골소녀 천재였"지만 "여자라서 중학교 못
가"고 지금은 "농협마트 야채 진열장 지나 어물전 옆 / 정육점에서 시
뻘건 고기 내리치는" "순임이 누나"(「삼양동 정육점 순임이 누나), "주
유소 모퉁이 장난감 좌판"을 펼치고 "찐 감자 옥수수 고구마"(「고구마
할머니」) 파는 할머니, "잘린 다리에 검은 장화 끼우고 / 앉은뱅이 손
수레"(「빗 장사 정 씨」) 밀며 빗을 파는 정씨 등 주로 시집의 1부에서
다루고 있는 소재들은 모두 중심에서 밀려나 주변에 소외된 인물들
의 삶에 대한 이야기를 시화하고 있다. 이렇듯 기층 서민들의 삶에
뿌리내린 정서를 시화하는 작업은 예나 지금이나 소중한 일이다. 강
병철의 시는 현실과 긴장관계를 맺고 고투하는 시적 성과를 억압적
이고 낡은 것으로 치부하려는 일단의 시각을 반성적으로 되돌아보게
한다.

현실과의 예민한 긴장 관계를 중시하는 사회적 상상력의 시들이
주로 소재로 삼는 것은 기층 민중들의 삶과 애환, 그 속에서 시인들
은 삶의 건강성과 생명을 회복하려는 노력을 보편적으로 보인다. 인
용 시는 노점상 단속반이 지나고 파장을 맞이한 구체적 삶의 현장인
시장의 밤 풍경을 쓸쓸한 어조로 노래하고 있다. 그러나 단속반이 지
나간 파장의 쓸쓸한 시장 분위기를 이야기하면서도 화자는 시장 바
닥의 사람들에게서 삶에 대한 끈질긴 생명과 사랑, 삶의 역동성을 발
견한다. 어둠과 밤은 암울했던 시대의 알레고리로 자주 쓰이던 소재

이다. 이 시에서는 그것이 주변부 삶의 고통이나 비극적 정황을 적절히 암시하면서도 그 어둠에서 솟아나는 생명의 빛, 인간적 사랑의 힘을 화자는 발견한다. 화자는 그들에게서 모성적인 생명의 힘을 발견하는 것이다. 화자는 "노점 단속 비정규직 철거단 노란 완장에게 밟힐수록 깊은 사랑"의 "모성애"와 "짓밟힐수록 벌떡벌떡 기 세우는 아낙의 힘"에서 장엄함마저 느낀다. 시장바닥에서 펼쳐지는 이러한 정경에서 삶의 진면목을 발견하는 것은 시인의 가슴이 따뜻하기 때문이며, 또 근본적으로 세계를 대하는 시인의 태도가 "후미진 구석 모래알까지 끌안자던 사랑의 힘"을 간직한 이유에서 가능한 것으로 보인다.

강병철의 시집 곳곳에는 이와 같이 삶과 세계에 대한 따뜻한 시선이 자리하고 있음은 물론이거니와 자신의 일상적 삶과 전교조에 몸담고 생활하는 소회들이 가감 없이 적나라하게 드러나 있다. 그러나 문제는 시인의 사회적 관심과 상상력이 급변한 현실지형에 더 이상 유효한가라는 물음에 얼마나 충실하게 시적으로 대답하고 있느냐이다. 좀 비판적으로 말한다면 시인은 어쩌면 우리 시가 일정한 이념적 좌표를 잃고 그 위치를 적절히 조절해 나가지 못하고 있는 실정에서 사회적 상상력 대한 회의론을 부추길 수 있는 여지를 남기고 있다는 것이다. 소중한 시인의 작품을 폄훼할 의도는 없지만 시적 긴장력이나 주관의 객관화가 다소 떨어지는 느슨한 작품들이 산견되기 때문이다.

이러한 회의론을 불식시키기 위해서는 시의 사회적 역할과 임무를 포기하자는 것이 아니라 변화한 현실을 이전의 방식이 아니라 새로운 방향의 시각에서 고민하는 것이 필요하다는 생각이다. 물론 시인이 그 동안 민족, 민중, 노동, 계급, 역사, 사회 등의 문제와 관련하여 거시적 차원에서 전개된 사회적 상상력이 퇴거한 자리에서 변치 않고 현실과 건강하게 길항하고자 하는 고투하는 노력은 아름답다. 이러한 아름다운 노력이 시인 스스로도 인식하고 있듯이 "혁명의 시대 겨드랑이 사이로 잦아지고 웰빙의 시대 재빨리 번식 중인"(「돼지감자 꽃 망자야」) 변화된 현실지형과 "태풍처럼 밀려오는 자본의 벽"(「명퇴 교사 김홍수에게」), "생선처럼 펄펄 뛰는 젊음들이 잇달아 섹스를 터트리며 / 베스트셀러로 활개 치는 자본주의의 한복판"(「서울행」)이라는 새로운 억압과 모순을 이전과는 다른 맥락에서 바라보고 돌파해나갈 수 있는 시각과 표현이 깊이 있게 더해져야만 한다는 생각이다. 문제는 사회적 상상력의 위축이 아니라 이전의 사회적 상상력으로 표현을 획득하는 방식이다.

3. 폭력적 자본 권력의 현상학 : 김희정

김희정의 시집 『아고라』도 대체로 개인과 역사에 대한 관심, 그리고 "뭇사람 발길 잡기 위해" "화려하게 외출하는 간판"(「간판」)으로 상징되는 현란한 자본주의적 일상의 영역에서 발견하는 반성과 성찰이 짙게 투영되어 있다. 시를 포함한 문학은 근본적으로 인간의 근본적인 문제에 대한 관심을 저버려서는 결코 바람직하지 못하다는 것을 그의 시집은 웅변하는 듯하다. 시는 근본적으로 인간의 삶과 세계가 노정하는 모순, 그리고 그러한 현실 세계에 대한 근본적인 회의와 부정, 그리고 그것을 통한 반성적 성찰로부터 출발하는 것이다. 시인에게 "지금 이 땅은 척박"하고 삶은 "메마르"며 현실은 "낯설다"(「시인의 말」). 이러한 현실인식은 김희정의 시적 발화를 일정하게 사회적 발언으로 이끄는 동인으로 작용한다. 이 점은 시인의 현실인식이 매우 치열하며 비판적인 태도를 견지하고 있다는 점을 말한다. 현실의 각박함에 비례하여 그 현실을 얇고 좁게 보려는 현상주의가 우리 시단의 한 풍조를 이루고 있다는 것을 생각한다면 그의 시적 작업은 상대적으로 가치를 지닌다.

> 바벨탑을 꿈꾸지도 않았는데
> 물대포와 불길에 무너져 내렸고
> 테러리스트들이 바라던 평범한 가정은
> 산산이 부서져 내렸다
> 진압이 끝난 뒤 다섯 명의 목숨
> 40대 50대 60대 70대였다
> 검게 그을려버린 테러리스트의 몸
> 테러범이라 믿기에 너무 여린
> 이웃집 아저씨 우리 아버지 동네 할아버지라는 사실
> 소문으로만 떠돌 뿐
> 도심 한복판을 차지한 양치기 소년은
> 테러리스트라 부르고 있다
>
> 「테러리스트 – 용산참사」 중에서

인용 시에서처럼 그의 시심은 사회 현상에 눈이 닿아 있다. 그리고 그 눈은 일상의 영역을 두루 넓게 포괄하면서 비판적으로, 때로는 따뜻하게 시적 대상을 감싼다. 분단과 노동, 소외와 빈곤의 문제는 예나 지금이나 외면할 수 없는 시대적 과제이다. 그러나 이제 상대적으로 이전과 같이 – 일상적 삶을 지배하는 자본과 권력의 폭거에 대한 문제는 말하면서도 이 화두에 근본적으로 내재되어 연루된, 돌려 말하면 이 화두가 글쓰기의 중심적 사유로 자리 잡거나 이에 대한 논의가 진지하게 이루어지는 경우를 찾는 일은 흔한 일이 아니다. 그렇게 변화한 데에는 전후사정이 분명이 존재한다. 현실지형의 상황적 변화가 있었고 관심의 퇴조가 뒤따랐고 우리는 그것을 위기라 말했다.

그러나 사실 작금의 현상은 이전과는 다르지만 현실적으로는 이전 못지않게 더 긴박하고 심각한 현상을 노정하고 있는 듯하다. 날로 심각해져 가고 있는 빈부격차, 더 빠르고 광범위하게 확산되는 실질적 소외계층의 확대, 자본을 무기하는 문화 권력과 통제되지 않는 국가 권력의 억압과 폭력은 우리 사회를 더욱 기형화시키고 있는 것이 사실이다. 그런 시점에서 이러한 문제들은 우리의 문학 장에 더 많은 것을 던져주고 있다. 그렇다면 작금의 지극히 일상적이며 사소한 관심, 실존적 개인과 그 실존을 둘러싸고 있는 미세한 권력 관계의 문제들에 문학이 많은 관심을 두고 있음에도 그것에 영향력을 미치는 정치·사회·문화·경제적 부조리와 모순이 파생하고 있는 문제들을 외면하는 태도는 이율배반적이라 하지 않을 수 없다.

그런 점에서 인용 시는 변화한 현실에서 고민하고 아파하는 시인의 관심의 일단을 엿보게 한다. 용인과 같은 자본과 국가 권력에 의해 추방된 자들의 공간인 바깥의 주변 영역은 삶의 임계점이 고스란히 드러나는 곳이다. 용산과 같은 곳에서는 자본과 권력(법)의 폭력과 그에 대한 저항이 동시에 발생한다. 우리가 용산이나 대추리 혹은 각종 국책사업의 폭력성에서 보듯이 국가 권력은 그 주변의 세계에 대해서는 헌법에 의해 명문화된 소유권과 기본권 등을 법의 이름으로 부정해버린다. 법의 외부에 존재하는 국가 권력과 그 권력의 법에 의해 추방될 수밖에 없는, 그래서 기본권의 보호를 받을 수 없는 추방자들이 그곳에서 충돌할 수밖에 없을 것인데 김희정은 시는 지점에서 발화한다.

용산 참사는 그야말로 국가권력과 법, 자본과 지배 권력에 의해 무참히 살해된 비극적 참상의 현장이다. 누구나 알고 있는 비극의 용산

참사를 소재로 하고 있는 인용 시는 반(半)난민이라 할 수밖에 없는, 주변에 소외되고 방치된 약소자일 수밖에 없는 철거민에 대한 국가 권력과 자본의 폭력, 그리고 그로부터 부당하게 희생당하고도 공공의 적인 흉악한 테러범으로 몰릴 수밖에 없는 참상을 문제 삼고 있다. 이들은 "바벨탑을 꿈꾸지도 않았"고, 다만 이들이 바라던 것은 "평범한 가정"일 뿐이다. 그러나 이들의 평범한 요구는 성장과 개발이란 깃발을 앞세운 자본과 권력에 의하여 테러리스트로 규정되고 "대테러 진압부대가 출동"하여 "전쟁을 방불케 하는 작전"을 펼쳐 진압해야 할 공공의 적, 사회악이 되어버리는 지극히 부조리한 현실 상황을 시인은 비판적으로 환기한다.

인용 시에서 그려지는 것처럼 용산이나 또는 대추리, 그리고 수많은 재개발 지역의 철거민은 그야말로 자본과 권력에 의해 희생되고 추방당한 마이너리티들이다. 이들은 "테러범이라 믿기에 너무 여린" 평범한 "이웃집 아저씨 우리 아버지 동네 할아버지"들일 뿐이다. 이들은 자본과 권력의 중심으로부터 주변으로 밀려나 소외된 소수자이다. 소수와 다수의 구분은 수의 문제가 아니라 권력의 문제이다. 소수성의 담론은 다수성에 의한 폭력적인 배제에서 출발한다는 점에서 피의 냄새를 항상 동반할 수밖에 없다. 이들은 항상 추방과 폭력의 위험에 노출되어 있다. 그 극단적인 예가 대추리나 용산이라 할 수 있겠는데, 시인은 자본과 권력으로부터 소외된 무력한 양민을 테러리스트로 규정하고 그들을 죽음으로 내몬 참담한 현실을 직시한다. 그것은 국가 권력의 폭력성을 비판적으로 지시한다.

김희정의 시는 국가 폭력과 자본 권력의 횡포의 문제, 우리의 일부이면서 우리 안의 또 다른 소외된 타자와 추방자로서 소수자 문제를 고민하게 만든다. 우리 사회가 무한 경쟁과 성장이라는 자본주의의 전지구화와 신자유주의가 지배 이데올로기가 지배하면서 사회의 양극화는 극도로 벌어졌고, 자본의 장악력은 상상을 초월하는 힘으로 일상적 삶의 곳곳을 침투해 들어와 "새로운 신화 창조"(「캐피탈 빌딩」)에 여념이 없다. 시인은 자본 만능주의가 우리 사회가 이룩한 민주주의를 퇴보시키는 작금의 현실에서 "광장에서 온몸을 태우는 촛불을 보고" "자본의 만능만 외"(「촛불」)치는 자신의 삶과 현실을 반성하며, 그 자유와 민주가 얼마만큼 소중한 가치를 지니는가를 반성적으로 깨닫는 것이다. 이러한 분위기 속에서 자본의 논리와 힘에 어떻게 맞설 수 있는가의 문제는 예나 지금이나 문학에서도 간과할 수 없는 중요한 문제인데, 그러한 점을 고민하는 데 김희정의 시는 가치가 있다.

4. 표준적 균질성에 대한 저항 : 차승호

차승호의 『소주 한 잔』은 또 다른 차원에서 시의 사회적 상상력이 갖는 스펙트럼을 확인시켜준다. 그의 시집의 내용은 전체적으로 강제적 표준어, 일정하게 규범화되고 통일된 정서법으로는 포섭되거나 표현할 수 없는 소외된 농촌의 삶의 결들을 투박한 육성을 통해 그대로 담아내는 매력이 있다. 투박한 육성은 주로 우리가 표준어로는 포섭할 수 없는 농촌 삶의 현장성을 전달하는 데 크게 기여한다. 이 비표준화 되어버린 – 산업화 이후 농경적 삶이나 지역적 차이, 계층별 차이는 국가나 민족 단위의 단일성이나 균질성 확보라는 근대 민족국가의 이념에 의해 더 이상 표준이나 규범, 혹은 어떤 가치나 의미를 담보해낼 수 없다. – 농촌 삶을 담아내는 언어는 지역어로서 표준어의 강제된 문법으로부터 퇴출당한 방언을 통해서이다. 물론 거기에는 속어와 비어도 크게 한몫의 기능을 담당한다.

말하자면 차승호 시의 가장 중요한 미학적 특징으로 독창적 언어 사용을 꼽을 수 있다는 것이다. 독창적 언어 사용은 바로 표준어가 아닌 방언으로서 그의 시의 주제이자 방법론이며 의미론적인 차원에서도 처음이자 마지막인 것처럼 보인다. 무엇보다도 그의 시집은 충청도 방언의 적극적 구사를 통해 특별한 시적 미학을 창출하고 있어 눈길 끈다. 이를 통해 시인은 "한동네 태어나 한동네 물 먹고 한동네 땅 파먹"(「세류리 술주머니」)는, 그러니까 그의 시에서 주로 들판의 이미지로 상징되는 원형적인 농촌 공동체적 삶을 지향하며, "가을마다 허방 빠지는 농사짓"(「진행형」)거나 "한 집 건너 아는 이 사라지"(「농지 늘어나다」)는 현실, 지금 농촌이 당면하고 있는 문제를 "좆도 아닌 건 아니구 생김새가 빠진 좆같기는 허지, 늘어진 쌀값 마냥"(「쌀값」)에서처럼 풍자적 해학을 통해 비판적으로 드러낸다.

> 워떤 처자 밤새 벌거벗구 밭고랑 누볐길래 시뻘겋게 양기 뻗치구 있댜 한 낭구 한 되박은 따겄네그랴 평소 아들 하나 있어야 된다고 성화인 어머니 고추밭에 와서 자꾸 고추 고추 하시네

> … 중략 …

> 그래도 잘 된 고추보고 뭐 생각나능 거 읇으신감? 왜 읇유, 어머니 말씀 백 번 지당허시다 생각 중인디. 뻔한 빈말에도 혹시나(?) 환해지는 어머니 주름살 늙은 주름살

> 그게 아니라 워떤 처자 밤새 고추밭 뛰어댕겼다능 거 말유 할매 같으면 끝물 고추 마냥 쭈그렁 쭈그렁헐 텐디, 길쭉길쭉 성깔 나서 꼐쳐 들구 있능 거 보니께 뉘 집 처자신가? 간밤 달이 밝더니 말이지유

> 시절피너면 집집이 칠십 늙은이덜인디 처자는 무슨 처자, 처자 닮

은 달빛이지

「달빛」 중에서

인용 시에서 살필 수 있는 것처럼 차승호의 시들은 방언의 구어적 발화를 통해 독특한 의미영역이 생성된다. 그의 말투는 충청도 방언의 서술형 어미, 동사, 명사, 음운, 어휘들을 가리지 않고 육성 그대로의 말투를 통해 구사하면서 독특한 시적 반향을 창출한다. 그의 시에서 방언의 구사는 표준어로는 달성하기 어려운 새로운 언어의 수용이며, 거기에는 특별히 의도된 시적 미학이 내재되어 있다. 그의 이러한 방언의 수용과 적극적 활용은 시의 미학을 위한 언어적 수사이고 구조적인 장치인 것이다. 따라서 방언을 구사하는 그의 시를 향토적인 정서만을 담아내기 위한 것으로만 보는 것은 다소 소박한 해석이다. 말하자면 그의 시에서 방언의 구사는 그 지역의 향토적인 정서의 표출이라는 단순한 내용주의적 시각을 넘어 시어로서의 방언 활용에 대한 미학적이며 구조적 기능에 대한 면밀한 탐구를 요구한다.

차승호의 시에서 방언들은 대부분 '워떤, 벌거벗구, 낭구, 읊유' 등과 같이 지방어와 표준어의 일대일 대응이 가능한 경우도 있지만, '께쳐들구, 시절피너먼'이나 다른 시에서 보이는 '접밥술, 꼬약거리는, 보리곱삶,' 등과 같이 표준어로터 음운변화를 거쳐 형성된 언어가 아니라 완전히 새롭게 발화된 어휘들이거나 표준어로는 번역 불가능한 이휘들이어서 그 지방 사람들이 아닌 일반인들은 그 뜻을 쉽게 알아차리기 힘들 정도이다. 그것은 표준어로는 번역 불가능한 관념과 사상(事象)을 지시하기 때문에 더욱 그러하다. 그래서 그의 시를 읽는 일은 아주 낯설고 생소한 느낌을 경험하는 일이다. 방언을 낯설게 느끼지 않을 수 없는 이유는 표준어라는 강제성과 균질화된 규범을 요구하는 언어체계를 벗어나 있음으로 인해서 가장 자연스러운 상태의 인간의 모습을 그리는 데 있기 때문이다. 그의 시의 형식과 내용을 규제하는 방언은 균질화된 문법이나 언어 규약이라는 강제된 억압성의 이성이나 이념에 의해 왜곡되지 않은 원형적이며 순수하면서 소박하고 자연친화적인 것이다. 차승호 시의 심층은 어쩌면 표준어가 근대적 민족국가 건설을 위해 강요된 동질성 확보라는 국면을 설정할 때, 방언의 사용을 통한 시적 형상화는 표준어로는 번역될 수 없는 자연적 삶의 질감 내지는 그러한 삶의 질감을 오롯이 재현하고자 하는 언어의 상황적 기능에 보다 더 가깝게 쓰기 위한 전략으로 이해할 수 있다.

그렇다면 차승호 시에서 방언은 무의식적인 고향 말투의 표출이나 정서의 환기라기보다는 매우 치밀하게 의도된 시적 언어로서 기획된 것으로 볼 수 있다. 말하자면 시인이 추구하는 충청도 방언의 구사는 시의 미학을 위해 전략적인 기획으로 이루어진 것이다. 방언은 표준어의 균질성에 의해 포획되지 않는 것이다. 그것은 기표의 면에서나 기의의 면에서 표준어의 영역 바깥에 존재하는 언어 체계를 지니므로, 언어의 기표와 기의의 폭을 획기적으로 확장할 수 있다. 그래서 그는 표준어의 한정된 낱말 범위를 넘고 또 일탈하는 충청도 방언은 물론이거니와 상당한 비어와 속어, 육담에 이르기까지 새롭고 다양한 언어 군집에서 시어를 선택하는 것이다. 그럼으로써 시인은 충청도 방언만이 지닌 독특한 의미자질을 시의 언어로 육화시킨다. 특히 개인적 지각과 체험에 충실해야 할 시 창작 과정에서 표준어의 규칙은 억압이 될 수밖에 없다. 표준어의 체계와 어휘만을 가지고는 시인이 체험하고 지각하는 세계의 전모를 정확히 기술할 수 없다. 말하자면 시에 있어서 방언의 사용이 의사소통에 장애를 초래할 수도 있지만, 이성적이며 논리적이고 표준적인 이해보다 더 중요한 것은 시인이 지각하는 세계와 정서를 실제적으로 재현하는 것이다. 차승호는 빠롤(Parole) 차원의 자신의 언어에 충실함으로써 개인적 지각을 더 효과적으로 표현하는 것이다.

차승호의 시는 시종일관 충청도 방언의 생소한 어휘들과 어투로 가득 차 있어서 읽는 이로 하여금 당황스럽게 만든다. 충청도 방언의 낯선 어휘들로 수놓은 당돌성, 표준어로부터 일탈한 언어 표출은 그 자체로 미적인 효과를 거둔다. 말하자면 표준어의 정서법이나 문어체 표기법에서 크게 일탈한 생소한 방언들과 음성들이 충돌하면서 독자의 주의를 집중시키는 효과를 거둔다. 이로 볼 때 차승호는 놀랍게도 고유의 토속어인 방언을 가지고 낯설게 하기의 효과를 창출한다. 이 방언 사용의 낯설음은 바로 그의 시의 중요한 존립기반이다. 위의 시에서처럼 잘 익은 고추를 보고 손자를 보고 싶다는 어머니와 딸만 둘이지만 아이를 더 낳을 계획이 없는 화자 사이에 오가는 발화 상황은 이 시에서 낯설고 투박한 충청지역의 방언 구사가 없으면 평범하고 진부할 수도 있는 산문으로 전락했을 것이다. 평범한 소재를 사실적으로 진술할 뿐인 이 시에서 미적 요소를 부여한 것은 바로 충청 방언을 통한 낯설음의 기법이다.

결과적으로 차승호의 시는 근대적 언어 규범인 표준어로부터 일탈되어 있거나 강제적으로 배제된 방언의 사용을 통해 근대성과 그 근대성을 지탱하는 균질화된 규약과 문법과 체제에 저항하는 것으로 볼 수 있다. 이러한 저항의 자장 안에는 방언의 사용 계층이라는 타자성에 대한 성찰을 동반하는 것이다. 즉 근대적 균질성을 전제로 하는 사유체계에 의해 그 가치와 의미가 소외되고 폄하되는 이질적 타자성에 대한 새로운 성찰이며, 그것을 배격하고 규제하는 억압과 불평등에 대한 저항으로 읽을 수 있다. 시인이 균질적 표준어를 거부하고 방언을 전략적으로 수용한 의도는 무차별화된 자연 상태로 회귀함으로써 더 큰 단위의 동질성을 확보하려는 기획이 숨어있는 것으로 보인다.

5. 체제의 문법과 시적 저항

시의 사회적 상상력에서 문제는 당대의 우리의 시가 어떠한 사회적 전망을 가질 수 있느냐이다. 우리 사회의 현실은 여전히 수많은 모순을 내재하고 있다. 분단과 노동의 소외, 자본과 문화 권력의 횡포, 자본주의적 일상의 식민화, 새로운 국가 관리 통제 시스템, 이질적 타자나 문화에 대한 탄압과 동일성의 강요 등등……. 그런데 우리 시는 이념적 좌표를 잃고 그 위치를 적절히 조정해 나자지 못한 감이 있었던 것은 감출 수 없는 일이다. 그런 점에서 이전의 사회적 상상력이 급변한 현실지형에 더 이상 유효하지 않다는 회의론과 함께 그동안 사회적 상상력이 이룩한 빼어난 성과들의 의미마저 망각해 가고 있는 감마저 떨쳐버릴 수 없다. 이러한 의식의 공백은 문학의 사회성을 주장하는 것이 마치 재래적인 것으로 치부하거나 청산의 대상으로 보려는 무의식을 양산한 지 오래이다. 그러나 한편 그 동안 침묵하고 있었던 여성, 지역, 생태 등의 다양한 타자들이 귀환하여 자신의 목소리를 내며 그 정당성을 획득하고 그 영토를 확장해 나가고 있다. 또한 일상, 욕망과 같은 영토를 새롭게 확장해나가고 있는 훌륭한 사례들의 성과를 축적하고 있는 것도 사실이다. 강병철이나 김희정, 그리고 차승호 시인이 고민하고 지향하는 사회적 상상력이나 체제의 문법에 대한 시적 저항이 그들만의 새로운 시적 지평과 전망을 창조적으로 넓히고 획득할 수 있기를 기대한다.

느림의 미학
― 김현식의 『나무늘보』

　근대화의 속도전을 거쳐 우리 사회는 후기산업사회로 진입하였다. 그 이후 우리의 삶의 조건과 환경은 자연이 아니라 문명의 도시이다. 특히 자본주의의 쾌속적 발전은 현대인의 삶과 지각방식을 근본적으로 변화시켰다. 자본의 무의식 세계로의 침투는 가속화되고, 고도의 산업사회로 접어든 현대의 도시와 문명은 인간의 삶과 의식을 규정하는 강력한 지배력을 행사한다. 현대인은 문명화된 도시공간에서 물질적 풍요와 안락한 삶을 영위하고 있지만, 역설적이게도 의식의 한 구석에는 문명에 대한 반감을 간직한 채 살아가고 있다. 보라! 주말이나 휴일이면 도로를 가득 메운, 꼬리에 꼬리를 길게 물고 늘어진 채 도시를 등지고 떠나는, 그 어마어마한 지체를 기꺼이 감내하면서 떠나는 차량들의 행렬, 자연의 피안을 찾는 그 이탈의 욕망을, 그 탈주의 꿈을 ….

　일찍이 도시공간과 그로 인한 지각방식의 변화, 그리고 새로운 미적 체험의 형식에 주목한 이는 발터 벤야민이다. 그에게 산업화로 출현한 새로운 경험 세계로서의 도시는 상품물신이 지배하는 공간이다. 도시공간은 상품의 유통과 판매를 위한 공간으로 꾸며짐으로써 상품의 사용가치보다 교환가치가 우선하는 공간이다. 벤야민은 이러한 도시공간에서 집단적 지혜인 경험이 몰락하고 개인적 지각 체험이 대두하는 현상을 주목하면서, 대도시 공간의 출현으로 새롭게 등장한 개인적 지각 체험의 주체로서 산책자를 상정한다. 우리 시대의 시인들도 속악한 세속도시에서 삶을 꾸려나가며, 도시적 삶의 비밀을 관찰하고, 도시적 삶의 억압성을 탐문하는 산책자이다. 이들은 도시적 삶이 지닌 탐욕스런 욕망을 비판적으로 인식하는 반성적 자아이다.

> 장엄하고 우아한 도심형 고층 빌딩
> 현대적인, 멋스런 외관의
> 거울같은 외벽을 가진 비밀스런 탑,
> 바벨탑의 높이는 어느 정도이었을까
> 새가 날아들려다 부딪쳐 떨어진다
> 무슨 일이 일어난 거기 생각할 여유도 없이
> 무너져 내리는
> 차가운 현실의 벽, 새는 전혀 깨닫지 못한다
>
> 「벽」 중에서

도시공간은 문명화된 삶의 표지로 기능한다. 그런데 화자는 "과시적이고 배타적인 보이지 않는 벽", "현대적인, 멋스런 외관"의 "장엄하고 우아한 도심형 고층 빌딩"의 도시공간에 갇힌 인간소외와 상실, 관계의 단절성과 폐쇄성을 발견하고 전율한다. 그 전율은 욕망의 '바벨탑'이 쌓아올린, 그리하여 소외와 상실, 단절과 폐쇄를 불러온, 그리하여 파멸의 종말을 예감케 하는 불안과 공포에서 기인한다. 극심한 심리적 공황을 그리고 있는 이 시에서처럼 김현식의 시는 도시적 삶이 주는 불모성을 인식하면서, "보안과 익명의 흙탕물 속으로 / 숨어 들어가는 자화상"(「문패」)들의 소외와 위기에 처한 불안한 자아의 정체성을 문제 삼는다. 이와 같은 불안한 의식은 '새'로 은유된 현대인의 정체성을 시인은 "부딪쳐 떨어"질 수밖에 없는 "차가운 현실의 벽"에서 찾고 있다.

김현식은 자연의 아우라 경험이 상실되는 도시적 삶을 반성적으로 지각하는 시인이다. 그는 현대적인 도시적 삶이 지닌 욕망과 문명의

속도, 현란 상품의 물질적 풍요, 문명의 안락과 편리에 도취된 무의
식에 대항하면서 원형적 삶의 형식을 꿈꾼다. 이 원형적 삶은 바로
'나무늘보'로 상징되는 느림의 미학이다. 이 느림의 미학은 물질적 풍
요와 문명의 달콤한 매혹이 가져다 준 "아물지 않은 많은 상처를 보
듬고 / 처음으로 되돌아가고 있는 / 비어 있는 그곳에 / 다시 가고
싶"(「그곳에 다시 가고 싶어진다」)은 근원을 지향하는 '비움의 미학'
을 지향하게 만든다. 문명의 도시는 느림과 비움, 근원적 원형이 결
핍되어 있다. 그러한 결핍이 김현식 시인으로 하여금 느림과 비움을
자각하고 성찰하게 만든다. 결핍과 부재는 시인으로 하여금 현실과
대척되는 다른 가능태를 꿈꾸게 하기 때문이다. 김현식의 『나무늘보』
는 이 시대의 '빠름의 미학'을 상징하는 '고속철'과 느림의 미학을 상
징하는 '나무늘보' 사이의 팽팽한 긴장관계, 두 자력이 충돌하는 자장
권 안에서 시적 상상력이 발원한다.

> '명품'아가씨가 걸어온다 '명품' 아줌마가 지나간다
> 명품들이 나와서 춤을 춘다 명품코너에 들어간다
> 여기저기 명품들이 나와 앉아서 레리싱걸처럼 유혹한다
> 모두들 눈을 크게 뜨고 가늘게 뜨고 명품을 쪼갠다
> 명품은 분해되어 볼품없는 내장을 드러낸다
> 주눅들게 하는 〈브랜드〉 그 화려한 이름을,
> 나도 언젠가 명품 한번 하고 꿈을 꾸었었지
> 그 화려한 허상을,
>
> 「명품」 중에서

화자는 매혹적인 상품의 이미지와 기호가치가 지배하는 도시의 거
리를 걷는 중이다. 그 도시의 거리는 "여기저기 명품들이 나와 앉아
서 레리싱걸처럼 유혹"하는 황홀하고 현란한 매혹과 관능적 욕망을
부추기는 쾌락의 공간이다. 그곳에서 인간의 의식은 무력하다. 그곳

은 자본주의적 상품미학의 상징인 물질적 풍요와 물신의 기호들이 점령한 신전이다. 예의 우리는 그 물신의 신전 앞에 무릎을 꿇을 수밖에 없다. 화자는 그러한 물신이 지배하는 신전을 어슬렁거리며 거닌다. 그러면서 그는 도시공간을 장식하고 있는 상품과 패션의 황홀한 매혹에 도취된 욕망의 풍속을 비감하게 지적하면서, 이에 대한 반성적 성찰을 수행한다. 화자는 이러한 현란한 기호들의 명품으로 장식한 거리, 사람들을 "주눅들게 하는 〈브랜드〉 그 화려한 이름"을 가진 기호들로 풍요롭게 치장한 소비도시의 풍경 속을 걸으며 그것은 영혼이 없는 "화려한 허상", 즉 환(幻)의 세계임을 반성적으로 깨닫는다. 그러한 반성적 성찰은 물질적 상품으로서의 명품이 아닌, 즉 허상으로서의 이미지나 기호가치가 아닌 "영혼의 향기를 간직한 / 명품을 만들고 싶다"고 고백하게 한다. 이러한 고백에서 우리가 느낄 수 있는 것은 바로 물신에 지배된 우리들의 삶과 무의식에 대한 자기성찰이며, 참다운 명품으로서의 인간적 가치, 즉 물질이 아닌 인간적 영혼의 가치를 발견하고 실현하는 일이라는 점을 시인은 들려준다.

김현식은 도시공간의 영혼이 없는 물질적 풍요와 소비의 왕국이 그 이면에 숨기고 있는 불순성, 즉 영혼 없는 자본주의적 상품미학의 황폐성, 추악성, 폭력성, 억압성, 탐욕성 등을 비판한다. 이러한 비판 안에는 안락과 풍요로움, 소유와 소비에 도취된, 상품의 물질적 환상에 중독된 인간 욕망의 비판에 다름 아니다. 물질의 환상에 대한 욕망이 확대 재생산되는 만큼 비례하여 "현실의 고뇌"는 깊어지고 "나약한 현실은 환상을 좇고 환상은 / 좀처럼 끝내기 싫은 크루즈 여행이"되어버린다. 욕망의 한계효용은 지극히 짧고 확대 재생산되기 때문이다. 이러한 자본주의의 상품논리의 무의식 세계로의 침투는 인간의 욕망을 조정하고 조작한다. 그래서 소비와 소유, 안락과 풍요의 삶

을 보장하는 "크루즈 여행"이라는 "상품광고에 눈을 떼지 못"(「환상」)하
게 만든다. 그것은 아래의 인용 시에서처럼 "편리함의 보호색으로 위
장을 한" 채 우리의 무의식을 조정하고 관리한다.

> 편리함의 보호색으로 위장을 한 총알 열차가
> 대전역을 통과하고 있다
>
> 진공청소기는 미세한 먼지까지 빨아들인다
> 음압으로 빨아당기는 눈에 보이지 않는 구심력,
> 마루바닥이 서울쪽으로 들썩 들린다
>
> 상상할 수조차 없는 높은 전압으로
> 지방의 잔챙이를 게걸스레 훑어가는 포식성 저인망
> 생명의 젖줄, 푸른 골짜기의
> 깊은 영혼의 숨결마저 삼켜버릴까 두려운 것이다
> 고속철의 자성이, 보이지 않는 거대한 구심력이,
> 「고속철, 그대는 육식공룡인가」 중에서

속도는 자본주의의 표상이며, 도시의 운명이자, 문명인이 갖추어
야 할 미덕이다. 자본주의적 문명의 도시는 자연의 시간에 가속도의
개념을 적용하면서 그 지배력을 강화한 것이 사실이다. 그것은 문명,
특히 자본주의적 욕망과 그 무한한 탐욕의 논리가 추구하는 노동 생
산성과 소유의 미덕을 실현시키기 위해서이다. 그 파시스트적 속도
문화 숭배의 문화적 조건에서, 그 파죽의 질주 속에서 현대인이 생존
하기 위해서는 그 속도에 적응해야 가능하다. 속도를 거스르거나 게
으르게 해찰을 떨면 도태되거나 낙오자가 되는 것이다. 속도는 도시
의 윤리이기 때문이다.

인용 시에서 화자는 속도의 문화, 문명의 탐식성, 욕망의 확대 재
생산, 공룡처럼 비대한 물신의 욕망을 비판적으로 지각하면서 그 부

정성을 비판한다. 화자는 지금 고속철도를 타고 대전역 근처를 지나는 중이다. 그런데 "편리함의 보호색으로 위장을 한 총알 열차가" 진공청소기처럼 모든 것을 빨아들이는 가공할 만한 속도와 탐욕에 공포를 느낀다. 그 공포는 곧 가공할 만한 탐식성으로 인해 종말을 고한 공룡처럼 비대해진 문명의 실체, 문명의 시간의 종말을 보는 것 같은 느낌이다. 화자는 문명의 탐욕성을 고속철의 속도를 통해 비감하게 바라보는데, 시인이 보기에 고속철의 속도는 쥐라기의 "육식공룡, 티라노사우로스"에 다름 아니다. 그 끝 모를 "포식성 저인망"의 탐식성에서 화자는 지방의 생존권은 물론 "생명의 젖줄, 푸른 골짜기의 / 깊은 영혼의 숨결마저 삼켜버"리지 않을까 두려워한다. 그 두려움은 결국 탐식성으로 인해 공룡화되어버린 문명의 종말을 보는 듯해서 섬뜩할 뿐이다.

김현식의 시집은 일종의 자본주의적 문화논리 혹은 상품논리에 대한 환멸의 체험이다. 환멸이란 이상이나 희망의 환상이 사라진 현실을 확인하는 허무함의 체험이다. 그 체험은 곧 상품의 물질적 안락과 풍요, 현란하고 매혹적인 도시적 일상이 배면에 거느린 음흉한 얼굴을 대면하고 체험하는 일이다. 그래서 그러한 체험은 삶의 진실을 일깨우는 중요한 경험이 된다. 이 경험은 말할 나위 없이 문명의 화려한 외관 안에 똬리를 틀고 깃든 물신의 욕망, 물질의 풍요, 문명적 안락의 비정함을 비감하게 지각하고 그 부정성을 부정하는 반성적 성찰을 이끄는 동인으로 작용하는 것이다. 이를테면 김현식의 『나무늘보』에서 시인에게 비인간화와 물신주의의 세속세계에서 느끼는 환멸감, 공포감, 소외감, 단절감은 존재를 자각하는 동인으로 작용한다.

김현식은 문명의 속도를 역행하고 거스르는 "나무늘보가 되"(「나무늘보」)거나, "비극적인 운명을 처절하게 받아넘기며 / 바다의 왕자"가

되어 "반역의 꿈을 안고 / 상실의 회복"(「다랑어」)을 꿈꾼다. 그 반역
의 꿈은 어쩌면 문명의 속도와 탐욕에 대한 저항이면서, 물질적 풍요
와 안락과 편리에 대한 대항이 아닐까 싶다. 그 저항의 역주행은 결
국 "가을하늘 푸른 모자를 // 깃발처럼 높게 쓴" "건강한 // 당찬 //
오래된 // 미래"(「히로사키 공원의 소나무」)로의 역주행이다. 오래된
미래는 결국 "낮에는 도라지를 캐고 천렵을 하며 꿈을 낚"고 "반딧불
이를 쫓아 풀숲을 뒤지며 / 꿈을 주워담는"(「반딧불이」) 오래된 과거
에서 찾을 수밖에 없다는 것이다.

　이러한 점에서 김현식의 시는 자연에서 도시와 문명적 삶의 대안
을 찾고 있다. 그것은 오래된 과거이지만 올바른 문명적 삶의 미래적
가치를 함유한다. 이와 같이 김현식의 시에서 인간성과 자연성을 자
각케 하는 소외감과 단절감, 불안감과 분리의식은 물신화된 세계에
대한 저항의 양식으로 자리한다. 그것은 자본주의의 상품논리와 이
데올로기에 길들여진 존재이기를 거부하고, 인간이 물질적 동물이기
를 거부하며, 주어진 현재적 삶을 회의하고 반성하는 도시적 삶의 감
수성이다. 산업자본주의의 사회에서 부정성은 예술의 한 전형을 이
루는 것이라 할 때, 김현식의 시는 그 부정성의 그물망에 포획된다.
예술의 한 장르인 시는 현실 세계의 부정적 인식을 보여주는 대표적
인 모델로서, 이 부정적 지각과 의식은 도시적 삶의 비인간적 물신화
와 문명에 대한 맹목적 신앙에 대한 인간적 자각이며 저항이라는 점
에서 김현식 시의 의미를 찾을 수 있겠다.

생활 세계의 비극적 통찰
- 전건호의 『변압기』

　자본주의의 발전에 의한 도시적 삶의 양적 팽창은 현대인의 삶을 평균적이며 균일적 일상성이라는 질적 변화를 초래하였다. 그것은 현대적 삶의 근본적 특징이다. 일상성은 세속적 삶의 속악성과 반복성, 범속성과 타율성으로 인해 미적 범주에서 부정되었던 개념이다. 일상의 영역은 무의미함과 권태, 반복과 통속이 압도하는 공간이기 때문이다. 대개의 경우 시인들도 일반적인 보통 사람들처럼 이러한 일상의 세속 세계에서 삶을 꾸리고 사는 자이다. 그러나 변화된 세계에서 시인이 이들과 다른 점은 범속하고 세속적인 일상에 매몰되지 않고 일상에 대한 미시적 관찰과 반성을 통해 삶의 진정성이란 과연 무엇인가에 대해 끝없이 질문한다는 것에 있다.

　생활 세계의 세부로서 일상의 영역을 문제 삼아 이야기하는 것은 일상을 수락하기 위해서가 아니라 현실 세계의 욕망과 운명의 표정을 들여다보고, 미시적 관찰과 반성을 통해 삶의 진정성이란 무엇인가를 성찰해보자는 것이다. 일상의 반복성과 균질성은 제도적 억압과 삶의 비극성을 은밀하게 은폐한다. 따라서 우리가 무엇보다도 경계해야 할 것은 일상성에의 매몰이다. 현실원칙의 억압과 삶의 비극적 운명은 일상 속에 깊숙이 감추어져 있다. 그러나 일상의 영역과 구조는 쉽게 전복되거나 바뀔 수 있는 게 아니다. 다만 우리는 그 일상의 영역 안에서 성찰적 견성(見性)과 자각을 통해서 그 안으로부터의 어떤 가능성, 본래적 삶의 진정성을 탐문해야 한다. 이러한 명제는 어쩌면 세속적 일상에 발 딛고 살아가는 시인에게 주어진 필연적 운명이 아닌가 싶다.

이와 같은 명제가 수락 가능하다면 생활 세계의 일상, 저 비속하고 비루한 세속적 삶에 대한 시인의 성찰은 남루한 삶의 처연하고 비극적 운명을 확인하고 그것과 담담히 마주하여 전면적 대결을 수행하는 것이기도 하다. 그렇기 때문에 그 싸움은 허무적으로 보이기도 한다. 왜냐하면 일상은 결코 무너뜨리기 힘든 견고한 성체처럼 굳건하기 때문이다. 또한 일상의 세속적 현실에 대한 반성과 성찰, 혹은 거부와 저항은 그것이 은폐한 삶의 비극적 운명과 구조견고함을 깨고 드러내는 작업에서부터 출발하기 때문이다. 삶과 현실 세계에 대한 비극적 인식의 매력은 현실원칙의 강고한 억압성과 은폐성을 폭로하는 데 있다. 그것은 또한 그 싸움이 패배할 싸움일지도 모르지만 포기하지 않고 싸움의 과정에서 본래적인 삶의 의미를 길어 올리려 고투하는 것이기 때문에 의지적이며 전략적 행위이기도 하다.

현대의 시인들은 일상의 영역에 은폐된 억압성과 비극성을 폭로하고 그 안에서 견디고 성찰하면서 삶의 진정성을 끝없이 탐문하는 과정에 있는 자의 운명을 지니고 있다. 전건호의 첫 시집 『변압기』는 불편하게도 일상적 삶의 비극성을 들춰내고, 그것과 맞서면서 삶의 진정성을 탐문해 나가는 과정에 위치해 있다. 이를테면 "환상통에 미끄러지듯 청계천을 걷다 보면 / 파랑에 휩쓸리는 인어 같다 / 무표정하게 내려다보는 / 쇼윈도 마네킹들 / 꿈에 부푼 미니스커트 위성처럼 휙휙 날아다니"는 환상통 같은 세속적 현실에서 주어진 세계를 반성적으로 성찰하고 삶의 진정성을 찾아 나선 자가 시인이다. 전건호의 시는 이러한 일상생활 세계의 세부에 천착하면서 삶의 비극성을 드러내는 역동적인 과정을 보여준다. 전건호의 시에서 우선 주목할 점은 일상적 삶의 영역이 갇힘의 이미지로 드러난다는 것이다.

> 원반 같은 운동장 이 악물고 뱅뱅 돌다가 숨 가빠 그만 멈추려는데
> 두 다리가 제멋대로 뱅글거리는 거라 힘들어 죽겠는데 멈춰지지 않는
> 거라 내가 달리는 거라 생각했는데 알고 보니 운동장이 멋대로 나를
> 굴리는 거라 공깃돌처럼 톡톡 튕기는 거라 하도 기막히고 어이없어
> 가쁜 숨 할딱이며 생각해보니 여기까지 온 게 내 의지인 줄 알았는데
> 꼭 그런 것만도 아닌 거라 바람이 이리저리 나를 이끌었고 길들이 나
> 를 둘둘 말아 꾸역꾸역 소화시켰던 거라 알지 못하는 힘이 나를 원반
> 속에 밀어 넣은 거라 평생 쳇바퀴 돌고 돌면서도 꿈에도 눈치채지 못
> 한 거라 이제야 그걸 깨닫고 트랙을 뱅뱅거리면서 담장 밖 흘겨보며
> 씩씩거리는데도 쳇바퀴 속 다람쥐처럼 멈출 수가 없는 거라
>
> 「거라」 전문

인용 시는 "쳇바퀴 속 다람쥐처럼" 뱅뱅 돌고 돌며 반복하는 삶에
대한 성찰을 보여주는 작품이다. 화자의 시선은 '나'의 실존적 운명
내지는 삶의 현재적 구조를 응시하고 있다. 그러한 시선의 응시는 세
계 내 존재이기 때문에 '나'의 운명을 결정하는 어떤 커다란 현실 세
계의 "알지 못하는" 음험한 힘을 겨냥한다. 화자의 응시는 결국 현실
적 삶의 구조가 은폐한 억압성과 타율성을 인식하고 반성적으로 깨
닫는 것이다. "여기까지 온 게 내 의지인 줄 알았는데" "그런 것만도
아닌 거라"는 화자의 반성적 깨달음은 그러나 삶의 비극성으로부터,
화자의 표현대로 말하자면 "담장 밖"으로 탈출할 수 있는 길까지 제
공해주지 않는다. 그렇기 때문에 화자는 그 비극적 운명을 다소 냉소
적이며 풍자적으로 형상화한다. 삶은 "알지 못하는" 외부의 거역할
수 없는 타율적 힘에 의해 "원반 속에 밀어 넣어진" 것이며, "내가 달
리는 거라 생각했는데 알고 보니 운동장이 멋대로 나를 굴리는"일 뿐
이다. 나의 주체적 의지는 사라지고 나는 다만 어떤 커다란 힘에 의

해 타율적으로 조종되는 존재일 뿐이다.

우리는 누구나 그렇고 그런 새로울 것 없는 일상적 삶을 살아간다. 대개의 경우 길게는 삶의 일반적 패턴이 그러하며 짧게는 하루의 일상이 그러하다. 하루아침에 현실적 세계와 지금 여기의 삶이 전복될 확률적 가능성은 희박하며, 오늘은 어제와 다르며 내일은 오늘보다 새로울 것이라는 기대 지평은 결코 열리지 않을 것이다. 하이데거는 일상의 평균율 속에서 자기 자신은 없고 타자의 의향이 현존재의 모든 존재 가능성을 임의대로 조정하는 경우를 존재 가능성의 균등화라 했다. 이때 나의 고유한 정체성은 사라지고 알 수 없는 타자가 내 안을 점유하고는 나를 제멋대로 부린다.

인용 시「거라」는 이러한 측면을 적절히 반영한다. 환언하면 화자는 "내 의지인 줄 알았"지만 사실은 "알지 못하는 힘"에 의해 담장에 갇혀 다람쥐 쳇바퀴 돌 듯 "트랙을 뱅뱅" 도는 삶을 냉소적으로 그리고 있다. 담장 안에 갇혀 주어진 트랙을 뱅뱅 도는 존재 가능성의 균등화는 획일성 혹은 균일성으로서 일상적 삶의 존재방식을 규정한다. 우리의 운명은 그 함정, 그 담장 안의 트랙에서 아무리 "파들대"도 "절대 벗어날 수 없"는 "모래무지" 같은 신세이다. 따라서 인용 시는 현실원칙에 의해 규제되는 일상은 삶의 존재 방식을 타율적이고 억압적으로 규정한다는 점을 적절히 지시하는 것처럼 보인다.

언제부터 엉켜 잠든 건지 몰라요 밖으로 나가는 순간만 초조하게 기다리는데요 인적 끊긴 거리 창백한 유령처럼 서로 등 돌리고 곁눈질하다 하얀 손 어른거리기만 해도 심장이 얼어붙을 거 같아요 파리한 가로등 불빛에도 신데렐라가 된 듯 외로운 비둘기의 날갯짓에도 자꾸 차디찬 손을 놓쳐버려요 낙진처럼 가라앉는 한숨 섞인 시선들 눈물 글썽이며 서로 어깨 다독거려주는데요 새벽 두 시 불 꺼진 미로를 떠도는 바람이 마른 눈물마저 지우고 가네요 멀리서 찻소리만 들

려도 까맣게 타버릴 마음이에요 오늘밤은 부디 당신 머리맡에 잠들
수 있게 제발 여기서 건져 주세요

「인형뽑기」 전문

인용 시의 시적 대상은 상점 거리의 귀퉁이에 놓여 있는 인형 뽑기
상자 속에 갇힌 인형이다. "밖으로 나가는 순간만 초조하게 기다리는"
상자 속 인형은 화자 자신이라는 개인적 실존의 등가인 동시에 인간
의 보편적 실존처럼 보인다. 시의 전체적인 분위기는 "창백한 유령",
"파리한 가로등", "외로운 비둘기", "차디찬 손", "한숨 섞인 시선", "불
꺼진 미로", "마른 눈물" 등등과 같은 냉정하고 부정적 표현들에 의해
갇힌 자의 불안과 공포를 환기한다. 이것은 상자 속에 갇힌 실존에
대한 관찰일 뿐만 아니라, 그 갇힌 공간과 실존적 양태에 대한 시인
의 관점을 드러내는 것이다. 시인은 상자 속 인형을 시적 주인공으로
내세운다. '인형'은 도시의 길거리 인형뽑기 상자 속에서 "나가는 순
간만 초조하게 기다리는" 갇힌 생활을 이어왔다. 상자는 물론 개인적
실존 혹은 사회적 실존으로 등가된 '인형'이라는 존재의 구속된 삶에
대한 시적 상관물이다. 그렇기 때문에 "당신 머리맡에 잠들 수 있게
제발 여기서 건져 주세요"라고 애원하는 고백의 구절은 갇힌 삶의 실
존적 비극성에 대한 쓸쓸한 자기 확인이다.

전건호의 시에서 이와 같은 삶의 구속성은 "콘크리트 틈 뿌리 내리
고 / 백 년을 기어"오르는 담쟁이(「영혼의 집」)이나 수세미(「수세미
에 접붙이다」), "밥이 곧 무덤인" 어항의 감옥(「물의 감옥」) 등의 이
미지로 표현되기도 한다. 그 이미지들은 삶의 구속성과 비극성을 드
러내준다. 폐쇄된 공간에 갇힌 이러한 삶의 구속성과 비극성은 "블랙
박스 속에 / 선명하게 기록"된 생애(「검침원」)나 "車와 包에 끼인"
(「팔괘진에 갇히다」) 갇힌 존재로 드러나며, 갇힌 담장을 힘겹게 기

어오르는 '담쟁이'나 '나팔꽃'이나 '수세미' 같이 결코 넘어설 수 없는 막막한 벽을 기어오르는 식물의 이미지로 표현된다. 이렇게 자신의 실존을 등가한 시적 상관물들은 "난파당한 배(船)처럼 / 담벼락에 정박해 비틀거리"(「새벽 귀가」)거나 "바람에 찢긴 파란 손바닥 / 가늘게 흔들며"(「영혼의 집」) 담벼락을 기어오르는 것처럼 비극적으로 그려진다. 이 또한 구속된 삶의 실존적 비극성에 대한 자기 확인이며 자기 성찰이라 할 수 있겠다.

> 눈만 뜨면 벌어지는 對局
> 이름 없는 卒이 되어
> 얼마나 많은 루비콘강 건너왔던가
> 알집 같은 아파트 나서면
> 날마다 급변하는 陣勢
> 오늘은 이리 밀리고
> 어제는 저리 밀렸던가
> 우왕좌왕 밀려다니며
> 적진의 卒 몇이나 베었던가
> 차와 포에 낀 이름 없는 卒이 되어
> 던져지길 몇 번인가
>
> 「묘수를 찾아서 2」 중에서

> 된장과 깻묵을 넣으세요
> 다음엔 길을 만들어 유인하세요
> 식욕을 자극하는 냄세가 후각을 자극하겠죠
> 밥이 곧 무덤인,
> 정작 모래무지만 그것을 모르죠
>
> 「물의 감옥」 중에서

전건호의 시에서 일상적 삶은 "날마다 급변하는 陣勢" 속에서 "이리 밀리고" "저리 밀"리며 "루비콘강을 건너"는 일이거나 "밥이 곧 무덤인" 줄 모르고 "물의 감옥 못 들어와 안달하는" 탐식의 모래무지와 다름이 없는 양상이다. 말하자면 삶은 자신의 의지와는 무관하게 세계라는 원반에 "이름 없는 卒이 되어" 함부로 던져진 것에 다름 아니며, "처음부터 함정"인 그 원반 위에서 떡밥을 탐하다 종국에는 벗어나지 못하고 죽음에 이르는 것과 유사한 것이다. 그래서 시인은 "나는 / 오늘도 잘못 배달되는 것 같다"(「문자 메시지」)고 고백한다. 이러한 이미지들은 삶의 정처 없음과 비극성을 그대로 드러낸다. 일상적 삶의 현실을, 혹은 그 속에서 그렇게 살아오고 살아가는 모습을 이렇게 표현한다는 것, 그것은 별로 특별한 것이 아니다. 중요한 것은 이러한 표현들 속에 삶의 비애와 그것을 넘어서 있는 삶의 진정성에 대한 갈구가 짙게 배어 있다는 것이다.

현실원칙에 의해 강제된 세속적 삶의 균일성과 타율성은 구체적 생활 세계의 일상을 낯익고 습관화된 반복으로 내몬다. 또한 일상의 영역은 세속적 욕망들, 시인의 표현을 빌리자면 "그 몸집에 제가 깔려 죽는 줄도 모르고" "꾸역꾸역 몸집을 불리는 데만 열중"(「멸족의 후예」)하는 멸족을 앞둔 비대한 공룡의 폭식 같은 것이기도 하다. 이렇게 시인에게 비춰지는 일상적 삶의 생활 세계는 "모눈종이 같은 / 보도블록에 박혀 있는 집 / 문 나서는 순간" "반상의 도시를 헤"매며 (「묘수를 찾아서」) "일진일퇴 거듭"(「팔괘진에 갇히다」)하다가 "성냥갑 집으로 돌아가 / 고단한 몸 눕"(「묘수를 찾아서 2」)히는 것과 같이 고단하고 획일화된 것이다. 시인에게 일상의 규율은 통속으로 가득하고 자동적으로 반복되기 때문에 무의식적이고 비정한 것이다.

그러나 이 하잘 것 없어 보이는 생활 세계의 일상은 삶의 세목을 이루는 구체적인 일면이라는 점에서 중요한 가치를 지닌다. 말하자면 생활 세계의 세부로서 일상성은 우리의 삶과 존재가 현현하는 자리이기 때문에 삶의 구체성과 세목을 이루는 요건이기도 하다. 앙리 르페브르의 통찰처럼 일상성은 현대성의 무의식과 삶의 현실적 조건에 대한 인식과 비판적 성찰을 제공해주는 주요한 준거틀이다. 전건호의 시는 이러한 현대적 일상인의 삶의 양태를 비극적으로 드러내는 데 공을 들이며, 그 안에서 삶의 진솔한 진정성을 찾는다. 삶에 대한 이러한 비극적 인식 때문에 그의 시는 허무주의를 스치고 지나가는 듯하지만, 전건호 시의 허무나 비극적 인식은 생활 세계의 아픔이나 실제를 배제하는 것이 아니라 그것을 받아들이고 견뎌내는 데 그의 시적 매력이 있는 것이다.

> 아버지 누웠던 옛집 마루에 오늘은 내가 객이 되어 눕는다 그리운 수묵화 한 폭이 펼쳐진다 강물에 발을 담그고 낚싯줄 드리운 아버지가 보인다 물총새 날아들어 굴참나무 숲은 점점 무성해지고 내가 누운 마루까지 끌고 온 그늘이 담백하다 아버지는 여전히 스무 살 청년이었으나 나는 서른이 되고 마흔이 되고 수묵화 속 고목처럼 시들어간다 마당을 덮은 칡넝쿨이 그려내는 그리운 수묵화 한 폭 명자꽃 지는가 싶으면 배롱꽃 가득하고 또 눈이 내렸다 저녁 어스름에 눈 떠보면 또 다시 텅 빈 마루 헝겊처럼 핀 나팔꽃 눈망울에 그렁그렁 눈물이 맺혀 있다

「옛집 수묵화」 전문

화자는 옛집 마루에 올라 원형적 풍경을 상상하고는 "서른이 되고 마흔이 되고 수묵화 속 고목처럼 시들어"가는 자신을 응시한다. 그 응시는 젊음의 소실에 대한 회한으로 화자를 이끄는데, "텅 빈 마루 헝겊처럼 핀 나팔꽃 눈망울에 그렁그렁 눈물이 맺"힌 것처럼 슬픈 것으로 인식된다. 그것은 화자가 막막한 세월, 시인의 표현을 빌리자면 "죽어도 몇 번은 죽었어야"(「개구리에게 배우다」) 하는 시간을 견뎌와 이제는 쓸쓸한 중년의 자리에 서 있기 때문이다. 이러한 회한은

상실과 덧없음에서 기인하는 것이며, 그 회한의 자리에 새로운 자기 인식의 계기를 주는 것은 시간의 소멸에 대한 긍정에서 오는 것이다. 그것은 곧 "무조건 영역을 넓히는 게 아니"(「담쟁이」)라 "잃어버린다는 것은 / 무겁게 짓누르던 잡념이 휘발"되고 결국은 "○을 향해 달릴수록 / 무념의 경지에 달하는"(「지천명2」) 세계, 즉 고단한 삶의 남루가 모두 원형적 긍정으로 용해되는 '담백'한 세계이다

전건호의 시는 결핍으로 가득 찬 시간의 기록이며, 변질된 자아의 자기 고백이고, 금지된 현실원칙으로부터 벗어나고픈 욕망의 기록이다. 그에게 현실과 자아는 불만족스럽다. 지금까지 흘러온 시간은 자신이 지녔던, 혹은 자신이 꿈꾸는 세계와 가까워지기 위한 운동이 아니라 그 원형적 세계와 자아로부터 변질되고 분리되는 운동의 연속일 뿐이다. 그래서 그의 시는,

> 몸은 현재에 머물러 있으나
> 마음은 자꾸 과거를 지향한다
> 내가 움켜쥐었던 그 많던 꿈들은 다 어디로 갔을까
>
> 손톱에 갇힌 열 개의 반달이
> 조금씩 저물어 간다
>
> 「손금에 갇히다」 중에서

와 같이 종종 "몸은 현재에 머물러 있으나 / 마음은 과거"의 기억을 지향하기도 한다. 그가 도달한 곳은 바로 "많던 꿈들"이 사라지고 "손톱에 갇힌 열 개의 반달이 / 조금씩 저물어"가는 부재와 소실의 지점이다. 조금씩 바스라져 가는 실존적 운명, 그러나 그것은 존재 전체를 부정하는 것이 아니라 존재자의 현실적 존재만을 부정하는 하는 것이다. 시인은 이러한 현실적 존재의 부정을 통한 긍정, 혹은 원형

적 자아의 본질적 회복을 꿈꾸는 것이다. 이러한 부재와 소실은 존재에 대한 물음의 절박성 내지는 존재 전환의 가능성을 탐문하는 것이다. 그것은 앞서 제시한 「거라」나 「인형뽑기」에서처럼 폐쇄된 영역 속에 갇힌 인간에게 존재의 새로운 경험을 가능하게 한다. 중요한 점은 소실과 부재의 확인을 통해 "확철대오 방문 박차고"(「개구리에게 배우다」) 나가는 존재 전환을 꿈꾸는 지점에서 찾아야 한다. 그 지점에 전건호 시의 또 다른 매력인 일상에서 건져 올린 유쾌하고 발랄한 상상력이 드러나는 부분이기도 하다. 가령,

> 꾸벅꾸벅 졸고 있는 치마 밑으로
> 잽싸게 들어가버린 빈 병
> 기차가 덜컹거릴 때마다
> 빼꼼 얼굴만 내밀고
> 좀처럼 나오려 하질 않는다
> 끈끈하게 더듬어 쭈글쭈글해진 몸으로
> 달그락달그락
> 세상 모르고 조는 여자의 가랑이 사이를
> 뻔뻔하게 들락거린다
>
> 「아이러니」 중에서

와 같이 노래할 때 인데, 일상에서 목도한 사소한 일을 재치 있게 묘사하는 시적 진술이 이 시의 묘미이다. 전철의 실내등이 갑자기 꺼지고 에어컨도 일순간 멈춰버린 돌발적인 상황에서 화자는 유쾌한(?) 상상력, 아니 다소 성적 상상력을 발동시키면서 갈증에 목이 타고 가슴에 땀이 흐르는 갑갑한 상황을 성적 상상력으로 치환한다. 그 갑갑한 상황과 대비되는 성적 행위의 병치가 이 시의 묘한 매력일 텐데, 이처럼 일상적 경험의 공간에서 시의 의미 자질을 더 많이 길어 올릴 때 그의 시는 한층 더 아름다워 보일 것으로 생각한다. 그의 시가 일

상성 저편을 꿈꾸지 않고, 일상 안에서 벌어지는 욕망의 생태를 세밀하게 드러내는, 바꾸어 말하자면 문면에 그대로 드러나는 공허함이나 무력감, 불안감 등의 도식을 빌리지 않고 실존적 운명을 드러낼 때 미학적 성취를 한결 더 증폭시킬 수 있을 것이다. 사소하고 하찮은 행위, 별것 아닌 사건으로 이루어진 일상적 삶의 영역에 감추어진 어두운 실존의 의미를 밝혀내는 일이 어쩌면 시의 구체성을 보다 확실히 획득할 것으로 여겨진다.

전건호의 시집은 삶을 척박하고 고단한 것으로 드러내면서도, 그것을 긍정하고 삶에의 의지를 확인한다. 그에게 있어서 삶의 비극적 운명이나 허무적 속성에 대한 긍정은 허무나 비극에 빠져 한탄하거나 좌절하는 것이 아니라 넓은 의미에서 삶에 대한 긍정으로 나가는 것으로 볼 수 있다. 삶에 대한 비극적 인식이나 허무적 속성 안에 이미 그것에 대한 구원이 놓여 있다는 것이다. 왜냐하면 헛된 삶의 운명을 긍정함으로써 비로소 우리는 그 안에서 최소한 의미를 길어 올릴 수 있기 때문이다. 인간의 삶은 어쩌면 헛된 욕망과 믿음에 사로잡힌 채로 종말을 향해 치닫는 것에 다름 아니다. 그러나 전건호의 시는 그 실존적 운명의 쓸쓸함만을 노래하는 것이 아니다. 그의 시는 삶을 진정으로 응시하고 깊이 체험하는 가운데 얻어진 것이라는 점에서 빛을 발한다.

제 3부
순연한 정신

각성의 문법
– 주용일론

1

　주용일 시인이 『현대문학』지를 통해 등단한 해는 1994년의 일이다. 그 후 『문자들의 다비식은 따뜻하다』(문학과경계, 2003)와 『꽃과 함께 식사』(고요아침, 2006)를 상재한 후, 산문집 『시인할래 농부할래』(오르페, 2015)의 출판을 앞두고 애석하게도 타계했다. 그리고 유고시집이랄 수 있는 『내 마음에 별이 뜨지 않은 날들이 참 오래 되었다』(오르페, 2015)를 남겼다. 어쩌면 작고한 날짜로 상재한 산문집은 유고시집을 포함한 세 권의 시집을 관통하는 시적 사유의 산문적 변용이 아닐까 싶다. 그리고 그의 유랑에 이어 은거에 가까운 산골에서의 생활은 시집에 표명된 정신의 현실적 실천이었으리라. 세 권의 시집 가운데 앞선 두 시집의 표제로만 짐작해보아도 불교적 사유의 세계관과 자연 사물에 깃든 본질을 관조하면서 삶과 자연 사물의 생명에 내재한 기쁨을 오롯이 감각하는 사유의 방식은 산문집의 표제에서도 그대로 드러나 있다. 아무래도 그는 자연의 근원에 순응하는 산골의 시인 농부로 살기를 원했던 것 같다.

　오랜 시간 개인적으로 경험한 주용일 시인은 사물과 세계에 대한 성찰적 사유가 깊고, 일상의 제도적이며 보편적 사유 방식, 세속적 가치, 현실원칙이 강요하는 규범에 종속되기를 상당히 싫어했다. 특히 그는 인간의 삶과 사물의 본질에 대한 불교적 사색이나 노장적 사

유가 담긴 서적을 즐겨 읽었으며, 더불어 그에 따른 그만의 해석적이
며 성찰적 발언들을 곧잘 설파하길 좋아 했다. 시 쓰기를 좋아 했고,
여행을 좋아 했으며, 술 마시기를 좋아 했고, 산이나 바다 등 자연을
찾아 떠나는 일을 좋아 했다. 그의 시를 다시 읽고 단평을 쓰는 일은
그의 시세계를 구성하는 미학적 형질을 탐색하는 일인 동시에, 그에
비추어 그의 삶의 궤적과 행보를 다시금 재구성하고 확인하는 작업
에 다름 아닐 것이다.

2

주용일의 시는 자연 사물과 인간 삶의 보편적 현상에 대한 관찰과
관조의 시선으로 구축된다. 삶과 세계에 대한 시인의 투시는 현상 이
면에 숨은 삶의 진실과 사물의 본성과 존재원리를 발견하고, 지각의
갱신과 존재의 각성으로 이어진다. 이러한 그의 시법은 등가적으로
그의 삶의 내질을 구성한다. 뿐만 아니라 관찰과 관조에 따르는 존재
의 각성이라는 사유 방식과 상상력은 그의 시의 고유한 문법이다. 그
것은 그의 실존적 존재 방식이었고, 그 자체로 그의 삶의 내질을 형
성하는 정체성이며, 시적 미학을 규율하고 의미가치를 규정하는 지
배소로 기능한다. 그의 시에서 주목해야 하는 것은 관찰이나 관조가
외계의 사물을 직접적으로 재현 묘사하는 방식이기보다는 등가적이
며 상징적인 해석에 있다. 그것은 그의 적극적인 시 쓰기의 실천행위
이고 동시에 그가 세계를 이해하는 방식이며, 그의 시 쓰기의 고유한
문법이고, 세계 내의 실존적 존재 방식이다.

마음속의 힐던새 운다
날 때부터 집짓는 법을 모르는,
그래서 날마다 밤이 되면
내일은 집을 지어야지
내일은 집을 지어야지 운다
그 마음속 새는 내가 키웠다
몇 번의 실패한 사랑과
먹이찾기로 부러진 어깻죽지와
숱한 어둠과의 면벽 속에서
집 지을 줄 모르고
하늘 날 줄 모르는
그 새는 내 집시의 피를 먹고 자랐다
「힐던새는 집을 짓지 않는다」 중에서

　주용일 시인을 생각하면 참 많은 것들이 떠오르지만, 무엇보다 이
곳저곳 자주 거주를 옮겨가며 살아왔다는 것이다. 위의 시는 그가 한
곳에 정주하지 못하고 도처를 떠돌았는지 설명해준다. "집 지을 줄"
도 "하늘 날 줄"도 모르는 힐던새는 화자 자신의 동일지정에 가깝다.
화자는 히말라야 산의 힐던새에 자신을 가탁해 자신이 정주하지 못
하고 살아가는 운명을 담담히 진술한다. 내일은 집을 지어야겠다고
밤마다 다짐하지만 힐던새는 "집시의 피를 먹고 자"란 탓에 그저 공
염불처럼 다짐으로 끝나고 다시금 춥고 고단한 밤을 지새운다. 화자
는 자신의 떠돌이 같은 삶을 "날 때부터 집짓는 법을 모르"고, 또 "집
시의 피를 먹고 자"란 운명의 탓으로 돌리는 듯하지만, 사실은 그러
한 삶에 이르도록 이끈 동인은 현실적 조건이 가져온 결과로 보는 것
이 문맥상 타당할 듯하다. 왜냐하면 집을 지어 정주하고픈 강렬한 욕
망과 의지는 늘 번번이 "실패한 사랑"과 "먹이찾기로 부러진 어깻죽
지"와 "어둠"이라는 현실적 벽에 갇혀 좌절된 것으로 보이기 때문이

다. 현실적 삶에서의 실패와 좌절, 그로 인한 상실의 아픔과 고통의 경험은 그를 한 없이 떠돌게 했을 것이고, 시인은 그것을 "집시의 피를 먹고 자"란 자신의 운명으로 받아들인 듯하다.

　타계하기 전 얼마의 시간을 제외하고 주용일 시인은 힐던새의 운명처럼 둥지를 틀지 못했다. 홀연히 사라졌다 문득 나타나고는 또 다시 문득 사라지는 게 그의 삶의 방식이었다. 듣자하니 경남 산청에서 몇 년, 제주에서 몇 년, 무주 근방에서 몇 년 살았다 한다. 그러다 "내일은 집을 지어야지" "내일은 집을 지어야지"하며 울던 힐던새는 타계 전 영동 심천 근방 어딘가의 산골에 집을 짓고 농사지으며 은거하다시피 살았단다. 마치 "이제 기억의 지층 위로 솟아오르지 못"하도록 "과거는 몇 권의 일기장과 / 낡은 사진첩으로 간단히 봉인"해버리고 "거추장스런 삶의 꼬리"(「封印」)를 자르듯 좌절과 고통을 안겨준 세속의 인연들을 봉인해 정리한 것이다. 대학 때도, 뒤늦게 졸업한 뒤에도 그는 도시적 현실에 잘 적응하지 못했던 것으로 기억한다. 얼마간 직장 생활을 하기는 했지만 불만족스러웠던지 불현듯이 사라지고 나타났다 몇 년씩 다시 소식이 끊기고를 반복했다. 그러더니 지난 10여 년 전부터는 아예 소식을 전해오지 않았었다. 그저 떠도는 불확실한 소문으로만 그의 소식을 간간히 접하다 마지막 소식은 그의 죽음을 알리는 부고였다. 그렇게 힐던새는 영원의 집으로 돌아갔다. 주용일은,

　　　그대와 위태롭게 연결되었던
　　　마지막 인연 하나
　　　눈물 먹여 탁!
　　　끊고 나서
　　　자, 이제 나는 절해고도다

　　　　　　　　　　　　　　　　　　　　　　　「섬」 중에서

라고 선언한 뒤 좀체 모습을 보여주지 않았다. 세속의 이런 저런 거추장스러운 인연을 끊고 그는 절해고도 섬처럼 혼자인 듯 했다. 무엇이 그를 은일(隱逸)과 독락(獨樂)의 세계로 이끌었을까. 시인은 왜 옛 사람처럼 자연에 귀의하여 "풀숲에 제 이름 묻고"(「이름 없는 것들에게」), "내 사는 곳에 계곡이 깊어 사시사철 맑은 물소리 끊이지 않"아 "물소리에 귀가 멀어 마음으로 물소리"(「물소리, 물소리」) 들으며, "산 마을에 겨울비가 내리면 처마 밑에 쭈그려 앉아 건너 산 낙엽이 채 가시지 않은 혼합림에 무연히 쏟아지는 빗줄기를 헤아"(「빗줄기에 갇히는 일은 즐겁지요」)리며 사는 은일과 독락에 가까운 삶의 방식을 택했을까? 나로서는 정확히 알 수 없다. 다만 「힐던새는 집을 짓지 않는다」와 같은 몇몇 시편, 가령 다음과 같은 시는 시인이 은일과 독락의 자족적 세계로 나아가게 된 현실적이며 심리적인 정황을 어느 정도 짐작하게 한다.

> 나를 스치는 것들은 상처를 입고 피 흘렸으며
> 내 손길을 거치는 것들은 부서지고 망가졌다
>
> 그러나 잘 벼려진 내 영혼의 칼날은
> 또 얼마나 쉬이 상처를 입었던가
> 너에게 닿기 전에 칼날은 슬픔으로 울었고
> 세상과 부딪혀서는 이가 빠지고,
> 달콤한 사랑으로 녹이 슬고,
> 때때로 환하게 빛나는 칼빛이
> 스스로를 동강내기도 했다
>
> 「참회록」 중에서

화자는 자신의 삶을 "칼날처럼 살았다"고 비유한다. 칼은 매혹적이다. 칼은 파괴적이면서 창조적이기 때문이다. 칼은 본디 파르마콘과 같아서 파괴와 창조라는 양면성을 지니기 때문이다. 그것은 자신에게 뿐만 아니라 타자에게 끔찍한 파괴와 범죄의 수단이 될 수도 있으며, 자신은 물론 타자를 먹여 살리고 지켜내는 아름답고 창조적인 생산적 도구가 될 수도 있다. 화자의 삶을 기호화한 '칼날'은 마치 팀 버튼의 영화에 등장하는 '가위손'처럼 하나의 인간형을 상징하는 것처럼 보인다. '가위손'에게 그랬듯이 화자에게 "잘 벼려진" "영혼의 칼날은" 사람들에게 독특한 인격으로 인해 묘하게 끌리나, 막상 다가서려 하면 날카로운 칼날에 다칠 것 같다는 두려움을 갖게 된다. 영화에서 사람들은 가위손 에드워드에게 매력을 느껴 그와 친구가 되려 하나 결국 그는 마을에서 쫓겨난다. 그는 자신이 좋아하는 것을 만지려 하나, 그의 손은 날카로운 가윗날이다. 그의 사랑은 결국 자신이 좋아하는 대상에게 상처만 입히고 만다. 이를 알기에 그는 제대로 세상에 나갈 수가 없다. 여기서 우리는 '가위손'과 등가처럼 보이는 '칼날'에서 시적 화자의 초상을 발견하게 된다.

화자는 자신을 "스치는 것들은 상처 입고 피 흘렸으며" 자신의 "손길을 거치는 것들은 부서지고 망가졌다"는 자책감으로 인해 괴로워한다. 한편으로는 "세상과 부딪혀서는 이가 빠지고, / 달콤한 사랑으로 녹이 슬고", 자해와도 같이 제풀에 "스스로를 동강"내는 파괴와 상처의 "슬픔으로 울"며 참회하고 있다. 화자는 자신과 타자에 대한 속죄와 참회의 눈물을 흘린다. 그가 세상의 뜻을 거두고 자연으로 돌아간 것은, 어쩌면 "강물 속에서 쟁쟁 우는" "아쟁 소리"처럼 부끄럽고 "아픈 노래만 부르며 한 생을 살았다"는 뼈아픈 각성에서 비롯되었을지도 모르겠다. 그의 은일은 아마도 세속의 현실이 그에게 안겨준 쓰라린 상처와 좌절을 위로 받고 치유하는 최종적 방법이었을지도 모르겠다. 이를테면 전통 시가에서 볼 수 있듯이 자연을 통해 현실적 삶의 좌절이나 회의에서 벗어나 위안과 서정을 추구하고, 거기에서 삶의 규범과 표준을 찾아 스스로 자족하려 했던 것처럼 말이다.

주용일 시인의 은일과 독락의 삶은 자연을 통해 현실적 상처와 좌절을 치유하고, 현실의 부조리와 모순을 초월하려는 낭만적 유토피아 의식에서 비롯한 것은 아닐까. 이를테면 "피와 살과 오욕칠정이 / 세월 속에서 뭉쳐"(「지독한 사랑」)지고, "욕망의 벌레가 알을 낳고 / 이성의 벌레가 새끼 벌레 키"워 "언제 어디서나 지칠 줄 모르고 꿈틀대는"(「몸속의 벌레」) "자본의 땅에서, 무기의 땅에서, 소비의 땅에서"(「희망을 두들기는 대장장이」) 회의하고 좌절하고 상처받은 자아의 선택지는 곧 자연일 수밖에 없었던 것이다. 그리하여 그는 자연의 이곳저곳을 거주 삼았던 것일 게고, 곁에 스치는 자연 사물에 눈길을 주고 어루만지며 서정을 노래한 것일 게다. "목숨의 끝자리에서 새 길을" 물으며 "하얀 밥알 같은 밥풀꽃 시를 쓴"(「밥상 앞에서」) 모양이다. 아마도 그의 서정과 은일은 "안정을 찾지 못"한 "생의 아슬아슬함"을 "중심 잡"고 "평형을 찾고 싶"(「시인의 말」)은 시인의 내면적 요구를 받아들이는 적극적 실천행위였을 것이다.

3

사람들은 대개 현실이 불만족스러우면 피안의 유토피아를 꿈꾼다. 그러나 주용일의 초월은 현실적 욕망의 비움을 통해 욕망에 짓이겨진 존재를 가볍게 하려는 시도이다. 주용일 시인이 기존질서, 현실원칙을 부정하고 자기 세계를 찾아든 것은 새로운 생명과 창조를 낳기 위한 불가피한 방책이었을 것이다. 그것은 현실을 은폐하거나 도피하려는 행위가 아니라 내면에 품은 의지를 실천적 행동의 단계로 이행함으로써 기존의 질서를 부분적으로나마 혹은 전적으로 부정하고 전복하려는 현실 초월적 방향설정을 뜻하기 때문이다. 그의 은일은 현실원칙의 탈신화화를 통해 순연한 자연 본성을 재신화화하고 회복하려는 태도로 받아들일 수밖에 없다. 하여 그가 돌아간 곳은 "평생 죄 짓고"(「죄와 벌」) 또 "내가 한 생을 떠돌며 잊고 산" "저 귀뚜리 울음 같은 다정다감"(「어머니의 집에서」)의 어머니 같은 원형적 자연, 생명의 원초적 자리이다. 대체로 이러한 의식은 현재 상태에 대한 불만과 그로 인한 고통으로 인해서 탄생할 텐데, 이는 주용일 시인에게도 별반 다르지 않은 것처럼 보인다.

> 이름이란 존재를 붙들어 매는 올가미이기도 하며
> 또 세상에 알려져 생사여탈권이 되기도 하거니
> 뛰어오르거나 불리기를 바라는 마음보다
> 돌 틈에 제 이름 묻고 살아가는
> 저 풀꽃이야말로 얼마나 아름다운가
>
> 「이름 없는 것들에게」 중에서

노자의 『도덕경』은 주용일 시인이 스스로 은거한 이유를 또 다른 측면에서 추론하는 데 도움을 준다. 『도덕경』 1장 첫 머리에는 도가도비상도(道可道非常道) 명가명비상명(名可名非常名)으로 시작한다. 말하자면 도(道)를 도라고 말하면 그 도는 항구 불변한 본연의 도가 아니고, 이름 지어 부를 수 있는 이름은 참다운 실재의 이름이 아니라는 뜻이다. 미루어 짐작하건대 평소 동양적 사유에 관심을 갖은 그가 "이름이란 존재를 붙들어 매는 올가미"라는 인식의 실천이 은둔과 독락의 삶을 선택한 것으로 추론해볼 따름이다. 세상에 이름 불리기를 바라거나 "날치처럼 뛰어오르는 이름"이기보다는 "은자처럼 풀

숲에 제 이름 묻고 사는" 자연 지향은 어쩌면 시인이 현실적 좌절과 회의, 상처와 고통을 치유하고 위안을 얻기 위한 한 방법이었을 것이다. 그것을 현실을 외면한 은둔주의, 혹은 패배의식에서 발원한 도피적 행위라 평가할 수도 있겠다. 하지만 그보다는 차라리 삶과 현실의 부조리와 악, 모순과 고통, 세속적 현실로부터 받은 상처와 좌절을 어떻게든 치유하고 돌파해보려는 그만의 적극적이며 눈물겨운 최종적 투쟁의 산물로 보는 것이 온당할 것이다. 왜냐하면 주용일 시인이,

> 보았는가, 푸른 물 혈관 타고 기어오르던 시간 이래로
> 우리 몸속 피를 덥히는 태양과 바람의 쉼 없는 노동,
> 빛과 어둠이 굴리는 수레바퀴 틈에 끼어
> 달아나도 덜어낼 수 없는 꽃 피고 싶은 마음
> 그 죄의 일곱 빛깔 무지개를 기다리며 봄비를 맞는다
> 실눈 뜨면 눈에 드는 아련한 꽃대의 흔들림,
> 겨울잠 털며 털며 가슴 깊이 묻어 넣은 씨앗 하나
> 어둠 안에서 올올 푸른빛으로 돋아날 대지 위로
> 맞으면 저절로 봄이 되는 약비가 온다
>
> 「立春 이후·1」 중에서

 라고 노래할 때 우리는 그가 얼마나 생을 긍정하고 사랑하고자 했는지 느낄 수 있기 때문이다. 그의 시단 데뷔작이기 한 이 작품은 그의 시세계에 흐르는 또 하나의 특성으로서 현실이 주는 고통과 상실감에서 벗어나 생명을 긍정하고 사랑하고자 하는 의지와 신념을 확인할 수 있다. 죽음 같은 겨울을 거치고 봄비가 내린다. 화자는 이 봄비를 약(藥)으로 맞는다. 화자는 "꽃 피고 싶은 마음", "일곱 빛깔 무지개"처럼 빛나게 피어오르는 탄생에 대한 환희의 기대감, 생명의 찬연한 활홀감으로 물씬 젖어 있다. "빗소리의 싱싱한 음계"로 "얼음장 하늘 찢으며 쏟아지는" 약비를 맞으며 화자는 상처를 치유하고 생을

긍정하고 사랑하며 다시 태어나고자 하는 의지를 노래한다. 시인은 "바닥으로 바닥을 짚고 바닥으로 바닥을 탁 차고 / 다시 길 떠나는 곳", "바닥 치고 일어서면 / 거기서부터 다시 길인 것도 알"(「바닥을 친다는 것에 대하여」)고 있다. 이 같은 생명에 대한 강한 의지와 사랑은 그가 얼마나 삶에 대해 애착을 가지고 있는지를 반증해준다. 그런 이유로 그의 은일과 독락의 자족적 삶의 추구는 제 몸속에 "욕망의 벌레가 알을 낳고 / 이성의 벌레가 새끼 벌레를 키"워 "언제 어디서나 지칠 줄 모르고 꿈틀대는"(「몸속의 벌레」) 악몽 같은 욕망을 다스리고자 한 적극적 행위이며, 또 현실원칙의 횡포를 부정하고 근원적 삶을 살기 위한 실천적 방법으로 볼 수 있겠다.

주용일의 시에서 삶에 대한 강렬한 의지와 생명에 사랑은 종종 동굴이나 자궁 등의 여성(모성)의 이미지, 풀, 꽃, 나무 등의 식물의 이미지, 우물, 강 등 물의 이미지로 변주되면서 확장된다. 여성의 이미지는 늙고 황폐한 어머니의 모습에서 모성이 품은 생명을 확인할 때가 그렇다. 시적 주제나 소재의 출현 빈도로 보아 모성이나 여성성과 연관된 이미지들에 대한 시인의 집착은 두드러진데, 그것은 아마도 생명의 근원에 대한 갈망으로부터 기원하는 듯하다. 예컨대 「강」, 「용왕수 우물」, 「팔월 연못에서」, 「채송화」, 「樂花」, 「꽃샘」, 「푸른 감나무 여자」, 「봄비 」, 「느티나무 연리지」, 「낙산사 홍련암에서」 등 많은 작품에서 물, 나무, 우물, 강 등의 이미지는 대개 생명의 근원을 이루는 자궁이나 모성적 이미지와 어울리면서 생의 기쁨과 자연에 귀의한 자의 소소한 즐거움을 고백하는 형태로 자주 나타난다.

여성과 관련한 이미지는 두 번째 시집의 해설에서 이은봉이 적절하게 지적한 바 있듯이 압도적이라 할 만하다. 그러나 어머니가 아닌 여성은 대개 시적 주체에게 사랑의 좌절과 실패를 경험하게 하여 "사

랑이란 목마름으로 애가 타며” “한없이 물켜게 하는”(「당신은 왜 내게
짠물인가」) 외로움과 그리움, 상처와 고통을 촉발하는 존재로 그려진
다. 그리하여 떠나간 사랑, 상처받은 사랑, 더렵혀진 사랑이 파급하는
그리움과 외로움, 슬픔과 아픔, 상처와 좌절감 또한 주용일 시의 질
감을 이루는 주요한 요소이다. 사랑은 황홀하고 유치하고 쓰리고 고
독한 것이다. 주용일 시에서 보여주는 이 같은 사랑의 세목들은 사랑
의 운명이며, 다시 그 운명 때문에 사랑은 따뜻이 돌보아주지 않는
상처처럼 다시금 덧나고 외롭고 아프다. 이러한 사랑의 고통에 대한
인식은 시적 주체에게 세계를 이해할 수 있는 길로 이끈다.

> 상처로 서로의 상처를 어루만지는
> 지독한 저 사랑 때문에
> 선운사 부처님도 그저 지켜만 보았으리라
> 백주 대낮 대웅전 맞은편 개울가
> 길옆에서 서로 부둥켜안고
> 해괴한 짓 벌이는 느티 두 가지를
> 선운사 보살들도 내심 지긋이 사랑했으리라
> 옛적 어느 젊은 스님이
> 봄 밤 동백 붉은 입술 노란 목젖에 홀려
> 느티 두 가지 피 흘리게 부여잡고
> 물소리처럼 하얗게 수음했던 일도
> 선운사 부처님은 벌써 잊었으리라
> 　　　　　　　　　　　「느티나무 연리지(連理枝)」 전문

　화자는 선운사 대웅전 맞은편 개울가 옆에서 대낮에 서로 부둥켜
안고 해괴한 짓을 벌이는 느티나무 연리지에 시선을 준다. 화자는 그
장면을 “상처로 서로의 상처를 어루만지는 / 지독한” 사랑으로 이해
하고, 때문에 “선운사 부처님도 그저 지켜만 보았으리라” 진술한다.
지독하고 지극한 사랑 때문에 그 해괴한 짓을 “선운사 보살들도 내심

지긋이 사랑했"고, 또한 "옛적 어느 젊은 스님이" "느티 두 가지 피 흘리게 부여잡고 / 물소리처럼 하얗게 수음"한 일조차 "부처님은 벌써 잊었"노라 진술한다. 아무래도 사랑을 지각한다는 것, 사랑을 이해한다는 것은, 결국 지독한 사랑의 아픔에 대해 예민해진다는 것은 주체를 더욱 주체로 만들어주어 주체의 세계 내 존재성을 확인하게 한다. 사랑한다는 것은 사랑의 가시 앞에 맨살로 나서는 것이며, 그리하여 피 흘리는 것이다. 그럼으로써 상처를 확인하고, 그 상처로부터 주체의 동일성을 부여받고, 주체의 세계 내 현존성을 확인하려는 욕망의 작용인 것이다. 화자는 사랑의 고통과 환희를 받아들임으로써 진정한 주체된다. 사랑의 상처, 사랑의 환희를 통해 만상의 현상을 포용하고 이해하는 그런 주체로 말이다.

롤랑 바르뜨에 따르면 상처가 깊으면 깊을수록(육체의 중심부, 심장까지), 주체는 더욱 주체가 된다. 왜냐하면 주체란 내면성 그 자체이기에. 상처란 무시무시한 내면성이다. 바로 이것이 사랑이다. 따라서 주용일 시인이 실연의 좌절된 사랑을 노래할 때, 그것은 본래적인 욕망의 세계를 향한 적극적인 탐문이라는 의미를 함축한다. 이것은 실연의 사건이야말로 욕망의 매혹과 그것으로부터 받은 상처와 환멸을 가장 적나라하게 보여주는 내면의 드라마이기 때문이다. 사랑은 매혹이고 황홀함이며 눈부신 것이다. 그러나 사랑은 "바람의 칼날 세워 가슴 할퀴며 지나"(「그 여자」)갈 때, 상처받고 파괴되고 더럽혀질수록 더 큰 생명의 이미지를 획득한다. 사랑은 역설이다. 이것은 사랑의 원리일 뿐만 아니라 서로에게 생명의 고리를 잇고 있는 사물들의 우주적 존재원리이다. "아름다운 거리는 생살 찢긴 뒤에 박힌 / 옹이가 만들어낸 것"(「아름다운 거리(距離)」)임을 확인하는 것처럼, "하나는 홍련암 바위굴 되고 / 하나는 끝없이 들이치는 수컷 바다 되어

/ 철퍽 철퍼덕 부서지고 있"는 "바다는 사랑, 이 누천년의 슬픈 짓을 오늘도 숨 막히게 하고 있"는 것이 인간의 삶이고 우주의 원리이다.

그런 한편으로 무슨 이유일까. 주용일의 시를 다시 꺼내 읽는 일은 주용일이라는 실존의 삶과 죽음의 기록으로 자꾸 읽힌다. 그것은 시인이 "조숙한 십 대처럼 마음이 늙어버리고 / 일찍이 생의 비밀을 알아버린 듯"하며 "삶이 저리 가벼운 것"(「단풍나무」)이라 진술할 때, 조로(早老)와 소멸과 죽음, 슬픔과 고통과 상실의 이미지들이 시 읽기에 자꾸 개입해 들어오기 때문이다. "세상을 너무 빨리 알아버린"(「주소록을 정리하며」) 듯 그는 갑작스레 죽음을 맞이했고, 우리는 그의 죽음을 통해 죽음이 얼마나 우리 가까이에 머물러 있는가에 소스라쳐 놀란다. 그러하기 때문에 사람들은 죽음이라는 일상적 외연으로부터 어떤 필연의 내포적 의미를 끌어내 일정한 맥락으로 질서 지우고 의미를 부여하고 싶어 한다. 왜냐하면 설명되지 않는 죽음은 불길하기 때문이다. 그러기에 일상의 상투적 죽음조차도 일정한 서사로 설명하길 바란다. 어떤 죽음이든 모든 죽음은 운명의 형식과 삶의 형식을 완성하는 것이다. 하여 그의 갑작스럽고 때 이른 죽음은 곧 그의 삶과 운명의 형식뿐만 아니라 시의 형식적 완성을 의미하는 것이기도 하다.

> 책장마다 깃들었던 태양의 날숨이
> 노랗게 토해진다, 불꽃 속에서
> 활자로 박힌 숱한 영혼들의 흔적들이 날아오른다
> 찰나와도 같은 생의 마지막 길에서
> 뜨거워라 무서워라 소멸로 가는 길을 묻는다
> 이승과 저승의 뒤바뀜처럼
> 검은 활자가 희게 되고 흰 종이가 검게 변한다
> 많은 정신들이 종이 위 검은 육신을 얻었다가

하얀 사리를 남기며 사라지고 있다
불꽃 주위로 아이들이 모여들어
벌겋게 얼굴 익히며 둘러선다
한때 세상을 풍미했던 정신들,
푸석이는 한줌 재로 감나무 밑거름이 될
불타는 문자들의 다비식은 따뜻하다
「문자들의 다비식은 따뜻하다」 중에서

화자는 지금 "빈터에서 누렇게 바랜 책들을 태"우는 중이다. "불꽃 속에서 / 활자로 박힌 숱한 영혼의 흔적들이 날아오"르는 모습을 바라보며 그것을 "이승과 저승의 뒤바"뀌는 소멸을 통한 존재전환으로 받아들인다. 그것은 "많은 정신들이 종이 위 검은 육신을 얻었다가 / 하얀 사리를 남기며 사라지"는 육탈의 다비식이라는 종교적 의미로 승화한다. "한때 세상을 풍미했던 정신들"은 무상하게도 "한줌 재"로 화한다. 그러나 화자는 그것을 단순한 죽음과 소멸과 상실의 허무와 무상성으로 인식하지 않고 숭고하고 신성한 행위로서의 종교적 가치로 인식하는 역설을 보여준다.

첫 시집의 표제이며 이 시집의 여는 시이기도 한 「문자들의 다비식은 따뜻하다」는 주용일의 시를 관통하는 사유의 세계를 압축하는 상징성을 지니고 있다. 소멸과 생성의 존재전환이라는 불교적 의미, 또는 무위(無爲)의 노장적 정신을 엿볼 수 있기 때문이다. 이 말은 곧 노장의 관점에서 책을 불태우는 행위는 문자 체계로 구축 형성된 지식이나 인위적 문화는 거짓에 지나지 않으며, 현실원칙에 기초한 세속적 가치와 정신들을 부정하는 행위로 이해할 수도 있기 때문이다. 이를테면 인위와 집착을 버리고 무위의 경지에 도달하려는 행위로 이해할 수 있기 때문이다. 이렇게 본다면 주용일 시인이 인위와 작위의 세계를 거부하고 무위자연에 귀의하여 은일과 독락의 자족적 삶을 추구한 삶의 궤적이 어느 정도 설명될 수도 있다.

　보통 소멸은 죽음의 형식이다. 삶은 불꽃처럼 찰나적이며, 모든 위대한 정신조차도 푸석이는 한줌 재로 소멸하는 것이다. 그러나 그것은 또 다른 생성, 존재전환이라는 불교의 윤회적 의미를 역설적으로 내포한다. 따라서 시인에게 죽음은 차갑지 않고 따뜻한 온기를 지닌 것으로 인식된다. 특히 주용일의 시에서 불교적 상상력은 그의 시를 특징적으로 규정하는 요소이다. 이 시 뿐만 아니라 여타의 많은 시들이 불교적 상상력과 사유에 기반하여 시상이 펼쳐진다는 것은 상투적인 독법에 지나지 않는다. 불교적 상상력과 세계 인식에 의해 촉발 전개되는 이 작품에서 우리는 시인이 죽음을 받아들이는 인식 태도를 읽을 수 있다. 이를테면 문자로 구축된 지식이나 "세상을 풍미했던 정신들"이 "푸석이는 한줌 재"로 화하는 것에서 알 수 있다시피, 모든 현상은 상주불멸하는 것이 없다는 제행무상(諸行無常), 현상의 모든 존재는 고정된 실체를 갖지 않는다는 제법무아(諸法無我)의 세계관이 읽혀지기 때문이다.

　　4

　모든 죽음의 형식은 그 자체로 삶의 완성이다. 죽음과 소멸과 상실의 이미지는 그것이 아무리 상투적으로 다루어진다 하더라도 세계를 이해하려는 인간의 노력 가운데 필수불가결한 요소로 기능한다. 죽음에 대한 인식이야말로 인간이 자기 자신의 삶과 실존적 존재 의미를 부여하는 형식이다. 하이데거의 말대로 인간은 죽음을 향한 존재이며, 죽음은 현존재의 가장 중요한 가능성이며 필연적으로 도달할 수밖에 없는 생의 운명이다. 더욱이 한 시인이 자신의 실존이 상실과 고통과 한계에 직면했다고 생각하면 더욱더 죽음과 소멸에 집착하게 되며, 그것은 인간의 삶과 운명에 대한 상징적 질서를 부여하는 문맥을 거느리게 된다. 이 같은 의미에서 「죽은 느티나무」, 「얼음 대적광전」, 「은행 알의 해탈」 등과 같은 작품들은 주용일 시의 불교적 상상력을 반짝 빛나게 한다.

대개의 서정 시인들에게 그러하듯 주용일 시인에게도 세계와 세계를 구성하는 사물은 우선 시의 소재를 제공하고 시적 상상력을 촉발하는 계기로 작용한다. 사물은 시인의 눈길이 거치면 새롭게 갱신되고 은폐된 비의는 폭로된다. 그런데 중요한 것은 관찰과 관조의 시적 문법은 그것이 일상의 규범이나 가치를 벗어나 지각의 갱신과 성찰적 깨달음을 이루는 계기로 작용한다는 점이다. 주용일 시인에게 그것은 대체적으로 현실원칙이나 경험의 논리를 뛰어넘어 인간의 삶과 운명, 사물의 현상적 질서와 가치의 초월적 가능성을 열어젖히려는 시도이다. 시인은 인간의 삶과 사물의 여러 국면들을 상상과 관념으로 옷을 입히는데, 그러한 탐색은 지각의 갱신으로 이어지며 사물의 본성과 삶의 운명을 새롭게 지각하도록 이끈다. 그리하여 주용일 시는 삶의 운명적 구조와 내면적 심층구조에 대한 자각과 성찰적 탐사의 시도라 할 수 있겠다.

동체대비의 화엄 세계
- 이은봉론

1. 근대 극복의 시정신

이은봉은 1984년 등단 이후 지금까지 첫 시집 『좋은 세상』을 시작으로 『봄 여름 가을 겨울』, 『절망은 어깨동무를 하고』, 『무엇이 너를 키우니』, 『내 몸에는 달이 살고 있다』, 『길은 당나귀를 타고』, 『책바위』 등 일곱 권의 시집을 차례로 상재했으며, 『알뿌리를 키우며』는 시인이 여섯번째 시집까지에 수록된 대표 작품을 골라 엮은 시선집이다. 시인이 자신의 시집 『책바위』에서 스스로 밝히듯 그의 시는 분열되고 해체되어 "죽음의 물결로 넘실대는" "자본주의적 근대"에 "끊임없이 쓴 약을 주사하려"(「자서」)는 비교적 선명한 자의식에서 비롯한다. 이러한 시인의 의도로 인해 유성호는 그의 시를 한 마디로 "근대 극복의 시정신"을 지닌다고 지적한다. 이러한 시적 태도는 기존의 질서를 전적으로 부정하고 긍정적 세계상을 제시하려는 갈망으로 이해할 수 있다. 긍정적 세계상에 대한 갈망을 추동하는 힘은 부정적 현실에 대한 반감에서 비롯하며, 궁극적으로 자아와 세계의 참된 관계를 회복해야 한다는 시적 인식으로 이해할 수 있다.

30여 년이 넘는 긴 시력과 시적 편력이 함축하고 있는 시인의 시세계를 축소시킬 수 있다는 무리를 무릅쓰고 그의 시세계를 축약한다면, 사회 현실에 대한 깊은 사유와 성찰, 그리고 근대 자본주의와 이성을 앞세운 문명의 부정성에 대한 비판적 인식의 과정을 통해 생명에 대한 구경적 탐색으로 이어지는 과정에 있다고 할 수 있다. 즉 이은봉 시인의 초기 시에서 보이는 사회 현실에 대한 비판적 인식은 근대 자본주의와 문명의 질서에 대한 비판적 인식으로 진화한다. 이러한 시적 진화에는 궁극적으로 근대적 질서가 야기하는 억압과 폭력, 소외와 분열, 모순과 부조리를 부정 극복하고자 하는 시정신의 관통하고 있으며, 근원적 생명 현상에 대한 탐구와 그것의 상상적 복원이라는 시적 원형질이 중핵적 요소를 이루고 있다.

그런데 대표작을 자선해 엮은 시선집 『알뿌리를 키우며』의 해설은 이은봉 시인의 시세계를 전체적으로 조감할 수 있는 글이다. 해설에서 유성호는 시인의 시적 편력이 함축하고 있는 미학적 형질을 간추리면서, "1980년대 일정하게 이념적 배타성과 순결성을 담은 시를 쓰기 시작하여 최근에 문명 비판적 생태의식, 탈脫자본의 시원성으로 자신의 시적 범주를 넓혀가고 있는 이은봉 시인은, 죽임의 정서로 가득 차 있는 근대 자본주의를 발본적으로 비판하고 성찰해온 우리 시대의 대표적 시인"이며, "근원적 생명 탐구를 통한 근대 극복의 시정신을 지속적"(「근원적 생명탐구를 통한 근대 극복의 시정신」)으로 우리에게 제출하는 시인으로 평가한다. 이와 같은 평가에 화답이라도 하듯이 시선집을 엮은 후 새로이 선보인 시집 『책바위』는 근대 자본주의와 문명 비판, 그리고 시인이 말하는 '죽음의 정서'를 부정하고 극복할 수 있는 대안적 사유로서 불교적 세계관과 이에 기댄 생태학적 사유의 정점을 보여준다. 유성호가 언급할 수 없었던 시인의 일곱번째 시집 『책바위』의 시세계를 곁들여 언급하는 것으로 최근 그의 시의 정신적 지형을 조망하면서 글의 실마리를 풀어보자.

2. 생명의 근원 회복

이은봉 시인의 시적 편력에서 두드러지게 나타나는 우리의 사회 현실과 근대 자본주의의 질서에 대한 통찰, 그리고 그로부터 발원하는 현실 비판적 인식은 결국 우리가 사는 세상이 결코 '좋은 세상'이 아니라는 역설적 현실인식을 내포하고 있다. 시인의 이러한 현실인식은 따라서 근대 자본주의적 현실의 부정적 지각, 그리고 이에 대한 비판적 인식, 그리고 부정적 현실에 대한 변혁에의 희망이라는 변증법적 구조의 틀을 따라 부챗살처럼 다양한 의미로 펼쳐진다. 말하자면 경험적으로 확인 가능한 외부 세계의 대상에 대해 체험하고 의식하게 되는 시인의 시적 지각은 지극히 부정적이다. 이러한 부정적 지각의 결과로써 이은봉의 시는 필연적으로 비판적 인식을 동반할 수밖에 없다.

보통 인식은 개념적으로 근거 세울 수 있는 진리를 발견하기 위한 목표를 내포하지만, 대상에 대한 가치판단을 수행한다는 철학적 개념으로도 사용할 수 있다. 이와 같은 전제가 받아들여진다면, 부정적 지각의 결과로 포착된 외부 세계의 의미나 내용에 대해 가치 판단과 반성적 성찰의 행위라는 비판적 인식을 동반하게 마련이다. 이에 따라 이은봉 시인의 비판적 현실인식은 결과적으로 부정적 현실의 극복과 변혁에의 희망을 내포할 수밖에 없는 동인으로 작용한다. 그런데 그 변증적인 시적 자기갱신 과정의 정점, 최근 그의 시정신의 핵심과 동향을 엿볼 수 있는 시집이 『책바위』라 할 수 있을 터이다. 이 시집의 중심을 이루는 기둥은 시인이 말하는 소위 '죽음의 정서'를 배양하고 증식하는 근대적 질서에 대한 비판과 문명의 부정성을 극복할 수 있는 대안으로서의 불교적 세계관에 기초한 생명 탐구이다. 말하자면 궁극적으로 근원적 생명의 회복이라 할 만한데, 시인의 말을 빌리면 '생명의 정서', '불이의 정서'로서의 윤리관이 시집의 원형질을 형성하고 있다.

근대 세계에서 자아는 과잉 조장되어 타자(세계)를 억압하고 있으며, 이러한 인간의 자기중심적인 사유는 생명의 통합된 정서보다는 분열되고 해체된 죽음의 정서를 배태하게 마련이다. 이은봉에게 '죽음의 정서'로 가득한 부정적 근대는 절망이 "세상 절대 권력"(「절망은 어깨동무를 하고」)화 되어버린 것으로 인식된다. 현실에 대한 이 같은 부정성은 '몸'에서는 "석유기름 냄새"나는 '시궁창'(「라면봉지의 노래」)이나 "빠른 속도에 중독된"(「금강을 지나며」) 채 "제 속 깊이 알 뿌리 하나 옳게 키우지"(「조금나루」) 못하는 것과 같이 불모적으로 인식된다. 현실의 불모성에 대한 자각은 보다 바람직한 삶과 세계에 대한 열망을 자극한다. 이러한 열망은 문명의 지배논리, 혹은 문명의 신화화에 맞서는 대항담론의 성격을 내포한다. 그것은 또한 탈주와 초월의 욕망으로서 회복해야 할 궁극의 세계를 지시하는 것이기도 하다.

> 이미 너는 없다 달리는 핵폭탄이다 너무 위험하다
> 이번 생에는 모두 바퀴 달린 핵폭탄이다
> 절벽을 뚫어 미래를 만드는 너, 너만이 아니다 더러는 식당차의 창 밖 풍경이나 내다보고 있는 쭈그러진 내 몰골까지도 달린다
> 너는 달리는 죽음이다 자본주의다
> 달리는 자본주의여 푸른 피를 흘리며 끝내 강물 위에 다리를 놓는 이데올로기여
> 다리를 다 놓고 나면 너는 그냥 한줌 재로 미끄러져 내려야 한다
> 핵폭탄이 터지고, 핵폭풍이 일고, 이윽고 스쳐 지나가는 창밖의 황량한 들판이 되어야 한다
>
> 　　　　　　　　　　　　　　　　　　　「달리는 핵폭탄」 중에서

인용 시에서처럼 물신에 대한 인간의 "온갖 욕망들"은 반성적 성찰을 무력화시키고 자본의 막강한 지배력은 우리의 의식을 식민화한다. 화자는 이러한 자본주의의 이면에 도사리고 있는 죽음과 파멸의 공포를 감지하고 이를 반성적으로 성찰한다. 따라서 인용 시는 이은봉의 자본주의적 근대에 대한 현실인식의 척도를 극단적으로 가늠할 수 있는 작품이다. 화자는 근대 자본주의의 현실을 핵폭탄을 싣고 미래로 달리는 상황으로 진술한다. 화자에게 현실은 핵폭탄을 실은 채 "달리는 것이 미래"인 묵시록적 파멸의 종말로 치닫고 있는 것으로 인식된다. 화자는 이 같이 "온갖 생명들 살해"하는 '위험'한 상황에서 우리들은 선택의 기로에 서 있다는 것을 은유적으로 환기한다. 그리고 그 구원의 선택은 다른 데 있지 않고 "온갖 욕망들을 자랑"하는 인간중심주의의 사유방식에서 벗어나 "한줌 재"의 자기희생을 받아들이고 실천할 때만이 가능하다는 메시지를 전달한다.

통제되지 않는 욕망의 무한질주를 달리는 자본주의는 화자의 표현처럼 죽음을 향해 핵폭탄을 싣고 달리는 기관차이다. 자본주의의 매혹은 추락의 공포, 시인이 말하는 '죽음의 정서'를 배면에 거느리고 있다. 죽음의 정서가 기인하는 연원은 자본의 이데올로기와 무한대로 팽창하는 물신적 욕망의 막강한 지배력에서 온다. 사실 자본주의적 근대의 풍경은 풍요와 안락한 이미지의 매혹적인 모습으로 인간을 미망에 빠뜨린다. 자본주의적 일상이 제공하는 매혹적인 유혹으로부터 우리는 자유로울 수 없다. 때문에 물신적 욕망에 마비된 의식은 그 밑에 도사리고 있는 환멸의 심연을 인식하지 못한다. 왜냐하면 자본으로 무장한 "제국은 자학과 혐오를 장진한 기관단총, 따르르 따르르 쏘아대"며 "세상 가득 포탄 연기로 덮"(「항복항복」)어 우리의 반성적 성찰을 무력화시키고 마비시키기 때문이다.

이은봉은 이와 같이 죽음의 정서, 질병에 가까운 근대 자본주의의 병적 증상을 문제 삼는다. 그것은 죽음의 정서적 증상이 근대의 사회적 현상이라는 인식에서 기인한 것으로 시인은 이의 형상화를 통해 병적 현실에 대한 비판적 사유를 이끌어내려는 의도로 볼 수 있다. 왜냐하면 죽음의 정서란 이상이나 희망이 사라진 현실을 확인하는 환멸의 경험을 말하기 때문이다. 결국 병적 증상의 형상화는 정당성을 상실한 근대의 이데올로기가 감추고 있는 고통스런 현재의 모습을 직시하게 만든다. 그럼으로써 시인은 근대의 확신에 찬 이념들과 삶의 방식에 대한 반성적 성찰을 일깨우는 것이다. 그는 근대의 이데올로기가 선동하는 물신적 욕망의 신비화를 걷어낸다.

특히 근대 자본주의적 질서와 현실원칙에 대한 비판, 그리고 이를 극복할 수 있는 대안적 사유로서의 자타불이의 동양적 정신 혹은 불교적 사유에서 비롯한 근원적 생명의 탐색과 회복은 『책바위』의 주제와 시정신의 내용을 규제하는 전략적 거점으로 기능한다. 이것은 이 시집을 상재하면서 피력한 그의 시론적 입장을 조망하면 금방 알아 챌 수 있는데, 「죽음의 정서들 밖으로 내는 쬐그만 창」이라는 제목으로 자신의 인터넷 홈페이지에 게재한 글이다. 이 자리에서 시인은 후기자본주의 시대에 자아는 과잉 조장되어 타자를 폭력적으로 억압하고 있으며, 이러한 인간중심적이며 물신주의적인 사유는 생명의 통합된 정서보다는 분열되고 해체된 '죽음의 정서'를 배태하게 마련이라고 피력한다.

시인은 후기자본주의가 배태한 '죽음의 정서'를 의인화 내지는 우화의 수법을 통하여 적절하게 드러내는데, 그 이유는 자연 생명의 현상을 왜곡하고 파괴하는 '죽음의 정서'적 증상이 후기근대에 만연한 사회적인 병적 증상이며 질병이라는 인식에서 기인하기 때문이다.

궁극적으로 시인은 후기근대가 야기한 '죽음의 정서'를 극복하기 위한 대안적 사유를 불교라는 동양정신, 특히 자타불이의 생명 사랑과 존중의 사유, 모든 존재를 수평적으로 평등하게 바라보는 동체대비(同體大悲)적 윤리관에서 찾는 것으로 볼 수 있다. 이러한 시적 인식은 자아/타자, 주체/객체, 인간/세계, 유정/무정 사이의 관계에서 자아, 주체, 인간, 유정 중심의 우월적 차이와 분별을 넘어선 전일적 생명의 세계관을 지향하는 것으로 볼 수 있다.

　　그늘 위에 누워 뒹굴고 있는 옹기종기 작은 절집들, 절집들 같은 큰 가슴들, 송이송이 연꽃 피우는 일이 어디 쉽니?

　　쉽지 않아 연꽃은, 생은 아름다운 거니? 곱씹어가며 여기 저기 묻다 보면 진흙소는 벌써 사르르 녹아버리지 흐르는 물이 되어 흐르지

　　화들짝 물여울의 피라미 떼로 오르는 노을 속 일찍 뜬 몇 개의 별들, 허리 굽혀 어느덧 없는 마음 내려다보고 있잖니?

　　마음 이미 진흙소처럼 죄 녹아 흐르지 않니? 물처럼 죄 녹아 흐르지 않니? 그렇지 않니? 아침 해, 하늘 가득 또다시 진흙소의 둥근 수레바퀴로 떠오르잖니?

「진흙소, 그늘」 중에서

이은봉은 자본주의 시대에 팽만한 '죽음의 정서'를 끊임없이 문제 삼으며, 전일적이며 통합된 '생명의 정서'로 전환하고자 노력한다. 그가 추구하는 '생명의 정서'는 곧 '일치의 정서'로서 하나이면서 둘이고 둘이면서 하나인 불일이불이(不一而不二)의 세계를 일컫는다. 시인은 이것을 '불이(不二)의 정서'라 부른다. 인용 시에서 화자는 '그늘'이 피워 올리는 '연꽃', '물'이 되어 "사르르 녹아버"는 '진흙소'를 통해 끊임없이 연기를 거듭하는 불이의 관계로 세계를 이해한다. 이러한 불

이의 세계는 '불타와 나무'(「불타는 나무」)의 관계나 "제 몸 허옇게 태워" "燒身供養"(「연탄재」)한 연탄재 등을 통해 끊임없이 연기(緣起)를 이루는 우주 삼라만상의 존재원리를 나타내는 맥락과 같은 의미의 것이다. 이와 같은 인식은 주체와 타자의 차이를 분별하여 사유하는 태도와 근본적으로 다르다. 그것은 자아와 세계를 연기(緣起)의 관계, 즉 상호의존적이며 호혜적인 관계로 인식하는 태도이다.

세계를 불이의 관계성으로 이해하는 것은 이 세상 모든 존재들은 수많은 조건들이 서로 결합하여 발생한다는 상호의존적인 세계관의 불가(佛家)적 철학의 원리로 볼 수 있다. 이러한 사유들은 주체와 타자, 자아와 세계, 나와 대상을 분리하지 않는 불교의 자타불이의 사상에 근거해 있다. 이것과 저것, 주체와 타자, 자아와 세계는 서로 독립된 존재가 아니라 '그늘과 햇빛'의 상호의존적 관계에서 생겨난 존재이다. 시간의 순환에 따라 "진흙소는 벌써 사르르 녹아" "물이 되어 흐르"는 관계는 곧 이 세상 만물 중에는 영원불변한 고정적 존재가 있을 수 없다는 제행무상(諸行無常)과 독립된 실체도 있을 수 없다(諸法無我)는 인식을 그대로 드러내는 것이다. 내가 고정적이고 독립적인 존재가 아니라는 생각은 주체와 타자의 절대적 평등을 전제로 한다는 자타불이(自他不二)의 세계관을 담아내는 것이다. 이러한 접근 방법은 우주를 전일적 생명으로 직관하고 나를 비움으로써 무아의 자연이 됨을 뜻한다.

자아와 타자가 고정적이고 독립적으로 존재하거나 서로 분리되고 파편화된 상태의 고립된 존재로서 둘이 아니라 하나라는 시인의 인식은 자아와 세계가 한 뿌리에서 나온 물아동근(物我同根)이라는 인식과 상통한다. 모든 존재를 평등하게 바라보려는 시인의 동체대비적인 윤리관은 이 세계를 분리되고 고립된 존재들의 집합체가 아니라 하나의 통합되고 상호의존적인 전체로 바라보는 전일적 세계관이라 할 수 있다. 이처럼 주체와 타자를 구별하지 않고 평등한 관계로 보는 연기론적 태도의 실천을 이른바 자비라 할 수 있겠는데, 시인은 인간의 관심이 유정물뿐만 아니라 무정물에까지 두루 미친다는 생명주의적 윤리관을 '불이의 정서'를 통해 내세운다. 이와 같은 전일적(holistic)이며 생명주의적 세계관을 통해 시인은 근대가 배태한 '죽음의 정서'를 넘어서고자 한다.

> 달�걀이 운다 제 껍질 속에서
> 날더러 쪼아 달라고 운다
>
> 저도 제 부리로
> 제 마음 가로막고 있는 껍질
> 쪼조족쪽쪽, 쪼아대며 운다
>
> 조금만 더 기다리거라
> 나도 네 마음 따라
> 찌지골찍찍 장단을 맞추고 있다
>
> 조금만 더 쪼아대거라
> 나도 네 부리를 좇아
> 네 껍질 쪼조족쪽쪽, 쪼아대고 있다
>
> 어느새 병아리로 태어난
> 너, 찌지골찍찍 노래하고 있다
>
> 「달걀이 운다」 전문

주지하다시피 근대는 과학적이고 이성적이고 합리적인 인식이 지배한다. 인간 이성에 대한 절대적인 믿음에 기초한 근대는 이성적 인간을 주체로 설정하고 객체로서의 대상들을 타자화하여 억압하고 금기시해 왔다. 그러나 화자는 그러한 근대성이 억압하고 금기시하는 타자의 얼굴을 우리의 한 초상이라 인정하고 '껍질'의 억압으로부터 해방시킨다. 단단하게 "제 마음 가로막고 있는 껍질" 속에 갇힌 '나'를 구성하고 있는 타자는 분명 나와 다른 존재이다. 그래서 그것은 밖으로 출현해서는 안 될 금기의 존재이다. 그러나 시인은 제 안의 어두운 껍질 속에 웅크리고 있는 타자의 얼굴을 빛의 세계로 적극 불러낸다. 주체의 정체성을 온전히 보존하고 자아의 확실성을 보장받기 위해서, 나아가 주체가 존재하는 세계의 확실성을 해치지 않기 위해서 타자는 억압되고 금기되어야 한다. 하지만 화자는 "나도 네 마음 따라 / 찌지골찍찍 장단을 맞추"며 쪼아대며 "병아리로 태어"나게 하고는 "찌지골찍찍 노래"하도록 해방시킨다. "제 마음 가로막고 있는 껍질" 속에 억압된 타자의 존재를 긍정하며 화자는 그것과 화응하고 교감하며 그 실체를 오롯이 인정하는 것이다. 즉 단단한 "껍질 속에" 갇힌 병아리는 화자인 "날더러 쪼아 달라고" 우는데, 화자는 그러한 요구를 외면하지 않고 기꺼이 받아들이는 것이다. 이은봉 시인이 보기에 주체나 자아는 혼돈 그 자체이며, 근대의 이성은 질서라는 이름으로 다양하게 존재하는 인간의 자유를 근본적으로 억압하는 기제인 것이다.

자아의 주체성를 정립하고 근대적인 자아로 태어나기 위해, 사회가 요구하는 현실원칙을 따르기 위해, 인간 주체로서의 질서로운 확실성을 보장받기 위해 우리는 내 안에 존재하는 감성의 영역, 이성 외의 타자들을 이성과 의식, 과학과 합리의 이름으로 배척하고 억압해 왔다. 그것들은 금기의 대상이다. 근대는 과학적이고 이성적이고 합리적인 인식이 지배한다. 이러한 인식은 데카르트의 고키토(Cogito)와 칸트의 선험적(a priori) 이성이 제출되면서 이성과 과학, 논리와 합리의 그물에 포획되지 않는 대상들을 철저히 배척하는 억압의 논리로 기능한 것이 사실이다. 인간 이성에 대한 절대적인 믿음에 기초한 근대는 이성적 인간을 주체로 설정하고 객체로서의 대상들을 비이성적인 것으로 평가절하한다. 그래서 내 안에 존재하는 비이성, 비현실, 무의식, 욕망, 감성 등과 같은 것들은 타자화하여 억압하고 금기시해야 한다. 이것들은 세계와 인간 주체의 불확실성을 조장하는 유령이나 괴물 같은 존재로 여겨지며, 우리는 그것을 우리의 또 다른 초상이라는 것을 긍정하지 않는다. 그러나 시인은 그러한 근대성이 억압하고 금기시하는 타자의 얼굴을 우리의 한 초상이라 인정하고 "나도 네 마음 따라", "나도 네 부리를 좇아" 껍질을 깨고 나오도록 억압으로부터 해방시킨다.

이은봉은 차이와 분별을 부정하는 한편, 이 세계를 분리되고 파편화된 부분들의 집합체가 아니라 하나의 통합된 전체로 보는 불이의 세계관을 지향한다. 그런 면에서 시인은 모든 존재를 평등하게 바라보는 동체대비의 자타불이라는 윤리관을 견지한다. 따라서 시인이 보여주는 자타불이의 불교적 세계관은 직관적 지혜가 깨져나간 근대 사회가 직면한 모순과 부조리를 극복할 수 있는 대안 탐색의 과정으로 이해할 수 있다. 환언하자면 이것은 자아와 타자, 주체와 대상, 인간과 세계의 사이의 상호의존적 관계성의 회복을 통해 죽음의 정서로 가득한 근대의 분열적 증상을 극복하려는 모색을 지시한다.

3. 자타불이의 생명시학

이은봉 시인은 『책바위』에서 후기자본주의 시대에 팽만한 '죽음의 정서'를 끊임없이 문제 삼으며, 이것을 전일적이며 통합된 '생명의 정서'로 전환하고자 노력한다. 시인이 말하는 '죽음의 정서'가 분리, 분열, 폐쇄, 소외, 환멸, 결핍, 부재의 부정적 정서라면, '생명의 정서'는 통합된 정서로써 행복, 충만, 기쁨이라는 긍정적인 전일적 생명의 감정이다. '생명의 정서'는 충족의 정서로서 시인의 말에 따르면 "하나 됨의 정서, 곧 일치의 정서이다. 이들 감정의 경우 실제로는 하나이면서 둘인 형태로, 둘이면서 하나인 형태"(「죽음의 정서들 밖으로 내는 쬐그만 창」)로서 불일이불이의 감정 세계를 일컫는다. 시인은 이것을 '불이(不二)의 정서', '생명의 정서'라 부른다. 이것과 저것, 주체와 타자, 자아와 세계는 서로 독립된 존재가 아니라 상호의존적 관계에서 생겨난 존재이다. 내가 고정적이고 독립적인 존재가 아니라는 생각은 주체와 타자의 절대적 평등을 전제로 한다는 자타불이의 세계관이 시인이 말하는 '불이의 정서', 곧 '생명의 정서'이다.

그런데 이번에 스스로 뽑은 자선 대표시 다섯 편과 신작시 세 편도 역시 마찬가지로 위와 같은 범주의 맥락, 특히 자타불이의 관계성을 통해 자아와 타자를 인식하려는 시인의 의식을 읽을 수 있는 작품들로 모아져 있다. 여기에 모아진 대표시나 신작시는 모두 시인의 특별한 의도가 배려되어 있는 것처럼 보이는데, 그것은 바로 자아의 타자성 혹은 타자의 자아성에 대한 관계적 의미의 추적이다. 중요한 점은 일정하게 시인의 시 쓰기의 근원적 욕망 내지는 창작상의 가장 궁극적인 심연을 살필 수 있는 가편으로 추려져 있다는 것이다. 대표 시 다섯 편은 스스로 일곱 권의 시집을 통틀어 가장 내세우고 싶은 작품을 자선했다는 점에서 그의 시의 순금의 영지(靈地)이며, 그의 시를 읽을 때 기점이 되는 영도(零度)의 자리를 차지한다고 구태여 의미를 부여할 수 있겠다.

또한 그런 점에서 자선 대표시는 그의 시의 육체가 간직한 가장 깊고 은밀한, 그래서 가장 희고 깊은 순결한 속살로 볼 수 있다. 어쩌면 자선 대표 시는 시인의 전체 시가 출발하는 영도의 기점, 그의 시가 육체성을 부여받는 탄생의 근원적 지점을 지시한다. 말하자면 이은봉 시를 여러 줄기의 갈래로 파생시키는 산맥의 본령과도 같은 시들이라 할 수 있을 터이다. 그 영도의 기점, 그 탄생의 지점, 그 순금의 영지는 바로 시인의 최근의 시적 동향을 살필 수 있는 풍향계이기도 하다. 왜냐하면 영도의 기점, 그 시적 세포의 유전자가 흐르고 있는 순백의 속살에서 시적 세포의 분열과 증식이 이루어지고, 시적 자기 갱신을 거듭하고 있다는 판단 때문이다. 그 자리를 자타불이라는 자아의 타자성 혹은 타자의 자아성에 대한 성찰과 탐구가 채우고 있다. 나는 그것을 자타불이의 관계성의 시학이라 부르고 싶다.

이은봉 시인은 확고부동한 자아의 정체성이라는 것이 과연 존재하기나 할까라는 의문에서부터 시작하는 것 같다. 근대 사회는 개인의식, 말하자면 자아의 발견으로부터 시작되었다 해도 과언이 아니다. 중세의 봉건적 억압에서 해방되어 근대적 인간으로 거듭 태어나기 위해서 인간은 필연적으로 자아의 정체성이라는 개인의식을 확립할 수밖에 없었다. 인간은 근대적 계몽의 기획에 따라 주체와 객체, 자아와 타자, 인간과 세계, 이성과 감성, 의식과 무의식을 이분법적으로 분리하고는 빗금 안쪽의 자아, 주체, 인간, 이성, 의식 중심의 우월적 차이와 분별을 강조해 왔다. 이러한 노력에도 불구하고 과연 자기 자신의 확고부동한 동일자로서의 정체성이나 주체성이 존재하느냐는 물음 앞에서 속 시원하게 당당히 '이거다'라고 대답할 수 있는 사람이 몇이나 될까 의문이다. 결론적으로 이은봉 시인의 이 물음에 대한 시적 대답은 지극히 부정적이다. 이러한 이분법적 구분은 인간, 주체,

자아, 이성, 의식이라는 빗금 밖의 실체에 대한 강제적 구속이고 억압이며 폭력이라는 것이다.

> 내 몸에는 뱀이 살고 있다
> 날개 돋친 뱀! 이놈, 이놈, 함부로
> 혓바닥을 날름거리며
> 내 몸속을 돌아다닌다 도무지
> 어찌 할 수 없는 놈!
> 참 징그러운 놈! 걱정이다 너무도 멋진 놈!
> 이런 싸가지 없는 놈이
> 내 몸속에 나와 함께 살고 있다니!
>
> 「날개 돋친 뱀」 중에서

　화자는 "내 몸속에 나와 함께 / 살고 있는 놈", 또 다른 '나'인 어떤 '이놈'에 대해 쓴다. 이놈은 "날개 돋친 뱀"으로 "혓바닥을 날름거리며 / 내 몸속을 날아다닌다." 이놈은 "어찌할 수 없는 놈"이고 "참 징그러운 놈"이며, 동시에 "멋진 놈"이기도 하고 "싸가지 없는 놈"이기도 하다. 이놈은 "걸핏하면 내 피를 / 뒤흔드는 놈"이고 "어지럽게 꼬리를 치는 놈"이며, "끊임없이 나를 유혹하는 놈"이고 "모처럼 운 좋게 잡아먹어도" "다시 살아나 제멋대로 날아다니는 놈"이다. 또 "겁 없이 아무데나 싸돌아다니는 놈"을 생각하면 화자는 "아프고 괴롭"지만 "내 몸속에 깊이깊이 똬리를 틀고 있"어 어찌 할 수 없는 놈이다. "날개 돋친 뱀"은 동일자와 다른 낯선 얼굴을 하고 있지만, 그 타자는 내 몸속의 또 다른 '나'처럼 보인다. "밖으로 빠져나갈 생각"을 하지 않는 "어찌할 수 없는" 이놈은 무엇일까? 그것은 아마도 '나'라는 동일자 속에 단단히 틀어박혀 빠져 나오지 않는 또 다른 '나', 내 몸의 또 다른 타자, 즉 동일자의 경계선에 위치한 또 다른 나의 얼굴이 아닐까.

　내 몸속에 똬리를 틀고 있는 '뱀'처럼 자아 안에는 항상 이질적으로 느껴지는 낯선 타자가 존재한다. 때문에 자아는 언제나 양가적이며 복합적인 혼돈의 실존으로 존재한다. 그것은 '뱀'의 상징적 의미처럼 카오스, 무정형의 상태로 존재한다. 마치 뱀의 이미지가 저주받은 짐승으로 금기의 위반을 통해 카오스의 세계로의 회귀를 음모하며 질서를 교란하고 파괴하는 변칙적인 장애물로서의 혼돈의 자질을 가지고 있는 것처럼 말이다. 그러나 화자는 그 무정형과 무질서의 혼돈의 상태를 부정하지 않고 내 안의 타자를 타이르듯, 또는 친한 친구를 데리고 놀 듯 한다. 시인은 내 안에 다른 얼굴의 '나'인 무정형의 카오스와 질서를 교란하고 파괴하는 변칙을 순순히 인정한다. 말하자면 시인은 이성이나 의식이 구성하는 자아뿐만 아니라 그 너머에 존재하며 상황에 따라 몸을 바꾸는 또 다른 나의 얼굴을 수용한다. 타자로서의 뱀은 자아가 지닌 정체성으로서의 질서를 교란하고 위반하는 존재이미지이지만 동일자인 '나'와 함께 엄연히 공존하는 존재이다. 화자는 그러한 타자를 거부하거나 배척하지 않고 함께 화응(和應)하고 교감한다.

　　생각이 문제다 생각이 나를,
　　늪으로, 사막으로, 초원으로, 숲으로, 거리로, 사무실로, 시장으로
　몰고 다닌다
　　질척이는 늪에 빠져 있다는 생각!
　　거친 사막에 내던져 있다는 생각!
　　드넓은 초원에 버려져 있다는 생각!
　　더러는 아무런 생각도 없이 숲의 그늘에 자리를 펴고 누워 졸고 있
　다는 생각이 들 때도 있다
　　그런 때는 어지럽지 않다
　　그런 때는 아프지 않다
　　그런 때는 슬프지 않다
　　생각은 제비의 날개를 갖고 있다 수직을, 수평을, 원을 그리며 나를

데리고 이곳저곳으로 날아다닌다

「생각」 중에서

위의 시도 「날개 돋친 뱀」과 유사하게 읽힌다. 다만 '뱀'이 '생각'으로 얼굴을 바꾸었을 뿐이다. 이처럼 동일자와 그 몸의 내부를 구성하는 또 다른 타자로서의 '나'는 사뭇 다른 천의 얼굴을 하고 있다. 주체의 의식으로서의 '생각'의 밖에서, 말하자면 내 안에 단단히 자리 잡은 '생각' 밖의 '생각'은 늘 제멋대로이다. 내 속에서 동일자와 화해하지 못하고 갈등하고 분열하는 또 다른 타자로서의 '나'는 '나'와는 전혀 다른 생각을 하고 움직인다. 내 안의 타자는 도대체 얼굴을 알 수 없는, 그래서 아무리 애써도 의식으로서는 통제할 수 없는 존재들이다. 하지만 이것은 '나'로부터 따로 분리할 수 있거나 구분할 수 있는 것이 아니다. '나'는 '너'이고 '너'는 '나'인 자타불이의 관계인 셈이다. 그 관계성의 맥락에서 주체의 의식 밖의 '생각'은 주체의 의지대로 움직이지 않는다. 즉 "제비의 날개를 갖고 있"는 '생각'은 뜻하지 않게 "나를 데리고 이곳저곳으로 날아다"니지만 서로 떼어낼 수 있는 관계나 분리할 수 있는 관계는 아니다. 왜냐하면 자아의 메커니즘이 그러하듯 타자 없이는 자아의 동일성이라는 어떠한 주체도 발생하지 않기 때문이다. 그런 점에서 이 둘은 한 몸, 동전의 양면으로서 짝패를 이루는 관계성을 갖는다.

그렇기 때문에 그 '생각'은 갑자기 나타나는 것도 아니다. 동일자인 '나'와 항상 엄연히 공존하는 존재이다. 주체의 의식 밖에서, 즉 "생각 밖에서 늘 제멋대로 떠돌고 있는 생각"은 "나를 / 늪으로, 사막으로, 초원으로, 숲으로, 거리로, 사무실로, 시장으로 몰고 다"니는 무서운 타자이다. 타자로서의 생각은 안정되고 평화롭게 "숲의 그늘에 자리를 펴고 놀고 있"을 때도 있고 "내 방 침대에 누워 시집을 읽고 있"을 때도 있지만, 생각이 "나를 숲이 아니라 도시의 거리, 사무실이나 시장으로 끌고 갈 때는 조금 버겁고 힘들" 때도 있다. 이처럼 '나'라는 존재는 천의 얼굴을 하고 매번 상황에 따라 얼굴을 바꾼다. '뱀'이나 '생각'처럼 시 속의 자아는 매번 얼굴을 수없이 바꾸는 존재로 등장하는데, 이러한 행위는 어쩌면 '나'라는 주체를 타자를 통해 수없이 반성하고 성찰하는 과정을 통해 '나'를 상승시키고 자아를 끊임없이 연마하는 과정으로 이해할 수 있다. 왜냐하면 시 쓰기란 어쩌면 타자라는 대상을 통한 자기 발견과 자기 찾기의 한 방법일 수 있기 때문이다.

내 몸속에는 '뱀'이나 '생각'과 같이 제멋대로 얼굴을 바꾸어 변신하는 수많은 존재들이 동거중이다. 그렇기 때문에 내 안은 혼란스럽고 무질서한 무정형의 상태이다. 자아의 정체성 혹은 주체의 의식으로 안정되게 고정할 만한 것이 존재하지 않는다. '나'는 끊임없이 움직이고 변신을 거듭하는 유동적인 혼돈 그 자체가 되어버린다. 보통 자아라는 주체의 의식은 무질서를 질서의 체계로, 혼돈을 안정된 조화로 바꾸려는 동일성의 원리에 따라 움직인다. 근대적 이성은 자아, 주체, 의식 이런 것들을 이분법적으로 중심을 세계우고 그것들 밖의 이질적 타자의 존재를 인정하려 하지 않는다. 그것은 낯설고 이질적인 존재이며, 그래서 두려움과 공포의 대상이고, 적대적인 존재로서 존재 그 자체가 악한 것이다. 왜냐하면 그것들은 '나'의 동일성을 위협하고, '나'와 동일한 질서의 문법 규칙을 공유하지도 않는 괴물이나 유령으로 인식되기 때문이다.

4. 순환론적 공존의 윤리

그러나 시인은 그러한 무정형과 무질서의 혼돈의 세계를 정형의 질서로운 세계로 변화시켜 자아로서의 조화로운 동일성의 세계를 획득하려 하지도 않으며, 이질적 타자를 동일성의 원리에 따라 동일화시키려 하지도 않는다. 시인은 자아가 낯설고 두려운 공포의 대상으로 여기는 타자를 관용과 환대, 사랑과 동감의 윤리에 따라 받아들이고, '나'라는 존재성을 구성하는 한 요소, 말하자면 위의 시에서처럼 생각 밖의 생각이라는 타자성을 인정한다. 생각 밖의 생각으로서 타자는 마치 내 안에 존재하지만 적대적인 존재로서 밖으로 내쳐질 수밖에 없다. 내 몸 속에 똬리를 튼 '뱀'이나, 나를 이리저리 이끄는 '생각'이라는 내 안의 다른 타자는 마치 레비나스의 전언처럼 "타자는 타자로서 고귀함과 비천함의 차원을 스스로 지니고 있"고 "타자는 가난한 자와 나그네, 과부와 고아의 얼굴을 하고 있으며, 동시에 나의 자유를 정당화하라고 요구하는 주인의 얼굴을 하고 있다"라고 했을 때의 윤리적 언명을 따르는 것처럼 보인다. 환언하면 주체 밖에 존재하는 '나'의 자유를 요구하는 타자의 얼굴을 주인의 얼굴로 환대하고 인정한다.

이처럼 이인봉 시인의 대표 시에서 자아는 주체 중심적으로 단일하거나 안정된 개념으로 정리할 수 있는 것이 아니다. 말하자면 근대적 인간인 우리가 믿고 있는 것처럼 자아는 결코 질서롭게 통일되거나 조화롭게 고정된 개념으로 규정될 수 있는 문제가 아니다. 그것은 항상 혼돈의 무질서와 무정형의 세계로 이루어진 것이다. 그렇기 때문에 "내 안에는 지금도 / 뭇 생명과 함께 뭇 죽음이 자라고 있"으며 "어제와 오늘과 내일이 / 어지럽게 뒤엉킨 채 자라고 있"(「오늘치의 죽음!」)는 무정형과 무질서의 상태에 있다. 그러나 시인은 무질서와 무정형의 카오스를 질서와 정형의 코스모스로 환원하지 않는다. 근대적 질서의 체계가 그러하듯 시인은 주체 중심의 '나'라는 질서의 정형성은 '나'를 자유롭게 하기보다는 오히려 구속하고 억압하는 폭력으로 인식하는 것이다.

그렇다고 해서 이은봉 시인이 타자를 대상화한다거나 동정한다는 의미는 아니다. 가라타니 고진의 말을 빌리면 타자에 대한 윤리는 타자를 대상화하지 않을 때 발생한다. 이러한 전언을 잘 알고 있는 듯 시인은 내 안에 존재하는 타자를 동정과 연민, 배제와 차별의 대상으로 간주하지 않으며, 또 타자를 동일화하지도 않는다. 오히려 시인은 두려움과 공포의 대상인 타자에 대해 적의를 느끼기보다는 그를 환대한다. 이럴 때 타자와 진정하게 만날 수 있겠는데, 그 혼돈스럽고 무질서한 무정형의 타자를 통해 자타불이라는 관계성의 시학을 구현하는 것이다. 시인의 대표 시와 신작 시에서 혼돈의 이미지가 자주 등장하는 것은 이 때문으로 보인다.

> 해와 별, 운행을 바꾸고 있다 섣달이다
> 조금만 참아라 달 넘어간다
> 섣달이라 올해도 어김없이
> 해코지하는 놈들 있다 섣달은, 섣달 중에서도 오늘은, 너무도 지쳐
> 삶의 길 함부로 뒤틀리는 날이다
> 한순간 저도 모르게 요동을 치며
> 아득바득 지랄을 떠는 것들!
> 한바탕 야단을 떠는 것들!
>   … 중략 …
> 우정이니
> 신의니, 정의니 하는 것들
> 한꺼번에 다 잊어버리고

　　타오르는 질투의 화신이 되어
　　혼돈의 이름으로, 무질서의 이름으로, 저희들 사이의 따뜻한 관계,
　다 깨뜨려버린다 이것을
　　뭐라고 하나 이 고통을
　　해와 별, 운행을 바꾸기 전
　　잠시 삿된 기운들, 몰려다니며 만드는 이 지랄을 어쩌나!
　　　　　　　　　　　　　　　　　　「이 지랄을 어쩌나」 중에서

　시인은 섣달이 지닌 신화적 제의의 시간, 카오스의 상태를 쓴다. 섣달은 "해와 별, 운행을 바꾸"는 시간으로 일상의 세속적 지속이 "너무도 지쳐 삶의 길 함부로 뒤틀리는", "삿된 기운들"이 "요동을 치며" "지랄을 떠는", 몽니를 떨고 발광을 하는 시간이다. 그 시간은 바로 엘리아데의 의견을 빌리면 일상적이며 세속적인 시간의 지속으로부터 새로운 질서로의 이행을 위한 고통의 시간, 혼돈의 시간이다. 섣달에 출현하는 이 "나쁜 기운들은" 일상의 질서와 원칙, 제도와 규약을 위반하고 무질서와 무정형, 혼돈의 시간으로 모든 것을 무화시킨다. 그래서 "우정이니 / 신의니, 정의니 하는 것들"을 "한꺼번에 다 잊어버리고 / 타오르는 질투의 화신이 되어 / 혼돈의 이름으로, 무질서의 이름으로, 저희들 사이의 따뜻한 관계, 다 깨뜨려버"리는 파괴력을 행사하는 것이다. 이 파괴력에 의해 세계는 일순간 혼돈 그 자체가 된다. 이 시간은 원초적이며 권원적인 시간, 생명의 질서와 관계를 무화시키고 소멸시키는 시간, 끝이면서 새로운 시작인 태초의 시간, 우주적 시간을 지시한다. 환언하면 섣달은 코스모스의 세계로부터 카오스의 세계로의 퇴각이다. 그러나 이 시간은 모든 신화적 제의의 시간이 그러하듯 무(無)로 돌아간 코스모스의 세계를 다시금 정화하고 갱생시키는 시간이기도 하다. 그러기 때문에 섣달이라는 고통의 시간, 그 무질서와 무정형의 혼돈의 시간을 화자는 아래의 시에서

처럼 두렵고 공포스러운 불안의 대상으로 생각하지 않는다. 오히려 그 혼돈의 시간은 "캄캄한 행복"의 시간이다.

> 달이 조금씩 해를 베어 먹는다
> 밤이 조금씩 낮을 베어 먹는다
> 땅거미가 차츰 세상을 덮는다
>
> 앞을 볼 수 없다 맹인악사들이
> 나팔을 불며 거리를 행진한다
> 도시를 지키던 개들도 따라나선다
>
> 무엇이 두려우랴 구름이
> 이내 조금씩 달을 베어 먹는데!
> 무엇이 불안하랴 낮이
> 이내 조금씩 밤을 베어 먹는데!
> 두렵지 않다 캄캄한 행복으로
> 맹인악사들이 땅거미를 향해 웃는다
> 도시를 지키던 개들도 따라 웃는다.

「일식」 전문

위의 시는 어둠(밤)의 매혹에 이끌리고 있다. 어둠은 빛의 질서와 생산성을 물리치고 그 자리에 혼돈과 죽음을 불러들인다. 일반적으로 저녁은 낮과 밤이 교차하는, 말하자면 질서와 정형의 세계에서 무질서와 무정형의 혼돈의 세계로 넘어가는 경계의 시간대인 것처럼, 일식도 이와 마찬가지의 의미를 갖는 것으로 볼 수 있다. 섣달이나 일식은 태양과 지구 사이에 달이 끼어들면서 달빛이 태양을 가려 일시적으로 어두워지며 빛과 어둠이 교차하는 순간의 현상이다. 일식은 일시적으로 낮이라는 확실성의 세계, 빛의 세계라는 질서를 해체하고 어둠이라는 혼돈의 세계로 바꾸어버린다. 우주창조의 신화에서 보이듯 밤(어둠)은 새로운 질서를 창조하기 위한 원초적 카오스의 세계이다. 따라서 카오스의 세계는 빛의 정화를 통해 질서롭게 정리되고 재창조되어야 할 대상이다. 어둠은 우주의 자궁이기도 하지만 어둠은 부정적 대상이기도 하다. 그것은 존재의 부재와 결핍, 죽음의 공포와 죽음의 재생이라는 의미를 동시에 지닌다. 밤의 어둠은 무섭고 두려운 공포의 대상이다. 그러나 위의 시에서 화자는 밤을 두려운 공포의 대상으로 여기지 않고 오히려 그 밤의 유혹에 이끌리고 있다.

　신화적 사유, 말하자면 우주창생의 순환론적 사유에 의해 펼쳐지고 있는 이 시는 달이 해를 잠식하고, 밤이 낮을 조금씩 잠식하여 어둠, 즉 "땅거미가 차츰 세상을 덮"어버리는 현상에 주목하고 있다. 이것은 다시 구름이 달을 잠식하고, 낮이 밤을 잠식하여 빛의 세계로 돌아가는 우주창생의 순환론적 법칙을 따른다. 낮(빛)은 질서와 이성의 세계로서 확실성의 세계이다. 반면 밤은 어둠으로서 이성적 질서가 해체된 혼돈의 세계이다. 밤의 세계에서는 낮이 지닌 이성적 질서로서의 '나'는 물러나고, 무정형의 원초적 카오스의 세계로 들어가는 시간이다. 따라서 일식은 낮의 빛과 밝음이 지배하는 질서의 세계를 물리치고 일시적으로 밤의 카오스라는 어둠과 혼돈과 죽음과 무정형과 무질서의 세계로 퇴각하는 현상이다. 일식은 일시적으로 질서, 정형, 코스모스, 유기적 구조를 해체하고 유동과 혼돈, 무정형과 죽음의 상태를 불러오는 현상이다. 그래서 밤의 어둠이 지닌 무정형과 무질서의 상태는 불안하고 불길한 것이 되어버린다. 그러나 화자는 그 어둠의 무질서와 무정형의 세계를 불안과 공포의 두려움으로 인식하지 않고 오히려 "캄캄한 행복", 어둠의 매혹으로 받아들인다. 이처럼 신화의 순환론적 세계관이나 카오스의 사유를 통해 화자는 낮과 밤, 빛과 어둠의 순환론적 공존을 보여준다. 밤은 빛의 타자로서 거부되거나 부정되어야 할 것이 아니라 세계를 구성하는 한 부분이다.

5. 동체대비의 화엄 세계

이은봉은 인간중심적인 도구적 이성과 과학기술의 기계론적 세계관을 비판적으로 성찰하면서 근대 극복으로서의 대안명제를 불교적 세계관을 통해 모색한다. 이러한 반성적 성찰은 불교적 상상력을 통해 이성중심의 이분법적 사유체계와 근대문명의 억압적 질서를 부정과 비판, 전복과 위반의 방식으로 현실의 모순과 부조리를 극복하려는 태도로 집약된다. 이는 궁극적으로 이성중심의 근대적 세계관이 파생시킨 문명 현실의 모순과 부조리, 억압과 결핍, 소외와 분열을 극복하고 새로운 세계의 피안에 도달하고자 하는 시적 고투로 다가온다. 이를테면 경험세계의 부정성에 저항하면서 희망의 세계로 나가려는 탈주의 상상력으로 이해할 수 있다. 탈주의 상상력은 근대적 질서와 문명, 물신의 타락한 욕망과 풍속, 생명의 위기에 대한 반성적 자각이며 저항으로서의 의미를 지니는 것이다. 그러므로 이들 시인의 불교적 상상력은 근대사회에 대한 비판적 대안명제로서의 성격을 갖는다.

근대 세계에서 주체는 과잉 조장되어 타자를 억압하고 있다. 이러한 인간의 자기중심적인 사유는 생명의 통합된 정서보다는 분열되고 해체된 죽음의 정서를 배태하게 마련이다. 이은봉은 자본이라는 물신 욕망의 부정적 현실 속에서 모든 존재를 평등하게 바라보려는 동체대비의 윤리관을 시적 상상력의 밑바탕으로 삼고 있다. 이는 자아와 타자가 고정적이고 독립적으로 존재하거나 서로 분리되고 파편화된 상태의 고립된 존재로서 둘이 아니라 하나라는 물아동근의 인식과 상통한다. 시인이 보여주는 자타불이의 불교적 세계관은 직관적 지혜가 깨져나간 근대사회가 직면한 모순과 부조리를 극복할 수 있는 대안 탐색의 과정으로 이해할 수 있다. 그는 자아와 타자, 주체와 대상, 인간과 세계의 사이의 상호의존적 관계성의 회복을 통해 죽음의 정서로 가득한 근대의 분열적 증상을 극복하려 한다. 이처럼 모든 존재를 평등한 관계로 보는 불이의 정서를 통해 사물의 존재성이 유정물뿐만 아니라 무정물에까지 두루 미친다는 생명주의적 윤리관을 내세운다.

전작 시집에서 이은봉 시인은 불교적 사유에 기댄 후기근대의 자본주의와 문명에 대한 비판을 통해 일정하게 근대 극복의 대안으로서 생명 시학에 이르고 있다. 그가 보여주었던 불교적 세계관은 직관적 지혜가 깨져나간 근대 사회에서 하나가 모두이고 모두가 하나인, 이것이 저것이고 저것이 이것인 화엄적 윤리관을 통해 근대가 직면한 모순과 부조리를 극복할 수 있는 대안 탐색의 과정으로 이해할 수 있다. 대표 시와 신작 시편 또한 이와 같은 연장선에서 읽을 수 있으며, 이와 같은 맥락에서 자아성에서 타자성을 찾고, 타자성에서 자아성을 찾는 자타불이의 관계성의 시학은 이은봉 시의 핵심적 본령이라 할 만하다. 그가 이번에 보여주는 자타불이의 사유, 신화의 순환적 세계관이나 카오스의 사유는 시인의 새로운 시적 출발의 모색으로 이해하고 싶다. 혼돈의 사유가 깊고 깊어져 지극한 세계, 시인이 꿈꾸는 절대적 언어의 세계에 한발 성큼 더 다가설 것으로 기대한다.

순연한 정신의 무심한 감각
- 손종호의 시

1. 순연한 정신의 투명함

순연(純然)한 정신의 투명함, 손종호 시인의 시를 대할 때면 드는
느낌이다. 언젠가 나는 그의 시를 말하며 그의 시를 관통하는 시 정
신은 유한한 존재이지만 그 유한성을 극복하고 어떤 절대적 무한의
세계를 지향하는 강인하고 투명하며 견고하고 순연한 구도의 정신세
계를 보여준다고 쓴 적이 있다. 이를테면 번뇌와 미혹을 떨쳐버리고
구경(究竟)의 단계에 이르기 위해 단련하는 정신의 힘, 어둠 속에서
강렬히 내뿜는 빛처럼 맑고 투명한 순금의 광맥이 그의 시에는 내재
한다. 투명하고 견고한 정신의 궁극적 경지, 손종호 시인이 시라는
언어 형상물을 통해 다다르고자 하는 세계는 바로 그곳이라 할 수 있
겠다. 존재와 세계에 대한 구경적 탐색과 이미지의 명징성이 조화롭
게 일치를 이룬 세계, 맑고 투명하면서 응축된 힘이 발산하는 빛의
세계, 이러한 세계를 꿈꾸는 것이 손종호의 시이다.

손종호의 시는 투명하며, 어둠 속에서 강렬한 빛을 발한다. 그렇다
면 손종호 시의 강렬한 빛을 발하는 힘의 근원은 무엇인가. 『새들의
현관』은 이에 대한 대답을 들려준다. 이 시집은 근자의 손종호의 시
적 출사표나 다름없는 가편들로 엮여 있으며, 따라서 시인의 시를 읽
기 위해서 『새들의 현관』으로 에둘러 들어갈 필요가 있다.

공중에는 길이 없다.
사면은 차라리 견고한 벽
물먹은 별들이 천장 위에 빛난다.

창은 어디에 있는가.

누 천년의 빛 아래 아래에도
드러나지 않는 고통의
견고한 뿌리.

이슬 빛나는 새벽길은

어디선가
제 홀로 맑고
제 홀로 깊어가고 있을 것을.

「새들의 현관·1」 전문

　시집의 표제 시인데, 손종호 시의 시적 소명이 "제 홀로 맑고 / 제 홀로 깊어가고 있"는 "이슬 빛나는 새벽길"의 '빛'을 찾아가는 과정에서 출발하며, 강렬한 '빛'의 이미지에 의해 시적 동력을 얻고 있음을 보여준다. 화자는 "물먹은 별들이 천장 위에 빛"나는 어떤 '빛'의 세계를 강렬하게 갈구하고 희원한다. 그러나 그 천상의 '빛'에 도달할 수 있는 길은 없고, "사면은 차라리 견고한 벽"으로 단단하게 닫혀 있다. 이와 같이 "견고한 벽" 안에 고립된 상황은 화자에게 "창은 어디에 있는가" 탄식하며 고통스러운 자문을 하게 만들고, 이에 대한 응답으로서 "견고한 뿌리"의 존재론적 고통을 견디어 "이슬 빛나는 새벽길"로 상징되는 궁극의 길에 진입하려는 화자의 결연한 의지를 엿보게 한다. 사면의 "견고한 벽"에 갇힌 화자로 하여금 빛의 세계로 나아갈 수 있는 창을 찾을 수 없는 이유는 "고통의 / 견고한 뿌리"가 운명적으로 너무 깊기 때문이다. 화자는 고립되어 있고 존재의 고통은 운명처럼 뿌리가 깊다. 이러한 존재론적 고통이 크면 클수록, 어둠이 깊으면 깊을수록 빛에 대한 희원은 강렬할 수밖에 없다. "견고한 벽"에 갇히고 "견고한 뿌리"로 깊숙이 박힌 고통에서 화자는 빛을 통해 자신에게 주어진 존재론적 한계와 구속을 일거에 뛰어넘고자 하는 욕망을 은밀히 표출한다.

'빛'은 손종호의 시세계에서 중요한 비중을 차지하는 핵심 이미지이다. 그러나 그가 강렬하게 찾아 헤매는, 그가 강렬하게 희원하고 갈구하며 궁극적으로 이르려는 '빛'은 실재하는 빛이라기보다는 정신적인 빛, 영성적인 빛, 생명의 빛, 아주 멀리 떨어져 있는 피안의 빛이다. 운명의 향방을 결정짓는 지침 같은 '빛'은 부재 속에 현존하는 빛, 약간의 어색함을 감수한다면 어떤 초월적인 궁극의 빛, 구원의 빛, 영적 가치를 지닌 광휘의 빛이라 할 수 있다. 그것은 일체의 세속적 때를 벗어버린 "만년설의 웅혼한 힘"(「불의 산정에서」)이 발산하는 흰빛, "허공에서 씨를 얻는" '열매'(「공중에서부터 집짓기·2」)로서의 태양 빛이며, "캄캄한 천공에서" "빛나는 / 별"(「도강」)의 푸른빛이다.

그런데 그 빛은 곧잘 빛(불)과 대립되는 물(구름, 얼음, 눈)과 어둠(갇힘, 유폐, 묶임, 미망)의 이미지를 함께 동반한다. 그것이 "물먹은 별" 빛이나 "이슬 빛나는 새벽길"에서처럼 물의 모성성과 빛의 부성성이 결합할 때 그것은 "태초의 / 그 무궁한 온유"인 "어머니의 바다"(「공중에서부터 집짓기·1」)처럼 생명과 창조의 우주적 원리로 나타나기도 한다. 그리고 그러한 세계는 시인이 추구해야 할 영적 가치, 내재적 초월, 웅혼한 정신의 궁극을 의미한다. 그러나 빛과 대립되는 어둠과 갇힘은 고통의 심연을 통과하면서 거쳐야 할 빛의 시련, 고행의 길을 의미한다. 때문에 그의 시는 다소 추상화해 말하자면 존재론적 어둠의 고통과 시련의 심연을 감수하고 통과하면서 다시금 새롭게 본래의 근본 혹은 기원으로 부활하는 모습을 취한다. 즉 "어둠은 곧 빛의 자궁"(「마지막 假宿에서·3」)이라는 태양의 밝은 흔적, 생성의 씨앗을 품고 있다.

손종호의 시는 별과 빛, 천체, 결빙(얼음)의 산정, 물, 새벽의 이미지 등이 겨울과 어둠, 고립과 유폐, 고통과 시련, 극한의 상황 등과 대비적으로 설정되면서 후자가 갖는 부정성을 부성성으로 상징되는 빛(별빛, 햇빛)을 통해 극복하고자 하는 정신의 상향의식이라고 불러도 좋을 법한 수직상승의 의지를 표출하기도 하며, 모성적인 가치로서의 물의 이미지를 동반하여 생명과 창조의 수평적 확산을 꾀하기도 한다. 그러면서 시인은 자신의 한계와 유한성을 초월하여 우주의 비의, 존재성의 원리에 접근한다. 그의 시는 "어둠의 심오한 / 심연" 속에서 그것을 뚫고 나갈 빛의 '문'(「門」)을 찾아가는 순례의 도정에 있다.

> 여름부터 가을까지 왕대산에 올랐으나
> 비탈진 왼쪽 숲은
> 뒤틀린 욕망의 가지들과
> 고개를 치켜세운 잎새들로 어지러웠다.
>
> 흰 눈발이 짧은 회한처럼 볼을 스치는
> 숲길을 걷다보니
> 나무들의 요약된 골격 사이
> 왼쪽 산비알 아래쪽에
> 문득 큰 얼음장 몇 개가 빛나는 연못이
> 청동기의 거울처럼 떠올랐고
> 아침 햇살을 입에 문 새들이
> 줄줄이 하강하고 있었다.
>
> 내 안에도

갈 길에 지친 날개들이 잠시 깃드는
푸르름이 숨어 있을 줄이야
잎들을 버리고서야 비로소
떠오르는 심연
나뭇가지 사이로
한층
하늘이 높아졌다.

「병(病)·2」 전문

손종호 시인이 유한한 존재로서의 한계와 고통의 극복을 위해 추구하는 전략은 상향적 의식과 정신적인 힘에의 의지이다. 위의 시는 감각을 단일하게 응축시켜 정신에 접맥시킴으로써 정신의 핵심에 접근하고 있다. 이러한 태도는 자아의 한계와 고통을 정면으로 바라보면서 정신의 핵심에 이르려는 전략으로 보인다. 그는 그가 관찰하고 경험하는 사물 속에서 강인한 힘을 발견하고 그것을 내재화한다. 그렇다면 정신의 핵심이란 무엇인가. 그것은 "문득 큰 얼음장 몇 개가 빛나는 연못이 / 청동기의 거울처럼 떠"오르는 고요함이며, "내 안에도 / 갈 길에 지친 날개들이 잠시 깃드는 / 푸르름이 있을 줄이야"라고 성찰하는, 그러니까 산을 오르는 각고의 점진적 과정을 거쳐 어느 순간 이루어지는 찰나적인 직관과 통찰의 내적 깨달음이다. 그것은 끊임없이 움직이는 가운데 순간적으로 구성되는 정신의 명징함이다.

화자는 지금 산에 오르고 있다. 산에 오르는 행위는 그 자체로 어떤 정점을 향해 끊임없이 나아가는 역동적 상향의식의 정신이다. 어떤 정신의 극점을 향해 나아가면도 화자를 사로잡는 것은 "뒤틀린 욕망"과 "고개를 치켜세운 잎새들"의 세속적 오만함이다. 화자는 산을 오르는 등반을 통해 이러한 세속적이며 지상적 욕망과 갈등을 정화한다. 산은 세속과 초월, 속(俗)과 성(聖), 현실과 영원, 지상과 천상의 질서가 엇갈리는 공간이다. 산은 하늘을 향해 비상함으로 천상의 빛에 접근해 있으며, 계시와 영생의 신성한 공간이다. 따라서 화자에게 산을 오르는 등반은 단순한 행위가 아니라 우주적인 정화나 영성의 추구라는 의미를 지닌다. 그래서 산을 오르는 행위는 세속적 욕망과 가치를 버리는 역동적인 상승인 동시에 중심으로의 회귀이며, 인간이 도달하고자 하는 지고한 정신적 가치에로의 접근이라는 의미를 함축한다.

그렇다고 화자는 수직 상승의 가치에만 몰두하지 않는다. 오히려 지고한 정신적 가치에로의 다가섬은 잎을 버린 "나무들의 요약된 골격"이나, "산비알 아래쪽"의 얼음장 연못이나, 낮은 지상으로 "줄줄이 하강"하는 새들에게서 발견하는 것이다. 그는 자연의 묵묵한 침묵, 그러니까 버리고 얼어붙고 하강하는 죽음의 묵언 속에서 오히려 인간의 빛나는 정신이 발견될 수 있다는 깨우침을 얻는다. 그가 지닌 역동적 상향의식은 일방적으로 높음이라는 정점을 지향하는 것이 아니다. 그것은 차라리 잎새들의 추락과 아래쪽의 얼음장 연못과 새들의 하강이라는 비움에 대한, 가혹한 결빙의 시련에 대한, 지상의 낮음에 대한 사유에서 비롯하는 것이다.

산을 오르는 과정에는 세속적 욕망과 한계가 도사리고 있고, 따라서 등반은 이러한 지상적 욕망과 한계를 극복하고자 정신적 날을 세우는 고통의 통과제의이다. 정신의 날을 세우는, 자신의 정신을 단련하는 작업이 "뒤틀린 욕망"과 "고개를 치켜세운" 세속적 욕망에 의해서 끊임없이 고통받고 좌절하면서도 앞으로 나아가는 역동적 상향의식을 지닌 것이다. 이때 자신의 마음을 비우고 자연의 높은 이치에 화자는 순화된다. 말하자면 "요약된 골격의 나뭇가지", '얼음장 연못', '새들의 하강'은 정신의 강열한 경지를 결합시켜 놓은 결정체로 볼 수 있다. 그것들은 주체의 의식 속에 결집되고 응축되고 집중된 정신의 비유물이다. 그래서 산을 오르는 행위는 "고개를 치켜 세운" 지상의 세속적 욕망과 그것으로부터 연유한 정신적 '병'을 다스리고 치유하여 순열한 정신의 정점을 향한 일종의 의례처럼 보인다.

손종호 시인의 시를 대하노라면 어떤 영(靈)적인 힘을 느낄 수 있는데, 그것은 그의 시가 존재의 번뇌와 미혹의 어둠 속에서 구경의 단계에 이르는 강렬한 빛을 발하기 때문이다. 그의 시는 견고한 금강석의 잘 벼려진 푸른빛의 지점을 향하고 있다. 모든 잡념을 물리치고 오직 하나의 대상에만 정신을 집중하는 경지를 일컬어 불교에서는 금강삼매(金剛三昧)라 한다. 이 경지에 이르 면 바른 지혜를 얻고 대상의 본질을 올바르게 파악할 수 있다. 손종호의 시는 아마도 이러한 궁극적인 정신의 영지를 찾아 나아가는 과정에서 비롯하는 것처럼 보인다. 그래서 손종호 시인의 각 시편들은 그 자체로 완결성을 이루면서 동시에 그가 추구하고 지향하는 시세계 전체를 구성하는 작은 편린으로 존재한다. 이 작은 편린들이 하나로 모여 전체를 이루는 지점을 정신적 영성(靈性)의 세계라 명명할 수 있지 않을까. 그의 시편들은 따라서 어떤 궁극적 지점을 지향해가는 역정 속에서, 혹은 정신적 구도 과정의 한 표현으로 볼 수 있다.

2. 순연한 감각의 무심함

날카롭게 벼려진 고양된 정신은 인간의 실존적 욕망과 고통, 지상의 세속적 가치와 삶의 크기를 왜소한 것으로 만들어 버린다. 강인한 힘에 의해 응축되고 집중된 정신에는 세속적 가치나 삶의 자잘하고 다양한 무늬가 틈입할 여지가 없다. 설령 그것이 개입할지라도 그것은 상대적으로 왜소한 것이며, 그리 대단치 않은 것이다. 그것들이 왜소해짐으로 말미암아 그의 마음은 고요해진다. 아래의 시는 그러한 점을 잘 웅변해준다. 자연의 이치가 삶의 왜소한 가치를 버리라고, 세속을 초월하라고, 마음을 비우라고, 그리하여 더 큰 무엇을 보라고 가르쳐 주기 때문이다. 무심한 듯한 자연의 이치나 섭리는 시인을 세속적 가치가 아닌 보다 높은 경지의 우주적 원리로 이끈다.

> 아침나절 눈 큰 여치 한 마리
> 더 큰 눈의 개구리에게 잡아먹힌 풀밭 위에
> 까치독사 한 마리 한낮을 즐기고 있다.
>
> 햇빛은 그 곁에서
> 힘겹게 풀잎을 타고 오르는
> 진드기 한 마리의 등을 토닥이며 있고.
>
> 「무심(無心)」 전문

날카롭게 벼려진 정신은 고요한 침묵 속에서 만물이 저절로 광대무변한 생명의 시원을 향해 열려나가는 원리를 가늠케 한다. 우로보로스(Ouroboros)의 뱀을 연상하게 하는 위의 시는 그러한 점을 웅변해 준다. 인용 시에서 화자가 도달하고자 하는 정신의 핵심은 침묵의 고요, 무념무상의 무심(無心)한 지경이다. 도가적 문맥에서 말한다면 그것은 비운 것으로 가득 찬 허심(虛心)의 상태이다. 화자는 그 허심의 침묵이 품은 밀도 높은 고요의 파동, 어떤 영원한 시간의 운동 속에 포함된 우주적 원리를 느낀다. 즉 무심은 마치 침묵 속에 내재하는 무한한 탄생과 죽음, 시작과 끝, 소멸과 재생이라는 시간의 반복과 생멸을 거듭하는 파동을 감지한다. 화자는 "여치 한 마리"가 "더 큰 눈의 개구리에게 잡아먹히"고 그 개구리를 잡아먹은 "까치독사 한 마리"가 "풀밭 위에"서 "한낮을 즐기"는 현상을 탄생과 죽음을 반복하는 무한한 시간의 원리로 받아들인다. 우로보로스의 뱀처럼. 따라서 무심은 고요한 침묵의 위대함이라 할 수 있겠다.

그런데 우로보로스의 뱀처럼 끊임없이 탄생과 죽음, 생과 멸, 소멸과 재생이라는 우주적 원리의 주재자는 '햇빛'이다. 이를 화자는 햇빛이 "풀잎을 타고 오르는 / 진드기 한 마리의 등을 토닥"인다고 표현한다. 여기에서 빛은 절대자의 은총과 같아서 모든 존재에게 생명을 나누어 주는 등가물이다. 그 빛은 생명의 빛이다. 햇빛은 풀잎을 생장시키고, 풀잎은 가장 작은 생명이라 할 수 있는 '진드기'를 키우고, 그것은 여치, 개구리, 뱀으로 순환하는 연쇄적 사슬의 먹고 먹히는 관계성으로 말미암아 무한한 우주적 원리로 퍼져나가는 생명의 원리이다. 따라서 이러한 무심한 듯한 현상은 모든 것을 무(無)로 환원하는 것이 아니라 무한한 우주 섭리에의 눈뜸이라 할 수 있다. 그러므로 이 시에는 소멸을 딛고 영속하는 우주의 섭리에 대한 외경이 드러난다. 이러한 외경은 거대한 우주의 질서도 무심한 듯한 햇빛과 풀잎, 진드기와 같은 아주 작은 원인에 의해 발달된다는 깨달음을 동반하는 것이다. 마치 씨알의 원리처럼 현상 세계는 보이지 않는 작은 씨앗과 같은 원인 속에 출발한다는 의미와 같은 것이다.

손종호의 시는 날카롭게 벼리진 예리한 감각은 순화되고, 강렬한 정신의 힘에 대한 추구는 유화되며, 맑고 투명하며 견고한 빛의 세계는 어둠을 포용하고, 의식의 상향적 지향성은 심연의 낮음에 도달하려는 유연한 태도가 돋보인다. 이와 같은 시적 감성의 변화와 더불어 주목할 수 있는 점은 손종호 시인의 정신주의가 구성하는 시적 내질이 소멸의 긍정, 생성으로서의 소멸, 무시간의 태허(太虛), 그 속에서 무심한 자유의 발견과 내적 관계의 일체된 동일성을 지향하고 있다는 점이다. 좀 어설프지만 나는 그것을 순연한 정신의 무심한 감각이

라 부르고 싶다. 여기에 무수하며 무한한 존재의 비의와 비밀을 잉태
하는 태허의 씨앗이 있다.

> 플랫홈에서 그대를 떠나보낸 후
> 나는 혼자가 아니라 둘이 되어 돌아온다.
> 떠날 때 되어서야 비로소
> 우리는 하나였음을 깨닫는다.
> 그러므로 열차는 떠난 것이 아니라
> 노을처럼 붉게 내 가슴을 물들이며
> 돌아오고 있다.
>
> 영혼의 레일을 격렬하게 흔들며 다가왔던
> 기적소리는 왜 멀어지는 걸까.
> 영원한 사랑이란 평행의 선로 아닐까.
> 두 날개가 하나임을 잊고 살아도
> 무심하듯 편안한 동행,
> 어둠을 노리고 선 가로등 위로
> 눈물에 젖은 별빛 하나 힘 있게 빛난다.

「대전역 지나」 전문

　인용한 시는 손종호 시인이 즐겨 사용한 빛(별빛)과 어둠의 이미지
를 확인할 수 있으며, 천체의 이미지로서 영원성과 초월성에의 지향
을 엿볼 수 있다. 떠남으로 인해 하나였음을 확인하고, 마치 하나였
음으로 새의 "두 날개가 하나임을 잊고" "무심하듯 편안한 동행"이었
다는 역설적 깨달음이 '별빛'을 불러오기 때문이다. 그런데 별빛은
"눈물에 젖은" 상태, 눈물 젖은 별빛은 아마도 분리의 아픔 때문일 것
이며, 떠나보냄으로써 뒤늦게 '그대'와 '내'가 하나였음을 확인하는 이
별의 고통 때문일 것이다. "눈물에 젖은 별빛"을 우러르며 시인은 "영
원한 사랑이란 평행의 선로", 혹은 새의 "두 날개"처럼 "하나임을 잊

고" "무심하듯 편안한 동행"이란 점을 아프게 확인한다. "떠날 때 되어서야 비로소 / 우리는 하나였음을 깨닫는" 존재의 역설적 비의에는 둘이며 하나이고 하나이면서 둘인 불일이불이(不一而不二)의 존재의 관계성으로 말미암아 상호 의존적 존재성, 존재의 평등성, 주체와 타자의 경계가 무화된 정신의 극점을 느끼게 한다. 그 극점에는 그 어떤 분별이나 구애도 받지 않는 무심의 자유가 존재한다. 이점은 손종호 시인의 시가 추구해온 영성적 세계의 탐색과 일정 부분 연관해 있는 것처럼 보인다.

  손종호 시인의 시가 어떤 궁극의 영성적 세계를 탐색한다는 점은 시인이 현실과의 거리조정에서 어떤 태도를 취하느냐를 살펴보면 보다 선명하게 알 수 있다. 말하자면 시인은 손쉽게 현실에 안주하거나 혹은 영합하거나 혹은 현실의 부정적 측면을 탄핵하는 방식을 택하지 않는다. 그보다 시인은 표층의 현상적인 현실인식보다는 그것을 뛰어넘어 자기인식이나 존재의 본원적 원리를 발견하는 초월적 작업으로 정신을 밀고 나간다. 그래서인지 현상 너머 불멸의 본질 같은 초월적 각성, 존재의 심연 또는 내면의 본질을 구성하는 궁극적 요소에 대한 믿음의 확인이 성찰적으로 이루어진다. 그렇다고 시인이 현실과의 긴장관계를 포기하고 초월적이며 신비적인 세계로 비상한다는 뜻이 아니다. 그는 현실을 외면하지도 않지만 아예 현실에 함몰되어 미적 거리를 상실하지 않는다. 그는 가능한 한 현실과 평행선을 그으며 그 극한까지, 주체와 대상이 하나가 되는 교차지점에 도달하는 지점, 분리와 분열과 파편이 통합된 "한 몸"의 동일성과 통일체를 지향한다.

    병든 후에야 비로소 보이는 것들

호흡 하나 피부세포 하나
머릿칼 하나 하나
그것들을 새삼 소중히 끌어안는
은밀한 기쁨을 죽음은 알까.

붉은 노을빛에 기대어
나는 기쁨을 향해
그대는 슬픔의 자식이라고
슬픔을 향해 그대는 기쁨의 어미라고
그래서 한 몸이라고
명명한다.

「저 노을 속의 명명(命名)」 중에서

　손종호 시인이 신작시로 공개한 인용 시는 그의 최근의 시정신이 어느 지점을 통과하고 있는지를 가늠하게 해준다. 제목 그대로 이 시에서 시적 주체는 "저물녁 강가" "붉은 노을빛에 기대어" 현상의 이면에 깃든 존재의 시원을 응시하고는 그것을 자신의 입장에서 명명한다. 명명한다는 것은 어떤 사물이나 존재의 성격을 규정한다는 것인데, 화자가 명명하여 규정하는 것은 분별적으로 나뉘는 것이 아닌 근원적으로 "한 몸"이라는 동일성이다. 그것은 왼편과 오른편이 하나이고, "빛도 어둠 나뉘어진 것"도 아니며, 그대가 곧 나인 존재의 경계 없음을 의미한다. 이런 구획되거나 경계 지워진 것이 아닌 텅 빈 상태, 말하자면 "비어있음으로 더욱 푸르른" "무심의 자유"를 불러들인다. 그런데 "무심의 자유"와 기쁨이 "슬픔의 자식"이며 슬픔이 "기쁨의 어미"라서 궁극적으로 "한 몸"이라는 인식은 노을의 저물어가는 시간, 병들어 가는 소멸의 시간에 깨달아지는 종류의 것이다.

　'빛'의 이미지는 손종호 시인의 시에서 중요한 비중을 차지하는 핵심 이미지 가운데 하나이다. 이때 빛은 그가 강렬하게 찾아가는, 그가 강렬하게 희원하고 갈구하며 궁극적으로 이르려 한 정신의 영지를 지시한다. 그것은 실재하는 빛이라기보다는 정신적인 빛, 영성적인 빛, 생명의 빛, 아주 멀리 떨어져 존재를 비추는 신비적이고 초월적인 피안의 빛으로서의 성격이 강하다. 그런데 이번에 공개한 신작시에서 그가 즐겨 사용하는 '빛'의 이미지는 강렬한 힘을 보여주기보다는 저물녘 노을빛처럼 사그라들어 점점 소멸하는 빛이다. 황홀하게 물들며 사그라드는 소멸의 빛, 그 가운데서 시인은 존재와 사물, 삶과 세계의 근원적 시원을 깨닫는다. 소멸에서 시원의 생성을 이룩하는 것이다.

3. 허(虛)와 무(無)의 자유로움

손종호 시인이 근작 시에서 보여주는 빛은 예전과는 달리 소멸의 의지와 맞물려 있으며, 그 소멸은 무의 어둠을 향해 가지만 결코 부정적으로 인식되는 것이 아니다. 그것은 뭇 사물과 존재가 아주 천천히 점진적으로 각고의 과정을 거쳐 근원의 지점에 이르는 빛이다. 위의 시에 드러난 것처럼 빛과 어둠, 오른편과 왼편, 그대와 나, 기쁨과 슬픔의 변증법에 주목하면 그 궁극적 근원의 지점이 어디인가를 가늠할 수 있다. 가령 시인이 그 변증의 과정, 혹은 소멸에서 발견한 "한 몸"이라는 인식은 부정적이라기보다는 존재와 사물에 대한 사랑과 존재의 원리에 대한 깊은 감수성이 침윤되어 있다. 사실 손종호 시인의 시에는 견고하고 강렬한 빛, 그 빛의 의지적 힘이 날줄을 이루고 있다면 포근하고 따스하게 사물을 응시하는 감성이 씨줄을 이루고 있다 해도 좋을 만큼 상반되는 이미지와 정서가 교직되어 있다.

예컨대 예전의 시에 속하는 작품들일수록 후자보다는 전자에 가깝고, 최근의 작품에서는 후자에 가까운 성향을 느낄 수 있다. 존재의 심연에 이르고자 하는 시인의 의지는 아마도 물리적 시간과 시적 연륜의 탓일 수 있겠다. 현상 너머에 내재하는 존재의 심연에 이르고자 하는 시적 태도는 다음의 시에서도 확인된다.

진정한 아름다움이야 늘 뿌리에 있다.

끝없이 솟구치는 간절함 없이는
알 수 없는 사랑으로 밀어 올리는
익명(匿名)의 힘 없이는
어떤 눈빛도 노래도 꽃이 될 수 없다.

햇빛과 바람을 이야기하지 마라.
불빛이 아득한 부엌 언저리
늦은 밤에도 흙속의 길을 여닫는
어머니의 손.

아름다움 속에 감추어진
아름다움.

「장미」 전문

위의 시에서 우리는 농밀한 서정과 단정하면서 간명한 언어 감각을 느낄 수 있다. 이를테면 불필요한 정서에의 탐닉을 방지하는 간결한 시상의 전개와 본질을 투시하는 단호함에서 우리는 손종호 시인이 그 견고한 금강석의 정신적 세계에서 유연한 사유의 세계로 돌입한 느낌을 받을 수 있다. 그리하여 이 시편은 현상 너머에 내재하는 존재의 "진정한 아름다움"을 간명한 이미지와 유순한 어조에 담아냄으로써 시인의 의식이 지향하는 통찰의 지점으로 우리를 이끈다. 마침내 도달한 지점은 존재의 심연이 품은 비의, 혹은 근원적 본질로서의 원형적 세계이다. 장미꽃의 외면이 지닌 화려하고 관능미 넘치는 황홀한 아름다움이 사실은 '뿌리'에 닿아 있다는 직관적 통찰은 평범해 보이는 것이지만, 사실 손종호 시세계의 전체적 흐름에서 본다면 어떤 변곡점을 향한 것이어서 주목을 요한다. 사물의 현상은 비본질적이며 껍데기일 뿐이라서 이를 단호히 떨쳐버리고 그것을 가능하게 하는 뿌리의 힘을 응시하려는 유순하지만 단호한 의지만이 이전의 순연한 정신적 투명성을 계승하고 있다. 감추어진 뿌리의 힘, 눈에 보이지 않는 "익명(匿名)의 힘"은 "끝없이 솟구치는 간절함"이며 "알 수 없는 사랑"에서 온다는 시적 통찰은 그의 시가 연성의 감각으로 나가고 있음을 시사하는 듯하다.

그리고 우리가 위의 신작 시에서 확인할 수 있는 중요한 점은 손종호 시인의 시가 빛의 밝은 이미지가 발산하는 약동하면서 강렬한 힘보다는 그에 상반되어 어둠이 품고 있는 존재와 생명 탄생의 지점인 태초의 무(無), 태허(太虛), 근원적 '뿌리'에 닿아 있다는 것이다. "불빛이 아득한 부엌 언저리 / 늦은 밤에도 흙속의 길을 여닫는 / 어머니의 손"이 환기하는 것처럼 어둠의 뿌리에 아름다움의 근원이 내재한다는 통찰을 환기한다. 손종호 시인의 시는 빛(불빛), 천체(별), 새벽, 물, 결빙의 이미지 등이 겨울이나 어둠, 고립과 유폐, 고통과 시련, 극한의 상황 등과 대비적으로 설정되어 후자가 지닌 부정성을 전자를 통해 돌파하면서 미혹과 번뇌를 극복하는 정신의 상향의지를 표출해 왔던 것이 사실이다. 그러면서 시인은 자신의 한계와 유한성을 초월하여 우주의 비의, 존재성의 원리에 접근하였다. 그런데 위의 작품에서 발견할 수 있는 특성은 빛이 아닌 어둠이 품고 있는 아름다움, 현상이 아닌 근원으로서 "아름다움 속에 감추어진" "진정한 아름다움"에 대해 노래한다. 그것은 현상을 관통해 들어가 본질에 이르고자 하는 시인의 직관적 통찰의 힘에 의해 결성된 것으로 보아야 할 것이다.

> 결박의 고통을 잊는 방법은 오직 하나
> 목표를 더욱 명확한 목표이게 하고
> 사랑을 더욱 간절한 사랑이게 하고
> 강물을 더욱 깊어가는 강물이게 하는 길.
> 그래서 초침은 즐겁다. 혼자 낄낄대다가
> 짐짓 엄숙한 걸음새로 함께 걸으며
> 존재에 취해 사는 세상은 아름답다, 아름다워,
> 무시로 귓전에 속삭인다.
>
> 그런데 무슨 일일까.
> 나의 내면의 층계를 천천히 밟고 내려가 만나는
> 바다에는 초침이 보이지 않는다.
> 하늘만 내려와 아이처럼 놀고 있다.

「몰입」중에서

부드러운 탄력성을 지닌 연성의 감각이 탄생하는 지점을 보여주는 위의 시 역시 존재의 심연에 이른 각성한 의식과 정신 세계를 살펴볼 수 있게 한다. 전체 2연으로 구성된 위의 신작 시는 1연에서 초침에 결박되어 있는 존재의 현실을 표상해내고 있다. 달리 말해 무한한 시간에 유한한 현존재가 시간의 속박으로부터 오는 '두려움'과 "결박의 고통을 잊는 방법은 오직 하나", 현실의 목표와 사랑을 더욱 명확하고 간절하게 해야 한다는 것이다. 현상에 대한 확고한 믿음, 그럼으로써 존재성을 확인하고 그에 "취해 사는 세상이 아름답다"는 것이다. 초침으로 은유된 이러한 절박한 시간은 어쩌면 존재의 현상에 도취해 있는 미혹과 초침의 강박으로부터 자유롭지 못한 감금의 상태를 잊게 하는 마취제이다. 모든 것을 "하나로 묶어 흔"드는 힘을 지닌 초침은 마취제처럼 "세상은 아름답다"고 "무시로 귓전에 속삭"이며 미혹에 빠뜨리는 것이다. 여기에서 우리는 어떤 불안함과 위기감을 느끼지 않을 수 없다.

그러나 2연에서 시적 주체의 시선이 내면의 본질적 근원을 응시하면서 현상적 존재의 미혹과 강박, 속박과 고통, 마취와 환각, 불안함과 위기감은 평정을 되찾는다. 순간적 현상의 미혹과 초침의 압도적인 억압과 속박으로부터 "내면의 층계를 천천히 밟고 내려"간 지점에서 시인은 내적 순수성과 하늘의 자유, 아이의 천진성, 청정한 공간을 확인하며 존재의 전환을 이룩한다. 이러한 점은 손종호 시인의 시가 그간 보여주었던 유한한 존재로서의 인간적 한계와 고통의 극복을 위해 추구한 시적 전략이 천상의 빛을 향한 강렬하며 견고한 의지, 상향적 의식과 정신적인 힘에의 의지에서 벗어나 보다 유연한 태도로 존재와 세계를 응시하는 감각의 이동을 의미한다. 정신의 명징함과 선명함, 강렬함과 투명함에서 이제 그의 시는 존재의 비움과 빛의 하강, 지상의 낮음, 무(無)와 허(虛)에 대한 철학적 사유의 세계로 감각을 이동한 것이다.

> 큰 거품 속의 황홀한 거품인 것을
> 날렵한 지느러미 몇 개 반짝이며
> 아직도 별들 사이를 헤매는가.
> 새여, 빈 손바닥으로 후려치는 바람이
> 네게 무엇을 물려주던가.
> 모든 공중이 네 길이라 하던가.
> 아스라한 절벽 위 소나무 한 그루,
> 면벽십년(面壁十年)으로 잠 깨어 있는 새벽
> 허리 굽은 범종소리 하나
> 홀로 백두대간을 넘어간다.
>
> 「허공 3」 중에서

세속의 초탈, "아스라한 절벽 위 소나무 한 그루"처럼 지상의 극한에서 늘 깨어 있고자 하는 단독자의 고통을 느끼게 하는 위의 시는 동양적 형이상학의 정신 세계, 정관적이며 관념적인 풍모를 품고 있다. 마치 한 폭의 산수화를 펼쳐 놓은 듯하다. 선(禪)과 도가(道家)의 자양분을 흡수한 듯한 발성법은 텅 빈 허공의 '무심한 자유'와 그윽하고 청정한 정취를 맛보게 해해주며, 극한의 경계에 자신을 위치시키고자 하는 단독자로서의 실존적 고뇌 같은 것을 느끼게 해준다. 달관의 경지에 이른 듯한 시적 태도가 박진감과 현실성을 다소 훼손하고 있다는 비판이 있을 수 있겠지만, 청정한 공간에서 유유자적 자유롭게 소요(逍遙)하는 자의 넉넉함과 포용력은 시인의 전체적인 시적 풍모에 비추어보면 갑작스러운 것도 아니다. 청정무구한 '허공'에서 어떤 얽매임이나 구애도 받지 않고 찬연한 '별'들 사이를 자유로이 나는 '새'의 무심한 자유의 감각, 천체의 '별'로 상징되는 영원성과 초월성은 그가 지향해온 투명함이나 정신주의가 오히려 훨씬 심화된 차원에 이르렀음을 느낄 수 있다.

허공을 자유자재로 비상하는 새의 무심한 감각, 그것을 무(無)의 노래라고 불러도 좋을 것 같다. 그것은 또한 "큰 거품 속의 황홀한 거품"처럼 비극적 황홀감과 도취의 노래이기도 하다. 유한한 존재로서의 인간이 무한한 우주 앞에서 토해내는 탄식이자 찬미, 그것이 연작으로 보이는 「허공」의 공간을 흐르는 선율을 이룬다. 허공의 광대무변함, 순수함, 빛, 찬연한 공기 속에서 시인의 정신은 '새'의 비상처럼 무심한 자유로운 경지를 지향한다. 하늘을 나는 새의 이미지는 천상의 빛에 근접해 있어서, 그것은 단순히 나는 것이 아니라 우주적인 정화, 영성의 추구라는 의미를 또한 획득한다. 이를테면 공중을 자유자재로 가르는 것은 상승인 동시에 근원으로의 회귀이며 시인이 도달하고자 하는 한층 우월하게 고양된 정신의 상태, 지고한 가치, 인간이 지닌 지상적이며 세속적인 속박으로부 자유로운 세계로의 다가섬이란 의미를 내포한다. 따라서 "홀로 백두대간을 넘어"가는 '범종소리'는 우주의 비의에 대한 깨달음, 진정한 자아의 발견과 같은 위상에 놓인 것이다. 손종호 시인은 모든 유한한 지상적이며 세속적 굴레에서 벗어나 영원의 자유로 들어가는 순례의 도정에 서 있는 것이다.

풍화하는 시간의 감각
- 류인서의 시

　사방에는 시적인 것들로 편재해 있다. 그런데 보통 시인이 대상을 통해 빈번하게 취하는 태도 가운데 하나는 이것에 내재하는 본질적 속성이나 성질을 탐색하고 해석해 의미화하는 일이다. 그럼으로써 시인은 자신이 발견해낸 사물의 본성을 곧잘 우리 삶의 한 이법이나 보편적 속성으로 치환한다. 이러한 작업은 근원을 탐색하는 일이면서 세계를 향해 물음을 던지는 행위로 볼 수 있다. 탐색과 물음을 통해 시인은 견고하리라 믿었던 일상적 의식의 고정성과 세계의 안정성을 흔들어 놓는다. 그러므로 시적 물음과 탐색은 결국 현실이라 일컬어지는 모든 것들의 안정성과 고정성을 부인하는 일이다. 이때 시는 편안한 즐김의 대상이라기보다는 우리의 의식과 무의식을 불편하게 한다.

　불편함은 아마도 우리가 자명하게 의식하고 있던 사물이나 현상 속에 잠재해 있던 낯선 얼굴의 출현에서 비롯하는 것일 게다. 낯선 얼굴과 불현듯 맞닥뜨리는 일, 그것은 일종의 정서적 충격으로서 익숙한 세계를 다른 눈으로 바라보고 느끼게 한다. 식상한 이야기지만 서정이란 서사와 구별되면서 대상을 인과적 완결성에 의해 그려내는 것이 아니라 류인서의 표현처럼 "잠깐 나타났다 지워지는"(「놀이터」) 순간을 직관적으로 포착한다. 헤겔의 지적처럼 생의 순간 포착, 직관적 통찰, 여기에 시의 상상력은 거주한다. 직관적 체험의 통찰에서 비롯하는 시인의 상상력은 우리의 일상적 의식과 무의식을 뒤흔들어 존재의 실상을 간파하도록 충격한다.

그런데 시적 주체의 시선이 그 생의 어느 부분을 어떻게 바라보느냐, 또는 어떤 방식으로 바라보느냐에 따라 시의 양상은 달라질 수 있다. 어떤 주체의 시선이 되었든 그 바라봄은 의식이며 태도로서 사유하고 느끼는 방식을 의미하기 때문이다. 류인서의 시적 문법은 세계를 구성하는 사물, 그리고 그것이 드러나는 현상적 사실에 대한 섬세한 응시와 관찰을 통해 그 내부의 본질적 면모를 미세하게 감각해 내는 데 특이점이 있다. 이러한 드러냄을 통해 시인은 그 안에 내재한 숨은 비의를 포착해 우리에게 보여준다. 그의 시선이 포착해낸 생의 비의는 시간의 풍화를 겪으며 퇴색하고 소멸할 수밖에 없는 어떤 쓸쓸함과 적막감, 무상함 같은 범주에 속하는 것들이다. 그 소멸과 무상함은 또한 물상의 표면을 벗겨 내면의 본질을 더듬고 꿰뚫는 작업이기도 하다.

> 나의 손에 손목 잡힌 얄따랗고 단단한 슬픔입니다.
> 손거울 보듯 들여다봅니다.
> 누군가요? 유령처럼 눈 코 입이 없는 이 얼굴은.
> 얼굴이 아니면
> 손가락 없는 손바닥, 발가락 없는 발바닥,
> 손가락 대신 발가락 대신 몇 개의 현을 빌려준다면 그의 몸 비파족
> 族의 악기라도 될까요.
> 울림통이 없으니 들리지 않는 노래 될까요.
> 듣지 못하는 귀 될까요.
>
> 오래전 당신의 따뜻한 손목을 놓친 적 있습니다.
>
> 「주걱」 전문

류인서의 시는 "사물의 유약함과 덧없음이 존재의 모습과 별개의

것"이 아니며, "사물에서 포착한 인과의 법칙을 존재의 비의에 능숙하게 적용한다."(이혜원, 「투시의 시학」)고 했을 때, 그 시적 특성이 잘 나타나는 작품이 「주걱」이다. '주걱'이라는 형상이 품은 '존재의 비밀'을 '손목'으로 치환하는 은유적 비유를 통해 드러내는 시인의 상상력은 생의 어떤 쓸쓸한 지점에 가 닿아 있다. 화자는 주걱을 손거울인 냥 들여다보며 시간의 흔적을 더듬고 어루만지며 상념에 젖는다. 주걱은 화자에게 "얄따랗고 단단한 슬픔"을 환기하는 대상으로서 그가 언젠가 놓쳐버린 아마도 사랑하는 대상의 "따뜻한 손목"인 것 같다. 주걱은 "눈 코 입이 없는" 얼굴을 한 유령, "손가락 없는 손바닥, 발가락 없는 발바닥"이라는 결핍과 부재, 불완전한 형상으로 연상되고, 다시 "들리지 않는 노래"와 "듣지 못하는 귀"를 가진 "비파족族의 악기"로 연쇄되면서 쓸쓸하고 아련한 슬픈 상실의 감정과 아니러니한 시적 분위기를 가중시킨다.

주목할 점은 시인이 '주걱'이라는 사물의 미세한 떨림을 포착하고 언어를 극도로 절제하려는 태도를 통해 시의 정서적 환기력을 복원한다는 것이다. 그의 시는 행간에 침묵을 가득 채워놓는 언어적 절제를 보여준다. 말하자면 일상적 경험 세계에서 아무것도 아닌 사물을 통해 절제된 언어로 생의 한 형식과 의미자질로 읽어낸다. 그렇다고 해서 류인서의 시가 일상의 저편으로 초월하거나 이탈을 꿈꾼다는 말은 아니다. 그가 세밀하게 드러내려는 것은 그 경험적 일상 세계의 한 부분을 구성하는 사물들의 존재론적 생태, 그리고 조금씩 퇴색되고 소멸해가는 실존적 운명의 형식을 드러낼 뿐이며, 시인은 그것을 또 묵묵히 보여줄 뿐이다.

류인서의 시는 이처럼 사물의 존재론적 생태의 공허함과 소외감, 무력감과 불안감을 포착하는 데 주력한다. 사물의 본질에 대한 시선의 천착은 하찮은 물건, 하찮은 행위, 하찮은 사건으로 이루어진 일상이나 사물의 세부에 감추어진 어둡고 비루한 삶의 일상과 생존의 의미를 밝히려는 태도와 연관해 있다. 삶은 무상성으로부터 자유로울 수 없다. 사투르누스의 거대하고 공포스런 낫이 인간의 소중한 시간을 무자비하게 베어 가고 남은 후의 어떤 것. 그러나 시인이 노래한 것은 드러난 삶의 배후가 거느린 이면의 편린들을 이해하고 감싸안으려는 태도, 그 이해가 불안과 허무, 상실과 슬픔을 더하는 것이라도 그것을 깊게 체험하는 것이다. 우리는 그 체험을 시라 부를 수 있을 것이며, 거기에서 시적 감동을 체험할 수 있을 게다.

> 굴을 파고 두더지 놀이를 하면
> 구근 대신 주먹손을 묻어둘 수 있다
> 꽃과 쓰레기, 장난감 블록들
> 싹트는 경작지
> 원통의 미끄럼터널 속으로 청소부처럼 사라지는, 나쁜 공기처럼 빨려나오는
> 아이들
> 굴뚝을 지나는 그을음 묻은 해
> 바짓단에 떨어지는 해변
>
> 꽁초와 휘파람,
> 아무래도 이곳은 빌딩 창문에서 더 잘 보이는
> 어른들의 세계
> 토르소로 떠다니는 구름 우주복
> 잠깐 나타났다 지워지는 그림들 숨소리들
>
> 「놀이터」 중에서

물리적 시간은 모든 사람에 평등하게 작용한다. 시간은 인간의 삶과 죽음을 관장하고 규정하는 생의 형식이기 때문이다. 그리하여 시간의 경험과 그것이 남긴 얼룩을 바라보고 해석하고 의미화하려는 내면의 파동은 서정의 형질을 형성하는 중요한 한 국면이다. 시적 주체는 지금 "아무래도 빌딩 창문에서 더 잘 보이는" 놀이터를 바라보고 있는 모양이다. 시인은 어린아이들의 놀이터에서 순수함이 더럽혀진 "모래의 세계", "어른들의 세계"를 바라본다. 화자는 놀이터 안에 쌓여 있는 오랜 시간의 흔적을 응시하고, 그 흔적이 남긴 의미를 채집하고 있다. 놀이터는 응집력을 보장할 수 없는 "모래의 세계"로서 아무런 약속도 없이 느닷없이 "갑에게서 을이 생략되는" 이탈과 상실, 단절과 분산이라는 버려짐의 장소이다.

어린이들의 천진한 시소타기 놀이에서 시인은 누가 누구에게 아무런 약속 없이 이탈되거나 상실되는 현상을 보는 것이다. "모래의 세계"인 놀이터는 "어른들의 세계"의 압축판이다. 천진한 아이들의 놀이에서 그 놀이의 끝을 보는 화자의 눈은 천진하지도 순수하지도 않다. 다분히 어떤 상실감과 소멸의식, 쓸쓸함과 허망함을 감각하는 불행한 눈이다. 시인의 눈은 항상 배후에 펼쳐진 현실을 투시하기 때문이다. 그 시선은 어쩌면 삶의 가장 천진하고 순수한 자리에서 소멸과 상처를 보는 저주받은 불행한 눈이다. 보이는 것에서 보이지 않는 것을 보는 눈, 현상에서 현상의 뒤편에 마주대고 있는 눈이다.

시인은 멀리서 놀이터를 바라본다. 그의 시선은 곧바로 놀이터의 구성물들인 모래, 시소, 미끄럼틀이 지닌 구체적 세부로 파고든 뒤 다시 전체적으로 놀이터를 조감한다. 시인은 놀이터와 놀이터의 구성물들이 지닌 대상의 세부에 면밀하게 주목하고 거기에 사물이 지닌 고유한 성질과 속성을 환정적인 수법으로 드러낸다. 말하자면 시소는 모래알처럼 서로 함께 있으나 서로 뭉칠 수 없는, 서로 "균형점을 앞에 두고 나뉘어 앉"을 수밖에 없는 생의 비감한 흔적을 내장한 대상이다. 놀이터는 "서로 나뉘어 앉는 세계"로서 관성적 역작용을 통해 잽싸게 달아날 수 있는 이탈의 장소이며, "원통의 미끄럼터널"은 "나쁜 공기처럼" 아이들이 빨려나오는 곳이고, 그네는 홀로 흔들릴 수밖에 없는 운명을 본질적 속성으로 한다. 이러한 시인의 시선은 표피적인 묘사를 넘어서 대상의 본질적인 국면을 관통하려는 시적 투시의 힘을 보여준다. 시인의 눈길은 상상적 언어를 통해 대상의 정밀한 속성을 파헤치고, 그것은 곧바로 대상의 내부가 숨긴 또 다른 본질을 들춰낸다. 그가 들춰낸 대상의 내부는 시간의 풍화를 겪고 퇴색하고 변질될 수밖에 없는 삶의 한 형식이며 속성이다. 아이들은, 혹은 시간의 흐름은 "굴뚝을 지나는 그을음 묻은 해"처럼 더럽혀지고 퇴색되는 것에 다름 아니다. 시간은 "모래의 세계", "어른들의 세계"에 아이들을 "나쁜 공기처럼" 쏟아내는 것이다.

이처럼 시인의 사물과 현상에 대한 투시적 상상력은 일상적 지각의 범주를 뛰어넘는 대상에 대한 세밀한 관찰을 동반한다. 그 관찰은 그것의 내부에 담긴, 일상인의 눈으로서는 발견할 수 없는 어떤 본질을 드러내는 지점으로 이어진다. 시인은 일상의 정적과 권태, 그리고 아무리 하찮고 보잘 것 없는 사물이라 할지라도 그 안에 고유한 자기의 성질을 지닌 내면적 본질을 감각한다. 그리하여 세계 속의 사물은 제 스스로 품은 보이지 않는 비의를 품은 존재로 부상하고, 그로써 시인이 예각화된 눈으로 투시한 사물은 정지된 시간의 역동성으로 출렁거린다. 이를테면 아무것도 아닌 대상은 그 본질적 속성과 성질을 가진 존재로 다시 태어나 그것을 새롭게 지각하도록 한다. 마치 누가 누구에게 배제되고 상실되는 일이 아이들의 놀이처럼 천진하게 이루어지듯이 말이다.

대상을 파고드는 류인서의 투시적 힘은 시소의 운동법칙에 대한 해석에 나타나듯이 세부를 파고드는 묘사와 놀이터의 모래, 시소, 해, 해변, 구름 우주복 등으로 이어지는 비약적 이미지의 연쇄로 진가를 발휘한다. 시적 묘사는 사물이나 현상이 지닌 성질과 인상을 감각적으로 표현하는 언술의 형식이다. 서정시의 언술에는 환정적 진술들이 지배적이라는 편견과는 달리 시적 묘사는 시적 인식에 대한 구체성과 감각적 힘을 부여하는 중요한 언술 형식이다. 류인서의 시적 묘사는 대상이 숨긴 세부를 탐색하고 집어내는 섬세하면서 암시적인 특성을 갖는다. 일상의 공간으로부터 사물의 이질적이고 엉뚱한 상상의 자리로 이탈하는 것, 그럼으로써 사물과 현상의 궁극적인 지점을 드러내는 것이다. 시인은 "잠깐 나타났다 지워지는 그림들 숨소리들"의 실체를 보고 듣는다.

　　열시가 열리지 않았다는 건
　　열시 약속이 살아 있다는 숨소리
　　닫히지 않은 풍경의 생장점, 비상구

　　어떤 열시 십분은 그러나 밤 벚꽃 광장에 열시 십분의 어둠으로 멎어있다
　　나비가 날지 않는 봄, 손가락으로 V마크 그리며 멀쩡하게 웃는 열시 십분의 인증샷
　　꽃핀 나무에 매달려 끙끙끙 태엽 되감는 시간벌레를 본 듯도 하다
　　　　　　　　　　　　　　　　　　「열시 십분들」 중에서

뛰어난 감각의 깊이를 보여주는 류인서의 시는 사물에 대한 보다 구체적이고 명료한 시적 인식에 육박해 있다. 위의 시 역시 일상적으로 맞이하는 "열시 십분"이라는 특정한 시간에 대한 깊은 사유의 감

각을 보여준다. "열시 십분"이 가리키는 사물의 외관과 속성을 원용하여 시인은 그것이 함축하고 있는 의미를 탐색한다. 그럼으로써 시인의 감각은 구체적인 사물 속에서 그것이 은유하는 의미를 발견한다. "열시 십분"을 가리키는 시계의 V자형 표시는 보통 승리를 뜻하는 기호로 자주 사용된다. 운동경기에서, 어떤 일을 앞둔 이의 결연한 의지와 신념을 나타낼 때, 사진을 찍을 때, 시인이 각주에서 밝힌 것처럼 거의 모든 시계 광고에서 나타나듯 V자형 기호는 황금분할의 다른 이름이기도 하다. "열시 십분"은 역사가 무한히 진보할 수 있다는, 세계의 지평이 무한히 열릴 수 있다는 근대적 이념과 신념의 한 표징인 것이다.

V자형 기호를 그리는 경우는 거의 무의식적 행위가 되어버렸듯 시간의 황금 분할은 근대적 삶의 필수 조건이다. "열시 십분"에 맞추어진 계단의 벽시계는 "나에게 / 이국의 단정한 해안선"이 되기도 하고, "b백화점 에스컬레이터 광고벽"의 "다이아몬드 시계판"의 "열시 십분"은 "늙지 않는 미소"를 머금고 있으며, 황금분할의 한 조각 V자형 형태는 "눈의 식욕"을 자극한다. 이 V자형 기호는 일상의 무의식을 지배하는 기호가 되어버린 것이며, 우리도 의식하지 못한 채 그것에 종속되어 살아간다. 그것은 일종의 "닫히지 않는 풍경의 생장점, 비상구"로서 근대적 일상의 내면에 흐르는 강고한 규칙과 억압을 상쇄하도록 기능한다. 시계가 근대적 일상을 일정한 분할과 분배를 통해 규율하고 통제하는 기능을 한다고 했을 때, "열시 십분"은 일종의 근대적 시간관과 연관된 것으로서 현재를 끊임없이 유예할 수밖에 없는 구속의 표시이기도 하다.

습관화된 지각은 습관화된 의식을 생산한다. 그러나 시인의 눈은 "열시 십분"을 새롭게 지각하고 인식함으로써 습관화된 지각을 새롭게 갱신하여 일상적 사물이 지닌 새로운 면모, 그것이 존재론적으로 은밀히 감춘 하나의 비밀을 탈은폐한다. 사물을 투시하는 탐색의 정신은 우리들의 습관적인 인식과 지각을 뒤집는 깨달음의 순간을 제공한다. 그 깨달음은 우리가 마주하는 일상적 사물의 실체성에 대한 자명한 인식을 뒤흔든다. 그것을 통해 시인은 지금 눈에 보이는 사물과 현상의 외관 뒤에 웅크린 실체에 접근하도록 한다. 그 실체는 아마도 근대가 우리 몸에 완고하게 기입한 시간의 규율일 것이다. "열시 십분"을 가리키는 시계의 황금분할이 지닌 형상은 "닫히지 않는 풍경의 생장점, 비상구"로서 삶의 안정성과 역사의 진보와 세계가 끊임없이 새롭게 열릴 거라는 전망의 환상을 우리에게 심어주는 것이다.

그런데 그의 시가 주는 감동은 깨달음의 계몽성에 있는 것이 아니라 존재의 배후를 파내는 지각의 갱신에서 비롯한다. 지각의 갱신은 사물의 배후를 꿰뚫는 시적 인식의 예각성을 그저 보여줄 뿐이다. 시인이 보여준 것은 말하자면 근대적 시간의 근면성과 합리성, 어쩌면 그것은 결코 열리지 않고 유예되는 시간이다. 벚꽃이 피었으나 나비가 날지 않는 봄의 전도된 시간인 것이다. 그리하여 우리는 "꽃핀 나무에 매달려" 끙끙거리며 시계의 "태엽 되감는 시간벌레"들이란 통찰이 가능한 것이다. 이를테면 아침의 낮과 밤의 어둠, 황금 파이와 무정형의 어둠, 벚꽃의 만개와 어둠이라는 대립소들에 의해 구축되는 이 시는 확실성, 목적성, 유용성, 창조성, 근면성이란 의미계열을 밤이라는 무정형과 혼돈, 부재마저도 낮의 욕망으로 채우려는 모습들에 대한 우의적 해석에 가깝다고 할 수 있겠다.

빗물 받을 지붕은, 처마는, 어디?
새가 앉을 의자 하나 없는 집이네

바람지팡이 끝에 문고리를 매단 채
몇 바퀴째 이 이상한 직선의 미로를 뱅뱅 돌 때
열려라 참깨!
커다란 뿅망치를 손에 든 꼬마가 (어디서부터 따라왔나? 무슨 수리
공 같다)
기둥도 없는 벽을 땅 땅 두드리며 뛰어가네

머리 위에서는 구름변기 물 내리는 소리
악취 쌓인 모서리는 벽들의 공공연한 비밀이라네
오늘이 제 모서리 끝에 장미화분을 걸어 모서리의 독毒을 감춘다
「컨테이너 박스」 중에서

시적 대상의 본질에 내밀하게 뿌리를 내리고 파고드는 류인서의
시는 위의 시에서도 잘 드러나 있다. 시의 언어는 현재적 경험 세계
에 가려져 있는 진실한 세계, 현상의 외관이 아무렇지도 않게 표상하
는 내면의 본질적인 모습을 포착하여 그것이 함유한 비의를 드러낸
다. 화자는 시적 대상인 "컨테이너 박스"가 주는 감각적 인상을 그려
내고 있다. 그가 섬세하게 관찰해낸 "컨테이너 박스" 역시 근대의 가
치관이 직선적 시간관에 기초하고 있듯이 사각의 "직선의 미로" 형태
를 하고 있다. 이 단조롭고 획일적이며 경직된 형상의 "컨테이너 박
스"로 제작된 가설의 집은 어디가 지붕이고 처마인지 분간이 되지 않
고, "기둥도 없는 벽"으로 이루어졌으며, "새가 앉을 의자 하나 없는"
집으로서 안정과 휴식의 거주공간이라는 본래적 가치를 몰각한 "이
상한 직선의 미로" 형태로 "앞뒤 없이 뚱뚱한 상자집"이다. 그 물상은
직선과 직각의 예각으로 날 서 있다는 것이 화자의 관찰이자 인식이
요, 시적 발상이며, 그 예각이 형성할 수밖에 없는 모서리는 '악취'와
'독(毒)'을 숨기고 있다는 것이다.

반듯하고 정돈된 직선과 직각의 예각이 "장미화분을 걸어" 숨긴 추

하고 역겨우며, 무섭고 위험한 모서리는 어쩌면 불안하고 위태로운 삶의 한 모습을 은유하는 것은 아닐까. 겉으로는 정돈되고 질서롭고 단정한 직선과 직각들이 주는 경쾌함 뒤에 획일적이고 황량하며 몰개성적인 근대적 삶의 풍경이 겹쳐지기 때문이다. 이렇듯 그의 시는 남루한 세속적 일상과 익숙한 풍경을 잿더미로 만드는 제의의 언어로 충만하다. 이를테면 존재의 비의를 순간적으로 들춰내는 언어는 현실원칙을 과감히 버리고 이성적 사고가 끝없이 유예하면서 일상의 번드르르한 얼굴을 찢고 덧칠된 경험 세계의 뒷면을 드러내는 데 그의 시의 묘미가 있다.

> 분기공처럼 열린 그 입 속으로 얼핏 노랑의 안쪽이 보였다
> 폭로하는 심장처럼 노랑이 한꺼번에 쏟아지는 일은 없었으나
> 사랑이 나쁜 손님으로 들이닥쳤다
> 방값을 내밀지 않아도 마음이 마음에게
> 새 이불을 내어줄 때가 있다
>
> 내가 손을 내밀 때마다
> 그는 몇 개의 얼굴을 등 뒤로 감춘 채
> 잠든 것도 깨어있는 것도 아닌 그림자에 가까워진다
> 그림자는 커튼과 섞여있다
> 커튼의 뜯어진 틈새로 노랑의 바깥이 보였다
>
> 내일을 질투하는 늙은이처럼 그는
> 시간의 홀대를 참아내며
> 일몰이 비껴가는 창에서 하루 중 풍경이 가장 아름다워지는 순간을
> 조작한다
> 나는 황금사막의 만취한 술잔이다 술잔에다 물소리를 새긴다... 중얼대는 떠돌이의 눈먼 목소리로
>
> 「달」 전문

옐로 나인틴스(Yellow 19th)는 반 고흐나 고갱 같은 후기인상파들이 세기말의 초조와 불안감을 노란빛으로 화폭을 물들이던 시절을 뜻하는 용어이다. 고흐가 「밤의 카페」라는 작품에 대해 스스로 "광기의 장소라는 생각을 표현"하고 "지옥 불처럼 창백한 유황색의 분위기"를 전달하려고 했다고 했을 때처럼, 류인서의 「달」은 그 일렁이는 노랑색의 파장으로 말미암아 어떤 불안과 초조를 느끼게 한다. 상징주의자 에두아르 뒤자르댕이 고흐의 이 그림을 두고 "사물에 감정을 부여하기" 위해 노랑색을 선택했을지도 모른다고 했던 것처럼 류인서의 이 시는 마치 어떤 종잡을 수 없는 감정의 파장, 어느 순간 "나쁜 손님으로 들이닥쳤"던 사랑의 흔적을 노랑색을 통해 표현하고 있는 듯하다. "몇 개의 얼굴을 등 뒤로 감춘 채 / 잠든 것도 깨어 있는 것도 아닌 그림자"처럼 실체를 알 수 없는 "나쁜 손님"인 사랑은 노란 달빛의 환상적이며 몽환적인 분위기로 채색되면서 또한 불안하고 허무한 분위기를 겹쳐놓는다.

화자는 달빛의 노랑 풍경을 역동적인 이미지의 드라마로 밀고나간다. 그 드라마는 다분히 환상적이며 몽환적이다. 이미지들의 현란한 전이와 그로부터 빚어지는 환상적이며 몽환적인 분위기는 매혹적이면서도 해석의 난해함을 불러온다. 그것은 시의 끝 행 "황금사막의 만취한 술잔", "물소리", "중얼대는 떠돌이의 눈먼 목소리"들에 이르면 정점에 달한다. 이 이미지의 비약적인 문법으로 발현되는 현란함 때문에 우리는 시의 의미 연관을 찾아내기가 어렵다. 다만 어둠이 찾아드는 일몰의 시간에 어렴풋한 달빛의 영상을 펼쳐놓은 듯한 이미지의 놀이, 현란한 색채의 향연을 체험하게 한다. 시는 달빛의 황홀함을 바라보는 시선으로 구축되어 있지만 상대적으로 달빛에 대한 묘사에 비중이 놓여있기보다는 노란 달빛을 바라보고 내면에서 일어나는 이미지들의 연상작용에 비중이 주어져 있다. 여러 감정의 뒤섞임과 이미지의 비약적인 연쇄는 그 달빛에 대한 진술의 의도적 혼란에 의해 가능해진다. 시인은 달빛의 노랗고 따뜻한 이미지를 일몰의 어둡고 황량한 소멸의 이미지로 채색한다. 그러므로 시의 주된 이미지인 노란 달빛은 빛 속의 어둠과 어둠 속의 빛, 삶 속의 죽음과 죽음 속의 삶이라는 우주적 원리를 내포하는 것이 아닐까.

일몰의 시간은 차고 쓸쓸하며 안타깝고 투명한 슬픔이 있는 공간이다. 모든 사랑은 달빛처럼 매혹이다. 하지만 그 매혹의 끝은 일몰의 풍경과 같이 어두운 위험성을 내포한다. 그러나 그것은 사랑의 무의미와 전멸이 아니다. 사랑은 환상적이며 교교한 달빛을 불러오는 일몰처럼 아름다운 것이다. 그 황홀감은 사랑의 대상이 발산하는 매혹에 자신을 떠맡김으로써 비롯하지만, 그 매혹이 사실은 매우 위험한 것이라는 것을 알아버린 순간에도 "시간의 홀대를 참아내며" 사랑의 황홀은 지속된다. 황홀의 공간은 캄캄해지지만 그 캄캄함 속에서 황홀은 더욱 예민한 감각에 이른다. 일몰의 달빛은 하루 중 가장 아름다운 풍경의 무상성을, 그 정처 없음의 운명을 보여주는 이미지이면서 그 무상성의 아름다움을 동시에 보여주는 이미지이다. 자기 소멸로의 귀결, 삶의 매순간은 소멸을 향한 진행일 뿐이다. 사랑이란 얼마나 덧없음인가. 하지만 문제는 덧없음이 아니라 덧없음에 대한 예지적 성찰이며, 그 예지적 성찰을 가능하게 한 사랑이다. 사랑은 내면에 상처를 주지만 그 상처는 오히려 덧없는 운명을 예감하는 데서 우러나오는 아름다움을 반사한다.

시의 본질은 힘이다. 그 힘은 다른 말로 상상력이나 직관적 통찰력이란 이름으로 불려지기도 한다. 생의 드러난 부분뿐만 아니라 감추어진 부분까지 남김없이 들추어내 우리에게 보여주는 힘, 그것이 류인서 시의 상상력의 진정한 의미이며 시의 힘일 것이다. 류인서의 소멸은 니체가 긍정적 허무주의에 부여했던 소멸의 기쁨이나 소멸과 파괴에 대한 긍정이라는 속성과는 다른 것이다. 그것은 분명 부정의 성격을 띠고 있기는 하지만, 그 부정은 세계에 충만한 생성의 영원한 기쁨을 인정하는 것으로서가 아니라 사라져 가는 존재의 비의를 찬찬히 더듬고 자각하는 데에 있다. 그는 묵묵히 존재들의 껍질을 벗겨낸다. 삶의 활력이 제거된 채 붕괴되고 마모되어 가거나 폐허를 향해 나아가는 풍경을 묵시적으로 제시하는 지점에 그녀 시의 묘미가 있다.

류인서의 시는 삶의 근원적 본질과 그것이 내장하고 있는 슬픔을 환기시킴으로써 돌이킬 수 없는 상실감을 자아낸다. 시의 분위기는 쓸쓸함, 막막함, 암울함, 황량함 같은 언어들로 번역될 수 있겠다. 그러나 그녀의 시는 이러한 표층적 규정을 뛰어넘어 인간과 세계의 본질적이고 진지한 성찰로 이끈다는 점에서 의미가 있다. 이를테면 그녀의 시는 저 멀리 지평선 끝의 소실점을 바라볼 때 느낄 수 있는 비애의 정서 같은 것이 눅눅하게 배어 있고, 또 삶은 비극적인 것이고 도저히 화해할 수 없는 것이지만 부득이 수락하며 살아갈 수밖에 없다는 전언을 행간에 담고 있다. 이 말은 감상적 허무주의로 기울 위험을 내포하고 있으나, 시인은 그것을 감각의 구체성과 끊임없는 반성적 사색, 그리고 절제에 의해 그 한계를 극복한다. 시인이 응시하는 사물은 비록 고통스럽고 남루하지만 이를 외면하거나 위장하지 않고 숨은 내면을 반추하고 탐색하는 노력이 아름답다.

종점을 향한 저음의 서정
- 서규정의 시

우리 시대에 민중은 존재하나 민중 담론은 사실상 그 언설적 권위를 상실한 지 오래이다. 주지하다시피 이러한 현상은 90년을 전후로 하여 대내외적인 조류와 함께 시작되었다. 대내적으로는 형식적 민주주의의 확산이라는 정치 상황의 변화, 대외적으로는 동구의 현실 사회주의의 붕괴와 냉전의 해체는 인식론적 지각변동의 핵심 동인으로 작용하였음은 재론의 여지가 없다. 이러한 정황은 권력의 독점으로부터 분산으로, 마르크시즘의 쇠퇴로부터 신자유주의 질서체제로, 거대담론으로부터 미시담론으로의 관점 이동과 삶의 다양한 형식이라는 다원적 관점으로의 변화를 수반하였다. 그 결과 문학담론의 영역에서는 민중문학 담론이 일정하게 포지하고 있는 이념성, 계몽성, 정치성, 당파성, 계급성으로 대표되는 사회적 상상력은 상대적으로 퇴조할 수밖에 없었다. 이와 같은 상황에서 언설적 권력의 중심에 자리했었던 민중담론은 상대적으로 위축될 수밖에 없었고, 급기야는 그 언설적 권좌를 일상성, 생태, 환경, 여성, 육체, 욕망, 섹슈얼리티, 다원주의 등등에 내어줄 수밖에 없었다.

형식적 민주주의의 확산, 그리고 동구 사회주의와 냉전의 해체가 몰고 온 세계화 내지는 신자유주의로의 세계 질서의 재편은 분명 자본주의적 체제의 확대와 심화를 가져왔다. 자본의 강력하고도 불가사리 같은 자기증식력은 삶의 생태적 조건은 물론 그것을 지각하는 인식론에도 현격한 변화를 초래했다. 상품 물신이라는 자본의 무의식 세계로의 침투와 일상의 지배는 억압과 저항의 경계를 모호하게 만들었다. 이제 더 이상 민중은 스스로를 억압과 착취의 대상으로 여기지 않는 것 같으며, 스스로를 민중이라 생각하지도 않는 것 같다. 바야흐로 '전선 없는 싸움'은 갈수록 누가 적인지조차도 분간할 수 없는 상황으로 치닫고 있으며, 이러한 상황에서 더 이상 계급적이며 정치적으로 무장한 민중은 없는 것처럼 보인다. 자본의 힘과 논리는 빠른 속도로 일상을 장악하고 억압과 착취의 지배구조는 예전보다 더 정교하고 공고한 방식으로 우리의 삶을 옥죄고 있지만, 이에 대한 저항의 동력은 상대적으로 약화된 것이 오늘의 현실이다.

서규정 시인은 민중문학담론의 언설적 권위가 상대적으로 퇴조하기 시작하는 90년대 벽두에 리얼리즘적 색채가 뚜렷한 「황야의 정거장」으로 등단했다. 그 후 지금까지 시인은 이러한 자신의 시적 출발의 방향을 수정하지 않고 묵묵히 지역의 변방에서, 또 미학적 권위의 주변 '황야의 벌판'에서 리얼리즘적 가치를 끌어안고 자신의 시적 갱신을 거듭해가고 있는 시인 가운데 하나이다. 이와 같은 문맥에서 굳이 말하자면 서규정은 리얼리즘 계열의 시인이다. 이렇게 말할 수 있는 것은 그가 노동자라는 직업을 가진 사실에서 연유하기보다는 그의 시적 궤적에서 리얼리즘적 목소리는 지배적이라 할 만큼 강력한 주조음을 이룬다는 사실에서 기인한다. 따라서 거칠게 말해 서규정의 시세계는 자본주의 사회의 구조적 모순과 부조리에 대한 관심으로부터 출발한다. 소재론적으로만 보아도 그의 시는 도시 빈민, 노동자, 농민, 노숙자, 실직자 등 주로 우리 사회의 소외되고 배제된 마이너리티에 대한 관심이 주를 이루는 것에서 확인할 수 있다. 그만큼 그의 시는 낡고 허름하고, 어둡고 쇠락한 주변의 변두리 공간에서 살아가는 이들의 소외된 삶을 주로 그리고 있다. 불우한 세상의 그늘에

그의 시는 따뜻한 시선을 던져주고 있다. 막막한 황야의 벌판은 그의
시가 태어나는 자리이다.

서규정의 시는 자본주의 체제에서 소외되고 배제된 주변의 자리,
그 어둡고 음습한 삶의 어느 종착지, 막막한 황야의 벌판에서 길어
올린다. 자본주의 사회에서 억압과 예속, 지배와 착취의 산물 가운데
대표적으로 꼽을 수 있는 것이 빈곤과 소외이다. 지난 날 문학은 특
정 계층의 가난과 소외를 조명함으로써 이것이 한 개인의 문제라기
보다는 자본주의 체제의 구조적 모순에 기인하고 있음을 역설해 왔
다. 빈곤과 소외는 구조적 모순의 증거이기 때문일 텐데, 서규정의
시도 이와 같은 문맥을 포함하고 있다. 그런데 신자유주의라는 거대
한 물결 속에서 우리 사회의 양극화는 심각한 수준에 이르렀음에도
불구하고 자본의 시장에서 교환가치를 박탈당한 채 중심으로부터 추
방된 마이너리티들은 주변의 음지로 내몰려 그들의 존재를 스스로 은
폐하고 있다. 서규정의 시는 은폐의 지점에서 반짝하고 빛을 발한다.

민중 담론이 퇴조한 상황에서 서규정 시인의 시들은 네 권의 전작
시집 『황야의 정거장』(1992), 『하체의 고향』(1995), 『직녀에게』(1999),
『겨울 수선화』(2004) 등에서 보여주었던 것처럼 마이너리티라 불릴
수 있는 자들이 존재하는 음지의 현실에서 출발한다. 시인의 시집을
읽어본 사람이라면 금방 감지할 수 있듯이 그의 시집들은 자본주의
사회의 중심에서 소외되고 배제된 사람들, 예컨대 가난하고 비루하
며 우울하고 불우한 노숙자, 노동자, 농민, 실직자 등 우리 사회의 소
외 계층의 삶에 관심이 모아져 있다. "사실상 우리나라는 병든"(「히프
의 거리」, 『황야의 정거장』) 상태로 현실은 피폐해 있고 모순에 차
있다는 것이 시인의 현실인식이다. 이러한 연유에 의하여 그의 시는
일정하게 현실 부정과 비판의 자장권에서 읽힌다. 가령 첫 시집 『황

야의 정거장』에서,

> 천국은 멀어 천국은 멀어 부자가 된 사람들은 이제 강가에 나와 천
> 막을 치면 우리들은 바느질 같은 발자국을 듬성듬성 비켜 남겨야 하
> 네 아직은 젖과 꿀이 흐르지 않는 강가에서 바람의 손이 닿지 않는
> 물 속 깊이 씨앗처럼 숨어 있는 까만 눈동자를 찾기 전에 급한 물결은
> 어디로 가 땀방울로 수출되는 강물아
>
> 일어서는 것도 함정이었네 보이지 않는 발자국부터 시작하는 우리
> 가 저 담벼락에 그려진 지상낙원 뼈저린 어깨로 기대어 보는 보랏빛
> 기둥 무지개가 꽃가루처럼 부서지며 페인트로 밝혀져 있는 공장 담벼
> 락 희망이 무지개처럼 솟고 상식이 모래알처럼 깔린 신작로를 따라
> 긴긴 머리 연기처럼 날리면서 가고 있을 공녀야 그대 눈썹은 웃고 있
> 는가 여기는 벌판과 환희가 스쳐간 페인트 공화국
>
> 「황야의 정거장」 중에서

이라 진술할 때 그의 냉소적이며 풍자적인 현실인식이 잘 드러난
다. 시인의 등단작이기도 한 위의 작품은 서규정 시인의 시적 상상력
이 발원하는 지점을 지시한다. 인용 시는 젊고 꿈 많은 '공녀'의 삶을
그리고 있다. 그러나 공녀의 꿈은 요원하고 "천국은 멀"며, 공녀에게
이 땅의 강에는 "젖과 꿀이 흐르지 않는" 척박한 황야이다. 공녀에게
현실은 "일어서는 것도 함정"이며, 궁핍한 삶의 조건과 노동의 환경
은 "담벼락에 그려진 지상낙원" "보랏빛 무지개"로 감춰진 "페인트 공
화국"에 다름 아니다. "복지국가로 가는 차표는 어디"에서도 팔지 않
는다. 공녀의 삶은 무지개 빛 페인트에 의해 희망 없는 현실의 실상
이 은폐된 형국이다. 공녀의 희망은 절망스러운 현실의 담벼락에 부
딪혀 출구를 찾지 못하는 꼴이다.

공녀의 희망 없는 삶에서 드러나는 것처럼, 달리 말해 언젠가는 무
지개 빛 지상낙원이 도래할 것이라는 거짓 희망을 부추기는 자본의

이데올로기에 대한 냉소적 태도에서 드러나는 것처럼 그의 시적 출발은 현실을 부정하고 비판하고자 하는 욕망으로부터 출발하고 있다. 시인은 그러한 희망 없는 현실을 때로는 비판과 풍자의 언어로 노래하기도 하고, 한편으로는 그러한 현실을 살아가는 사람들에게 따뜻한 연민과 사랑의 시선을 보내기도 한다. 시인은 피폐하고 불우한 현실을 살아가는 소외당하고 버림받은 계층의 삶을 담아내면서 동시에 삶과 세계에 대한 따뜻한 사랑을 노래한다. 이러한 점은 가령 그가 네번째 시집 『겨울 수선화』에서,

> 사람도 나무 같아서
> 나무는 밑동이 굵어질수록 옹이 하나씩 더 갖는다는 이 기쁨
> 무릎에서 허리 겨드랑이로 간지럼을 먹이며
> 맨 끝가지로 타오르는 개미의 길이 내 몸 어딘가에 있었다면
> 개미에게 잠시 쉬어갈 옹이로 내 주리
>   「나 옹이에 길 놓아 살았네」 중에서

라고 진술할 때 잘 나타나듯이 아픈 상처와 절망의 현실에서 길어 올린 삶과 세계에 대한 따뜻한 사랑의 질감에서 확인할 수 있다. 그는 체제의 중심에서 배제되고 소외당한 계층의 삶을 바라보면서 현실의 모순과 부조리를 때로는 야유와 풍자, 때로는 조롱과 독설과 냉소적 어조로 부정하고 비판한다. 그러면서도 그는 삶과 세상을 향한 따뜻한 사랑과 연민의 시선을 농익은 서민 정서를 통해 드러낸다. 말하자면 현실의 삶을 아프게 성찰하고 그 비판의 지평을 넓히면서 동시에 절망적 현실을 따뜻한 사랑으로 감싸 안으려는 태도가 그렇다.

인용 시에서 우리는 상처의 흔적으로 남아 있는 옹이의 실체를 보듬어 안고, 그 상처의 흔적마저도 "개미에게 잠시 쉬어갈 옹이로 내주"고자 하는 따뜻한 사랑의 정서를 느낄 수 있다. 절망하는 일보다

더 중요한 것은 절망의 깊이를 알고 넘어서는 일일 것이다. 진정한 서정은 주체의 내면에서 생겨나는 것이지 외부에서 주어지는 것은 아니라 할 때, "옹이로 길 놓아 살"면서 "개미에게 잠시 쉬어갈" 자리로 내주겠다는 진술은 어떤 정치적 의도나 태도에서 가져온 게 아니라 서정적 주체가 처한 존재 조건, 그 내적 진실성에서 파생되어 나오는 것이므로 진정성을 획득하는 것이다.

서규정 시인의 시들이 내장하고 있는 현실에 대한 격렬한 비판의 정신과 따뜻한 서정이 지닌 미적 질감은 지속적으로 유전되고 있다. 다만 그의 초기 시가 내장하고 있는 현실 비판의 날카로운 칼날은 시의 배후에 감춘 채 시적 주체의 웅숭깊은 내면에서 우러나는 삶에 대한 따뜻하고 농익은 서정이 한층 강화되어 있다. 서규정의 시가 발원하는 지점은 어둡고 습한 음지이다. 그곳은 "폭파된 다리" "녹슨 철골을 다 드러내놓"(「백년 종점」)은 폐허의 자리이며, 그곳에서 시인은 낮을 대로 "낮은 단계의 희망"(「끔찍한 나의 전우들」)의 노래를 부른다. 이 공간에는 폐허와 죽음, 상실과 결핍, 부재와 소멸을 암시하는 이미지들이 진열되어 있다. 전망을 상실한 그 어둡고 음습하며 우울하고 비루한 음지는 그의 시가 출발하는 진앙점이다. 그의 시에는 "녹슨 철골을 다 드러내놓"(「백년 종점」)은 폐허와 "동서남북이 다 한 방향인, 가깝고도 먼 구천"(「안동 반점」)의 죽음, 급식소의 실직자 내지는 노숙자(「간 좀 봐 드릴까요」), 그리고 「끔찍한 나의 전우들」이나 「교통사고무벌점지역」에서의 늙음과 고물상 등의 상실과 쇠락의 계열체들이 진열되어 있다.

> 탱크도 지날 멀쩡한 교량보다, 오래 전에 무너진 다리가
> 녹슨 철골을 다 드러내놓고 폐허를 자랑하듯

끊어져야 아름답다

그대에게 가기 위해, 오늘도 나는 폭파된 다리만 찾아 헤맨다
「백년 종점」 전문

　'무너진 다리 — 녹슨 철골 — 폐허 — 끊김 — 폭파된 다리'로 연쇄
되는 이 짤막한 시는 현실에 대한 구체적인 관심보다는 관념적인 문
제에 치우쳐 있으며, 우울한 낭만적 향수가 짙게 배어나오는 듯하다.
삶의 구체에서 시가 육화된다기보다는 직감과 관념의 육화 때문에
다소 불투명하고 모호한 느낌마저 든다. 아무튼 시인은 위의 시에서
'다리'가 지닌 의미를 연결이 아니라 끊김이라는 단절의 미학에서 찾
고 있다. 다리의 '끊김', 또는 '종점'은 단절과 끝이라는 삶의 근원적인
조건을 표상하는 사물이다. 시인은 무너지고 녹슬고 끊기고 폭파된
다리에서 시적 자아의 궁극적 가치를 찾고자 한다. 화자는 "끊어져야
아름답다"고 진술하는데, 그 아름다운 끊김이 말하자면 삶의 종점인
듯한 "백년 종점"이다. 무너진 다리의 녹슨 철골과 폐허, 폭파된 다리
등의 사물들은 시의 구체적인 정황을 나타내기보다는 어떤 일반적인
정서를 환기하는데, 그것은 바로 죽음과 소멸이라는 의미 계열의 자
질들이다.
　이 시의 공간은 시인의 전작 시집과는 다르게 현실의 경험적 맥락
에 의해서가 아니라 하나의 직감과 관념의 틀에 의해 형성되고 있다.
이 시의 문맥에 따르면 다리란 "탱크도 지날 멀쩡한 교량보다"는 결
국 끊겨야 아름답고, 그 아름다움의 최종 지점이 바로 '종점'이다. 삶
의 거부할 수 없는 조건이 종점에 이를 수밖에 없고, 또 그것을 찾아
헤매는 행위는 이 시의 심미적 가치의 중심이 된다. 이러한 이 시의
구도가 그 자체로 완결성을 갖고 있다하더라도 그것은 경험 세계의

역동성이 배제된 정태적인 아름다움에 한정될 수밖에 없다. 정태적이며 다소 우울한 저음의 관념성은 현실에 대한 비극적 인식에서 비롯하는 듯하며, 다음의 시에서도 뚜렷하게 드러난다.

> 딱 육십년 된 내 발 뿌리 어디로 비틀어 가야할지 몰라
> 동서남북이 다 한방향인, 가깝고도 먼 구천
> 날마다 거울 속을 떠도는 낯익은 아수라를 보며
>
> 육탈과 거풍의 그날이 오늘인가
> 모시나 삼베, 바람으로나 통할 살갗을 살갑게 부비다
> 올올이 통풍의 구멍을 빠져나간 비듬들이 은모래
> 금모래로 반짝일 乾川을 나 지금 건너고 있는 것이냐
>
>   …중략…
>
> 여기는 천둥 벼락과 함께 지나는 안동
> 역전반점에서 마시는 소주잔엔 굵은 솔방울들이 둥둥 떠
>   「안동 반점」 중에서

위의 시에서 서규정 시인은 황량하기 그지없는 길 위의 사유를 펼친다. 화자의 나이는 이제 초로(初老)의 육십에 들어선 모양이다. 길이 황량할 수밖에 없는 이유는 "육십년 된 내 발 뿌리"는 아직도 "어디로 비틀어 가야할지" 방향을 잡지 못하지만 확실한 것은 "동서남북이 다 한 방향인, 가깝고 먼 구천"을 향해 가기 때문이다. 인간의 운명이란 어느 길을 어떻게 가든 종국에는 '구천'이라는 죽음을 향해 갈 수밖에 없다. 죽음을 살아가는 현실은 그에게 "날마다 거울 속을 떠도는 낯익은 아수라"에 다름이 아니며, 그러한 현실 속에서 생의 길은 "은모래 / 금모래로 반짝일 乾川을" 건너다 갑자기 "천둥 벼락"을 만나는 것과 진배없다. 다소 침울하고 우울한 분위기로 전개되는 이

시에서 우리가 읽을 수 있는 것은 우울한 실존의 내면 풍경과 자신의 상처와 운명을 쓸쓸히 바라보는, 말하자면 자신의 내면을 향한 처연한 심정의 시선이다. 화자의 내면 풍경은 어쩌면 이 시대와 인간의 보편적인 심리적 상황을 환기한다. 왜냐하면 황량하고 우울한 음색과 자신의 운명을 쓸쓸히 바라보는 초로의 시선은 근원적으로 집을 잃고 떠돌 수밖에 없는 우리의 운명을 지시하는 것이기도 하기 때문이다.

"끊어져야 아름답"고 "동서남북이 다 한 방향"으로 죽음을 향한다는 실존적 태도는 종점이라는 죽음을 숙연하게 받아들이도록 한다. 그러한 태도는 죽음을 생의 완성으로 인정하는 것이다. 그것은 체념과 허무라기보다는 삶에 대한 적극적인 긍정과 의지이다. 삶과 죽음에 대한 숙연하고 처연한 태도는 믿을 수 있는 것이라고는 아무 것도 없다는 인식, 일정한 방향성과 전망이 불투명하고 예측이 불가능한 현실에서 확실한 미래는 죽음뿐이라는 인식에서 비롯한다. 오직 우리가 삶 속에서 확신할 수 있는 것은 죽음이라는 최후의 형식뿐이다. 서규정 시인에게 죽음은 유일한 실존적 미래이며, 따라서 그것은 유일한 아름다움인 것이다. 그 아름다움은 살아서는 궁극적으로 찾을 수 없는 것이므로 시인이 "찾아 헤매"는 폭파된 다리나, "육탈과 거풍의 그날"은 미래가 없는 세계, 혹은 미래가 없다는 사실을 끊임없이 환기하는 세계이다.

현실 세계에 대한 이러한 어두운 인식은 현실 세계의 불투명함과 미래 전망 부재의 확인에서 비롯하는 것이며, 그 부재를 인식하면서도 그것에 어쩔 수 없는 자신을 바라보는 일에서 비롯하는 것이다. 그 시선은 전망 없는 현실과 미래에 대한 정확한 인식이라는 점에서 체념과 허무라기보다는 삶에 대한 적극적인 긍정과 의지라 할 수 있다. 이러한 점 때문에 그의 시는 삶에 대한 따뜻한 사랑과 의지를 읽을 수 있다. 아래의 인용 시도 역시 상실과 소멸, 쇠락과 퇴락의 의미 계열이라 할 수 있는 늙음과 죽음의 이미지가 주조를 이룬다. 그러나 그 이면에는 삶과 세계를 긍정적으로 바라보려는 따뜻한 시선이 작용하고 있다.

> 간다, 나도 모르게 내 몸 늙고 기울어
> 흙이 흙을 불러 군데군데 들판을 쉬게 한 무덤들이
> 고봉밥처럼 놓인 고향땅 그곳으로
> 저 구석 오토바이를 일으켜 시동을 걸라치면
> 콸콸콸콸 만경강 황톳물 부서지는 소리부터 내겠지
> 달리자, 어디 한번 달려 가볼까
> 고물상을 감싸는 햇빛이 둥실둥실
> 노란호박을 키워내듯, 비닐도 재활용 하늘처럼 나풀나풀 펄럭인다
> 「교통사고무벌점지역」 중에서

인용 시에는 "고물상을 감싸는 햇빛이 둥실둥실 / 노란 호박을 키워내"고 "비닐도 재활용 하늘처럼 나풀나풀 펄럭이는" 생동감이 자리하고 있다. 인용에서는 빠졌지만 1연에서 화자는 고물상에 "버려진 것들"에서 생의 의미를 추적한다. 고물상의 낡고 찌그러져 버려진 물건들은 바로 화자 자신의 등가이다. 화자는 "반여 우체국 밑 고물상"에는 버려진 가스렌지, 냉장고, 밥통, 찌그러진 주전자들이 "땡볕 아래" "천연덕스럽게 빛"을 발하고 있는 광경을 목도하고는 그것들에서 삶의 의미를 발견해낸다. 낡고 찌그러져 용도를 잃은 것들에서 화자는 아름다움을 발견하는 것인데, 그것은 바로 "찌그러져야 주전자는 주전자답고" "막걸리 맛도 제대로 나는" 이치와 같은 것이며, "경제도 정치도 어깃장 나고 삐걱대야 더 살맛"이 난다는 사실이다. 이렇게 삐걱대고 어깃장 나다가 삶은 궁극적으로 소멸에 귀속될 수밖에 없

고, 따라서 그 소멸은 그 자체로 아름다운 것이다. 녹슨 철교의 끊어진 다리가 아름다운 것처럼 말이다.

마지막 3연에 이르면 '고물상'은 '무덤의 고향'으로, '낡음'은 자신의 '늙음'으로 전이된다. '늙음'은 다시 무덤의 고향이라는 죽음으로 연쇄된다. 늙음의 이미지는 곧 죽음의 이미지로 변화하면서 죽음은 물리적 삶의 종결이라는 단순한 의미가 아니라 삶의 근원적인 조건에 대한 각성으로 작용한다. 죽음은 삶의 거부할 수 없는 근본 조건이며 삶을 절대적으로 구속하는 근본 원리이다. 화자는 그 죽음의 세계로 돌아가기나 하려는 듯이 "내 몸 늙고 기울어" "군데군데 들판을 쉬게 한 무덤들이 / 고봉밥처럼 놓인 고향 땅"으로 고물상 한 구석에 버려진 "오토바이를 일으켜 시동을 걸"어 달려가는 상상을 한다. 여기에서 우리는 화자가 소멸과 죽음에 대해 강력하게 이끌리고 있음을 확인할 수 있다. 이 죽음에 대한 강력한 이끌림은 삶의 불가피한 '종점'에 대한 매혹적 이끌림이며, 그곳에서 시인은 적막하고 황량한 아름다움을 발견하는 것이다. 소멸은 아름다운 것이며, 낡음과 늙음, 죽음과 소멸에 대한 수락이야말로 "찌그러질 대로 찌그러"지고 또 "어긋장 나고 삐걱대"는 삶을 순치하는 방식이라는 통찰이 깔려 있다.

> 무대가 죽고 노래가 죽어도
> 전우란 말만 들음 죽어서도 벌떡벌떡 일어날 산정호수 곁에
> 태산목이 아니어도 좋다, 그냥 서 있기만 할게
> 철없는 아이들이 뛰어 놀고 노숙자가 드나드는 공원
> 놀이터, 화장실, 편의점 등을
> 묵묵히 가리키고 있는 표시목으로 끝끝내 화살은 물고 있게
> 　　　　　　　　　　　　　　　「끔찍한 나의 전우들」 중에서

> 얼마든지 비굴해질 수 있다는 동공이 확 풀린 표정으로
> 급식소 앞에 줄줄이 서서

그러니까, 꾀죄죄하고 간이 딱 딱 맞는 사람들이
왜 바닥에선 멋이나 맛보다 양을 따지는지

아무리 엑스트라라도 그걸 절실히 살려낼 연기가 아닌
진짜 삶의 실체
그 한 컷에 일당보다 일생을 걸어, 혼신이란 그런 것이야
「간 좀 봐 드릴까요」 중에서

인용한 두 편의 시는 찌그러지고 어깃장 나고 삐걱대는 "삶의 실체"에서 "낮은 단계의 희망"을 노래한다. 우리 앞에 언제나 길은 흐릿하고 전망은 어둡다. 그 속에서 시인은 새로운 길 찾기를 감행하는데, 그것은 "낮은 단계의 희망"을 노래하는 일이며 "진짜 삶의 실체"를 직시하고는 따뜻한 서정으로 그것을 감싸 안는 일이다. 우선 앞에 인용한 시에서 화자가 말하는 자신의 '끔찍한 전우들'은 "화장실에서 흥미진진 따라 읽던 낙서와 / 예배당에서 끄덕끄덕 읽은 시편 몇 구절"이다. 화자에게 예배당에서 읽던 시편이나 산정호수 곁 태산목이 상징하는 성과 화장실의 외설스러운 낙서가 환기하는 세속의 욕망에 대한 이야기들은 모두 '끔찍한 전우'들에 불과한 것이다. '태산목'은 "죽어서도 벌떡 일어날" 성/속의 욕망의 기표이다. 그것은 성/속의 허울뿐인 명리에 다름 아니다. 때문에 화자는 "철없는 아이들이 뛰어놀고 노숙자가 드나드는 공원 / 놀이터, 화장실, 편의점 등을 / 묵묵히 가리키고 있는 표시목으로 끝끝내 화살은 물고" "그냥 서 있기만" 하려고 욕망한다. 낮은 곳을 향해, 그곳을 가리키며 "그냥 서 있기만" 하려 한다.

그런데 서규정 시인의 시가 지니고 있는 여러 장점에도 불구하고 이러한 태도가 낮은 곳을 향한 단순한 사랑과 연민에 그치는 감이 있어 아쉽다. 「안동 반점」에 의하면 서규정 시인은 물리적 나이로 이제

"딱 육십"을 넘기고 있는 모양이다. 그래서일까 회고적이고 삶을 통달한 듯한 태도가 신작시에는 자주 나타난다. 시인은 벌써 "척박하게 늙어버"린 것일까. 늙음을 불러온 요인은 육체의 물리적 조건일 수도 있겠지만, 그보다는 우리 시대의 늙음일 수도 있겠다는 생각이 앞선다. 늙음을 끌어당기는 정황적 조건, 시인은 그 동안 실제 시인으로서는 노동자로서, 시적으로는 리얼리즘 계열의 미학적 지표를 향해 달려 왔다. 그러나 돌이켜 보건대 치열하게 들끓듯 갈망했지만 이루어진 것 없는 현실을 살아가는 우리 시대가 늙었다는 것일까.

중요한 점은 젊음의 상실—물리적 나이가 아닌—이란 용솟음치는 삶의 상실이고, 역동적인 생각과 상상력, 저항적 언어의 상실이다. 이것은 개인적인 문맥에서뿐 아니라 사회 역사적으로 당대의 저돌적인 언어의 힘을 상실했다는 의미이다. 나날이 감각의 직접성과 현란성의 혁명을 요구하는 시대에 그의 언어가 예전처럼 파괴적이고 저항적일 수도 없는 현실이겠지만, 현실에 대한 현장 검증과 탄핵은 아직도 중요한 미학적 과제이자 풀어야 할 임무이다. 가령 두 번째 인용시에서처럼 현실에서는 "아무리 엑스트라라도 그걸 절실히 살려낼" 수 있는 "연기가 아닌 / 진짜 삶의 실체", 그 일생을 건 혼신의 구체가 품고 있는 배후를 들여다보고 파헤치는 일은 여전히 유효하다.

서규정 시인의 시적 진앙지는 소외된 자리이다. 오늘날 소외나 빈곤, 정치나 윤리를 이야기하는 문학에게는 식상하고 철지난 계몽의식과 미학적 태만이라는 불명예스런 혐의가 동시에 주어진다. 나날이 감각의 혁명을 요구하는 시대에 사회적 상상력은 자칫 미학적으로 나태하다는 비판을 받을 수도 있다는 것이다. 그러나 그럼에도 불구하고 민중담론의 해체과정에서 부상한 약소자에 대한 관심은 자본주의 체제의 바깥에서 자본주의의 모순을 증언하며, 또한 신자유주의라는 새로운 자본주의의 세계질서 체제가 무슨 숙명처럼 간주되는 체념적 상황에서 새로운 비판과 저항의 동력을 생산한다는 긍정적 효과도 간과할 수 없다. 이 지점 어디쯤에서 서규정 시의 가치를 찾고 싶은데, 그런데 세계는 변했다. 변화한 현실은 우리에게 새로운 문제를 던져주며, 따라서 세계를 종전과는 다른 관점과 시각으로 바라볼 것을 요구한다. 이것은 세계를 바라보는 인식론의 전환 내지는 이해의 틀을 수정할 것을 요구하며, 동시에 미학적 층위의 전환을 요구하는 것이다. 서규정 시인에 대한 이 글이 곧바로 낡은 글이 될 수 있기를 기대한다.

역사적 서정의 미학
‒ 정희성의 「저문 강에 삽을 씻고」

1. 서정의 아버지 자연

　시는 서정의 언어이다. 서정의 아버지는 자연이다. 시의 서정성은
예술로서 시의 원형적 자질을 획득하게 하는 원초적 원소이며 질료
이다. 서정의 원형적 자질을 획득하는 데 있어서 자연 대상은 제재적
으로 월등하게 기능한다. 고대가요에서부터 현대시에 이르기까지 자
연은 시인들의 시적 감흥을 드러내는 가장 중요한 객관적 상관물로
활용되어 왔다. 자연은 근원적으로 창작 주체의 경험과 의식 속에 광
범위하게 녹아 흐르며 시인들에게 시적 상상력을 제공하는 원천으로
기능한다. 자연은 자꾸만 퍼내도 마르지 않는 무진한 시적 보고와 같
다. 서정 시인들에게 자연은 가장 위대한 가르침을 주는 스승이다.
예나 지금이나 서정 시인들은 그들의 상상력의 중요한 수원(水源)으
로 자연에 입을 대고 있으며, 그 자연에 대한 체험으로부터 시를 써
왔다. 자연은 시적 영혼을 양육하는 젖줄이다. 정현종의 표현대로 자
연은 절대적일 만큼 시적 ‘비유의 아버지’로 자리 잡고 있다.
　이와 같은 비유에 걸맞게 우리 전통 시에서 서정성은 대개 인사(人
事)와 자연에 대한 관계에서 파생하는 문제로 핵심을 짚을 수 있다.
정병욱은 실제로 고전 시가를 살피며 전통 시가에서 가장 빈번하게
나타나는 시어는 ‘님’이며, 다음으로 ‘달’, ‘꽃’, ‘물’ 등이라는 사실을 밝
힌 바 있다. 자연 대상의 이러한 시적 이미지는 주로 인간의 정서와

결부된 기쁨이나 슬픔, 그리고 그리움의 정서를 주로 표상한다. 전통 시가에서 발견되는 이와 같은 특성은 현대 시가에 이르러서도 계승 되고 있으며, 변함없이 한국 현대 서정시의 지배적 양상으로 나타나 고 있는 한 현상이다. 현대시에서 인간의 정서적 현상과 자연적 요소 로서 달, 강, 하늘, 구름, 별 등등의 이미지는 서정적 정서의 원형질 을 형성하는 요소로 기능하고 있다. 이러한 서정시의 전통적 특질과 맥락은 현대시에서 하나의 원형적 지형을 형성하고 있다. 그런 점에 서 서정의 정신 혹은 서정시에서 자연의 제재는 현대시의 밑변을 흐 르는 하나의 큰 저류이다.

현대의 서정 시인들이 노래하는 시적 형상 가운데서 자연이 차지 하는 비중이나 위상은 단연 절대적이라 할 만큼 우세종으로서의 지 위를 확보하고 있다. 가령 근대시의 형성 과정에서 빼놓을 수 없는 소월의 경우 자연은 정한(情恨)의 대상으로서, 그에게 자연은 산, 강, 꽃, 새, 나무이고 그것들은 진달래꽃이 흐드러지게 피어 있는 고향으 로서의 자연이다. 물론 현대시에서 자연의 형상화 양상은 다양한 스 펙트럼을 형성하고 있다. 그것은 보편적 생명과 사랑의 추구, 도시적 삶과 인공적 문명에 대한 비판, 형이상학적 관념의 투사, 서정 주체 의 감정이입, 즉물적 묘사, 물아일체를 지향하는 원초적 동일성의 시 학 등 여러 층위의 창작 태도와 방법이 있다. 창작 태도나 방법이 어 떻게 다르든지 간에 자연은 서정과 깊이 관계하고 있음은 부인할 수 없는 사실이다. 그렇기 때문에 우리 현대 서정시의 전통적 문법에서 자연은 서정의 깊이와 넓이를 더해주는 원천임에 틀림없다.

2. 역사적 서정의 미학

정희성은 감정이 절제된 담담한 지사적 어조로 시대의 아픔을 제시하는 시인으로 알려져 있다. 이 시인은 주로 노동의 세계에 관심을 기울였는데, 「저문 강에 삽을 씻고」 역시 노동을 마치고 귀가하는 어느 노동자의 심경을 잔잔하고 담담한 어조로 시화한 작품이다. 분단 이래 특히 1970년 민주화와 산업화 시대에 접어들면서 이 땅에서 전통적인 서정시의 주된 성격은 크게 변모하기 시작했다. 사랑시라든가 전원시가 보여주던 원형적인 서정성이 차츰 삶과 생활에 뿌리박은 역사 사회적 서정으로 탈바꿈함으로써 서정시의 개념은 물론 시 자체에 대한 개념과 의의가 새로워지기 시작한 것이다. 정희성의 이 작품도 이러한 역사적 맥락의 지점에 위치한 시이다.

한 시대는 그 시대에 알맞은 감수성과 가치관을 지니게 마련이다. 종래에 음풍농월하던 전통 시의 맥락을 두고 원형적인 서정성 또는 단순성의 서정에 의지하던 현대시는 분단 극복이라는 시대적 명제와 민주화 및 산업화에 따른 전환기의 시대정신에 걸맞은 능동적인 내용으로 전환될 수밖에 없었다. 파행적으로 진행된 근대화와 따라잡기의 속도전으로 상징되는 졸속적인 산업화로 인한 여러 계층 간의 갈등과 소외, 경화된 정치 현실과 그것을 돌파하려는 민주화 운동의 첨예한 대립 현상이 70년대의 지배적인 이념적 기류임은 주지하는 바이다. 이러한 계몽의 실천 윤리학이 대세를 이루던 시대 상황에서 사회 전반의 갈등과 소외를 날카롭게 의식하면서 민중에 대한 애정과 신뢰를 부여하려는 시대적 소명 의식을 전례 없이 강하게 표출하게 된다. 그것이 하나의 운동으로 나타난 것이 민중시이며 진보적인 문학 진영에서 추구하고자 했던 문학적 가치였다. 그것은 실천적 지식인의 윤리학으로 광범위하게 작용했다.

> 흐르는 것이 물뿐이랴
> 우리가 저와 같아서
> 강변에 나가 삽을 씻으며
> 거기 슬픔도 퍼다 버린다
> 일이 끝나 저물어
> 스스로 깊어가는 강을 보며
> 쭈그려 앉아 담배나 피우고
> 나는 돌아갈 뿐이다
> 삽자루에 맡긴 한 생애가
> 이렇게 저물고, 저물어서
> 샛강바닥 썩은 물에
> 달이 뜨는구나
> 우리가 저와 같아서
> 흐르는 물에 삽을 씻고
> 먹을 것 없는 사람들의 마을로
> 다시 어두워 돌아가야 한다

「저문 강에 삽을 씻고」 전문

1978년, 그러니까 유신 말기의 작품인 「저문 강에 삽을 씻고」도 마
찬가지로 삶의 현장과 보다 밀착되고 현실과 역사적 지평으로 문제
의식의 확대를 살필 수 있는 시이다. 이 작품도 전통적인 서정시와
마찬가지로 물·강·달 등 서정적인 원형 심상이 등장하고 있지만,
이 시는 종래의 시에서 자주 발견되던 회화적이고 목가적인 농촌 또
는 자연 풍경이 사라지고 가난하고 곤궁한 노동자의 모습과 삶이 잔
잔한 어조와 태도로 제시되고 있다. 고요하고 회화적인 이미지를 통
해 교직하는 작법은 같아 보이지만 그 내면에 흐르는 정서는 전혀 다
른 형질의 것이다. 강이나 달 등은 우리의 서정시에서 빼어놓을 수
없는 자연의 소재이다. 이것들은 한국문학의 소재적 전통에서 가장

빈번하게 등장하고 우리게 정서적으로 친밀하게 다가오는 것들 중의 하나이다. 따라서 이러한 자연 소재는 우리 민족 정서에 깊이 닿아 있고, 낭만적 정서를 함축하는 객관적 대상물로 쓰여 왔다.

정희성의 「저문 강에 삽을 씻고」는 자연을 바탕으로 한 서정을 절제된 미학으로 노래한 시이다. 이 작품에서 자연은 시적 상상력을 제공하는 원천이다. 대개 서정은 인사(人事)와 자연에 대한 관계에서 비롯한다. 그러나 자연 속에 깃든 잠언을 깨닫는 대신 정희성은 그것을 현실적 삶과 역사적 지평의 위치로 끌어 올려놓는다. 정희성의 서정은 자연 대상과 내통하는 동시에 중요한 점은 체험적 삶의 형상과 관계하는 삶의 구체적 측면에 있다. 화자의 시선은 자연이라는 대상과 현상에 닿아 있으며, 그 자신의 삶 속에서 우러나온 비극적 정서를 자연 대상과 서경을 통해 슬프고도 정갈한 어조로 노래한다. 시의 문면에 흐르는 비극적인 정조는 비극적 심경을 배태한 현실을 초월하여 지금 여기라는 차안의 현실을 떠나 피안의 세계로 비상하려 하지 않고 그곳의 역사 현실, 구체적 삶으로 다시 돌아가는 서정 주체의 의지적 모습이 이 작품을 여타의 자연 친화적이며 자연 대상물과 원초적 동일성을 지향하는 이전 시들의 전원적이며 목가적이고 낭만적인 서정과는 다른 변별성을 갖는다.

「저문 강에 삽을 씻고」는 1978년 『문학사상』에 발표했다가 같은 해에 상재한 그의 두번째 시집 『저문 강에 삽을 씻고』의 표제작이다. 이 시집에는 '밑바닥 인생'들 대한 애정과 연대 의식이 고스란히 깃들어 있다. 이 시집에 주로 등장하는 인물들 역시 밑바닥 인생의 전형을 이루는 여공, 노동자, 광부, 농민 등 사회의 주류에서 소외된 계층이라 할 수 있는 민초들과 그들의 삶이 주류를 이룬다. 이와 같은 문맥에서 이 작품도 역시 밑바닥 인생의 전형이라 할 수 있는 노동자가 시적 화자로 등장한다.

시적 화자인 '나'(노동자)의 눈에 비친 자연 대상들은 다분히 서정적이며 동시에 서경적이다. 정희성은 자연 대상을 통하여 시적 정서를 전달하고 있다. 이러한 측면은 어느 서정시에서도 가능하다. 그런데 이 시에서 돋보이는 점은 이런 객관적인 정물의 묘사나 시적 대상이 주는 아름다움에 대한 찬미, 그리고 그것과의 동일성을 지향하는데에 그치지 않는다는 점이다. 만약 전통적 소재로서 달, 강 등의 아름다움을 그저 아름답게 형상화하거나 그것을 예찬하는 데 그쳤다면이 작품은 전래의 다른 서정시 혹은 서경시와 다를 바 없는 미적 자질을 가졌을 가능성이 농후하다.

시의 화자는 노동자이다. 그는 노동자라는 현실적 삶의 조건으로인하여 내적으로 통일되거나 안정된 심리를 가진 인물이 아니다. 화자의 눈은 강물에 비치는 달빛을 아름답게 바라볼 만큼 심미적이지못하며, 내면의 의식 또한 세계를 평화롭고 조화롭게 인식할 만큼 귀족적이지 않다. 그의 현실적 삶은 불안하고 소외되어 있기 때문에 달빛이 비치기 시작하는 저문 강의 풍경을 아름답게 바라보지 못한다. 사물과 현상은 바라보고 의식하는 자의 정서적 태도와 세계관에 의해 인화되며, 정서적 태도와 의식을 형성하는 주된 요건은 그가 처한현실적 삶의 물질적 토대와 조건에 영향을 받을 수밖에 없다. 소외된노동자의 눈과 의식으로 세계를 바라보기 때문에 이 시는 울분과 서러움이 감지되는 비극적 정조가 주조를 이룬다.

문학 작품은 특정 문맥 안에서 특정 화자에 의해 청자에게 수행된발화로서 소통행위의 한 국면이다. 이와 마찬가지로 한 편의 시는 화자와 청자라는 관계를 설정한 담화양식이다. 시를 형상하는 지배소로 시인에 의해서 내세워진 화자의 의식과 정서는 시의 의미 내용의

형성과 전달에 중요하게 작용한다. 잘 알려져 있듯이 시의 소통은 발
신자에 의해서 수신자에 전달되는 소통의 과정이다. 시인의 정서적
태도는 이를 중개하는 화자를 전제로 한다. 이러한 인식은 담화 내의
구조적 장치로서 화자의 중요성을 강조하는 것으로서 이 시의 노동
자로서의 화자의 정체성은 이 시를 이해하는 데 중요한 기능을 담당
한다. 소통의 과정에서 시인은 '나'와 '우리'로 표현된 공동체적 연대
의식과 집단화된 서민 정서의 전달에 있다.

　노동자로서의 화자는 텍스트 내의 의미 내용을 독자에게 전달하는
문제에 있어서 시인에 의해 설정된 양식 또는 관점을 의미하게 된다.
다시 말해 노동자라는 특수한 신분의 화자 채택은 단순히 텍스트의
의미 내용을 전달하는 기법과 관련된 문제뿐만 아니라 시인이 허구
적인 중재를 통하여 독자에게 자신의 태도와 가치를 전달하는 문제
와 관련되어 연대의식이라는 공동체적 심의를 표출한다. 따라서 시
를 진술하는 화자의 의식과 목소리는 말하고 인지하는 사람들의 계
급적 정체성, 그들 상호간의 관계, 그들의 담화와 수신자와의 관계에
서 공통체적 심의를 표백하는 데 모아진다. 그리고 화자의 계급적 정
체성은 그들의 태도・지위・인격・신념・의식・이데올로기 등을 포
함하는 만큼 이 시가 내세운 노동자로서의 화자는 시를 전체적으로
비극적 정조와 억눌린 자의 울분으로 이끈다. 그렇기 때문에 이 시의
배경이 되는 저녁이라는 시간과 어둠이 시대의 어둠이라는 점을 자
연스레 상징하게 된다.

　그런데 이 시에서 중요한 점은 화자가 처한 어둠, 즉 시대의 비극
적 현실로부터 탈출하려 하지 않는다는 점이다. 시인은 노동자로서
삶에 부대끼며 살아가는 밑바닥 인생의 모습을 발견하고 그것으로부
터 도피하고자 하거나 현실적 삶을 외면하지 않는다. 시적 화자가 인

식하는 세계 혹은 정서는 매우 비극적이지만 비극성에 좌초하지 않고 다시 "먹을 것 없는" 시대적 가난과 '어두운' 역사 현실에 참여하는 정신이야말로 소월의 한 맺힌 서정이나 청록파의 목가적이며 낭만적인 전원시와 변별되는 이 시의 가장 큰 미덕이 아닐 수 없다. 이 시의 배경은 목월의 "술 익는 마을"의 풍요로운 현실이 아니며 주인공은 "구름에 달 가듯이" 유유자적하며 초탈한 채 길을 "가는 나그네"가 아니다. 정희성의 달은 "썩은 물에" 뜨고, 마을은 "먹을 것 없는 사람들의" 가난하고 궁핍한 공간으로 자리하고 있다. 정희성은 어둡고 가난한 시대적 고통을 애써 아름답게 포장하거나 풍요롭게 가장하지 않는다. 다만 그는 그 궁핍한 현실 안에 깃든 서정을 그대로 드러낼 뿐이다.

정희성은 이 시에서 달, 물, 강 등 전통적 표상과 서민 정서를 적절히 계승하면서 그것을 다른 감각과 정서로 결합하는 수준을 보여준다. 달이나 강, 그리고 물, 여기에 투사된 시적 화자의 정서적 태도는 이전의 것들과는 다르다. 날이 저물어 교교한 달빛에 은은히 비추는 강물의 이미지는 찾을 수 없다. 한 마디로 은은하고 호젓하게 달빛에 비친 강물의 낭만적이며 미적인 생성력은 간 데 없고, 또 그것을 아름답게 바라보는 시적 화자의 미적 감동도 없다. 섬세하고 부드러운 감각이 돋보이지만 안온하고 호젓한 분위기는 이 시에서 창출되지 않는다. 낭만성은 거세되고 거기에 삶의 애환과 현실을 버티고 견디며 살아가야 하는 노동자로서의 시적 화자의 역사적 서정이 개입해 있다. 그것은 이전의 낭만성과는 거리가 먼 것이다. 이 시는 아름다운 한 폭의 수채화를 연상하기보다는 노동에 지쳐 힘겨운 한 인물이 초라하게 그려진 둔탁하고 질박한 한 편의 판화를 연상시킨다. 어떤 낭만적 신비감과 강물이 감싸 도는 전원의 풍요로움도, 달빛의 호젓

함도, 달빛이 교교하게 비치는 강변의 아름다운 서정도 느껴지지 않는다. 낭만성은 철저하게 후경으로 제껴 두고 시인은 그 자리에 노동하는 민중의 삶을 전경화시켜 놓는다.

문학 작품은 현실의 객관적 진실을 작가나 시인의 주관, 즉 세계관을 통하여 형상화하거나 또 다른 현실의 객관적 진실을 형상화한 것이다. 특히 서정 장르인 시는 다른 장르에 비하여 시인의 주관과 세계관의 영향을 보다 더 직접적으로 받는 특성을 태생적으로 지닌다. 시는 다른 어떤 장르보다 주관성이 강한 장르이다. 따라서 시는 보통 시인의 직접적인 진술, 그러니까 시적 화자의 직접적인 감정과 사상의 진술로 이해되기도 한다. 그리고 서정시가 성공하기 위해서는 이러한 주관성을 얼마나 효과적으로 극복하여 이를 객관적으로 형상화하는 데 있다. 서정시가 태생적으로 지니는 주관성을 긍정적으로 극복할 수 있는 방법은 그것이 주관적 세계관과 정서에 기초한다지만 이러한 측면을 집단적 정서로서의 삶의 진실과 총체성을 결곡하게 드러낼 때 가능하다. 형용모순이지만 주관적 보편타당성이 얼마나 담보되었느냐에 따라 미적 가치가 결정되는 것이다.

서정시에서는 서정을 표현하는 주체의 성격이 창조되는데, 이 인물은 반드시 창작자인 시인이라기보다는 엄밀한 의미에서 작품 속의 화자로 보아야 마땅하다. 이 서정적 화자는 다른 말로 서정적 주인공으로 고쳐 부를 수도 있겠는데, 시를 형상하는 데 있어서 시인이 전달하고자 하는 의미 내용의 핵심은 서정적 주인공이 체현하기 때문에 시를 이해하는 데 중요한 역할을 한다. 왜냐하면 서정은 서정을 느끼는 집단들의 성격과 밀접한 관련을 맺고 있기 때문이다. 노동자의 서정과 인텔리의 서정은 다른 만큼 시에서 어떤 전형적 인물 성격의 화자를 택하느냐에 따라 작품의 내용은 달라지게 마련이다. 그런

만큼 이 시에 등장하는 노동자로서의 인물 화자는 비약이 될 수도 있지만 전형화된 집단적 계급성을 환기한다.

이 시는 정처 없이 유랑하는 낭만적 감정이나 목가적 풍경의 제시를 목표로 하지 않는다. 척박한 시대를 살아가는 노동자의 현실 생활 체험이 핵심이며, 그 고달픔과 어려움에서 오는 좌절감과 비애의 비극적 정서가 주조를 이루고 있다. 가난한 노동자의 삶에 대한 비애와 연민의 정서는 이 작품의 시적 분위기를 지배하는데, 이는 주로 "슬픔", "저문 강" "어둠" "썩은 물" 등의 부정적이며 소멸의 시간을 나타내는 어의를 내포한 시어와 "버린다" "뿐이다" "뜨는구나" "어두워 돌아가야 한다"는 다소 체념적이며 감정의 여운을 길게 남기는 어미처리로 나타나고 있다. 그러나 흐르는 강물을 통해 한 노동자의 가난한 삶을 비춰보는 비극적 정서와 삶의 슬픔은 극도로 정제된 어조와 절제된 감정을 통해 형상화하는 데 가장 큰 시적 장점을 가지고 있다.

억눌리고 소외된 자의 내면을 드러내는 유형의 시는 흔히 분노나 증오의 정서를 동반하는 것이지만, 실제로 김종철이 시집의 발문에서 밝히고 있듯이 시집 도처에 분노가 번뜩이고 '밑바닥 인생'에 대한 애정이 깃들어 있다고 하였듯이 이 시에서 화자는 그저 낮고 잔잔하고 담담한 태도로 내면에 쌓인 서러움만 드러내 보이고 있다. 서러운 삶의 애환을 "저문 강"에 "퍼다 버린다." 그 서러움마저 "강변에 나가 삽을 씻으며 / 거기 슬픔도 퍼다 버린다"는 시구에서 확인되듯, 가능한 한 그러한 분노나 증오의 정서를 배제하는 절제미를 보여준다. 이처럼 화자는 절제된 감정 처리를 통해 고단한 노동자의 귀가 길을 그린 고전적 품격의 작품으로 끌어올린다. 거기에는 슬픔에 빠지지 않고 그것을 딛고 다시 일어서려는 결연한 의지가 내포되어 있다. 이러한 시적 태도는 기존의 서정시에서 많이 만날 수 있었던 슬픔과 설움을 대하는 태도와 일정한 거리를 갖는다. 시적 화자의 정서는 슬픔에 빠져 있는 듯하며 체념어린 듯하지만 소월처럼 현실을 인정하지 못하고 그저 비탄에 빠져 울부짖거나 목월처럼 암울한 현실을 애써 외면하고자 하는 태도와는 변별되는 자질을 함축하는 것이다.

화자의 어조가 체념어린 듯하고 비극적 관조의 정서 때문에 혹 이 시에서 패배주의나 순응주의의 결점을 지적할지도 모른다. 그러나 이러한 혐의는 마지막 결구에서 말끔히 해소된다. "먹을 것 없는 사람들의 마을로 / 다시 어두워 돌아가야 한다"라는 마지막 결구는 시적 화자가 삶의 현장이나 공동체적인 연대감을 망각한 것이 아님을 증거하기 때문이다. 이는 위에서 언급했듯이 시적 분위기가 전반적으로 비극적 의미를 표출하고 있지만, 그러한 화자의 내면 감정이 극도로 자제된 절제의 미학을 통해서 극복된다. 이렇게 절제된 슬픔과 연민의 감정으로 인하여 마지막 두 행에서 나타나듯이 역설적으로 민중들의 강한 생명력을 느끼게 한다. 그것은 도피나 외면, 패배나 좌절, 체념이 아닌 그럼에도 불구하고 현실 생활로 돌아가야 한다는 강한 전언을 함축하는 진술로 읽혀진다.

그렇다면 이 시의 서정성은 앞서 잠깐 언급했듯이 내용과 형식면에서 전시대의 것과 사뭇 다르게 변화되었음을 알 수 있다. 서정성이 탐미적이거나 낭만적 성향으로부터 현실적 삶의 생활적이면서 사실적인 모습으로 탄력성을 확보하고 있다는 것이다. 다시 말해 전통 서정시에서 흔하게 나타나는 님에 대한 그리움이나 인륜도덕의 강조 또는 상사연을 노래하는 단순성과 자연 사물에 깃든 원형성으로부터 삶과 현실의 문제를 절실하게 끌어안고 고뇌하는 현장성과 복합성을 강하게 지니기 시작한 데서 그 특징을 찾아볼 수 있다. 그리고 역사 현실의 도식적인 소재와 제재, 그리고 이런 유의 시가 지닌 명백한

결점으로 흔히 지적되어 온 동어반복에 그치는 공허한 분노와 저항
의 목소리, 또는 어떤 정치적 이념을 시의 표면에 내세우는 선전적이
며 구호적인 시들과는 경우가 다른 질적 차이를 갖는다.

3. 서정과 현실의 긴장

우리는 온전한 의미로서의 서정으로부터 너무 멀리 멀어졌다. 설
령 그 꿈속으로 돌아간다 해도 그것은 행복한 서정의 황금시대에 대
한 동경에 그칠 뿐이다. 우리는 다만 상상계의 질서 안에서 황금시대
의 행복한 가락에 몸을 맡겨 춤을 출 뿐이다. 밤하늘의 별을 보며 길
을 찾던 서정 자아의 순결하고 충만했던 눈과 의식은 자본과 문명의
풍요로운 외관 안에 깃든 불길한 징후와 인간 소외 앞에서 미아처럼
불안에 떤다. 신성이 사라진 시대에 주체와 객체, 자아와 세계의 조
화로운 일체감과 동일감은 상상의 언어와 유토피아적 상상력의 자력
안에서만 맴돈다. 산업화 시대의 우리 서정시란 바로 이러한 불협화
음의 삶 가운데서 상실된 세계와의 행복했던 일체, 혹은 동체를 이루
는 신혼의 밤으로 돌아가려는 서정적 자아의 힘겨운 자기반성이거나
울림 없는 메아리, 고립된 경계의 지점에서 발원하는 언어이다. 그것
은 급속한 산업화의 일상에서 느끼게 되는 어쩔 수 없는 감수성의 서
정이다. 정희성의 「저문 강에 삽을 씻고」도 이러한 범주의 의미망에
포획될 수 있는 작품이다.

자연 취향의 시는 크게 보아서 다소 소박한 의미의 자연 예찬 및
전원적 꿈을 추구하는 '감상적 목가주의'와 자연과 도시 문명의 상호
역학 관계를 탐구하는 현대적인 경향의 '복합적 목가주의'의 경향으

로 일별할 수 있다. 가령 청록파의 해와 달, 산과 나무 등 자연을 중
요한 시적 소재로 삼고 있다. 박두진의 경우는 좀 다르지만 극단적으
로 청록집에 실린 박목월과 조지훈의 시에는 제재와 내용에서부터
우리 생활 현장에 직결되는 작품은 쉽게 찾아볼 수 없다. 예컨대 전
원시인이니 목가시인으로 일컬어지는 목월의 경우 「閏四月」, 「靑노
루」, 「나그네」의 무대가 되고 있는 곳은 깊은 산속, 사슴이 노니는 골
짜기나 강나루를 건너 밀밭의 풍경이 평화롭게 펼쳐진 자연 공간이
다. 이들의 자연 친화적 취향은 절대로 사회, 역사, 현실에 대해서 한
마디도 발설하지 않는다는 특징을 지닌다. 역사적 삶은 투영되지 않
은 채 목가적 전원의 이상향만을 추구한다. 그런 점에서 정희성이 이
시에서 보여주는 서정 세계는 현실을 외면하고 도피하고자 했다는
혐의로부터 자유로울 수 없는 이들의 시적 태도와는 다른 변별적 특
성을 지닌다.

　1960년대 이후 우리 사회는 산업화와 공업화로 규정할 수 있는 사
회이다. 급격한 산업화와 도시화로 인하여 인간 소외, 물질화, 자연
생태계의 파괴와 같은 문제를 급속하고도 광범위하게 파생시켰다.
가령 인간의 순박성이 상실되어 가고 있는 현대의 문명에 대한 비판
적 입장을 취하는 김광섭의 「성북동 비둘기」는 복합적 목가주의의
한 예이다. 현대 기계문명과의 위화감을 드러내는 이 작품은 산과 사
람, 곧 자연과 인간 모두를 잃게 된 비둘기의 소외 현상을 통해 현대
문명은 사랑과 평화와 축복의 메시지마저 전달할 수 없는 관계성의
파괴를 고발하는 소박한 복합적 목가주의의 전형을 보여준다. 복합
적 목가주의는 자연에 대한 낭만적 이상화를 거부하고 자연과 문명
양자 사이의 긴장관계를 문제 삼는다. 이와 같은 유의 시인들이 문명
의 문제에 천착했다면 같은 맥락이지만 좀 다른 차원에서 정희성은

자본주의적 생산구조에서 배태할 수밖에 없는 소외의 문제에 천착한
다. 그것은 민중 시대의 민중의 정서에 의한 민중 서정의 대변이라
할 만하다.

　시대의 어둠을 밝혀주던 이념의 등대가 불빛을 잃은 지금은 후기
산업자본주의로 지칭되는 사회이다. 이러한 경향은 좀 더 직접적이
며 적극적 양상으로 나타나는데, 가령 유하는 환락의 거리 압구정에
서 훼손된 원초적 공간을 통해 자본주의의 도시 문명을 황폐성을 「바
람부는 날이면 압구정동에 가야 한다」 연작을 통해 독특한 형식으로
드러낸다. 이 같은 직접성은 생명 말살 위에 성립되는 극도의 인공미
복제가 실재를 대신하는 전도된 상황을 그리는 고진하의 「껍질만으
로도 눈부시다, 후투티」와 같은 작품에서도 마찬가지이다. 이제 시인
들에게 자연에 다가갈 수 있는 길은 불가능한 상태에 이르게 되었으
며, 그 자연의 복원은 이제 상상적 질서 안에서만 가능하다. 정희성
의 「저문 강에 삽을 씻고」는 그런 맥락에서 서정과 현실의 치열한 긴
장을 획득해 가는 현대 서정시의 과정에서 교두보적인 역할을 담당
한다.

단절과 연속의 문법
— 이가림의 「유리창에 이마를 대고」

1. 공간의 시학

의미란 하나의 차이이다. 그러한 차이는 분절에서 생겨난다. 구조주의 언어학자 소쉬르에 의하면 언어는 그 "기호의 청작 이미지와 핵심 개념들을 다른 기호들의 이미지와 개념으로부터 분리시키는 차이에 의해서 구성된다."[1] 다시 말해서 언어의 한 부분은 나머지와의 다름 이외의 어떠한 것에도 근거할 수 없다는 것이다. 어떤 기호라도 다른 모든 기호가 아닌 어떤 것이다. 의미란 기호들의 차이에 의한 변별성에 의해 발생한다는 사실은 구조언어학자들이 내세운 일반적인 명제이다.

언어처럼 공간도 하나의 기호 체계로서 일련의 의미를 내포한다. 공간이 언어처럼 어떤 의미를 나타내는 기호로 작용하게 되는 것은 그것이 위와 아래, 안과 밖, 전후, 좌우 등으로 분절되기 때문이다. 그리고 공간적 기호들의 차이의 분별화가 음운처럼 이항대립 체계를 갖추고 있는 까닭에서이다. 다시 말하면 모든 "대상들은 수직축과 수평축으로 분할되어 있고, 상·중·하, 좌·중·우와 같이 이항대립 체계에 의해 분할되기 때문에 의미를 나타내는 기호"[2]로 작용하는

---

1) P. 소쉬르, 오원교 역, 『일반언어학강의』, 형설출판사, 1988, 151쪽.
2) 이어령, 「문학작품의 공간기호론적 독해」, 이승훈 엮음, 『한국문학과 구조주의』, 민음사, 1990, 21쪽.

것이다. 이러한 분절적이며 변별적인 관계 설정으로 우리는 차이를 감지할 수 있고 세계를 인식할 수 있으며 의미화할 수 있다.

바슐라르가 그의 『공간의 시학』에서 그토록 집을 강조하는 것도 그 공간이 바깥 세계와 분절되고 구별되는, 달리 말하면 안과 밖의 변별적 차이를 지니고 있는 까닭에서이다. 안이라는 내부 공간과 밖이라는 외부 공간을 구별하는 집은 그 변별적 차이와 환경 조건에 따라 그 내밀한 가치가 다르게 형성된다. 밖이 춥고 황량할수록 내부 공간인 집 안은 더욱 아늑하고 평화로운 곳이 된다. 밖이 춥기 때문에 안은 아주 따뜻하다.[3] 벽은 안과 밖을 경계 짓고 단절시키며 또한 이어준다. 그 벽에 창과 문이 있기 때문이다. 그러니까 벽은 우리를 외부 세계와 차단시키면서 동시에 연결시키는 양면적인 기능을 갖는다.

이가림의 시 「유리창에 이마를 대고」는 안과 밖이라는 두 계열의 변별성이 이승과 저승, 지상과 천상, 과거와 현재라는 관계로 확산되는 이항대립 체계를 바탕으로 구성되어 있다. 즉 이 시에서 표상되는 상·하, 내·외, 수직·수평, 땅·하늘 등 이항대립의 공간은 그 차이를 통해서 하나의 기호현상을 산출해낸다. 이 평문은 이러한 점에서 착안하여 「유리창에 이마를 대고」를 공간 표상에 의해 구축된 시의 구조와 의미를 공간 기호론적으로 세밀하게 분석하고자 기획되었다. 이러한 이항대립에 의한 공간의 기호현상은 자연의 실체 속에 있는 것이 아니고 공간을 대하는 주체의 위치, 그러니까 시에서는 텍스트의 구조를 형성하는 화자의 위치를 기준으로 생성되는 것이다. 문학에서의 공간 표상은 실재적인 자연 공간과는 달리 '나, 지금, 여기' 속에서 펼쳐지는 체험된 공간이다. 그것은 나의 시선에 늘 붙어 다니며 그때그때 나의 위치, 즉 화자의 "세계의 방위 영점으로서의 위치"[4]에

---

3) G. Bachelard, 곽광수 역, 『공간의 시학』, 민음사, 1990.

의해 결정된다.

시 텍스트에 대한 이러한 공간 기호론적 논의의 방법은 형식 구조주의의 비평적 관점과 소쉬르의 일반언어학 이론에 근거하여 문학 연구나 비평의 지평을 문학 내부에 두고 작품을 해석하고 이해하려는 태도에 가깝다. 다시 말해서 문학 비평을 문학이 언어 기호를 매체로 하는 만큼 언어학에 연구 및 방법론을 의지하는 입장이다. 이러한 비평적 입장은 문학의 내재적 문법 체계를 설정하고, 그것의 수립에 기여하는 구조주의적 방법론에 크게 의지하고 있다. 이와 거의 유사한 원칙에 의해 이루어지는 언어 기호들 내에서의 문학 텍스트 연구의 지평을 여는 방법들은 기호학과 문학 사이의 관계를 더욱 깊이 있게 맺어주고 있다.

문학 텍스트에 대한 비평적 접근 방법은 다양하다. 바르뜨의 전언처럼 우리는 몇몇 문을 통해 작품에 접근하지만 그 어떤 문도 정문이라고 권위적으로 선언될 수 없다. 그러므로 작품에 개입해 들어가는 모든 문은 쪽문일 수밖에 없다. 우리는 이런 저런 문을 통해 작품에 개입해 들어가서는 무지개처럼 다양한 작품의 색깔 가운데 하나를 보고 이것이 이 작품의 색깔이라고 말할 수 있을 뿐이다. 이 글에서 작품에 생산적으로 개입해 들어가기 위한 방법의 문을 공간기호론에 의지하고자 한다. 이를테면 다양하게 심화 발전하고 있는 언어학의 기본적인 이론의 틀에 기대어 이가림의 「유리창에 이마를 대고」를 살펴봄으로써 문학과 언어 기호학의 밀접한 연관성을 새롭게 인식하는 데 주안점을 둔다. 이 같은 작업은 반드시 의미와의 상관성에 바탕을 두고 수행될 것이며, 그 나름의 의미를 지니고 구조적으로 유기적 회로를 이루는 부분적인 관계항의 요소들이 텍스트 전체 맥락에

---

4) 리차드 M. 자너, 최경호 옮김, 『신체의 현상학』, 인간사랑, 1993, 389쪽.

서 어떠한 기능적 역할을 담당하는지 살펴보고자 의도한다.

2. 유리창의 공간기호

일반적으로 문학에서 공간은 작품 속에 나타나는 구체적인 사물과 대상을 통해 드러난다. 이때 공간에 대한 의식은 "어떤 대상에 대한 화자의 의식으로서 대상을 통해 화자 주관의 지향"[5]이 나타나는 것이다. 이 대상은 시 작품 속에서 구체화된 적절한 공간적 투사물을 통해서 표출된다. 즉 시의 공간성은 "시인의 상상력이 이룩하는 공간 표상의 의미"[6]로 이해할 수 있다. 따라서 작품에 나타나는 화자가 위치하고 있는 실재 공간의 규명을 통해서 시인의 의식 공간을 추출할 수 있다. 그리고 이러한 시인의 의식 공간을 해명함으로써 상상력의 지향성과 작품의 구조적 의미를 밝혀낼 수 있다.

이가림의 시 「유리창에 이마를 대고」의 상상력의 세계는 집과 우주 공간의 대응 속에서 발생하는 안/밖, 분리/결합, 연속/불연속, 연결/단절, 삶/죽음이라는 이항대립의 관계에 의해 배열 구조된 작품이다. 이러한 관계항의 긴장과 모순이 증가할 때 상상력은 활발해진다. "경계와 단절의 벽이 두터울수록 모든 것은 더욱 생생하게 느껴지는 것"[7]이기 때문이다. 이를테면 집과 우주, 안과 밖의 역동적 상상력을 통해서 이 시의 공간 구조가 형성되고 있는 셈이다. 이가림의 두번째 시집의 표제이기도 한 이 작품의 전문[8]을 제시하면 다음과 같다.

---

5) R. R. 마그리올라, 최상규 역, 『현상학과 문학』, 대방출판사, 1986, 13쪽.
6) 김화영, 『문학과 상상력의 연구』, 문학과지성사, 1982, 247쪽.
7) G. Bachelard, 곽광수 역, 앞의 책, 158쪽.
8) 이가림, 『유리창에 이마를 대고』, 창작과비평사, 1981, 11쪽.

① 유리창에 이마를 대고
② 모래알 같은 이름 하나 불러본다
③ 기어이 끊어낼 수 없는 죄의 탯줄을
④ 깊은 땅에 묻고 돌아선 날의
⑤ 막막한 벌판 끝에 열리는 밤
⑥ 내가 일천번도 더 입맞춘 별이 있음을
⑦ 이 지상의 사람들은 모르리라
⑧ 날마다 잃었다가 되찾는 눈동자
⑨ 먼 부재의 저 편에서 오는 빛이기에
⑩ 끝내 아무도 볼 수 없으리라
⑪ 어디서 이 투명한 빛은 오는가
⑫ 얼굴을 가리우는 차가운 입김
⑬ 유리창에 이마를 대고
⑭ 물방울 같은 이름 하나 불러본다

　시는 강제된 언어이다. 시에 강제되는 2차적인 질서화는 자연언어와는 달리 빠롤 차원의 모든 요소들을 의미심장하게 하며, 형식적인 요소 역시 의미론적 성격을 띠게 한다. 우리가 텍스트를 시로 인식하는 순간 그 속의 의미론적 성분들의 수는 엄청나게 증가하며 그들 사이의 결합 가능성은 현저하게 증가한다. 말하자면 시는 복잡하게 구조화된 의미의 체계이다. 그 성분들은 모두 의미론적 성분이며 어떤 내용물의 지시물이다. 압운, 리듬, 문법적 자질과 같은 형식적인 요소들 역시 마찬가지이다. 시에서 정보적 요구와 무관한 어떤 복잡한 구성, 정보를 갖지 않는 어떤 형식적 구조도 체계로서의 예술의 본질과 모순된다. 예술가의 관념은 구조 속에서 구체화되고 실현되는 것이다. 시에서 내용과 형식을 구분하고 구조와 독립된 관념을 찾는 것은 마치 살아 있는 유기체로부터 생명을 추출해내려는 태도와 같다. 생

―――――――――――
　시 전문에 붙인 일련의 번호는 작품 분석을 위해 임의로 단 것임.

명은 살아 있는 유기체 속에 실현되어 있는 것이지 구조와 독립적으로 생각될 수 있는 것이 아니다.

이 작품은 전체 14행으로 구성되어 있다. 우선 정밀한 읽기를 바탕으로 시의 언어적 특성을 면밀하게 분석해보자. 그리고 세밀한 독서 행위를 통해 이 시의 의미 구조를 작품의 내재적 접근 방법을 통해 살펴보자. 왜냐하면 문학 작품은 그 자체로서 독립적 존재이며 자족적 체계로서 나름의 유기적 질서를 갖고 조직되는 구조물이기 때문이다. 다시 말해 문학 작품은 하나의 살아 있는 유기적 통일체이다. 따라서 이 시의 언어 내적 형식 속에 내재하는 의미론적 연쇄과정을 추적하여 작품 자체의 구조를 분석하면 객관적인 이해와 해석적 의미에 도달할 수 있을 것이다. 결국 "텍스트 안에 나타나는 요소나 세목들의 차이와 관계들이 텍스트의 전체성과 어떻게 결합하고 관계하여 의미를 생산"[9]하는지 구체적으로 살펴보아야 할 것이다. 그럼으로써 이 시의 의미와 미학적 특성을 조명할 수 있을 것이다.

이 작품을 지배하는 시적 분위기 내지 정조는 이미 사라져간 것에 대한 절제된 그리움과 슬픔, 그리고 사랑과 연민의 안타까움이 복합적으로 배어 있다. 전체 구성은 14행으로 이루어져 있고, 연 구분이 없다. 표면적으로 연 구분이 없기 때문에 구조적 단위들이 드러나지 않는 것처럼 보이지만, 이 시는 몇 가지 변별적 요소에 의해 분절이 가능하다. 크게 네 부분의 단위로 나누어 볼 수 있겠다. 화자가 위치하고 바라보는 시선에 의해서 ①행과 ②행에서는 유리창을 통해서 밖을 내다보는 시선의 이동이 보이며, ③행에서 ⑦행까지는 밤하늘의 별을 우러르는 시선 이동이 펼쳐지고, ⑧행에서 ⑫행에서는 "먼 부재"의 알 수 없는 곳으로부터 유리창에 와 닿는 빛과 이슬을 응시

---

9) 서인석 편저, 『기호학 교육론』, 성바오로출판사, 1989, 20쪽.

하는 행위가 뒤따른다. 이어지는 ⑬행과 ⑭행은 ①행과 ②행의 수귀 반복을 보이는 동일한 형태의 시선 이동을 발견할 수 있다. 이러한 변별적 기준에 의하여 이 작품은 네 층위의 단위로 나누어 볼 수 있다. 첫째 단락은 ①~②행까지, 둘째 단락은 ③~⑦행까지, 셋째 단락은 ⑧~⑫행까지, 넷째 단락은 ⑬~⑭행까지로 텍스트 전체를 이루는 의미 단위의 층위를 구별할 수 있다.

첫째 단락은 화자의 시선이 안에서 유리창을 매개로 밖으로 향하는 수평 지향 운동임을 알 수 있다. 그러니까 유리창을 경계로 안과 밖의 공간이 분절된다. 창 안에서 밖을 바라본다는 것은 외부 공간의 의미를 강화하는 행위이다. 화자가 위치한 방 안의 공간은 따뜻하고 밝은 공간이라면, 방 밖의 외부 공간은 상대적으로 춥고 싸늘한 어둠의 공간이다. 그래서 이어지는 둘째, 셋째 단락에서는 화자의 시선이 밖의 공간에서 활동하며 외부 세계의 대상을 통해 시적 의미를 응축한다. 즉 둘째 단락은 땅(지상)에서 밤하늘(공중)의 별(천상)을 향하는 시선의 상승 운동이 이루어지고 있다.

셋째 단락은 "먼 부재의 저편"에서 오는 빛(천상)과 이슬(지상)을 통해서 하강 운동이 이루어지고 있다. 이렇게 분절되는 상과 하, 하와 상을 매개하는 것은 어둠의 공간, 즉 밤이다. 이 시에서 밖의 세계는 밤이라는 어둠이 지배함으로써 비극적 정조를 자아내게 한다. 시의 시간적 배경이 밤이며 계절적 배경이 차가운 겨울밤이라는 것을 통해서도 무엇인가 비극적 사건이 화자의 경험 속에 발생했던 것을 암시받을 수 있다. 여기서 밤은 작품의 시간적 배경인 겨울과 함께 암담하고 우울한 의미 계열의 언어이며, 그것은 죽음과 맞닿아 있는 시간이다. 그러므로 밤으로 제시되는 음험한 어둠의 이미지에 의해 비극성이 창출되고 강화 고조되는 셈이다.

유리창을 경계로 밖의 세계는 땅, 이슬(지상), 하늘의 별, 빛(천상)이라는 두 공간 단위가 형성된다. 여기서 안과 밖을 이어주는 매개적 기능은 유리창이 담당한다. 그리고 천상과 지상을 매개해주는 대상은 창 밖의 공간에 퍼진 어둠, 즉 밤이다. 지상은 "끊어낼 수 없는 죄의 탯줄"을 묻은 슬프고 애달픈 감정 세계를 의미하는 반면, 천상은 화자가 "일천번도 더 입맞춘" 그리움과 사랑의 대상이 존재하는 영원의 세계이다. 이 양극에 다 같이 작용하는 것이 밤의 어둠이다. 밖의 세계가 어두우면 어두울수록 화자의 사랑과 그리움의 대상으로 환유된 별이나 빛은 더욱 뚜렷이 살아 오른다. 밖이 어두울수록 화자의 그리움과 사랑은 더욱 뚜렷이 떠오르는 것이다. 왜냐하면 밖의 어둠이 짙으면 짙을수록 별빛은 더욱 빛나기 때문이다. 그렇기 때문에 이 시는 화자가 자신이 "일천번도 더 입맞춘" 사랑하는 대상을 잃어버린 상실감에서 비롯하는 비애와 연민의 정서가 짙게 연출되는 것이다.

그러나 화자는 이러한 상실감에 휩싸인 경험 자아의 비애나 슬픔의 정서가 과잉 상태 그대로 노출되거나 표백되지 않고 극도로 절제하고 여과하여 표출한다. 절제는 서정시에서 중요한 미덕 가운데 하나이기 때문에 이 시의 미학적 가치를 더욱 빛나게 하는 요소이기도 하다.

첫째 단락에서 화자는 자신의 행위를 통해 되살릴 수 없는 기억의 즐겁고도 기꺼운 밀실을 생산한다. 화자가 위치한 공간은 방 안이며, 그 내부 공간은 따뜻하고 안온한 세계이다. 그러나 이는 유리라는 광물적 이미지가 암시하는 투명하고 차갑게 절연된 이미지와 함께, 둘째 단락 ③행의 "죄의 탯줄"과 ⑤행의 "막막한 벌판 끝에 열리는 밤"으로 거듭 한정된 외부적 조건에 의해 화자의 심리 상태는 우울하고 고통스러운 것으로 표상된다. 하방 공간의 가치 체계인 "깊은 땅"은 "죄의 탯줄"을 묻은 부정적 의미 내용을 함축한 공간 개념으로 표상되고, 이러한 점은 ③행의 "기어이", ④행의 "깊은", ⑤행의 "막막한" 등의 부사어로 거듭 한정되어 어둡고 고통스런 화자의 심리 상태를 보다 분명하게 강화하도록 기능한다. 이를테면 '기어이, 깊은, 막막한, 일천번도 더' 등의 부사적 관형의 기능을 하는 시어들은 화자의 시적 대상에 대한 태도와 내면세계, 감정의 농도, 다시 말하면 화자의 시적 대상에 대한 인식의 심도가 얼마나 깊고 짙으며 내밀한 것인가를 반증하는 의미소들이다.

화자에게 한없는 연민과 사랑, 슬픔과 그리움을 자아내게 하는 대상은 "모래알"과 "물방울 같은 이름"의 존재이다. 이 대상을 향한 화자의 애틋한 그리움과 사랑은 ⑥행의 별과 ⑨행의 빛으로 은유된 아련한 그리움을 노래하게 한다. 땅이 "죄의 탯줄을 묻은" 부정적 의미를 함축한다면, 별은 "일천번도 더 입맞춘" 영원성과 초월적 의미를 내포한 공간 개념으로 표상된다. 이것은 굳이 엘리아데를 연상하지 않더라도 별은 지고의 순수, 영원을 표상하는 신화적이며 원형적인 실체이기 때문이다. 천상과 지상이라는 이항 대립 체계에 의하여 하방 공간인 땅은 죄를 나타내는 것임에 반해, 상방 공간에 속한 별과 빛은 초월적인 것, 절대적인 것[10]으로서의 영원의 무게를 획득하여 긍정적 의미를 포함하게 된다는 것을 알 수 있다. 지상에서 천상으로 수직 상승함으로써 땅의 부정적 의미는 화자에게 절대적이며 영원한 존재인 별과 빛으로 전이하여 긍정적 이미지로 승화한다. 그리하여 작품의 후반부로 진행해가면서 점차 이슬, 입김, 물방울 등과 같은 생명과 정화를 뜻하는 물의 원형적 이미지를 획득하게 된다.

---

10) M. 엘리아데, 이동하 역, 『聖과 俗』, 학민사, 1983, 90쪽.

3. 공단 단위의 통사적 대응

「유리창에 이마를 대고」는 우선 외면적 구조의 형태가 정연하다. 네 단락의 층위들은 길이가 엇비슷하여 구조적으로 안정감을 느낄 수 있다. 이와 같은 절제된 형식적 균형미는 전체적으로 안정감을 주는 데 기여하고 있다. 네 단락의 여러 부분에서 공간적 단위에 대응하는 구조적 통일성이 발견된다. 먼저 표면적으로 나타나는 텍스트의 행 구성에서 행 수를 살필 때 통일적으로 일정하게 안배 배열된 구조를 발견할 수 있다. 첫째 단락과 넷째 단락이 2행씩으로 동일하며, 그 가운데 부분인 둘째, 셋째 단락이 5행씩으로 동일한 형태를 취하고 있다. 이러한 통일성은 우선 이 시에 형식적이며 구조적인 차원에서 안정감과 균형미를 느끼게 해주도록 효과적으로 기능한다.

안정된 구조적 통일성은 각 단락에서도 통사론적으로 그대로 이어받고 있다. 첫째 단락과 넷째 단락은 쉽사리 사라질 수 있는 대상으로서의 동위소적 계열체 '모래알'이 '물방울'로 한 어휘만 바뀌었을 뿐 통사론적으로 동일한 형태를 그대로 이어 쓰고 있다. 구조적 관점에서도 모든 언어는 계열적 관계와 통합적 관계 위에서 구성된다. 계열 관계는 선택의 차원이다. 텍스트는 전체 구조를 형성하는 구조들로 분해할 수 있는데, 계열적 관계는 어떤 차원에서 구분되는 계열체를 형성하는 성분들의 비교 대조를 보여준다. 각기 구체적인 경우 텍스트의 계열체의 한 변체를 선택하며, 따라서 계열적 관계는 텍스트에 실현된 요소와 실현되지 않은 잠재적 다수의 관계이다. 이러한 계열체의 변화는 의미 전이를 수반한다. 광물적이고 응집력이 결여된 이미지인 '모래알'이 이에 상반되는 '물방울'이라는 액체의 이미지로 변화한 것은 어둡고 차가우며 분산되어 있는 스러진 어린 영혼을 물이 표상하는 따뜻한 생명력으로 포용하는 것이다. 이것은 전체적으로 '모래알 – 땅 – 밤 – 별 – 빛 – 이슬 – 물방울'의 이미지로 변화하면서 생명 없는 어둡고 차가운 세계에서 점차 따뜻하고 긍정적인 생명의 이미지로 전이해나가는 과정을 통해 이루어진다.

통사론적 통일성은 문장의 종결어미에서도 잘 나타난다. 첫째 단락과 넷째 단락은 '불러본다'로 수미일관적으로 완성된 형태를 띠고 있다. 둘째 단락과 셋째 단락의 ⑦행과 ⑩행은 강한 의지와 확신이 담긴 어미 '~리라'로 통일되어 있다. 그리고 둘째 단락 ⑤행과 셋째 단락⑧행은 명사 종지형인 '~열리는 밤'과 '~되찾는 눈동자'로서 통사론적으로 동일하게 처리되어 있다. 통사구조의 이러한 통일성은 수사적 반복에 해당하는 것으로 텍스트 전체의 운율적인 효과에 기여할 뿐 아니라, 그 조형 감각과 형태적인 안정감을 함께 느끼게 해주는 기능을 발휘한다.

화자는 자아와 세계를 구획 짓는 "유리창에 이마를 대고" "모래알 같은 이름 하나"를 부른다. 화자는 차가운 "유리창에 이마를 대고" 이미 사라져 기억 속에만 존재하는 죽은 영혼과 접촉한다. '이마'는 물리적인 층위에서 보면 높이를 함유하고 있는 기호로 발과 대립하는 기호이지만, 정신적인 층위에서는 다른 모든 육체와 대립하는 기호가 된다. 이마는 머리이고 머리는 인간의 신체 중에서 정신적 사유를 가능하게 만들기 때문이다. 그러므로 "유리창에 이마"를 댄다는 것은 차고 투명한 유리창에서 이미 사라져 간 대상에 대한 그리움과 사랑을 다시 기억으로부터 불러내는 행위로 볼 수 있다. 유리창에 주술을 걸면서 이미 사라져간 영혼과 접촉한다.

이름을 부른다는 행위는 이 시에서 민속의 하나인 초혼의 고복의 식으로 죽은 사람을 불러내려는 화자의 주술적이며 능동적인 행위로 이해할 수 있다. 전기적인 사실에 의하면 이 시는 시인 자신이 어린 아들을 잃고 난 후에 지은 작품으로 알려져 있는데, 죽은 사람을 대상으로 삼아 수신자를 지향하는 언어의 능동적이며 주술적인 기능을 수행하는 것이다. 이는 부재하는 대상을 불러내려는 주술적 호격으로서 화자의 의지가 대상에 가해져 죽음으로부터 돌아오도록 행위이다. 이것은 곧 화자의 죽은 대상에 대한 그리움과 슬픔, 사랑의 복합된 감정이 표현된 언어의 기능으로써 그 대상에 대한 화자의 감정은 상대적으로 강한 것임을 암시한다.

이미 사라진 영혼과의 접촉은 첫째 단락과 넷째 단락의 '불러본다'라는 음절 반복을 통해서도 강화된다. 구조주의자들의 견해에 따르면 언어를 재료로 하는 예술에서 "소리는 의미와 분리될 수 없다. 즉 시적 발화의 음악적 소리도 정보를 전달하는 수단, 즉 의미 내용을 전달하는 수단"11)이라는 것이다. 엄밀한 차원에서 우리 시에서 각운을 따질 수는 없지만, 이 시의 '불러본다'와 '~리라'의 반복은 똑 같은 음절 반복으로 말미암아 각운12)의 효과를 내고 있다. 김대행은 이러한 것을 각운으로 보는 것을 잘못된 견해라 지적한다. 각운은 음소 단위의 반복으로 파악해야 하기 때문이다. 그렇다면 엄밀한 의미로 우리 시에서 따질 수 없겠으나, 홀소리 어울림으로 '불러본다', '~리라'의 반복은 똑 같은 음절 반복으로 말미암아 넓은 의미에 있어서 각운의 효과를 낼 수 있다. 야콥슨에 따르면 이것은 모든 병행구문에서 파생된 음향효과이다. 이러한 병행 반복적 회귀의 힘은 낱말이나 생각 속에 이에 호응하는 회기성을 자아내는 것이며, 구조상의 병립성이 구성의 원리로써 배열에 투영되면 불가피하게 의미의 등가성을

---

11) Y. 로트만, 유재천 역, 『예술텍스트의 구조』, 고려원, 1991, 184쪽.
12) 김대행, 『한국 시가의 구조분석』, 삼영사, 1979, 52~54쪽 참조.

촉진13)시키는 원리와 같은 것이다.

시는 동위소적 계열체들의 통합적 구성에 의해 구축된다. 통합적 구성이란 계열체들에서 선택된 성분들의 연쇄적 결합을 뜻한다. 이 것은 인접성의 원리에 의한다. 일상적 발화에서 통합적 구성은 인접하고 있는 성분들 사이에 명확한 대조 대립의 출현에 의한다. 인접하고 있는 요소들 사이에 뚜렷한 차이가 없을 때 일상언어의 의미 전달은 곤란을 겪게 된다. 그러나 시에서는 일상언어의 통합 규칙의 해제가 빈번하게 이루어진다. 야콥슨의 용어로 그것은 등가의 원리를 선택의 축에서 결합의 축으로 투사하는 것이다. 다시 말하면 통합 축의 원리는 은유적 원리에 해당한다. 시에서는 일상 언어 규칙의 제약을 최소화하고 시적인 구조의 질서화를 강화하려는 경향이 강하다.

이 시의 경우 '물러본다'와 '~리라'의 병행 구문은 음절의 교체 반복이 율동을 낳게 하고 각운의 효과를 발생시킨다. 즉 문법적인 병행구조가 전경화되어 있으며, 그것이 이 시의 분위기와 정조를 창출하는 지배적인 기능을 발휘한다. 그리하여 '불러본다'는 행위는 죽은 사람을 부르는 주술적 충동이 4행의 반복 중첩되는 병행구문을 통하여 구조적으로 강화되면서 슬픈 분위기를 강화하고 고조시켜 나간다. 반복이란 강화이며 점층의 기능을 하기 때문이다. 그리하여 '불러본다'는 반복적 행위는 죽음의 벽 너머 저승의 넋을 향해 부르는 주술로 이해할 수 있다. 즉 사라진 대상을 불러내는 주술적 호격으로 이해할 수 있다. 그리고 이러한 행위는 영적인 것의 환기와 함께 시적 화자의 의지가 그 대상에 표출되는 것을 지시한다.

---

13) R. 야콥슨, 권재일 역, 「언어학과 시학」, 『일반언어학 강의』, 민음사, 1989, 222쪽.

4. 삶과 죽음의 이항 대립

유리창은 자아와 세계의 공간을 구획 짓는 매개의 역할을 수행한
다. 또 유리는 차단과 통과의 이중성이 내포되어 있다. 이러한 이중
성은 삶과 죽음이라는 양면성을 함축한다. 화자가 위치한 방 안은 따
뜻하고 밝은 공간이며, 상대적으로 밖은 어두운 공간으로 '밤'이 지배
하는 '차가운' 죽음의 공간, 죽음의 영역이다. 유리창은 또 투명하다.
그리하여 투명한 단절감은 더욱 냉혹하고 비정하다. 따라서 우리가
갖는 차갑고 비정한 단절감과 스러진 영혼에 대한 상실감, 그리고 그
에 연관되는 연민과 비애의 정서는 이 작품의 시적 분위기를 산출하
는 밑변을 이룬다. 그렇다면 이 시에서 유리창은 삶과 죽음, 화자와
"모래알 같은 이름" 사이에 연속되어 이어질 수 없는 불연속의 벽이
면서 동시에 역설적으로 둘이 만날 수 있는 연속의 통로이다. 이러한
모순의 긴장력에 의하여 슬픔과 그리움은 더욱 고조된다. 이미 사라
진 대상에 대한 슬픔과 그리움, 그리고 사랑의 복합된 심정은 화자의
강한 의지와 추측이 담긴 ⑦행과 ⑩행의 '모르리라', '없으리라'는 병
행구문에 의하여 그 의미는 한층 강화 고조되는 것이다.

셋째 단락 ⑧~⑨행에서는 "날마다 잃었다가 되찾는 눈동자", "먼
부재의 저편에서 오는 빛"으로 은유된 그리운 대상을 노래한다. 유리
창에 비쳐오는 '별'과 '빛', 그리고 '이슬'은 "모래알 같은 이름", "물방
울 같은 이름"으로 은유된 이미 사라진 영혼이다. 화자는 유리창과의
접촉을 통해 먼 과거의 기억 속에만 살아 있는 이미 스러진 영혼과
만나게 되는데, 둘째 단락 ⑥~⑦행의 "내가 일천번도 더 입맞춘 별이
있음을" "이 지상의 사람들은 모르리라"에서 보이듯이 그리움과 슬픔,
사랑의 대상은 깊고 은밀한 것으로 드러난다. 이러한 점은 ⑩행의

"아무도 볼 수 없으리라"는 계속된 반복에서 한 가엾은 생명의 죽음에 대한 그리움과 사랑의 감정은 고조된다. 여기에서 어린 아들의 죽음에 대한 화자의 슬픔은 극대화된다. 따라서 지나간 과거에 존재하던 기억의 세계는 현재에 이르러 과거의 행복하고 조화로운 세계가 파괴된 상실의 아픔이며, 화자의 내면은 과거의 조화롭던 평화의 세계로 돌아가고자 하는 동경과 그리움으로 가득 찰 수밖에 없는 것이다.

둘째 단락 ③~4행의 "기어이 끊어낼 수 없는 죄의 탯줄"을 "깊은 땅에 묻고 돌아"섰다는 구절에 이르면 구체적인 죽음이 드러남으로써 바깥은 죽음, 창 안은 생으로써의 이른바 이승과 저승, 삶과 죽음의 두 관계항으로 연결된다. 여기에서 결국 유리창은 나와 잃어버린 대상 사이의 연결을 가능하게 하는 연결의 기능과 물질적 유리와 벽의 저항에 의해 결합을 거부하는 분리의 기능을 동시에 수행한다. 이미 소멸해 부재하는 그리운 대상을 떠올려 주고는 다시 냉정하게 차단시키는 것이다.

셋째 단락 ⑪~⑫행은 이러한 슬프고 그리운 대상에 대한 환영으로부터 분리된다. 이러한 이중성, 이율배반적인 속성을 지닌 모순의 대상이 유리창이다. 이들은 상호 대립적이면서도 상호 연관되어 있으며 대상과 주체의 인식, 대상과 주체의 분리라는 유리 자체의 본질적 모순성에 의해 연원하는 개념의 양면성과 같은 것이다. 여기서 분리는 유리와의 접촉을 통해서 파생한다. 즉 유리와의 접촉을 이미 사라져버린 별빛과 이슬로 환유된 영상과 연결되면서 동시에 부재를 확인하게 한다. 유리창은 결국 생사의 경계에 위치한 것으로 죽음을 통해서 생을, 생을 통해서 죽음을 나타나게 하는 매개공간으로 작용한다.

화자의 격앙된 감정의 고조는 무한한 시간 속으로 열려 있을 것 같았던 분방한 영상이 셋째 단락 "얼굴을 가리우는 차가운 입김"이라는 평면적 공간으로 응축되면서 단절된다. 주술에 걸린 유리는 슬픈 영상과 기억을 슬쩍 내비치면서 구체적인 기억의 실체와의 만남을 영원히 허용할 수 없는 허망한 단절의 벽이다. 그래서 화자는 그리움의 대상과 합일할 수 없음을 인식한다. 이렇게 시적 화자가 자신이 지향하는 대상과 영원히 합일하거나 지속된 만남을 가질 수 없는 단절감과 상실감에 의하여 이 시의 전체적인 어조는 연민과 비애의 감정에 의해 형성되고 지배되는 이유이다.

유리창은 자기 인식의 수단이고 도구이며 연결자로서 개방성을 내포하는 동시에 분리자로서 폐쇄적이며 단절적 차단 기능을 발휘하여 화자를 감금하고 외부 대상과 분리시키는 기능을 한다. 이러한 점은 유리라는 물질이 지닌 이중적 속성과 연관해 생각해볼 때 상당한 의미가 있다. 유리는 거울과 달리 안과 밖을 단절시켜주는 동시에 밖의 세계를 투시할 수 있는 이중적 기능을 하기 때문이다. 특히 이 시에서와 같이 그 시간이 밤일 경우 그것을 통해 내다보이는 바깥의 풍경과 유리에 비친 자신의 모습이 겹쳐져 나타나게 된다. 그러므로 이 작품에 나타난 안과 밖, 주체와 대상 사이의 구별 없이 동시적인 인식을 가능하게 한다. 이러한 유리창에 의해 구획되는 추위의 공간(죽음)과 열기의 공간(생)으로 나뉘어져 있는 이 시는 유리창의 접촉점, 경계의 투명한 벽에서 단절과 투시를 통해 이미 사라져 간 대상에 대한 그리움과 슬픔, 그리고 애틋한 사랑을 담아낸다.

5. 단절과 투시의 문법

지금까지 이가림의 시 「유리창에 이마를 대고」를 기호론적인 차원에서 작품 자체의 유기적이며 내재적인 구조 분석에 초점을 맞추어 그 의미 내용을 살펴보았다. 공간이 언어처럼 어떤 의미를 나타내는 기호로 작용하여 시를 건축한다는 전제에서 출발한 이 글은 안과 밖으로 분절되는 서로 다른 두 계열의 공간적 변별성이 서로 상반된 것끼리 모순 관계를 맺으며 작품의 의미를 구축하고 있음을 논의했다. 다시 말해 안과 밖, 삶과 죽음, 추위와 열기, 이승과 저승으로 나뉘어져 있는 공간들은 경계의 벽 사이에서 유리창을 매개로 접촉함으로써 텍스트의 전체적인 의미를 유기적으로 구축하고 있다.

「유리창에 이마를 대고」의 지배적인 시적 정조는 극도의 절제된 슬픔과 그리움, 그리고 애틋한 사랑이다. 화자는 겨울밤의 유리창을 통해 이미 세상 밖 존재가 된 모래알 같은 이름 하나를 나직이 부른다. 여기서 후자는 쉽게 사라져 가는 것들의 시적 표상이며, 차갑게 절연된 유리창은 이들의 가뭇없는 모습을 새삼 명징하게 떠올려 주는 시적 대상으로 기능한다. 이 한없는 연민의 정을 자아내는 존재, 기어이 끊어낼 수 없는 죄의 탯줄을 향한 화자의 사랑은 병행구문을 통해 강화되면서 깊고 은밀한 것으로 표상된다. 그러므로 이 시가 갖는 시적 특성과 미덕은 절제의 미학이라 할 만하다. 이는 자아의 문제와 관련된 경험적 자아의 절제에서 오는 미학으로 볼 수 있다.

이러한 정서적 구조를 지닌 이 작품은 안과 밖이라는 두 계열의 공간적 변별성이 삶과 죽음, 지상과 천상, 분리와 결합이라는 관계항으로 확산되는 이항 대립 체계를 바탕으로 구성되었는데, 이러한 공간 대립은 통사론적 층위와 적절히 대응하면서 텍스트의 의미구조를 구축한다. 통사론적 구조와 동일하게 이 시는 안과 밖의 공간적 코드 위에서 구조화된 작품이다. 유리는 안과 밖을 구분해주는 동시에 양자를 연결시키는 이중적 속성을 갖는다. 안과 밖, 빛과 어둠, 생과 사로 분절되는 이 시는 유리창이라는 접촉점, 경계의 투명한 벽에서 연결과 대립의 드라마를 펼치는 것이다.

또한 이 작품의 특성은 통사론적 측면에서도 일정한 통일성을 갖추고 시의 구조가 구축된다. 통사구조의 통일성은 수사적 반복에 해당하는 것으로써 텍스트 전체에 운율감을 부여하는 기능적 효과를 유발하며, 구조적으로 조형미와 형태적 안정감을 주는 역할을 한다. 표면적으로 나타나는 행 수와 통사론적 층위에서 공간적 단위와 대응하는 형태를 취한다. 그리고 같은 음절의 반복과 병행구문을 통해서 리듬감 있는 운율의 효과를 거두며, 반복 중첩되는 병행구문은 죽음의 문을 열려는 화자의 의지를 강화하는 기능을 발휘한다. 반복 중첩이란 의미를 점층적으로 강화하도록 기능하기 때문이다. 이러한 긴장 관계에서 펼쳐지는 드라마는 차갑게 절연된 유리창에 쓸쓸하고 애달프게 비친 죽음의 풍경에서 오는 이미 사라져버린 생명에 대한 지울 수 없는 아픔과 절제된 슬픔, 그리고 내밀한 그리움과 애틋한 사랑이라 할 수 있다.